JN291275

サルマン・ルシュディの文学

「複合自我」表象をめぐって

大熊 榮

Literature of Salman Rushdie

– On his Representation of Composite Self

人文書院

目次

謝辞　5
ルシュディ著作略号一覧　6

序章　サルマン・ルシュディの「複合自我」表象……9
1　「複合自我」の定義に向けて　9
2　「複合自我」表象の文学　14

第一章　「複合自我」の象徴としての鳥——『グリマス』について……19
1　「不条理ＳＦ」　19
2　『グリマス』の世界(1)——アナグラム遊び　22
3　『グリマス』の世界(2)——物語と「人生」　30
4　『グリマス』の世界(3)——「シムルグ」という鳥　33
5　ボルヘスの影響　41
6　ルシュディと「メタフィクション」世代　48

第二章　「複合自我」の「歴史」的位相――『真夜中の子供たち』について……55
1　「魔術的リアリズム」の作品　55
2　『百年の孤独』と『真夜中の子供たち』の類似性　60
3　「魔術的リアリズム」という結節点　64
4　『百年の孤独』と『真夜中の子供たち』の差異　76
5　『グリマス』から『真夜中の子供たち』への転位　79
6　サリーム・シナイその他の登場人物の構成要素　86
7　「複合自我」の「歴史」的位相　103
8　「個人」と「歴史」の「比喩」的関係　122
第三章　「複合自我」の「政治」的位相――『恥辱』について……131
1　東洋的恥辱感覚　131
2　「恥辱」の化身　133
3　「恥知らず」の権化　140
4　登場人物としての作者　144
5　モデルとしてのファイズ・アフメド・ファイズ　151

6　「ノンナチュラリズム」的モデル小説　153
7　「複合自我」の「政治」的位相　158
第四章　「複合自我」の「移民」的位相――『悪魔の詩』について……………168
1　ルシュディの「移民」論　168
2　ルーツ　173
3　コミュニティ　202
4　言　語　215
5　「複合自我」の「移民」的位相　219
第五章　「複合自我」の「愛」の位相――一九八九年以降の作品について………228
1　幽閉後のルシュディ　228
2　短編集『東、西』　229
3　『ムーア人の最後の溜息』　233
4　『彼女の足下の地面』　250
5　『怒り』　262

結　章　「複合自我」表象の文学 …… 277
1　「複合自我」表象の意味　277
2　ルシュディの同伴者と後継者　286
補　章　ルシュディの「複合自我」的半生と意見 …… 299
あとがき
関連論文初出誌一覧
参照文献一覧
索　引

謝辞

本書がこのような形で刊行されるまでには、数知れない方々のご助力をいただいた。そのすべての方々のお名前をここに記すことはできないが、本書がその一部をなす学位論文の審査でお世話になった荒木正純、井上修一、加藤行夫、鷲津浩子、吉原ゆかりの各氏、および論文作成初期の段階でお世話になった阿部軍治氏に心よりお礼を申し上げたい。特に荒木氏には公私にわたりひとかたならぬお世話をいただいた。また結果的に今回の研究の大きなきっかけを作ってくださった山田宣夫氏と横山幸三氏にもお礼を申し上げたい。そして最後ながら決して最少でない謝意を、『悪魔の詩』事件直後の一九八九年から一九九〇年にかけてともにイギリスで過ごし、その後もなにかと支えてくれた光子と暁子に表したい。

ルシュディ著作略号一覧

G＝*Grimus*

MC＝*Midnight's Children*

S＝*Shame*

SV＝*The Satanic Verses*

EW＝*East, West*

MLS＝*The Moor's Last Sigh*

GBF＝*The Ground Beneath Her Feet*

F＝*Fury*

IH＝*Imaginary Homelands*

WZ＝*The Wizard of OZ*

Step＝*Step Across This Line*

サルマン・ルシュディの文学——「複合自我」表象をめぐって

本書を

故五十嵐　一氏に

捧ぐ

序　章　サルマン・ルシュディの「複合自我」表象

1　「複合自我」の定義に向けて

私が本書を書く端緒となったのは「複合自我」という概念との出会いである。一九九七年八月一五日のインド独立五〇周年に際し、ルシュディは週刊誌『タイム』（同年八月一一日号）に「豊富の国」と題するエッセイを寄稿し、インド独立五〇周年を論評した。「国家」論が「自我」論になるという彼の独特な理論が展開され、「複合国家」に見合う「複合自我」の概念が提起されているのは、このエッセイである。

このエッセイはまず、独立後のインドの現状に対する嘆き節から始まる。分離独立にともなう家族の離散とそれが残したトラウマ、貧困の拡大、汚職の増大、暴力の多発など、ポストコロニアルのインドに嘆きの種は尽きないが、それにもかかわらず、あえて独立五〇周年を祝福するとすれば、それはなによりも「インド」という概念のためだと彼は言う。「ニュースはすべて悪いものばかりでない」として、インド初の「アンタッチャブル大統領」となったK・R・ナラヤナンに触れた後、ルシュディはこう言う。

しかしながら、とりわけぼくが賞揚したいのは、五〇年前のあの真夜中に生まれた最も重要なもの、歴史が作り出すすべての状況を生き延びてきたあの新制度、いわゆるインドという観念が持つさまざまな価値だ。ぼくは成人してからの時間の大半をこの観念について考え、書くことに費やしてきた。前回の周年記念騒ぎがあった一九八七年には、ぼくはインド中を旅し、このインドという観念をどう思うか、価値があると思うかという質問を、普通の人たちにぶつけてみた。インドの規模と多様性、およびインド人の強烈な地域への忠誠心を考えた場合に注目に値するのは、ぼくが話しかけたすべての人たちが「インド」という言葉になんら違和感を持たず、インドがよく分かっているという気持ち、そこに「所属している」という気持ちをまったく疑っていないということだった。それでいてインドの定義となると、彼らは根本的に喰い違っているし、同様にして「所属する」ことの意味がなにを含むかについてもまた、彼らの考えは違っているのだ。

そして、その複合性こそが最終的に重要なのであった。

ルシュディが言及している一九八七年の旅は『真夜中の謎』と題するテレビ・ドキュメンタリーとなって、その翌年三月にイギリスのチャンネル4で放映されたが、その旅から彼が得たインド理解がこの引用に示されている。インドとはもともと多様で複合的な国なのだという認識がインド人に広く共有されているという理解である。貧富の差や汚職、そしてカースト制度など、さまざまな矛盾が含まれていて少しもおかしくないこの「複合性」という概念は、現代世界と現代人を理解するヒントをルシュディに与える。それがなんであったのか。その点を明らかにしたのが、さきほどの文章に続く次の一節である。

現代においてわれわれは、しばしば矛盾し、内面的に折り合いすらつかない複合体として、自分自身を理解するようになった。われわれの一人一人がたくさんの異なる人間だということを理解した。若い頃の自分は年老いてからの自分と異なるし、好きな人たちといっしょにいる時は大胆になっても、雇い主の前では臆病になり、子供たちをしつける時は規律正しいが、なにか秘密の誘惑を受けるとだらしなくなる。われわれは真剣にして気紛《まぐ》れ、声高にして寡黙、積極的にして容易に引っ込み思案となりやすいのだ。統合された自我という一九世紀的概念は、この押し合い圧し合いする「主我《アイ》」の群に取って代わられた。それでいて、傷つけられたり狂わされたりしない限り、われわれは通常「自分がだれか」ということについての比較的明瞭な分別を身につけている。ぼくの内なるたくさんの自我のすべてを「客我《ミー》」と呼ぶことに、ぼくはそれらすべての自我とともに賛成する。

ここに提示されているのは一九世紀の「統合自我」に取って代わった現代の「複合体」としての「自我」つまり「複合自我」の中身である。それは「若くして、年寄り」「大胆にして臆病」「規律正しく、だらしない」「真剣にして気紛れ」「声高にして寡黙」「積極的で引っ込み思案」という表現が示すように、きわめてオクシモロン的になっている。これは単なるレトリックではなく、「自我」の現実そのものだというのが、ルシュディの指摘にほかならない。

「自我」の複合性を指摘すること自体は、彼自身も示唆しているように、目新しいことではない。例えばジョージ・ハーバート・ミードの「社会的自我」(1)は、ある程度まで、「複合自我」そのもので、試しに「主我《アイ》」や「客我《ミー》」の訳語をミードから借用してみたが、ルシュディの文章の中でそうした用語を使っても少しも違和感がない。マーヴィン・ミンスキーにも「多重自我」(2)という用語がある。さらに言えば、河合隼雄の「多心論」(3)やサルトルの実存主義的「自我」(4)にも親近性があり、クリフォード・ギアツの「文化解釈」理論から派生したスティーヴン・グリーンブラットの「自己成型」論(5)にも類縁性がないわけではなく、発想自体はライプニッツの「単子論」に似ているという指摘もある(Reder in Booker, 241)。実際に「複合自我」的に生きていたコーネリアス・アグリッパ(6)やフェルナンド・ペソア(7)はルシュディの議論に現実味を与えてくれるし、その点で言えば、ルシュディ自身が「複合自我」のモデルなのである。移民、役者、コピーライター、作家、「家族複合」患者、幽閉者、「冒瀆」的人間、セキュラリスト。これらはすべて彼ひとりのものだからである。

しかしルシュディの「複合自我」概念はインドという国家概念と結びついているところに特色がある。「これはインドという観念を把握する最良の方法である」として、彼は次のように続けるのである。

この国家は自我に関する近代的見方を受け容れ、それを拡大して一〇億もの人間を包含するに至った。インドという自我は一〇億種類もの差異を包含できるほどにも広大で柔軟なのだ。一〇億の自我のすべてを「インド人」と呼ぶことに異論が出ないのである。これは「るつぼ」とか「文化的モザイク」などの古くからの多元主義的観念よりもはるかに独創的な概念だ。個人が国家の本質の中に自分自身の本質が大書されているのを見るがゆえに、この概念は機能しているのである。そうであるがゆえに、五〇年という圧倒的な歳月が抱え込んだすべての混乱、汚職、けばけばしさ、失望などにもかかわらず、インド人は国家観念の強靭さに安心し、なんの躊躇いもなくそこに「所属」していると感じるのだ。

「国家」が近代的「自我」観を受け容れ、「一〇億の人間を包含」すべくその観点を拡大したという記述は、明らかに「国家が自我を持つ」という前提に立っている。ここに論じられている「自我」は「国家」の「自我」であり、個人に属しているのでなく、「国家」という制度に属していると言っているように読める。このように「制度としての自我」を論じることで、ルシュディは「複合自我」を制度的なものと見なそうとしているのであり、その意志がエッセイに表われていると考えられる。のちに議論するように、『真夜中の子供たち』が示唆するところでは、ルシュディがこうしたものの見方をする動機となったのは、「インドはインディラ、インディラはインド」というインディラ・ガンディーの名高い言葉であったようである。これは首相という権力の座にいる人間の言葉として、まさに「自我」が「インド＝国家」と一体化していることを示しているからだ。ルシュディは「非常事態宣言」を発令して「国家」を「私物化」しているインディラ・ガンディーに反発して、独自の「自我＝国家」論を展開したのだと考えると、彼の「複合自我」論も理解しやすくなる。

「制度というのは、漸次成長するか、制定されるかのいずれかである」とサムナーは言う（Sumner, 71）。もし「複合自我」が「制度」だとすれば、それはインドという国で長い時間かかって成長してきたものと考えられるし、ルシュディはそう考えたがっているのである。この種の漸次成長型「制度」を生み出すのは、ヤン・レンケマによれば、食事や共同生活様式のように人間集団が世代から世代へ受け継ぎ、習慣にまでなった「反復的振舞い」だとされる(Renkema, 45)。そうであるとすると、「複合自我」の内実を形成するオクシモロン的振舞いは集団的に反復されてきたということになるし、無政府的状況が想定されるが、インドはまさにそういう状況にあるとルシュディは言いたいのである。

ルシュディが「複合自我」=「インド」=「国家」=「制度」という等式にこだわっているのはなぜか。もろもろのインタビューでの彼の応答(8)などを勘案すると、それは一九世紀の論理でない、つまり「統合自我」の論理ではない、新たな論理を提唱するためである。移民や都市住民のように、さまざまな理由から「自我」が「統合的」に組織できていない人間の出現という事態を見据え、そこに見られる「複合自我」と社会の新たな相互関係を擁護するためでもある。彼の視点は「インドはインディラ、インディラはインド」と言ったインディラ・ガンディーのそれに真っ向から対立している。

ルシュディが「複合自我」を「制度化」する理由は、ミードの「社会的自我」論のような個人に関する社会心理学の枠をはるかに越え、「複合自我」=「インド」=「国家」=「制度」という等式を、集団に関わる「文化」の問題として提示することにある。それゆえに彼は「豊富の国」という重要なエッセイを次のように結ぶ。

チャーチルはインドを国家ではなく、単なる「抽象化されたもの」にすぎないと言った。ジョン・ケネス・ガルブレイスはもっと愛情を込め、もっと印象的に、インドを「機能するアナーキー」だと述べた。ぼくの意見では、二人ともインドという観念の強さを過小評価している。この観念はポストコロニアルの時代に現れた最も革新的な国家哲学であるかも知れないのだ。それは祝福に値する。それはインドの内部と国境を越えた外部に敵を持つ観念であるからであり、この観念を祝福することはまた敵からそれを守ることでもあるからだ。

植民地主義者のチャーチルから学ぶべきことがなにもないのは当然だが、一九六〇年代のアメリカのインド大使となったガルブレイスのインド論も時代遅れだと、ルシュディはここで言っている。ルシュディの「複合自我」論はポストコロニアリズムの議論の中で、なにか新しいものなのである。文化人類学者クリフォード・ギアツはかつて「支配メカニズム」としての「文化」という概念を提出した（Geertz, 44-46）。この概念を援用すれば、ルシュディの「複合自我」概念はインドの「文化」をダイナミックに担保するものとして、新たな「支配メカニズム」となるべきだという政治的主張でもあると言える。「自我」の中身にほかならない「文化のハイブリディティ」を主張することが政治的にならざるをえない状況が、「インドの内部と国境を越えた外部に敵を持つ」という表現に暗示されている。「複合自我」論者ルシュディの「敵」とは、簡単に言えば「統合自我」論者ということになる。『悪魔の詩』以降の彼を取りまく状況が端的に示すように、具体的にはイスラム原理主義者が彼の「敵」なのである。イスラム原理主義者が「統合自我」論者であることは、「原理主義」という概念そのものに示されている。最新の評論集『この境界を越えよ』（二〇〇二）においてルシュディは宗教的原理主義への対抗軸として「セキュラリズム」を打ち出している。神でなく、人間を中心にしたものの考え方である。今さら人間中心なのかという反応もありうるが、世界では今なお神が生きている。ルシュディが掲げる「セキュラリズム」が「複合自我」の議論を背景にしていることは、本書の中で明らかにされるが、それはまた彼がポストコロニアルの時代に示す彼自身の政治的・社会的・宗教的旗印なのである。

2 「複合自我」表象の文学

「複合自我」とは結局のところ「われわれの一人一人がたくさんの異なる人間である」という、一九九七年のエッセイ「豊富の国」におけるルシュディ自身の定義に尽きる。そのような「自我」観へと彼が逢着するには、彼が送ってきた半生が密接に関係しているわけで、本書は最終的にその半生を概観することになるが、結論を先に言えば、彼の「複合自我」論は「移民」という存在の自己主張だということである。しかしながら、「複合自我」は「移民」固有のものではなく、地方から都市への「移住者」にも適用されるというのが、ルシュディの意見である。二〇世紀は大量の「移住者」が生じた時代であり、ルシュディはそのような「移住者」たちの代弁者をも自任している。

本書においては、サルマン・ルシュディが二〇〇二年までに発表している長編小説七作を「複合自我」表象の視点から論じる。あらかじめはっきりしているのは、これらの作品がすべて「複合自我」を隠しテーマにしているということである。彼はストーリーテラーからは程遠い「観念小説」作家であり、その観念の中核に「複合自我」が位置している。この「複合自我」は文字通り複合的な構造になっており、複雑な位相を持っている。ルシュディは焦点化される位相を少しずつずらしながら作品を書いてきたというのがわれわれの見方である。処女作の『グリマス』(一九七七)においては、その焦点化は必ずしも明確でなく、むしろ一羽にして三〇羽という不思議な鳥シムルグ(そのアナグラムがグリマス)を使っての「複合自我」の象徴的表象に力を入れている。この処女作は純然としたSF作品であり、そのジャンルにおいては「不条理SF」として分類されている。SFという自由な作法が許容されているジャンルから出発したことは、その後のルシュディの文学的手法に大きな意味を持っている。手法的に彼は「メタフィクション」を越えるパイオニアとなるからである。彼の直前の文学的世代が開発した「メタフィクション」と彼との関係は避けて通れない考察対象であり、『グリマス』についての議論の一環としてその点の論考を含めることになる。

第二作にして彼の代表作と評価される『真夜中の子供たち』(一九八一)については、「複合自我」の「歴史」的位相に焦点が合わされていると見て、われわれはそのことを論じることになるが、この作品はまた「魔術的リアリズム」によって書かれているとされ、したがって「魔術的リアリズム」についての基本的な考察と、その手法による優れた先行作品、とりわけガブリエル・ガルシア゠マルケスの『百年の孤独』(一九六七)と『真夜中の子供たち』の比較研究が必要となる。結論を先取りして言えば、マルケスからの多大な影響を受けつつも、ルシュディは『真夜中の子供たち』において独自な手法を編み出したと考えられ、われわれはその手法を彼自身の言葉を借りて「ノンナチュラリズム」と呼ぶことになる。

『真夜中の子供たち』以降のルシュディの作品はすべて「ノンナチュラリズム」の手法で書かれている。第三作『恥辱』(一九八三)は独立後のパキスタンにおける政治権力抗争のアレゴリーであり、「複合自我」の「政治」的位相が焦点化される。『恥辱』論においてわれわれが特記したい事項は、主要登場人物オマル・カイヤーム・シャキールのモデルが実在の詩人ファイズ・アフメド・ファイズであるということの論証である。このパキスタンのモダニスト詩人はまた、「自我」のありようという点でルシュディにとって生きたモデルでもあった。

『悪魔の詩』(一九八八)についての考察では「複合自我」の「移民」的位相に焦点を合わせる。作者自身が弁明しているように、もともとこの作品は「移民」をめぐるものであって、結果的に「冒瀆」とされた宗教的テーマは「移民」のルーツに関わる副次的問題にすぎない。この作品が原因となった「ファトワ」とその影響については別のところで詳しく触れるので(9)、ここでは「移民」について「ルーツ」「コミュニティ」「言語」の三つの視点から考察し、ルシュディが深めていく「無所属」感覚を明らかにする。彼がどこにも属さないという感覚を強くするのは、「高等移民」という彼自身の立場に関わっており、具体的にはロンドンのムスリム・コミュニティにおける遊離に原因がある。彼のような無神論者で多元主義者の「高等移民」にとってムスリム・コミュニティ内部での居場所はないのである。一方で、イギリス白人社会へ属することも、もとより不可能である。このような二重の「無所属」感覚がルシュディの「複合自我」における「移民」的位相の特色となっている。

幽閉後六年を経ての第五作『ムーア人の最後の溜息』(一九九五)は現代インドにおけるヒンドゥー原理主義台頭や政治腐敗を扱い、『真夜中の子供たち』の続編という側面がないわけではない。また、「ファトワ」が公式に解除されてからの第六作『彼女の足下の地面』(一九九九)はロックンロール歌手を登場させ、「移民」とは異なる新たな「越境者」の物語という面もあるが、いずれの作品においても「複合自我」的存在としての語り手や作者の分身が中心において、それらの人物たちの経験する「愛」に焦点が合わされている。われわれが取り上げる最後の作品としての『怒り』(二〇〇一)もまた同様で、作者の分身が「人形愛」へと辿り着く愛の遍歴がSF的手法で描かれる。それゆえわれわれは本書の第五章でそれら三作をまとめて分析し、そこに「複合自我」の「愛」の位相を観察することとなる。その「愛」は「身体性」に基礎をおくものであり、「自我の放棄」を目的とする。そのような「愛」の行き着く先が「人形愛」であることも明らかとなる。

『グリマス』というSF作品で始まるサルマン・ルシュディの「複合自我」小説群は、二〇〇一年の『怒り』というSF的作品によって、捻じれた円環のようにして出発点に戻り、一応の区切りを迎えたと考えられる。われわれが本書で七作をひとまとめにして扱う所以である。

サルマン・ルシュディ研究は、日本ではそれほど進んでいると思えないが、イギリスやアメリカを中心に盛んに行われている。もとより、こうした関心の高まりがいわゆる『悪魔の詩』事件の影響であったことは否めない。一九八九年二月一四日のヴァレンタインデーに世界を駆け巡ったホメイニによる「ファトワ」以来、見えない暗殺者への恐怖から、彼の名前を口にすることすら危険だと思われる状況が生まれたが、半面、ルシュディへの興味を掻き立てもしたのだ。

しかし、事件がルシュディのすべてではないばかりか、一九九八年にイラン政府が「ファトワ」への関与を公式に否定して以来、事件そのものがすでにこの作家の周辺的出来事へと後退しつつある。彼はなによりも作家であり、作家として彼を評価する研究が盛んになりつつあることに注目しなければならない。その場合のひとつの視点として「複合自我」の概念を取り上げ、それと彼の作品の関係を考えようというのが本書の意図である。本書と類似の研究がもっとあってしかるべきだが、「アイデンティティ」をテーマとしたマイケル・リーダーの論文[10]や、『真夜中の子供たち』のみを対象として「自我、国家、テキスト」の関係を論じるニール・テン・コーテナーの研究書[11]が目につく程度である。こうした希少な先行研究を踏まえつつ、「複合自我」へのルシュディのこだわりから見えてくる多元主義的セキュラリズムという彼の立場を明らかにすることが本書の課題にほかならない。また、このような焦点を絞った特定的な研究を通じて、二〇世紀が生んだ優れた作家の一人を包囲する途轍もない誤解、危険な冒瀆者ないしはトラブルメーカーと見るような誤解を解くことも、本書の副次的目的である。

注

（1）See, Mead, 142-149.
（2）See, Minsky, 40.
（3）河合隼雄「多心論」（『読売新聞』二〇〇一年一月五日付夕刊）参照。
（4）サルトル『自我の超越・情動論粗描』（竹内芳郎訳、人文書院、二〇〇〇年）参照。
（5）See, Greenblatt 1980.
（6）See, Van Der Poel.
（7）フェルナンド・ペソア『不穏の書、断章』（澤田直編訳、思潮社、二〇〇〇年）および平出隆「私の中の複数の書き手」（『朝日新聞』二〇〇一年二月六日付夕刊）参照。
（8）See, Reder and Chauhan.
（9）本書結章第三節参照。
（10）Michael Reder, "Rewiting History and Identity : The Reinvention of Myth, Epic, and Allegory in Salman Rushdie's Midnight's Children," in Booker, 225-249.
（11）See, Kortenaar.

第一章　「複合自我」の象徴としての鳥――『グリマス』について

1　「不条理ＳＦ」

『グリマス』はゴランツ・サイエンス・フィクション賞への応募作として書かれ、受賞を逸した作品である。最初からＳＦというジャンルを念頭において書かれたものである点が注目される。[1] ピーター・ニコリス編『サイエンス・フィクション百科事典』（一九八一）にも登録され、「不条理ＳＦ」の成功作として評価されている（Nicholis, 510）。

しかしこの作品はこれまで失敗作と見られてきた。ティモシー・ブレナンは「初期の失敗した小説」であるばかりか「解釈不能な長編寓話」（Brennan, 70）とまで言う。そのうえ、主人公フラッピング・イーグルを「アメリカのインディアン」、「カーフ島」を「地中海の島」、グリマスを「ヨーロッパからの亡命魔術師」（Brennan, 70）と言い切り、作品を読まない読者に途轍もない誤解を与えている。言語表象を「現実」と結びつけなければ「解釈不能」と感じる因襲的読者の典型的反応である。同様の反応はニコ・イズラエルの『アウトランディッシュ（奇々怪々）』（二〇〇〇）にも見られる。そこではフラッピング・イーグルは「アメリカ・インディアンの少年」で、「一九七〇年代のある時点に合衆国南西部の町をうろつく」（Israel, 130）とされている。

ＳＦの方法は「メタフィクション」の作家たち、「フィクション」を「現実」のように見せかける因襲と縁を切った作家たちに愛用されている。ルシュディも文学的因襲を踏襲する意図は最初からなかった。したがって「アメリカのインディアン」や「地中海の島」や「ヨーロッパからの亡命魔術師」などは、この作品となんら関係がない。フラッピング・イーグル、カーフ島、グリマスは北欧やペルシアの神話から作られ、「複合自我」を表象するための、まさに架空の人物や地名なのである。ブレナンが評価する『真夜中の子供たち』『恥辱』『悪魔の詩』と続くルシュディの一九八〇年代の作品も、因襲的文学とは縁遠いものばかりであり、その原点が『グリマス』にあったことをわれわれとしては忘れてはならない。

『グリマス』が「メタフィクション」であることへの不満に加え、ここではルシュディらしいハイブリッド文化テーマが追求されていないという不満もある。それはブレナンにも見られるが、とりわけキャサリン・カンディに顕著である。「個人および国家のアイデンティティに関わる観念、コロニアリズムの遺産、亡命者の問題、女性のセクシュアリティを悪鬼扱いする傾向」(Cundy, 12) という、『真夜中の子供たち』以後の作品が深めるテーマの取り扱いが希薄だとカンディは指摘する。これに対し、ボルヘスとの関係を前面に押し出して『グリマス』を論じているロジャー・Y・クラークは「神秘主義と偶像破壊の緊張」をテーマとしていると見ているばかりでなく、ヨーロッパとアジアの神話が混交している点で「ポストコロニアル的」小説だとも言う (Clark, 31)。

しかしながら、これらの研究者は『グリマス』を「複合自我」表象の側面から読んでいないために、「一羽」にして「三〇羽」の鳥である神話上の「シムルグ」Simurg[(2)] のアナグラムとして作られた「グリマス」Grimus という名前と、そこに込められた「不死」の観念が、まさに「複合自我」の象徴そのものになっていることに気づかない。アナグラムという言語遊戯が重要な役割を演じ、最初から最後まで「現実」の世界とは乖離した「フィクション」として作られている作品が、実はルシュディの一貫したテーマを担っているという事実を、彼らの研究はまったく無視する結果になっている。

彼らの貢献がなにもないわけではない。ルシュディが下敷きにした西洋とアジアの神話と文学に関する分析は有益である。「プロットの概略はダンテから取られ、小説の核心をなす雰囲気や状況はカフカの『城』に基づき、作品の最終的効果は(彼がエピグラフに引用し、それを通じてダンテを取り入れている)エリオットの『四つの四重奏』の集合体であり、ひとりよがりの哲学的懐疑主義という立場は、ペルシャの詩の中で英訳がよく知られている数少ない作品のひとつ『ルバイヤート』に関係している」(Brennan, 74)とブレナンは言う。これに加えて、サミュエル・ジョンソンの『アビシニアの王子ラセラス物語』(一七五九)とジョイスの影響を指摘するのはカンディである(Cundy, 12)。

ダンテやカフカとの関連は、『神曲』における地獄めぐりの道案内役ヴェルギリウスを模した人物や、『城』(一九二六)の主人公と同じKという名前の町が『グリマス』に登場することから明瞭である。T・S・エリオットの『四つの四重奏』から引いたエピグラフについて言えば、具体的にはその最初の詩「バーント・ノートン」(一九三五)からの二行で、「ゴー、ゴー、ゴー、と鳥は言った。人間はあまり現実に耐えられない」(Eliot, 172)というような内容になっている。庭で聞く鳥の声が「行け(ゴー)」と言っているように聞こえるわけだが、この引用は「鳥」にポイントがあると思われる。『グリマス』という作品の発想の中核に「シムルグ」という鳥がいるからである。『ラセラス』が連想されるのは、アビシニア人が『グリマス』に登場するほか、このアビシニアの王子が「幸福の谷」の歓楽に飽きて、妹ネカヤーとともにエジプトへ行くからだろう。『グリマス』では弟が姉を探してアメリンディアからカーフ島へ辿り着く。

われわれはこの論考でさらに、先に触れたクラークの研究とは別の角度から、ホルヘ・ルイス・ボルヘスの影響を付け加えることになるが、このような多様な影響関係を見ても、『グリマス』の世界がハイブリッドな文化に支えられていることがわかる。その文化的雑種性はまさにルシュディの「複合自我」の特徴にほかならない。

ここではまず作品の世界を詳しく眺めることで、「複合自我」表象の生成を考察し、そのうえで、ルシュディが受けた影響関係を明らかにする。最後に「メタフィクション」世代の文学を瞥見し、ルシュディがその桎梏からいかに自己解放していくかを予測する。

2 『グリマス』の世界(1)――アナグラム遊び

『グリマス』第一部は「現在」と題されている。ここではフラッピング・イーグルがカーフ島へ漂着し、ヴァージル・ジョーンズという人物の案内でKへ辿り着くまでのことが書かれる。ヴァージルという名前は『神曲』においてダンテを案内するローマの叙事詩人に由来し、実際、彼の役割はフラッピング・イーグルの案内人である。そしてKという文字はカフカを思わせる。浜辺の場面から始まる『グリマス』の舞台はカーフ島という、どことも知れない海に浮かぶ島である。事実、それは「地中海の島」（Brennan, 70）などでなく、どこにもない島、いずれ分かるように、「構想された」島であり、作者と読者の頭の中にしか存在しない場所なのである。同様に時間もここでは観念的である。「現在」となっていても、それがいつなのかは分からない。「一九七〇年代」（Israel, 130）などでは、もとよりない。時間の曖昧さは「不死」の観念に関わっている。登場人物はすべて「何世紀」も生きているのである。リアリズムの立場からすると意味不明の場所と時間の中で、登場人物たちの不条理な行為が描写される。

冒頭、午前五時にヴァージルが愛人のドロールズ・オトゥールとともに小さな浜辺に現れる。ドロールズが背中に背負ってきたロッキングチェアに、ヴァージルが海を背にして座る。ここには、ユーモラスでときに卑猥な点を含め、小説の因襲的約束事を逸脱するような箇所は見当たらない。一九世紀の小説が必ずそうするように登場人物と物語の舞台についての説明もなされる。このように陳腐なリアリズム的設定から始まるものの、ヴァージルとドロールズがひどく醜いという点が強調されるあたりから、徐々にファンタジーへと移行する。というのも、彼らの醜さは「時間」の問題に関係しているからである。彼らはまさに不死の人々なのである。ファンタジーへの移行を決定づけるのは、ヴァージルの座るロッキングチェアの許へ、フラッピング・イーグルが波に打ち寄せられて辿り着く時である。

「目下のところ、彼に意識はなかった。海の穴に落ちたばかりなのだ。その海は地中海だった。いまは違う。必ず

しも同じでない」(G, 14)

フラッピング・イーグルが地中海の「穴」に落ちたという出来事は明らかに現実離れしていて、この部分で初めてテクストにファンタジーの世界への明確な穴が開く。この作品がＳＦだという予備知識を持たない者にも、これは単なるリアリズムの物語でないことを知らせるのである。フラッピング・イーグル（羽ばたく鷲）の回想が不時着の後に続く。この途轍もない回想は彼の内的独白になっているものの、一見リアリズムによる叙述かと思える調子で語られる。しかしながら、英語の「テクスト」レベルで仔細に見ると、特異な文体になっていることに気づく。話者（フラッピング・イーグル）が、かつて自分であった「特定の若者《ザ・ボーイ》」を眼前に思い浮かべつつ、あるいは、物語後半に出てくる「水晶球」にその姿を映しつつ、話しているからである。彼にとって「二一歳の自分」は第三者に等しい。なにしろ彼がカーフ島へ漂着するのは七七七歳七カ月七日の日のことなのである。彼が「不死」の身であることについては、事情があり、その経緯を彼は回想しているが、それは回想というより、その期間からして歴史に近く、しかも、「現在」の語りはフラッピング・イーグルがグリマスと合体した後の回想なので、一人称と三人称の融合ばかりか、「おれはフラッピング・イーグルだった」と過去形になる。彼がフラッピング・イーグルであったのは、今や遠い過去のことなのである。

　このように複雑なテクストによって語られる彼自身の回想によれば、フラッピング・イーグルは「合衆国」(G, 17) もしくは「アメリンディア」(G, 17) として知られる国の、とある台地に生まれた、アクソナ・インディアンの子である。確かに「アメリカ合衆国」を思わせる記述ではあるが、「インド」の連想も働く。いずれにせよ、それはあくまでも架空の国であり、ブレナンやイズラエルのように「アメリカ合衆国」と断定することはできない。

　彼は『嵐が丘』のキャサリン同様、死んだ母親から生まれ、父親もすぐに死んでしまったので、孤児として育つ。両性具有者なので名前はジョー＝スー（男の名と女の名）だったが、死者から生まれたため「ボーン・フロム・デッド」とも呼ばれる。彼を育てたのは一三歳年上の姉バード＝ドッグである。自由奔放な女で、種族の掟を破り、しばしば台地から低地の町フェニックスへ降りていく。このフェニックスという町の名も例えばアリゾナ州フェニックスを想起させるが、それは見せかけで、実際は地名であるよりも、「不死」の象徴としての鳥という意味合いが強い。

バード＝ドッグは男勝りで、その点が共同体の掟にそぐわない。そのうえフラッピング・イーグルが色白で背が高い子供に育つことも疎外の原因となり、二人は「孤立したコミュニティの追放者」（G, 18）となる。「色白」という点に作者の自己投影を見るのはブレナンである（Brennan, 71）。しかし、われわれの見方からすると、作者の自己投影が見られるのはこの点ばかりではない。作品全体が「複合自我」としての自己投影の結果と考えられるからである。

バード＝ドッグは二一歳の時に行商人シスピーと出会い、魔法の薬の入った「黄色」と「青」の瓶をわたされる。「黄色」は不死の薬で、「青」は死の薬だ。彼女は黄色の液体を飲み、シスピーの女になる。このシスピーなる人物は実はグリマスが変身した姿であり、したがって、のちに彼女をカーフ島へ拉致し、主人に絶対服従の召使にするのは、グリマスその人である。ドロールズやバード＝ドッグ、さらにはリヴ（「第三部グリマス」に登場）と、この作品では男に絶対服従する「召使」の女が登場し、フェミニズムの視点からそれを批判する研究者もいる。[3]

バード＝ドッグはフラッピング・イーグルが二一歳になるまで共同体に留まる。弟が成人となるその日に、彼女は弟に「黄色」と「青」の薬、および初めての性的体験を自ら与え、シスピーとともにどこへともなく姿を消す。もちろんカーフ島へ拉致されるのである。

フラッピング・イーグルは姉との性的体験によって、それまではっきりしなかった性別が明確に「男」となり、加えて、成人のもうひとつのしるしに、ジョー＝スーからフラッピング・イーグルへと名前を変える。名前の変更は「自我」の「複合化」を示すものであり、それまでの両性具有性は彼の中に残る。そのために彼はカーフ島到着後にドロールズのドレスを着せられるのである。

アクソナ・インディアンは「清潔」（G, 23）を好み、「不潔な」ものは締め出す習慣を持っている。この特徴はイスラム的というべきであり、この面でもアクソナ・インディアンをアメリカン・インディアンに重ねるブレナンのリアリズム的解釈には無理があるが、共同体のそうしたイスラム的特質によって、フラッピング・イーグルも姉と同様に故郷から締め出されてしまう。彼は「黄色」の薬を飲み、「青」の瓶をポケットに入れて、フェニックスの町へと下る。「不死鳥《フェニックス》」という、その後の物語の展開を象徴する名の町で彼を待ち構えているのが、男狂いの億万長者リヴィア・クラムである。夫のオスカー・クラムは彼女に精力を吸い取られて死んだ。今、彼女はフラッピング・イーグルの精力を吸い尽くすべく、彼に取りつくのである。彼女が七〇歳、彼が四六歳になるまで、二五年間、二人のジゴロとパトロネスの関係は続く。不死の薬の効果で彼はまったく年を取らないが、リヴィアは老いさらばえ、それを悲観して、フラッピング・イーグルの「青」の薬を盗み、飲み干す。つまり彼はこのことで死の機会が奪われるのである。

この破局の一年半前にニコラス・デグルという迷信深い男がリヴィアに取り入ってくるが、この男は実はグリマスの仲間にほかならない。あとで分かることだが、フラッピング・イーグルをカーフ島へ送り込む目的で、島からやってきたのだ。リヴィアの死でフラッピング・イーグルは莫大な金を手にするが、それには興味を持たず、ニコラス・デグルからヨットを借り、死に場所を求めて海を漂流する。しかし、不死の身ゆえにどこにも死に場所がなく、陸へ戻ると、姉のバード＝ドッグとシスピーを探しはじめる。その間に気が遠くなるほどの長い歳月が経過する。やがて彼はニコラス・デグルらしい人物と再会するけれども、相手はロキという名だと言い張る。[4] つまり、フラッピング・イーグルが知らない間に、世代がいくつも変わっていたのだ。カーフ島の名前をフラッピング・イーグルが初めて聞くのは、このロキからである。それはほかでもなく、地中海の「穴」を潜って初めて辿り着ける島だ。これが半分溺死状態でカーフ島へ打ち上げられるまでのフラッピング・イーグルの七世紀にわたる過去である。

カーフ島へ漂着したフラッピング・イーグルは、自分がどこにいるのかを知りたいと思うが、ヴァージルとドロールズは話してくれない。結局、グリマスと会うまで、そこがどんな島なのかを彼が知ることはないのである。そこにサスペンスが生まれる。謎が解けるまでのサスペンスで読者を惹きつける方法がここに採用されている。(それはSFのみならず推理小説、冒険小説などの常套手段で、「メタフィクション」世代は意識的にそれらのジャンルを利用した。ルシュディもそれを気軽に取り入れているわけで、彼が「メタフィクション」世代の中で育った証拠と言える。)

姉バード＝ドッグを探すための旅は、『神曲』における地獄めぐりのように、ヴァージルを案内人として始まる。フラッピング・イーグルはバード＝ドッグとシスピーを見つけしだい島を抜け出したいと思っていて、ヴァージルにそのことを告げる。しかし、この島の支配者グリマスの魔術「グリマス効果」のせいで、ことは簡単に運ばないと知らされる。「次元熱」（G, 69）という熱病も待ち構えている。ひしめく魔物もいるが、この魔物たちは「きみの心の中からやってくるのだ」とヴァージルは言う。フラッピング・イーグルの頭は混乱する。

世界がさかさまになってしまった。おれは山を登りながら、地獄の深みへ落ち込み、自分自身の奥底へ飛び込んでいた。（G, 70）

これがその時の彼の自己認識である。地獄は自分自身の中にあるということにほかならない。地獄めぐりでフラッピング・イーグルが見るものは言語の問題であり、狂気であり、神聖冒瀆であり、癒しの問題である。つまりは作者自身の精神の問題なのだ。これらの問題を項目ごとに詳しく見ておきたい。

まず、言語の問題はアナグラム遊びとして前景化する。

彼ら二人を見張っているゴルフ惑星人はゴルフ惑星あるいはセラとも呼ばれる星からやってきたのだが、その惑星ではアナグラムが流行っている。このゲームの規則は「アナグラマー」と呼ばれる。ゴルフ惑星人の登場とともに、アナグラムが重要な役割を担う。なにしろゴルフ Gorf は Frog（蛙）の、セラ Thera は Heart（心）のアナグラムなのである。ちなみに、こうしたアナグラム遊びの導入もまたジョイスの影響と考えられる。『ユリシーズ』のレオポルド・ブルームは自分の名前を分解し、四通りに綴りなおしている（Joyce, 17-406）。

カーフ島へ来て二人を見張るゴルフ惑星人は「異端者」で、「アナグラム最高マスター」保持者ドータ Dota（Toad［ヒキガエル］のアナグラム）の地位を脅かそうとしている。ゴルフ惑星においてだれもが知る「ドータの疑問」という文言がある。

And are we actually to be the least intelligent race in our Endimions?
それで、われわれはほんとうにわれらがエンディミオンの中で最も知力の劣る種族なのか？（G, 65）

「異端者」はこれを「アナグラム」の技法によって次のような文へと変換してしまう。

Determine how catalytic an elite is; use our talent and learning-lobe.
エリートはいかに触媒作用を有するかを決めよ。われらが才能と学習葉を使え。（G, 65）

このような高度なアナグラムの技法の披瀝は、グリマスという中心的人物の存在理由を提示するために必要な仕掛けなのである。つまりグリマス Grimus とは「シムルグ」Simurg のアナグラムであり、このペルシア神話の鳥こそが、われわれの求める「複合自我」の象徴となる。さらに、遊びついでに言えば、Grimus は "i mug sr" と並べなおすこともできる。「私はサルマン・ルシュディ（sr）の顔写真を撮る（mug）」という意味になる。この作品は作家の自己分析の書という意味が隠されていると考えられるのである。

アナグラムが言葉のすり替えに通じ、流通する言語の危うさを暗示しているとすれば、『悪魔の詩』に登場する書記サルマンの仕業を先取りしているようにも思われる。『コーラン』を改竄したとされる人物を取り上げたことが、神聖冒瀆のひとつの理由とされたが、それは歴史的事実の再評価という側面ばかりでなく、サルマン・ルシュディその人の言語観に根ざしていたのであり、アナグラムはその言語観を端的に象徴しているのである。なぜなら「アナグラマー」はまさに「個人言語《イディオレクト》」の文法であるからだ。

「アナグラム」の技法だけでなく存在論の面でも、「異端者」はドータに異論を唱える。「われ思う、ゆえにそれは在る」というドータの命題があり、「なにものも、その存在を知覚する認知的知性の現存なくして、存在しない」（G,

66）という意味だと、ドータは説明しているが、「異端者」の考えでは、「そのような知性が構想化できるものであれば、いかなるものも、それゆえに存在しなければならない」（G, 66）という意味に解釈すべきなのである。これを彼は「構想主義」と呼ぶ。（それは実はグリマスの思想の核心部分でもあることがいずれ判明する。）

狂気の問題が焦点化するのはこの段階である。「構想主義者」にして「異端者」がフラッピング・イーグルの「自我」の中に入り込むことによって（G, 73）、彼はグリマスのほうへ一段と引き寄せられたことになる。その侵入は彼が森の中の空き地で夢を見ている時に起こるのである。その夢の中で彼はバード＝ドッグの子宮の中へ潜り込む。すると「声」が聞こえて、「内的次元」（G, 71）の講釈をする。「内的次元」とは「心」のことであり、Kの人々が次々に「内的次元」の異常、つまりは「狂気」（G, 72）に見舞われていることを知らされる。

人々が狂気に駆られる。それがKの悲劇なのだ。人々は自分自身の心を恐れている。私も昔そうだった。しかし今ではもう恐怖心はほとんど残っていない。（G, 72）

この「声」はグリマスのものであることが後になって分かるが、この段階では知る由もない。「声」はさらに、Kの町の自称「哲学者」イグネイシャス・カシモド・グリッブの人間存在論を紹介する。（この架空の哲学者の言葉がT・S・エリオットなどと並んで『グリマス』のエピグラムに引用され、事実と虚構が融合されている。）

生きている人間存在はいない。われわれすべてのありのままの姿は抜け殻で、エーテルの中を漂っているのは、〔グリッブ〕氏が形相と呼ぶものだ。感情、理性などなど。それらは時折われわれの一人を占有し、やがてべつのものの中へ移っていく。それはそれなりにきれいなものだ。それは人間のいくつかの行為の非論理性を説明する。性格の変化など。それが次元によって完全に粉砕されることは言うまでもない。次元間の推移の中にあっても絶えず残るものは、一人一人の意識だ。だがしかし、グリッブ氏は次元を無視しようと必死だ。次元は恐るべきものなのだ。イーグルさん、意識を養成したまえ。それが出口なのだから。(G, 72)

この理論によれば、人間は「抜け殻」なのである。そこへ(おそらくアリストテレス的)「形相」が宿るにすぎない。しかし「次元」に捕まると、人は狂うしかない。この哲学的議論は、実はルシュディの人間存在論を反映している。「抜け殻」である人間の中身は「社会的」に構築されるということに等しいからである。その場合、「次元」とはその時代の文化的「支配メカニズム」にあたるだろう。「意識」重視は実存主義的存在論に近い。

この議論を聞いてフラッピング・イーグルは「出口」の見えない閉塞状態を感じ、「鯨の腹の中のヨナ」(G, 72)のような気分になる。「次元熱」が彼に襲いかかり、「世界がくるくる回っていると思えた」(G, 73)後、意識を失い、彼は自分で自分の尻尾を噛んで滅亡する蛇と同じ状態に陥る(G, 74)。閉塞状態の中での狂気をどう癒すのか。

ここで癒しの問題が浮上し、その解答はヴァージルによってもたらされる。フラッピング・イーグルの夢の中にヴァージルが現れ、彼は自らの「記憶」という「牢獄」の鍵を開けて、「内面次元への滅亡的旅」(G, 75)を回想する。彼はかつて「スパイラル・ダンサーズ」惑星を訪れたことがある。そこでは「科学者＝詩人」が開発した一種の物理学があり、それは「高度に象徴主義的な宗教」になっている。

彼らは物質を穿鑿し、あくまでも小さな単位に分割し、最後に、そのまさに根源そのものに純粋で美しい生命体のダンスを発見した。これは無限小のハーモニーで、そこではエネルギーと物質が液体のように動いていた。エネルギー勢力が優雅に集結して融合点に達すると、物質であるところのピンチ(危機)を生み出す。ピンチは融合してさらに大きなピンチとなるか、分散して純粋エネルギーへ戻るが、いずれも高度に形式的なスパイラル・リズムに従っている。ピンチが融合する時、ストロングダンスを踊り、分散して原初状態へ戻る時は、ウィークダンスを踊る。(G, 75)

これは「科学」が関与している点で最もＳＦ的な一節であり、同時に物語の展開に関与する度合いにおいて重要でもある。ヴァージルは「スパイラル・ダンス」の儀式に参加したことがあった。このダンスには「慎ましい不完全なあらゆる生きものにあの根本的な完全を希求させる」(G, 76) 効用がある。彼はいま、裸になってこのダンスを踊ることで、意識を失ったフラッピング・イーグルを救おうとする。癒しの象徴としての「スパイラル・ダンス」の重要性は物語の最後で明らかになる。フラッピング・イーグル自身、彼を愛する娼婦メディアとともに「ウィークダンス」を踊ることになるからである。

神聖冒瀆の問題はこの作品での地獄めぐりに関係する。

ヴァージルが裸で踊り、二人のアビシニア人（サミュエル・ジョンソンの『アビシニアの王子ラセラス物語』へのアリュージョン）が生と死についての議論をしているうちに、フラッピング・イーグルは、依然として夢の中ながら、意識を取り戻し、七世紀も昔に使われた「つむじ風魔《ホワールウィンド・デーモン》」(G, 79) という言葉を叫ぶ。アクソナ・インディアンが低地の町に吹いていると信じていた悪い風のことで、俗世間の象徴でもある。このデーモンがフラッピング・イーグルに宿っている。ということは、彼はセキュラリズム（世俗主義）の体現者として設定されているということだ。

Ｋの町へ到着するとまもなく、フラッピング・イーグルはヴァージルを裏切ることになる。二人組の一方が他方を裏切るケースは『悪魔の詩』のサラディン・チャムチャとジブリール・ファリシタにも起こることを考えると、これはその先例である。

3　『グリマス』の世界(2)――物語と「人生」

この作品には本筋と関係のない脇筋がいくつもある。それらはあくまでも本筋と有機的につながることはない。これは「物語」としての失敗を意味すると見なされているが、作者にしてみれば、そこにこそ彼なりの「物語」論が託されているのである。あらゆる細部が意味を持つような「物語」はリアルな人生を写していないという見方である。

これは作品第二部で明らかにされる。

「哲学者」I・Q・グリップの妻エルフリーダは、客として迎えるフラッピング・イーグルとロシア貴族アレクサンドル・チャーカソフ伯爵の妻イリーナを前にして、「物語」について論じる。


物語は人生のようにあるべきで、端がほつれ、辻褄が合わず、グランド・デザインよりも偶然の出来事と重なるような人生の物語がいいわ。人生の大半は意味がありませんもの。ですから、あらゆるひとつひとつの要素に意味があるような物語を語るなんて、絶対に人生の歪曲に違いありませんよ。物語が人生を歪めるなんて、ほとんど犯罪的ですわ。だってそれは人生の見方まで歪めてしまうことになりかねませんからね。周りのことすべて、することすべて、自分に起こることすべてに意味を見出し、深い含みを読み取らなければならないなんて、ぞっとしますわ。(G, 141)

登場人物の口を借りての創作論議は「メタフィクション」の常套手段であるが、エルフリーダの意見は『グリマス』の創作原理を説明している。「物語は人生のようにあるべきだ」という主張自体は一九世紀小説的とも言えるが、「人生」についての見方が根本的に異なっている。彼女の言う「人生」とは「端がほつれ、辻褄が合わず、グランド・デザインよりも偶然の出来事と重なる」類のもので、「人生の大半は意味がない」というニヒリズムを根底に秘めている。「あらゆるひとつひとつの要素に意味があるような物語」への批判は「メタフィクション」世代の代弁とも言える。「グランド・デザイン」はグリマスがカーフ島について決めた当初の構想を意味する。

第一部と同様、第二部においても「辻褄の合う」物語が展開するわけではない。「過去」と題されるこのセクションでは、フラッピング・イーグルとヴァージルがKの町で離れ離れになった後、再び合流してグリマスに会いに行くまでが扱われる。この枠組みの中で狂気の殺人や迫害が行われるのである。

Kでのフラッピング・イーグルの生活に深く関与するのは、グリップ夫妻と彼らの友人チャーカソフ伯爵夫妻である。

グリップ夫妻は「文明社会の家庭のあらゆる特権」(G, 129) を享受していて、フラッピング・イーグルに清潔で居心地のいい部屋を提供し、贅沢にもてなす。「家庭を求める人間」(G, 131) である彼は「家庭」へ戻ったような気分になる。この設定には一四歳でイギリスの学校へ留学し、心地よくもてなされるルシュディの経験が反映されていると見ていい。だが、一見居心地よさそうな場所は、フラッピング・イーグルにとって場違いなものへと変わっていく。この面で確かにこの作品にはイズラエルの言う「文化的転移《ディスロケーション》」(Israel, 75) のテーマが織り込まれているが、しかしそれはメインテーマというわけではない。メインテーマは「複合自我」なのである。

超小柄の哲学者グリップはヴァージルが嫌いで、「グリマス」などはヴァージルのような「あほ」が撒き散らす「たわごと」(G, 132) だと言う。しかしフラッピング・イーグルは、「グリマスが事実であれ、虚構であれ」(G, 132)、是非ともその正体を突き止めたいという気になる。「事実であれ、虚構であれ」という、作者として計算ずくの文言は、この作品が「メタフィクション」であることのもうひとつの証拠である。故意に「虚構」を強調しながら、作者の「内的次元」に関わる「事実」を印象づけようという計算である。

チャーカソフ伯爵は知性が足りないため、妻イリーナからあからさまにばかにされている。社会情勢の変化(おそらくロシア革命のこと)と妻の希望により、必ずしも自分では望まない「不死」の島カーフ島へとやってきて、治安判事の地位についているが、犯罪のない島では、仕事がまったくない。彼はもっぱらマダム・ジョカスタの娼窟へ通うことで、イリーナへの不満を埋め合わせている。

Kへ到着した翌日、フラッピング・イーグルはグリップ夫妻に連れられ、チャーカソフ夫妻を訪問する。大きな丸テーブルを囲んでの食事の際、チャーカソフ伯爵はロシア時代の悲惨な運命を長々と嘆き、それに耳を傾けていたフラッピング・イーグルはヴァージルの言葉を思い出す。Kの町は「合祀所《ヴァルハラ》」(G, 139) だという、北欧神話用語を使っての説明だ。つまり、彼と食卓を囲む人々はすべて「幽霊」なのである。

フラッピング・イーグルとヴァージルとドロールズの三人を中心にそれぞれ独立したエピソードが展開する第二部

は、一人の人間の中に互いに矛盾する複数の「私」がいるという「複合自我」の概念を背景において見る時、初めて意味をもつのであり、因襲的物語として細部を読むことは、第一部同様、時間的要素の不明さも手伝って、困難だと言わざるをえない。ブレナンやカンディがこの作品を失敗作と見る理由もその困難さにある。しかし、自称「歴史家」ヴァージルと「愛の奴隷」と言うべきドロールズはいずれも、合理的理由なしに、フラッピング・イーグルの一部を構成する。あえて言えば、「シムルグ」を構成する三〇羽の鳥の一羽ということである。

4 『グリマス』の世界(3)——「シムルグ」という鳥

グリマス Grimus という名がペルシア神話における飛べない巨鳥「シムルグ」Simurg のアナグラムであることが明かされるのは、第二部の最後の部分であるが(G, 197)、その意味が深まるには、しばらく待たなければならない。ヴァージルが「ひとかどの歴史家」(G, 13)と作品冒頭部分で呼ばれているのは、カーフ島の歴史の記録者という意味であることが判明する。その日記によれば、ヴァージルはどこかヨーロッパの都市で「墓掘り人」をしていた。のちにグリマスの手先となるニコラス・デグルは同業の友人だった。彼らはペットの埋葬も手がけていて、ある時、ペットを埋めにいった森の中で不思議な効験を持つ「石のバラ」を見つける。彼らが鳥の埋葬を依頼にきたグリマスという名の男に出会うのもその時である。その訛から中央ヨーロッパの難民と思われるが、正体不明の、しかし身なりは立派な男だ。彼はおびえた顔つきの「墓掘り人」たちを見て理由を聞き、「石のバラ」に興味を示す。その夜、グリマスはヴァージルとデグルを自宅へ招き、身の上話をする。グリマスというのは本名でなく、「シムルグ」という神話上の鳥のアナグラムだと告げる。

シムルグは巨鳥なんだ、と彼は熱っぽくわれわれに語った。巨大な翼、絶大な力強さ、奇異な姿。それは他のすべての鳥の寄せ集めなんだ。シムルグが住む山へ、三〇羽の鳥がその鳥を探しにいくというスーフィの詩がある。鳥たちが頂上へ辿り着くと、自分たちがシムルグであること、あるいはむしろそれになってしまったことに気づく。なにしろ、その名前は三〇羽の鳥という意味なんだ。〈シ〉が三〇。〈ムルグ〉が鳥。面白い。実に面白いね。カーフ（Káf）山の神話だ。（G, 209）

グリマスの説明によると、「カーフ」Káf とはアラビア文字で、アルファベットのKもしくはQに相当している。グリマスが森からペット用棺に入れて運んできた「石のバラ」に手を触れると、突然彼の姿が消える。しばらくして姿が戻るのだが、その間に彼は惑星セラへ旅してきたのだと言う。その後しばしばグリマスはアナグラムに熱狂す

《鳥の議会》　シムルグを探しに集まった30羽の鳥たち。
Husayn. Mughal manuscript 1604-10 (Attar, 22).

る惑星へ旅をし、アナグラム・チャンピオンのドータから「構想テクノロジー」の一つとしての「構想旅行」について学び、「黄色の瓶」と「青の瓶」を持ち帰る。もちろん「不死」の薬と「死」の薬である。

カーフ島を創るという考えは「構想テクノロジー」の応用である。「構想テクノロジー」は「構想を鏡のように映す存在を顕現させる」（G, 211）働きがあり、グリマス、デグル、ヴァージルの三人はその機能を使って思いどおりの「世界を築く」（G, 211）仕事にとりかかる。「グランド・デザイン」によって描かれた世界がカーフ島であり、Kの町であり、カーフ山である。

「グリマスハウス」は「迷宮」（G, 225）になっている。「その創造主の反映」（G, 224）なのだが、実際、窓という窓に鏡が嵌められ、光を反射している。（グリマスの「内的次元」を象徴するこの「迷宮」イメージの導入は、ホッケの『迷宮としての世界』など、一九六〇年代から七〇年代にかけて盛んに行われたマニエリスム再評価と関係があるものと思われるが、この点については後で触れたい。）

北欧神話の樹木ユグドラシル（全宇宙の運命はこの木にかかっているとされる）が目印となっている入り口があり、建物に入ると、入り組んだ六つの部屋のうち、だれにも分からない位置にある小部屋に「石のバラ」が安置されている。世界中の鳥を、生きたまま、あるいは剝製や絵画として集めた部屋もある。

「魔よけの杖」を持ったフラッピング・イーグルは「いったいこれらすべてはどういうことなのか」とグリマスに訊くと、「すべては死に関わっている」（G, 231）という答えが返ってくる。「死だよ、イーグルさん。それこそ人生が関わっているものだからね」（G, 231）。グリマスの「死」についての考えは、そのまま物語論になる。

終わりがどうなるかを知らずに物語を書く者がいるだろうか？　すべての始まりは終わりを含んでいるのだ。ヴァージル・ジョーンズには知らせず、ニコラス・デグルにも知らせずに、私は自分の死を中心にカーフ山を計画したというわけだ。（G, 232）

カーフ山においては、「死」は「自然にやってくるもの」でもなければ、「簡単」でもない。それは「肉体に対する暴力行為とならなければならない」のだが、それだけではない。

これがカーフの本質だ。人間性をその最大の本能的衝動、すなわち再生産を通じた種の保存の必要性から解放することによって、それを理解しようという試みなのだ。（G, 232）

カーフ山は「人間の心の構造と作用を知るためのモデル」（G, 232）であるとも説明される。グリマスがカーフ島を「構想」した理由は、しかし、観念遊戯的であるよりも、かなり切実なものであることが、彼の口から明かされる。

私はかつて捕虜だった。毎日、殺されるのではないかと心配していた。そういう種類の戦争だったのだ。他の何十人もの捕虜とともにトラックに詰め込まれ、処刑場へ連れて行かれ、目隠しされた。兵士どもの足音が聞こえ、狙えという命令が飛ぶ……。弾丸は当たらなかった。高度な拷問だった。われわれにいつ死ぬか分からない思いを抱かせつづけるという、ただそれだけの目的のために、ときどき実際に捕虜を射殺した。しかし敵がやりたかったのは拷問なのだ。心臓発作で死ぬものもいた。私は死ななかった。私は自分自身についてふたつのことを学んだ。まず、自分の肉体が生きているのか、死んでいるのかは、私にとっては極度にアポータンス的ことがらだということ。ふたつめは、いつか将来、自分の人生を組織する人間になりたいということ。自分が望むとおりの人生を、ね。（G, 238）

「アポータンス」とは「重要性の概念が事実上意味をなさなくなる場合」（238）のことだと説明したうえで、そうなった場合の心理状態をグリマスはフラッピング・イーグルに次のように説明する。

私は従順で、なんでも信じようとし、どんな新たな恐怖でも、また自分自身についてのどんな下劣な真実でも、進んで受け容れてしまう。私は自分に対してなんの隠しごともしないということだ。だから私は「内的次元」たちといっしょに住める。彼らは持続的に私の意識的自我と共存できるのだ。分かるかね？（G, 238）

この「アポータンス」というべき心の状態は、「内的次元」と「意識的自我」の「共存」としている点で、自分の中にたくさんの人間が住んでいるという「複合自我」状態であることは明らかである。三〇羽の鳥から合成された「シムルグ」という神話の鳥は、まさに「複合自我」のシンボルにほかならないし、そのアナグラムを名前とするグリマスは「複合自我」を表象していのである。その背後に「戦争体験」が置かれている。「複合自我」の生成に「戦争体験」が関わっているというこの設定はきわめて暗示的である。つまり「統合自我」を決定的に破壊したのは、歴史的に見て、第二次世界大戦の経験であったからだ。(5)

「アポータンス」という造語をめぐって、もうひとつ重要なのはフラッピング・イーグルの「自我」形成との関係である。

グリマスの「生き写し」であり、分身となるフラッピング・イーグルは、物語に登場する最初から「アポータンス」というべき心的状態を付与されている。例えば彼がフェニックスの町でリヴィア・クラムに見初められる時、彼は次のように内的独白する。

おれは順応しやすい種類の人間、鷲というよりカメレオンで、能動行為より受動行為が得意なのだ。（G, 25）

また、リヴィアが死んで、フラッピング・イーグルは海へ出るが、この時の次のような散文詩風の叙述も彼の「アポータンス」状態＝「複合自我」を表象するものである。

彼は斑点の変わる豹、変色する虫だった。流砂にして引き潮だった。空のように気まぐれで、季節のように巡り、ガラスのように無名だった。カメレオン、取替え子、万人に対する万物、いかなる人にたいしても無だった。彼は自らの敵となり、友人を食いつくした。彼は友人たちのすべてであり、またいだれでもなかった。（G, 31）

さらに、フラッピング・イーグルはカーフ島到着後、エルフリーダ・グリップから「思うに、あなたって他人の影響をあまりにも受けやすいのね」（G, 161）と言われる。あるいはまた、カーフ島を抜け出すこともできず、そこで満ち足りた生活を送ることもできない状態での彼の感覚、「フラッピング・イーグルは空虚な人間、形相を持たない脱け殻だった」（G, 192）という感覚は、われわれがすでに見たK在住の自称「哲学者」I・Q・グリップの人間存在論を反映している。「われわれすべてのありのままの姿は抜け殻」で、時折「感情、理性などなど」の「形相」に「占有」される。「形相」は「エーテルの中を漂っている」（G, 72）ものであって、人間の内部にあるものではない。それが言わば「グリップ哲学」であった。この「哲学」のアキレス腱は「次元」への対処である。グリップはそれを無視しようとする。彼の見方では「次元」を超克できるのは「意識」だけである。「次元間の推移の中にあっても絶えず残るものは、一人一人の意識だ」（G, 72）と彼は言う。「次元」とは「他者」のことであり、「形相」とは「自己」のことだと類推して差し支えない。ここで想起されるのは、「意識」の前で「自己」も「他者」も同列のものだとするサルトルの実存主義「自我」論である。[6]

作品全体を通じてフラッピング・イーグルに付与されている「アポータンス」状態は、実はグリマスの「グランド・デザイン」によって定められていたことが、「グリマスハウス」内部に入ることで判明する。グリマスは自在に世界を映し出す「水晶球」を使ってフラッピング・イーグルの行動を逐一監視し、コントロールしていたのである。この「水晶球」のアイデアはホルヘ・ルイス・ボルヘスの短編「アレフ」（一九四五）のアイデアによく似ているが、この点を含め、ボルヘス的構想と『グリマス』の関係ついては後で詳しく説明したい。

グリマスはフラッピング・イーグルを自分の完璧な身代わりにする「フェニックス」計画を考えていたのであり、

その計画は若きアクソナ・インディアンが「不死の薬」を飲んでフェニックスの町へ降りた時から延々と七世紀以上にわたって実行されてきたわけである。その計画がいよいよ実現目前となり、「暴徒の手にかかって死にたい」(G, 240) という積年の願望を実現するための最後の手続きとして、「包摂器具」(G, 242) なるものの使用に踏み切る。それによってフラッピング・イーグルを文字通り「包摂」するためである。これは二人が一人になるという一九世紀的「統合自我」の理念を実現するものでなく、フラッピング・イーグルという一人の人間が二人になることである。彼という「脱け殻」の中に「主我」がふたつ生じることである。その瞬間の内的独白風記述は次のようになっている。

> 自我。おれの自我。おれ自身と彼一人。白熱するボウルの中のおれ自身と彼の自我。そうまさにそんなふうだった。われわれ自身から白熱するボウルへと注ぎ込まれたおれ自身と彼自身。簡単至極だ。きみは私を呑み込む。私はきみを呑み込む。混ぜ合わせ。いっしょくた。混合物のできあがり。ひとつになるぞ、さあ。きみは私に私はきみに。彼の考え。(G, 242)(強調原文)

これはまさに「複合自我」生成の瞬間である。同時にこれはグリマスによる「フェニックス」計画の完了を意味し、以後、フラッピング・イーグルはグリマス＝イーグルとなる。一方、グリマスはKの町の「暴徒」(そこには妻ドロールズに逃げられて荒れ狂うフラン・オトゥールが含まれる)に火あぶりにされ、その後を追って、ヴァージル・ジョーンズの妻でありながら、グリマスに恋い焦がれる女リヴも喉を掻き切る。バード＝ドッグはリヴの後継者となり、娼婦メディアはバード＝ドッグの後継者としてグリマス＝イーグルに仕えることとなるし、エルフリーダは娼窟でメディアの後継者となる。このように欠員はすべて補充され、カーフ島の存続はグリマスの計画通りに進む。実際、グリマス＝イーグルは「石のバラ」に触って惑星セラへの「構想旅行」を試みたりもするのである。「次元熱」が「他者への恐怖」であるとすれば、「石のバラ」はその「恐怖」を解消する魔法の道具である。なぜならグリマス＝イーグルの頭に浮かぶ最終的想念、あるいは「思想形相」(G, 251) は次のようなものであるからだ。

きみはひとつの生命体だ、と思想形相は言った。「石のバラ」を使えばきみは何百万人もの他人に入り込み、他人そのものになれるし、無限の生命体を生きられるし、知恵と力を獲得してきみ自身の知恵と力を形成できる。(G, 251)

しかし、グリマス＝イーグルは「石のバラ」に頼って「次元熱」を解消することに疑問を覚えている。もっと厳密に言えば、「イーグル主我」I-Eagle は「グリマス主我」I-Grimus に対して批判的で、同じ道を歩みたくないという思いがあるのだ。

イーグル主我はカーフ島とその外であまりにもたくさんのことを見てきた。グリマス主我が観念のためにたくさんの生命体を滅ぼすやり方を見すぎてしまった。グリマス主我にとって観念、発見、学習、これらのものがなによりも重要だった。Kの人々が純粋生存という盲目的哲学に矮小化され、偏執的にそれぞれの個性の切れ端にしがみつき、自分たちが住んでいる環境を変えることなどできないと内心知っているのを、イーグル主我は見てきた。無制限の力と無制限の学習、そしてこのふたつを人間性の最大の目標にまで高めてしまった選良的抽象的態度、それらが組み合わさった威圧力は、イーグル主我自身には実現できない威圧力だった。その効果のほどをイーグル主我は、ヴァージル・ジョーンズに、ドロールズ・オトゥールに、リヴ・ジョーンズに、そして、長らく疎遠になっていたとはいえ自分の姉であるバード＝ドッグに見てきたのだ。「石のバラ」は至高の贈り物なんかではないぞ、とイーグル主我は思った。(G, 251)

このようにイーグル主我はグリマス主我を批判することで「石のバラ」を不要と見なすが、その瞬間に「石のバラ」そのものが消えてなくなる。フラッピング・イーグルの手元に残るのはメディアの愛だけで、彼らの「ウィークダンス」によってこの物語は締めくくられる。つまり「原初状態」への回帰が暗示されるわけである。

5　ボルヘスの影響

『グリマス』にはいくつかの点でホルヘ・ルイス・ボルヘスの影響が認められる。まず、さきほど見たグリマス＝イーグルの最終的想念、ひとりの人間が「何百万人もの他人になれる」という「複合自我」の定義のような「構想」はボルヘスの短編「不死の人」（一九五七）[7]に見られるアイデアである。

この短編はローマ時代から生き延びている男の手記ということになっている。ディオクレティアヌス帝（在位二八四―三〇五）の時代の記憶から始まり、おそらく二〇世紀まで生き延びた人物と考えられるが、ともあれ彼は紀元三世紀に「不死の人々の秘密の町」（L, 136）を見つけようと決意する。そしてついに見つける不死の人々は「穴居人」で、彼らは「岩山の台地」（L, 139）に住んでいる。これと関連しているのは、フラッピング・イーグルが属している「アクソナ・インディアンもアメリンディアの「台地」（G, 17）に暮らしていたという『グリマス』における設定である。「穴居人」たちが作る町は「迷宮」（L, 141）になっているが、これはカーフ山の「グリマスハウス」のモデルと考えられる。「不死」と「迷宮」の組み合わせは、かなりの高い確度でルシュディがボルヘスの短編を念頭においていたことを窺わせる。

「不死の人」の語り手は、彼自身が不死の身であり、不死とはなにかについて思いを巡らせる。その中のひとつに次のような一節がある。

何世紀にもわたる慣行によって教え込まれた結果、不死の人々の共和国は寛容の完成を達成し、無関心の完成もほぼ達成した。無限の時間の中にあっては、すべてのことがすべての人々に起こるということを彼らは知ったのだ。あらゆる人間が、過去または未来の美徳ゆえに、すべての善に値するものとなり、また、過去または未来の悪徳ゆえに、すべての悪にも値するものとなるのである。（L, 144-145）

不死は美徳と悪徳、善と悪の境目をなくす。したがってそれは人間を無限に寛容にするとともに、無限に無関心にもする。そういう理屈について、語り手はなおも次のように述べる。

将来何世紀か後に善となるようにと悪をなしたもの、あるいは、悪をなして、すでに過ぎ去った歳月にそれが善となったもののことを、私は知っている。……このように見ると、われわれのすべての行為は正しいのであるが、それはまた善悪に無関心でもある。道徳やら知的功罪やらは存在しない。ホメーロスは『オデュッセイア』を書いた。われわれが無限の環境と無限の変化を含む無限の時間を仮定するならば、一度たりとも『オデュッセイア』を書かずにいることは不可能事である。だれもが個別の人間でいられない。不死の人は一人ですでに万人なのである。コルネリウス・アグリッパのように、私は神であり、英雄であり、哲学者であり、悪魔であり、世界である。つまりこれは、私は存在しないということの極めて退屈な言い方なのだ。(L, 145)

「私は存在しない」ということは、「私」=「独我」は存在しないということである。「神であり、英雄であり、哲学者であり、悪魔であり、世界である」ような、「万人」の、つまり「複合自我」としての「私」しか存在しないということである。ここに言及されているコルネリウス・アグリッパ(一四八六—一五三五)は実在の「複合自我」表象だと言うべきであろうし、グリマスのモデルと考えられなくもない。伝説によれば、アグリッパは死んだ女性を魔法の鏡に映して見せたとされるからである。その女性はキルデア卿の娘で、サリー伯ヘンリー・ハワードの恋人であった。アグリッパは伯爵にその魔術を披瀝したのである。(8) 彼はまたファウストのように悪魔と交流したとされる。そういう彼が「複合自我」表象にふさわしいとすれば、ルシュディが提出するこの概念には魔術と悪魔主義の影がちらつくことを、われわれは記憶に留める必要があるだろう。『悪魔の詩』で書記サルマンに取りつく悪魔的誘惑は作家の内面に巣食っていたと推測する根拠になるからである。

不死の相から見た人間は、先ほどの引用が示すように、死ぬべき運命の人間とはまったく別の様相を呈する。しかもこの「複合自我」的様相は、まったく気紛《まぐ》れな理論上のことにすぎないわけではない。不条理でときに悪魔的にもなる人間という自己認識は、アグリッパのみならず、カラバッジョのようなルネサンス後期におけるマニエリスムの芸術家たちにも見出されるし、二〇世紀に入れば、ポール・ジョンソンが批判的視点から指摘しているように、[9] モダニストからポストモダニストに至るまで、枚挙に遑《いとま》がないほどの作家、詩人、芸術家たちがその種の認識を表明している。

第二次世界大戦が人間の不条理性と悪魔性を際立たせたことも付け加えなければならないし、実際グリマスの告白にはその要素が入り込んでいる。戦争での「捕虜」の経験なくして彼はカーフ島を「構想」しなかったのである。

このように、歴史的に蓄積された不条理性の認識の上に「不死の人」における「一人は万人である」という逆説が成り立っている。ルシュディはこの逆説に魅力をおぼえ、彼なりの「不死」のヴィジョンを『グリマス』に描いたと考えられる。それが「複合自我」の表象となったのは偶然ではなく、まさにボルヘスの影響なのである。とりわけ「不死の人」の影は色濃いと言わなければならない。

ボルヘスの影響を示すものとして、他にも、「複合自我」表象として使われている「シムルグ」という鳥のことが挙げられる。ボルヘス（と共著者マルガリータ・ゲレロ）の『想像上の存在の書』（一九六九）[10]における「シムルグ」の項目は次のように始まる。

> シムルグは「知識の木」の枝に巣を作る不死鳥である。バートンはこれを鷲と比較している。鷲は、『新エッダ』によれば、多くのことがらについての知識を持ち、「世界樹ユグドラシル」の枝に巣を作る。(BIB, 204)

この引用文と『グリマス』の関係はシムルグのみでなく、「不死鳥」と「鷲」、「ユグドラシル」に及ぶ。「鷲」はフラッピング・イーグルの名前に反映されているし、「ユグドラシル」の巨木は「グリマスハウス」を「覆うように」(G, 224) 聳えているからである。「ユグ」とは北欧神話の主神「オーディン」の別名で、「ユグドラシル」とは

「オーディンの馬」という意味だとされるが[11]、『エッダ』に登場する魔神「ロキ」(G, 34)という名前や北欧神話で「合祀所」を意味する「Valhalla」(G, 139)という言葉を使ってヴァージルがフラッピング・イーグルにKの町を説明することなどを合わせると、ルシュディがペルシア神話や北欧神話という、西洋キリスト教文化から見れば異文化の要素を駆使して、カーフ島やカーフ山を構想したことが分かる。そうした異文化への最初の手がかりは、肝要な事項がセットになって登場するボルヘスの『想像上の存在の書』によって与えられたと考えられるわけである。

われわれがすでに見たように、作中でグリマスは自分の名とカーフ山の由来について説明しているが、そこで言及される「スーフィの詩」が一三世紀に書かれた叙事詩『鳥の議会』であることを、ボルヘスは次のように明らかにしている。

ファリド・ウッディン・アッターは一三世紀にシムルグを神の象徴とする。このことが起こるのは『マンティク・アル＝タイル(鳥の議会)』の中で、四五〇〇ほどの対句《カプレット》で書かれたこの寓意詩《アレゴリー》の筋書きは驚くべきものである。遥かな地に住む鳥の王シムルグが中国のどこか真ん中あたりに、そのすばらしい羽を一本落とす。これを知ると、目下の無秩序状態に飽き飽きしている他の鳥たちが、シムルグを探しに行こうと決める。鳥の王の名前が「三〇羽の鳥」という意味であることを、他の鳥たちは知っている。また、王の城がカーフという山、もしくは大地を取り巻く山脈にあることも知っている。最初からやる気をなくす鳥もいて、小夜鳴き鳥はバラへの愛を理由に泣きつき、鸚鵡は自らの美しさを保ちたいと言って哀願し、籠の中の生活を選ぶ。山鶉は山の巣でないとやっていけないし、青鷺は湿地がないとだめで、梟は廃墟がないと生きられないと言う。しかし最終的には何羽もの鳥たちが危険な冒険へと旅立つ。鳥たちは七つの谷や海を渡る。最後から二番目の海は「困惑」、最後の海は「絶滅」という名だ。巡礼たちの多くが落伍し、残ったものたちも旅の途中で犠牲を強いられる。苦難を乗り越えて純粋になった三〇羽の鳥たちがシムルグの偉大な山頂へ到達する。鳥たちはついにシムルグを見る。シムルグとは自分たちのことだと気づく。シムルグとは三〇羽の鳥の一羽一羽であり、そのすべてなのだと。(BIB, 204-205)

これがボルヘスによって語り直された「シムルグ」の神話である。この神話は中国に若干の関連があると指摘されているが、その部分をS・C・ノットの翻訳によって確認すると、「シムルグの最初の顕現は真夜中に中国で起こった」(Attar, 25)とある。シムルグが落とした一本の羽からだれもが元の姿を想像したとされる。そこで想像された鳥は、張競氏の中国幻想動物研究書によると、おそらく「鳳凰」であるかも知れず、興味深いことに「鳳凰」は六種類の動物から合成された姿をしていて、「大同」という理想社会の象徴とされたという(張、八〇—一一二)。

ルシュディは『グリマス』において『鳥の議会』の設定を借用し、「一羽にして三〇羽」という逆説的な鳥「シムルグ」をグリマスと変え、その巣がある「カーフ山」をカーフ島とし、さらにグリマスの居場所にKという名前をつけた。彼はこうして「複合自我」概念に神話的根拠を与えたのである。ただし、神話にあっては「神」の表象であるものがルシュディにあっては人間の「自我」の表象になっている。「複合自我」とは「神」の座を脅かす概念でもあるのだ。その意味で、冒瀆的と言えば、あまりに冒瀆的な概念なのである。

図像合成による鳳凰の図（作成 神尾雄一郎 張, 112）

「不死の人」やシムルグの話に加え、世界が見える「水晶球」という、グリマスが重用した魔法の物体もまた、ボルヘスの短編「アレフ」[12]に登場する物体に似ている。「アレフ」とはヘブライ語のアルファベットの最初の文字の名であるとともに、ここでは魔法の物体の名前でもある。この短編はベアトリス・ビテルボという女が一九二九年に死に、その命日の四月三〇日には必ず彼女の家に行くという人物がいて、この男が語り手になっている。彼がボルヘスその人なのかどうかは分からないが、「ボルヘス」(A, 24)と名乗っていることは事実である。彼がベアトリスの家で毎年会うカルロス・アルヘンティノ・ダネリはベアトリスの弟で、ブエノスアイレス郊外の図書館で目立たない仕事をしながら、全世界をくまなく韻文に書こうとしている。語り手は毎年一度その韻文の一部を読み聞かされているのだが、ある年、ダネリから命日以外の日に会いたいと要望される。ダネリの両親、つまりベアトリスの親が住んでいたガライ街の古い家を大家が取り壊すと通告してきて、彼は大いに腹を立てているというのである。その家の地下室に「アレフ」があって、それなくしては彼は詩が書けないというのが理由だ。語り手はダネリから「アレフ」を見にいこうと誘われる。地下室に下りて、彼はダネリの指示通りに横たわり、真っ暗闇の中で階段の段数を数える。ここで彼は当然ながら「アレフ」を見ることになるのだが、その前に作家として直面している困難について語る一節があり、そこには「シムルグ」への言及が見られるし、「メタフィクション」の見せ場でもあるので、ここに引用する。

私は今この物語の、言語に絶する核心部に到達している。そしてここから作家としての私の絶望が始まる。すべての言語は一組の象徴で、当該言語話者のあいだでの象徴使用は、共有された過去を前提としている。だとするなら、無限のアレフをいかにして言葉に翻訳できるだろうか。混乱を極める私の頭ではとても把握が難しい対象なのだ。同じ問題に直面した場合、神秘家ならば神を象徴に頼る。あるペルシア人は神を表象するために、一羽ながらすべての鳥である鳥について語る。……おそらく神々は類似の暗喩の使用を私に認めてくださるだろうが、しかしその場合の私の説明は、文学によって、つまりフィクションによって、汚染されてしまう。(A, 26)

フィクションがフィクション性を自己否定して、「物語の核心部」の信憑性を高めようとするトリックがここに使われている。ナイーブな読者は語り手がなんとか真実を語ろうと必死になっているように思うだろう。したがって、この後に続く次のような一節を「フィクション」でなく「現実」だと受け止めるに違いないし、それこそがこのメタフィクション的トリックの狙いなのである。

階段の右手奥に私はほとんど目が眩むほどに輝く小さな虹色の球体を見た。最初それは回転していると思ったが、やがてこの動きは球体が撥ね返す眩しい世界が創り出す幻影だと分かった。アレフの直径はおそらく一インチにも満たないものだったが、すべての空間が実際に縮小されずにそこにあった。ひとつひとつの事物（言わば、鏡の表面）が無限の事物であった。というのも、私は宇宙のあらゆる角度からそれをはっきりと見たからである。（A, 26-27）

ここにもまた「ひとつの事物が無限の事物」という逆説が含まれているが、ともあれこの後に語り手が目にした事物が列挙される。溢れるほどの海、夜明けと日暮れ、アメリカの群集、黒いピラミッドの真ん中の銀色の蜘蛛の巣、破壊された迷宮（ロンドンのこと）、鏡を覗き込むように私を覗き込む際限のない目、地上のすべての鏡などなど。

このようなものが見える「アレフ」の機能はグリマスの「水晶球」のそれと同じである。しかし「アレフ」は人が見たいものを自在に見せてくれるわけではない。この違いはあっても、「アレフ」が「水晶球」のモデルになったであろうという推測は、あながち間違いとも言えないだろう。

『グリマス』はルシュディが二八歳の時の作品であるが、彼が二〇歳のころに愛読していた文学作品リストにボルヘスの最初の短編集『フィクションズ』の名が見られる（IH, 276）。もちろんその短編集には「不死の人」も「アレフ」も入っていないが、一九八五年に行った雑誌のインタビューで、ルシュディは影響を受けた作家の一人としてボルヘスの名を挙げている[13]。これに加えてロジャー・Y・クラークは『グリマス』における時間や「次元」の概念がボルヘスの「バベルの図書館」に見られる時間や次元の概念に類似していることを指摘している（Clark, 30-60）。この影響関係の評価について次節で考察したい。

6　ルシュディと「メタフィクション」世代

ボルヘスを「メタフィクション」世代の作家と呼ぶとすれば、『グリマス』が示しているのは、ルシュディがその世代の桎梏から脱しきれないまま、作家としてのスタートを切ったということである。この出発の仕方は彼と同世代の作家たち、例えばマーティン・エイミスなどに共有されている。しかしながら、エイミスが「メタフィクション」世代からあまり離れられずに一九八〇年代を送るのに対し、ルシュディは「魔術的リアリズム」という、ガブリエル・ガルシア＝マルケスなどが開発した新たな革袋に、ポストコロニアリズムのハイブリッドな「複合自我」表象を盛り込むことで、閉塞的と言われる「メタフィクション」世代の桎梏を断ち、少なくとも社会に問題を投げかけることに成功するのである。彼の『真夜中の子供たち』『恥辱』『悪魔の詩』はそういう作品である。

パトリシア・ウォーが『メタフィクション――自己意識的フィクションの理論と実際』において言う「メタフィクション」とは「フィクションと現実の関係に疑問を提示するために、人工品としてのフィクションの状態に対して自己意識的、かつ組織的に関心を向けるフィクション・ライティング」(Waugh, 2) だと定義されている。

『グリマス』が示すように、ルシュディも「フィクション・ライティング」について十分に「自己意識的」であり、その意味で「メタフィクション」の影響を最初は十分に受けていた。われわれはここで『グリマス』における「フィクション・ライティング」への言及を想起することができる。例えば、「物語は人生のようにあるべきで、端がほつれ、辻褄が合わず、グランド・デザインよりも偶然の出来事と重なるような人生の物語がいい」(G, 141) というエルフリーダの「物語」論。その理由は「人生の大半は意味がありませんもの」(G, 141) というニヒリズム、おそらくは「不死」が生んだニヒリズムにある。それはまた人生が不条理であることの別な表現でもあり、したがって「あらゆるひとつひとつの要素に意味があるような物語を語るなんて、絶対に人生の歪曲に違いありません」(G, 141) という、おそらくは一九世紀小説を念頭に置いた、因襲的な物語への批判が根拠を持つ。

すでに触れたように『グリマス』は「不条理フィクション」に分類される。P・ニコリスによれば、「不条理」という言葉はアルベール・カミュ（一九一三―六〇）によって意味を与えられ、「不条理フィクション」というジャンルを生んだ。それは「人間が理解不能なシステムに翻弄されている世界」という設定を持ち、「合理的一貫性、フェアプレイ、正義を、神であれ人間であれ、だれかに期待しても、しばしば失望に終わる」世界でもある。その世界は「現実にこの地上に存在しないという意味で非現実的」なのだが、「それが暗喩となるような精神状態はしばしばきわめて現実的」（Nicholis, 15）だと指摘される。

『グリマス』も、不死、超能力、自我融合などの非現実的世界を描きながらも、「複合自我」の「暗喩」として、あるいは「表象」として、現実的な意味を持っていることは、われわれがすでに見てきたとおりである。ルシュディはこのような作品を書く際に、「不条理フィクション」の大家ボルヘスの影響下にあったことも明らかとなった。

ウォーはルシュディに言及していないが、『グリマス』が彼女の言う「メタフィクション」に相当することは明白であり、彼女が中心的に取り上げた、ボルヘスを含む「メタフィクション」世代の作家たちの刺激なくしてはルシュディの文学はありえなかったと言っても過言ではない。

ウォーの扱う「メタフィクション」作家は、ルシュディよりも一世代前の作家たちであり、ヴェトナム戦争と学園紛争の時期を生きていて、しかも、ジョン・バースやジョン・ファウルズを見るかぎりにおいて、ポストコロニアリズムにはあまり関心を寄せていない。彼らの関心はもっぱら独我論的「自我」とそれを映す歪んだ鏡あるいは手法のための手法である。当時、パルミジャニーノの絵画作品『凸面鏡の自画像』に象徴されるマニエリスムあるいはバロックの再評価が盛んに行われたことも、「メタフィクション」流行と関係があった（バロックとマニエリスムの差異はきわめて微妙なので、ここでは両者を類概念として扱いたい）。高度に発達したルネサンスの絵画手法の後で、手法（マニエラ）そのものを目的化したのがマニエリスムあるいはバロックであったが[14]、伝統的小説作法を自己意識化する「メタフィクション」は、それを「枯渇の文学」と呼んだバースによれば、「バロック」と大いに関係がある。

バースのエッセイ「枯渇の文学」は一九六七年に書かれた。すでに『酔いどれ草の仲買人』を含めた自身の実験的作品を発表し終えていて、いわば自己弁護と、ベケットやナボコフとりわけボルヘスの称揚のために書いたのである。このエッセイはマルカム・ブラッドベリー編『今日の小説』（一九七七）に取り入れられ、さらにバース自身のエッセイ集『金曜の本』（一九八四）にも、それが書かれた頃の回想を添えて収められ、「メタフィクション」世代の「宣言」的役割を果たした。「枯渇の文学」と言う時、「枯渇」しているのは作家たちのオリジナルなテーマなのである。つまりそれは、すべてのテーマが書かれてしまったために、もはや作家が書くべきことはなにも残されていないということを意味する。このことを知り、なおかつ、予感される新たなテーマを書くにはどうすべきか。その指針を与えてくれるのが、さきほど挙げた三人の作家たち、とりわけボルヘスというわけである。

ボルヘスについてバースが取り上げるのは、短編小説「ドン・キホーテの作者ピエール・メナール」である。この短編を読んでみると、作者とおぼしい「私」が、しばらく前に亡くなった友人にして詩人・小説家ピエール・メナールなる人物の業績について語っているだけの、およそ物語性のない書きものであることがわかる。「私」もその書きものを「覚え書き《ノート》」と呼ぶ。メナールの一九の業績は一覧表にして示されるが、その中に含まれない小説作品を「私」はことのほか高く評価する。それは『ドン・キホーテ』の前編第九章と第三八章、それに第二二章の断片から成り立っている。しかしこの「作品」たるや、セルバンテスの言葉の逐語的再現なのである。

この奇抜な発想の背後には、われわれがすでに考察したように、「不死」の視点から見た時間や個人の概念変容がある。「不死」の世界にあっては、「死」を前提とした個人の限られた経験や個性などは消滅し、個人が万人となるので、ピエール・メナールが『ドン・キホーテ』を書いてもおかしくないのである。しかし、それはもちろん形而上的可能性にすぎず、「ドン・キホーテの作者ピエール・メナール」に込められたテーマは、「オリジナルな文学作品を書くことの困難さと、おそらくは不必要性」だとバースは指摘する。加えて彼は「あらゆる人間は自分自身であるだけではない……。人間は繰り返し生を与えられる」というサー・トマス・ブラウンの言葉を引用し、この一七世紀の文学者はボルヘスの「先駆者」だとも言っている（Barth, 69, 74）。ブラウンの言葉は「輪廻転生」への言及と考えられ、必ずしも「不死」の観念を指してはいないが、バースの見解ではそれが「オリジナリティ」と対峙していると見なされている。

バースはベケットやナボコフにも言及するが、エッセイのほとんどはボルヘスに捧げられ、彼を経由して「オリジナルな文学作品を書くこと」への懐疑が繰り返し表明される。「枯渇の文学」という表現そのものもボルヘスによるバロックの定義に由来している。バロックとは「故意に様式の可能性を枯渇させ（あるいは枯渇させようとし）、それ自身の戯画と境を接する様式」（Barth, 73）だとする定義である。このことが示唆しているのは「知的、文学的歴史はバロックであり、新奇さの可能性をかなり深刻に枯渇させてきたという見方」（Barth, 74）だとバースは指摘する。

ブラウン、ボルヘス、バースの三人を結んでいるのは、要するにボルヘスの言う「バロック」の概念だということになる。「それ自身の戯画」という点がとりわけ重要である。小説がそれ自身を「戯画化」するところに「メタフィクション」の最大の特徴があるからだ。あるいはジェラルド・グラフの言葉を借りれば、「メタフィクション」は「文学批判の文学」だとも言える。この場合、ドナルド・バーセルミがヘンリー・ジェイムズを批判して『スノーホワイト』を書いたとされるように（Graff, 53）、批判される文学は一世代前の文学である。ルシュディも「メタフィクション」世代を批判的に乗り越えることで『真夜中の子供たち』を書く。そこに生じたのは「メタフィクション」から「魔術的リアリズム」への変容であり、同時に「自我」認識の変容でもある。

グラフは二〇世紀に入ってからの「自我」認識の変容について次のように書いている。


自我（あるいは共同体）はなにか客観的に〈高尚で〉〈価値ある〉目的に捧げられるものだとか、その活動を〈現実〉に順応させているなどと語るのは馬鹿げている。自我は事前に確立されている決定要因から解放されているが、しかしこの解放は中身がない。というのも、自由に浮遊する自我構成要素はなにか現実的なものとの関係を見出せないからである。この寛大な自我観は、いまやわれわれ自身が現代都市生活の数多くの困難さに対する一種の埋め合わせだと認めているように思えるのだが、個人はそれによって義務から解放されると同時に、追及の必要がなくなった〈自己実現〉について、なんら考える手立てを持たないまま途方に暮れているのである。（Graff, 18）

彼が指摘しているのは、まず「客観的に〈高尚で〉〈価値ある〉目的」の消失である。一九世紀的「統合自我」にとって不可欠であったそのような「目的」は価値の多様化の中で消えたということである。彼はまた「事前に確立されている決定要因」や「自由に浮遊する自我構成要素」という表現からして、「自我」はなにかで構成されるものという認識を前提に語っている。ただし「だれが」それを構成するのかについては触れていない。スティーヴン・グリーンブラットによれば、「私」による「自我形成」という考え方はルネサンスの頃から現れてきたとされる（Greenblatt, 1）。「私」とはなにかという問題が表面化し、例えばG・H・ミードのように「自我は社会的にできている」という見方が出てくるのは二〇世紀に入ってからである。独我論がしだいに影をひそめ、「社会的自我」論が優勢になった段階での「自我」のありさまについて、グラフは語っていると考えられる。つまり彼が明らかにしているのは「メタフィクション」世代の「自我」認識である。ここには「自我形成」をめぐる戸惑いが暗示されているものの、「複合自我」への見通しは窺えない。「自己実現」について逡巡を重ねたのが「メタフィクション」世代であるとすれば、悪魔主義にも通じる危険を承知で「複合自我」を認知し、それによって先行世代の逡巡を断ち切った作家がサルマン・ルシュディなのである。

注

（1）「最初に出版された彼の作品『グリマス』は、受賞しなかったが、ゴランツ・サイエンス・フィクション賞を狙って特別に書かれたものである」（Appignanesi and Maitland, 3）。

（2）"Simurgh" とも綴られる。この鳥が登場する神話『鳥の議会』は紀元前一二世紀にファリド・ウッディン・アッターによってペルシア語で書かれた。その英語韻文抄訳は『ルバイヤート』の翻訳で知られるエドワード・フィッツジェラルドによってなされ、ルシュディは『グリマス』のエピグラフにそこから四行を引用している。その英語全訳はS・C・ノットにより二〇〇〇年に刊行された。それまでは西洋語での全訳は仏訳（ガルサン・ド・タッシー訳、一九六三）のみであった。

(3) Cundy, 22-23 参照。彼女はそこで「困惑を覚えさせるルシュディの女性表象」の実例を指摘している。

(4) デグルの別名ロキは北欧神話『エッダ』に出てくる神の名である。神々の相談相手にして災いをもたらすものとされる(松谷健二訳『エッダ』訳注、『中世文学集』一〇頁参照)。デグルはグリマスの仲間だが、後に彼に反旗を翻す。

(5) このように処女作から「戦争体験」を思想の核心部に据えるという姿勢は、ルシュディの同世代作家マーティン・エイミス、イアン・マッキュアン、カズオ・イシグロなどに通底している。それは彼ら「八〇年代」作家たちの品質証明でもある。戦争によって破壊された「人間性」の観察はプリーモ・レーヴィやエリ・ヴィーゼルなどの「アウシュヴィッツの文学」(篠田『閉ざされた時空』参照)のほかにも、ウィリアム・ゴールディングの『蝿の王』などに見られるが、その言語を絶した人類の体験をもっぱら想像力によって捉え、人間についての新たな理解を得ようとする試みが、いま触れた「八〇年代」作家たちによってなされている。その代表例がマーティン・エイミスの『時の矢』やイアン・マッキュアンの『イノセント』やカズオ・イシグロの『日の名残り』などである。『グリマス』はサルマン・ルシュディが書いた作品の中で唯一それらに通底するテーマを持っていることがいまや明らかになった。『真夜中の子供たち』以降の作品で彼が追究するのは、「人間性」に対して戦争に匹敵する破壊力をもった「植民地独立」の問題であり、その中から「複合自我」という新たな人間のありようを探り当てていく。インドは第二次世界大戦による深刻な影響を受けなかったが、独立時の混乱は未曾有のものであった。『グリマス』においては、ルシュディはまだ「戦争体験」についての想像力を中核にして構想している。

(6) J=P・サルトル『自我の超越・情動論粗描』(竹内芳郎訳、二〇〇〇)参照。

(7) Borges 1970, *Labyrinth* 所収。本書における引用についてはこの英訳版を使用し、略記号Lで示す。

(8) 「彼はまた魔法の鏡でサリー伯ヘンリー・ハワードにいまは亡き恋人にしてキルデア卿の娘の生き写しを見せたと噂されている。」(Spence, 8)

(9) Johnson, 306-342 参照。彼がそこで取り上げた名前の中では、とりわけケネス・ピーコック・タイナン(一九二七—)やライナー・ヴェルナー・ファスビンダー(一九四五—八二)が注目される。

(10) Borges and Guerrelo 1969。本書における引用についてはこの英訳版を使用し、略記号BIBで示す。なおこの本の邦訳タイトルは『幻獣辞典』(柳瀬尚紀訳)となっている。

(11) 『エッダ』(一九六八)一〇。

(12) Borges 1970, *The Aleph and Other Stories 1933-1969* 所収。本書の引用にはこの英訳版を使用し、略記号Aで示す。

（13）　Cundy, 5 参照。

（14）　マニエリスムの特徴について私は拙著『ダン、エンブレム、マニエリスム』（一九八四）の中で論じた。もとより「マニエラ」の目的化はマニエリスムの特徴の一つであるが、そのすべてではない。

第二章　「複合自我」の「歴史」的位相
――『真夜中の子供たち』について

1　「魔術的リアリズム」の作品

『グリマス』は「神話」から借用した象徴を使って、「複合自我」の「実体」を表象したと考えられる。「自我」の「実体」的研究は精神分析や心理社会学による「自我」研究に深く関係するが、文学は『グリマス』がそうしているようにそれを象徴的に示すことができるし、あるいは『ユリシーズ』がそうしているように時間的枠組みの中で綿密に観察した結果を表象することもできる。第三の道は「魔術的リアリズム」と呼ばれる方法である。この方法はいずれ詳しく考察することになるが、「歴史」概念に深く関わっている。『百年の孤独』（一九六七）がコロンビアあるいは広くラテンアメリカの「歴史」に関わり、『真夜中の子供たち』がインドの「歴史」に関わっていることが、「魔術的リアリズム」と「歴史」の密接な関係を端的に物語っている。「歴史」と、ここで括弧つきで呼ぶのは、確定した事実はあまり問題でなく、むしろ「記憶」の不確定性に関わってくることがらを意味しているからである(1)。

「複合自我」の「歴史」的位相は、当然ながら「実体」的位相と無縁なものではない。「神」の地位を簒奪した「自我」は「他者」のみならず「歴史」によっても形成され、「複合化」するからである。ルシュディは「他者」の象徴としての西洋に影響を受けるとともに、祖父の時代からの「インド」の「歴史」からも影響を受ける。彼自身の言葉を借りるなら、「歴史」を「嚥下」する。これはつまり「複合自我」の「歴史」的位相に焦点を合わせるということである。

文学による「歴史」へのアプローチはリアリズムに頼ってきた。トルストイの『戦争と平和』がその典型である。あるいはフォーサイト家三代の家族史を物語るジョン・ゴールズワージーの三部作『フォーサイト物語《サーガ》』も、もうひとつの典型である。ルシュディがこの方法を採用して『真夜中の子供たち』を書いたとすれば、おそらく歴史に残る作品とはならなかっただろう。事実、彼は九〇〇頁もの自伝的作品の草稿を破棄して現在の作品を書き上げたとインタビューで語っているが（Reder 2000, 36）、それらの草稿は三人称で「もっと直接的に」書かれていたという。彼はまた「社会主義リアリズム」を好まなかったことも認めている（Chauhan, 22）。われわれが読む『真夜中の子供たち』は既成の方法を否定し、新たな方法に挑戦した結果にほかならないが、それがまったく新しいものであるかどうかについては、議論の余地がある。

確かにこれは特異な作品である。ひとりの人間とその人間に影響する社会がこれほど複雑かつ猥雑であることをそっくりそのまま表象している作品の前例としてはジェイムズ・ジョイスの『ユリシーズ』（一九二二）が思い浮かぶ程度だ。ジョイスとの比較は最近のルシュディ研究の主流となっていて(2)、実際『ユリシーズ』の影響を色濃く受けてはいるものの、時間的枠組みという点に限ると、ルシュディの手法はジョイスの正反対に位置している。『ユリシーズ』が一九〇四年六月一六日の一日だけを扱っているのに対し、『真夜中の子供たち』は一九一五年から一九七八年までの六三年間を扱っているからだ。しかも、ルシュディ自身が認めるようにディケンズに倣って、人物の伝記という手法を取り入れている。それだけの時間的長さと伝記が組み合わされれば、冗長な年代記風の語りが予想されるところである。しかし『真夜中の子供たち』はそうした予想をみごとに裏切り、緊密かつ巧妙な語りの構成によって冗長さを感じさせない作品になっている。

この作品の「語り」の特徴はリアリズムとファンタジーの融合体である。これは「魔術的リアリズム」と呼ばれている。処女作『グリマス』のSF的ファンタジーからこの「魔術的リアリズム」へと変化するにあたり、彼が影響を受けたのはガブリエル・ガルシア＝マルケスではないかと思われるのだが、ルシュディ自身は必ずしもそれを認めていない。ルシュディがあるインタビューで語っているところによると、影響を受けたのはルイ・アラゴンの『パリの農夫』（一九二六）だという（Chauhan, 4）。アラゴンが二六歳の時に書いた「驚異の感覚」（Aragon, 11）に基づくパリの日常生活観察は「普通のものをビザールに、ビザールなものを普通に変えるシュルレアリストの技法」を彼に教えたという（Chauhan, 4）。数あるインタビューの中で『パリの農夫』について語ったのは一度だけだが、ルシュディにおける「魔術的リアリズム」のルーツはここにある。アラゴンの「驚異の感覚」と「魔術的」という形容詞を直接結びつける記述をわれわれはカーディナルとショートによるシュルレアリスム入門書『シュルレアリスム』に見つけることができる。シュルレアリスムと「驚異」は一心同体の関係にあるが、シュルレアリストたちはその「驚異」を絵画や文学のみに見つけたわけでなく、「街頭」にもそれが見出されると考えた。アラゴンは「なにかが起こる、なんでもない通路のなかになにか異常なことが現れて、事物の新しい条理を垣間見せる」と考え、パリの街をうろつく。「一度怪しげなハンカチ屋か金の握りのステッキをついている老人に目をつけると、街の光景が魔術的で信じられないなにかになったのだ、と彼は思う」（カーディナルとショート、五八）つまりアラゴンは現実が「魔術的」に変貌する瞬間を待っているわけであり、それはまさに「魔術的リアリスト」の姿勢を先取りするものである。

しかし『パリの農夫』が持っている意義はそればかりでない。アラゴンはその「序文」で、理性の制約を払いのけ、「指先や目の誤り」のみが見せてくれる「不条理な信念、予兆、固定観念、狂気のすばらしい庭園」へと踏み込むことを宣言している。社会秩序へのこのような挑戦的態度と「自我」の関係について、『アヴァンギャルド理論』の中でピーター・ビュルガーは次のように述べている。

アラゴンが『パリの農夫』（一九二六）の中で描いているようなシュルレアリスト的自我の行動は社会秩序の制約を受けることへの拒否によって支配されている。社会的立場の欠如によって引き起こされる行動の実際的可能性の喪失は空虚、つまりは倦怠を生み出す。シュルレアリスト的見方からすると、倦怠は否定的に見られるのでなく、むしろシュルレアリストが追い求める日常的現実の変形のための決定条件と見なされている。（Bürger, 117）

ビュルガーによれば「社会秩序の制約」を受けない「自我の行動」は「倦怠」を生み出すが、この「倦怠」はシュルレアリスト的技法つまり「日常的現実の変形」の「決定条件」ということで、ルシュディがアラゴンから感化されたものは単に小手先の技法の問題ではなく、「社会秩序の制約」からの「自我」の解放の問題でもあることが分かる。それを「魔術的リアリズム」と呼ぼうと呼ぶまいと、ルシュディは『真夜中の子供たち』を書くために「社会秩序の制約」からの「自我」の解放を試みるところから始めなければならなかったのである。「複合自我」とは「統合自我」を前提に存立する「社会秩序」から解放された「自我」と考えることができる。

ルシュディの「魔術的リアリズム」には「複合自我」の観念が関係している。彼がマルケスの影響をあまり認めたがらないのは、「自我」の解放を主眼とすることでマルケスから距離を置こうとしていたと考えられ。しかし、ここには逆に一九七〇年代以降の文学におけるマルケスの存在の大きさが浮かび上がっているのである。

アラゴン以外にルシュディが自ら影響を受けたと認める作家たちは、スウィフト、スターン、フィールディングなどの一八世紀イギリス作家とジョイスである（Chauhan, 22）。一八世紀の作家たちから彼は「喜劇的風刺的伝統」（Reder 2000, 1-2）を学んだと言い、ジョイスについては「ジョイスが示しているのは、適切にやりさえすればなんでもできるということだ」（Chauhan, 22）とコメントしている。彼がジョイスから受けた影響はテクストの面に明白に出ているが、「自我」表象の方法という点では、彼はジョイスとはまったく別の道を歩んでいる。その点はマルケスにしても同じことで、彼もジョイスの達成の偉大さを十分に認識したうえで別の方法を模索したのである。

ルシュディがその影響を自ら認めるもうひとりの作家はチャールズ・ディケンズである。そのディケンズについて彼は次のように述べているが、意外なことにルシュディはディケンズを「魔術的リアリズム」の先駆者と見なしている。

例えば、ディケンズの使った技巧。これはきわめて注目に値するとぼくは思った。彼はある種の背景というか、設定を作品のために使っているけれど、それはごくささやかな細部に至るまで完璧に自然主義的なのだ。この完璧に自然主義的背景の上にまったくシュルレアリスム的イメージを置く。まわりくどい役所とかだ。この役所は民事サービス機関なのだが、もともとなにもしないように作られている。あるいは等身大以上にできている数々の登場人物。これらのものはそれと分かる現実世界にきちんと根ざしているので、ファンタジーが機能するわけだ。

(Reder 2000, 18)

ここでルシュディが言及している「まわりくどい役所」は『荒涼館』(一八五二―三)の「背景」として使われる「大法官高等裁判所」を指していると思われるが、『荒涼館』の第一章はたしかにルシュディのコメントにふさわしい書き方になっている。いまその詳しい分析をする余裕はないが、重要なのはルシュディがそれについてコメントする際に「シュルレアリスム」という用語を使い、「この完璧に自然主義的背景の上にまったくシュルレアリスム的イメージを置く」としている点である。これはまさに「魔術的リアリズム」の技巧にほかならず、ルシュディのディケンズに対する興味が「魔術的リアリズム」の側面にあったことを明示している。

ルシュディが自らへの影響力を認める作家たちが、こうして、彼の「魔術的リアリズム」になんらかの貢献をしていることは確かである。しかしながら、われわれがここで詳細に明らかにしたいのは『百年の孤独』(一九六七)と『真夜中の子供たち』の緊密な方法的類似性である。確かに『真夜中の子供たち』はディケンズの『デイヴィッド・コパーフィールド』(一八四九―五〇)の書き出しのパロディとして始まり、スウィフトの『ガリヴァー旅行記』(一七二六)におけるグロテスクなもの、スターンの『トリストラム・シャンディ』(一七五九―六七)における懐胎から出産までをも含む伝記的小説の実験、フィールディングの『トム・ジョーンズ』(一七四九)における破天荒なプロットなどに関係する部分がある。ジョイスの影響も明白である。しかし『百年の孤独』との関係はそれらのすべてを凌駕して、いわば深層と表層の両面にわたり、『真夜中の子供たち』を論じるうえで欠かすことのできない要素になっている。同種の指摘はイズラエル(Israel, 137)、サンガ(Sanga, 77)、ブレナン(Brennan, 66-69)、コーテナー(Kortenaar, 26)などに見られるが、ふたつの作品そのものの詳細な比較はほとんど行われていない。あえてここにそれを行う所以である。

2 『百年の孤独』と『真夜中の子供たち』の類似性

『百年の孤独』と『真夜中の子供たち』のふたつの作品の間には、まず表層的共通点が目につく。そのひとつは、どちらも家族の「歴史」を扱っているという点である。『百年の孤独』の場合、その「歴史」は小さな共同体の「歴史」と重なり、『真夜中の子供たち』では「国家」の「歴史」が重なる。『百年の孤独』はまた、言わば「魔術的に」消滅する家族の物語であるが、『真夜中の子供たち』のシナイ家もサリームを最後に消えてなくなる。両者の共通点はそうしたプロットや構想に関わることがらばかりでなく、細部にも見出される。

例えばスカトロジーの要素として、『百年の孤独』にはウルスラの息子二人がまだ子供の頃「尻からひりだしたピンク色の寄生虫」（マルケス、二六）を便器ごと見せて回る場面や、土を喰う女レベーカが「やわらかいみみずを嚙みちぎり」「かたつむりの殻を嚙みくだき」（マルケス、五四）嘔吐する場面があるが、『真夜中の子供たち』でも、「サンダルバンズ」の密林で「ブッダ」（サリームの渾名）たちがミミズを食べて猛烈な下痢をするし（M, 362）、蛇使いのピクチャー・シンが長々とした糞を線路際にする（M, 457）。ビザールなもの、つまりビザーラリーについても、ウルスラの背中に蛭が「びっしり張りつく」（マルケス、二三八）のに対して、『真夜中の子供たち』でも、同じ「サンダルバンズ」の場面で蛭が「ブッダ」たちのからだを「覆いつくす」（M, 362）。

両者にはまた類似のエロティシズムがある。革命軍総司令官アウレリャーノが兄のホセ・アルカディオと共有したトランプ占い師の女ピラル・テルネーラとの間にできるアウレリャーノ・ホセは、アウレリャーノの妹アマランタに育てられる。つまり叔母が甥を育てるわけだが、甥が性に目覚める頃になってもいっしょに寝ていて、秘密の性愛に耽る（マルケス、一一三）。これと同じエロティシズムはサリームと伯父ハニフの妻で美人女優のピアとの間に垣間見られる（M, 250）。近親相姦的関係は、『百年の孤独』において、アマランタとその甥の関係のほかに、ホセ・アルカ

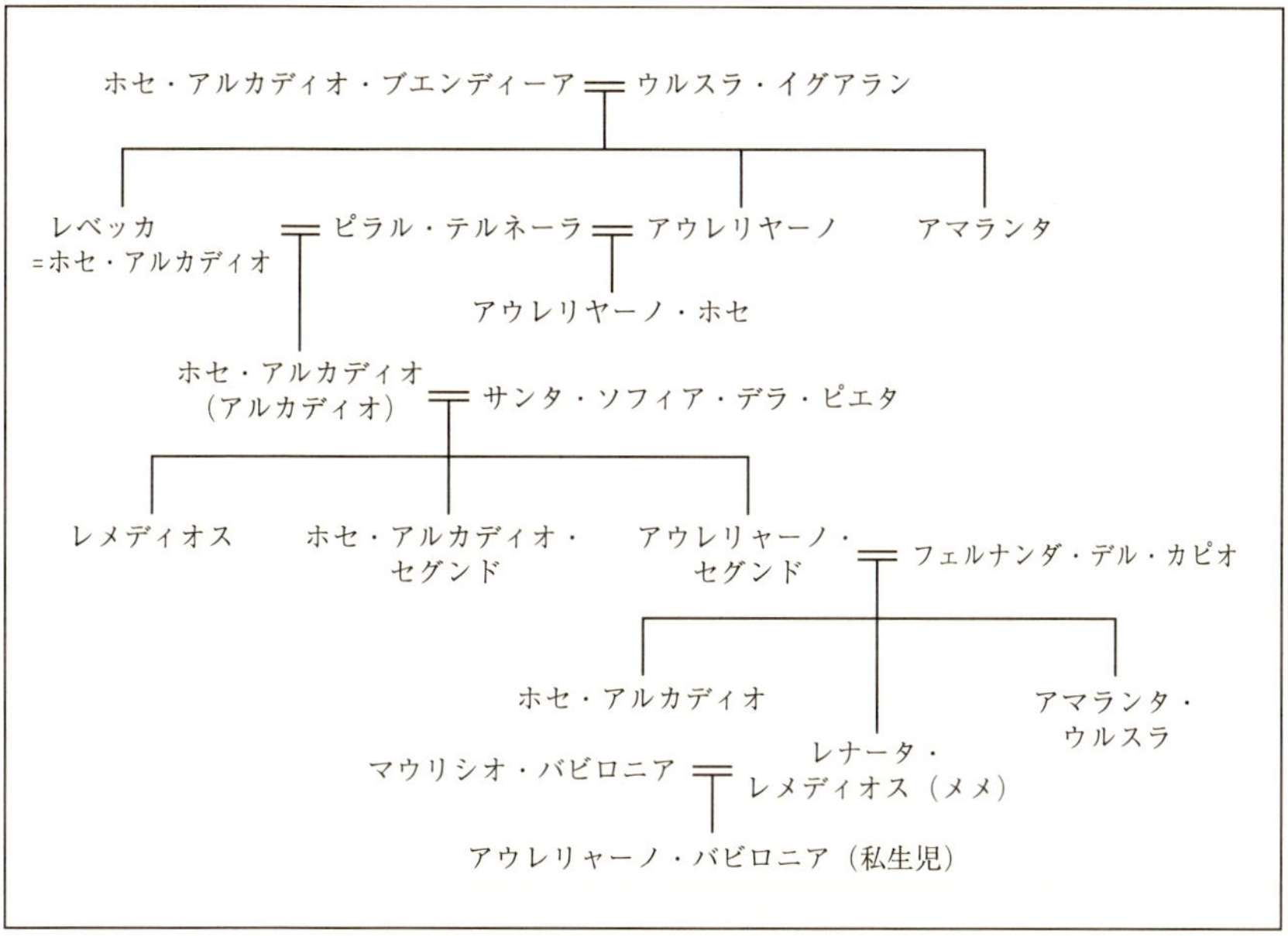

『百年の孤独』ブェンディーア家系図

ディオとレベーカ（血のつながりのない兄妹）、第三世代のアマランタ・ウルスラと最終世代のアウレリャーノ（叔母と甥）の間に見られる。『真夜中の子供たち』にはこれほど多くの組み合わせはないが、サリームは妹のジャミル・シンガーに報われない恋をする。彼は近親相姦が成就できない不満を娼婦でまぎらわすが（M, 318）、ちょうどそれと同じことを『百年の孤独』の最後のエピソードに登場するアウレリャーノもやっている。アマランタ・ウルスラへの欲望を娼婦ニグロマンタによって解消しようとするものの、「かわりの者ではどうにもならない」（マルケス、二八七）と思い知る。

「不死」という点で類似しているのが『百年の孤独』におけるジプシーいかさま師メルキアデスと、『真夜中の子供たち』における船頭タイである。メルキアデスはブエンディーア家に錬金術の技と道具を持ち込み、ホセ・アルカディオ・ブエンディーアをそのいかさま技術の虜にするだけでなく、「メルキアデスの羊皮紙」を持ち込み、それはのちに世捨て人となるホセ・アルカディオ・セグンドの慰みものとなるが、とっくに死んだはずのメルキアデスがときどきサンス

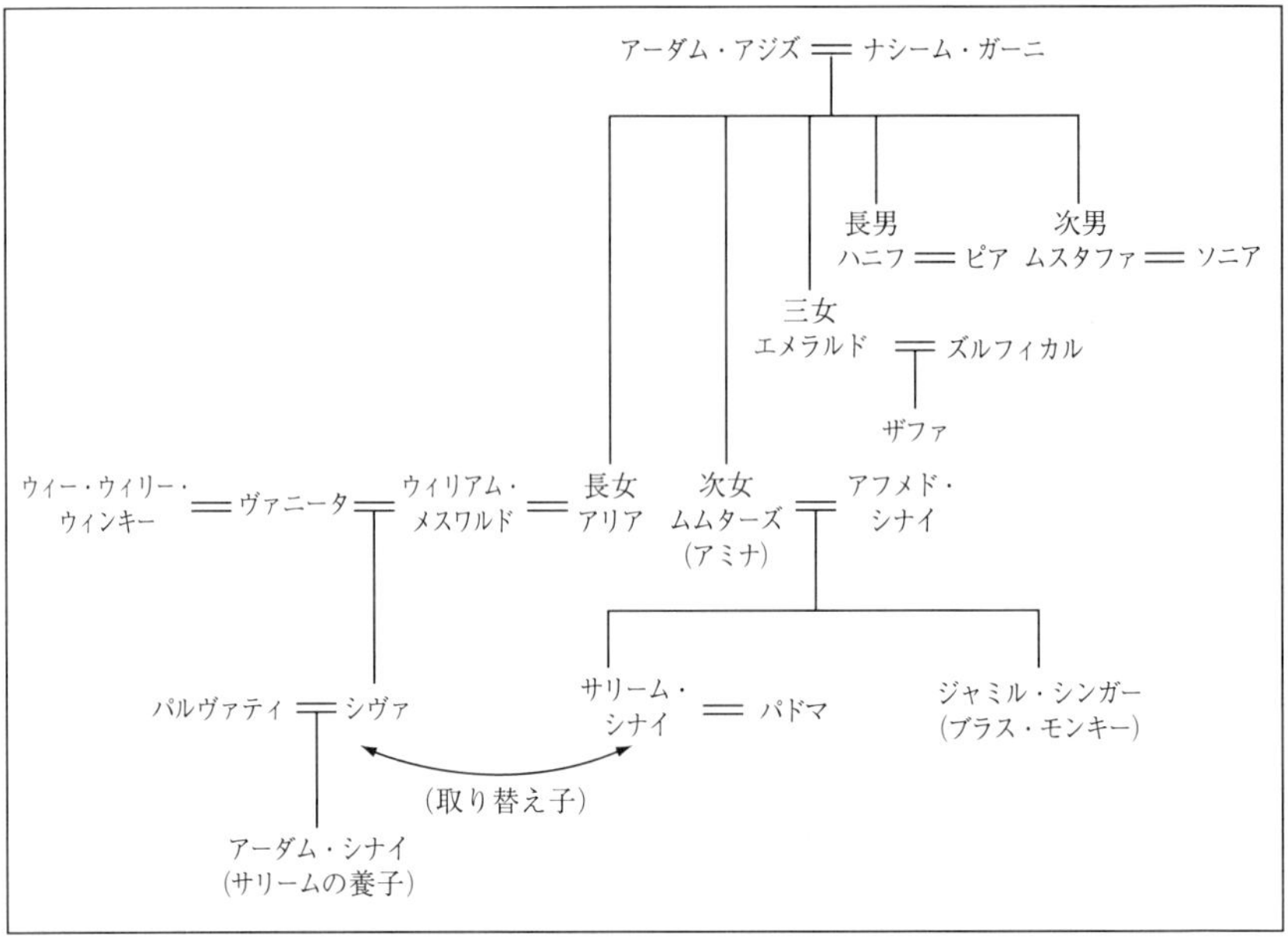

『真夜中の子供たち』家系図

クリット語の手ほどきに世捨て人を訪ねたりするのである。「不死の命を手に入れた」(マルケス、五九)と自ら公言したとおり、彼は死なず、さらに後になって同じ「羊皮紙」を研究する私生児アウレリャーノのもとにも現れる。このジプシーのように文字通り「不死」というわけではないが、長命の人物たちは『百年の孤独』に何人も登場する。マコンドにブエンディーア家を創設するホセ・アルカディオは晩年気が狂って栗の木にくくりつけられたままになりながら、明らかに一〇〇歳を越えるし、その妻ウルスラは一五〇歳以前に死んだようすがない。ブエンディーア家の者たちの情婦となって家系の維持に貢献するピラル・テルネーラも同じくらい長生きする。『真夜中の子供たち』のシナイ家にはそれほど長生きするものはいないが、サリームがカラチの娼窟でねんごろになる娼婦タイ・ビビは「五一二歳」である。

「狂気」という共通項もある。ホセ・アルカディオ・ブエンディーアやその曾孫ホセ・アルカディオ・セグンドの狂気の晩年は、アーダム・アジズの晩年を彷彿とさせる。サリームも「ブッダ」と名乗る時期は頭がおかしくなっている。ただし、「狂気」は『百年の孤独』において遺伝的に扱われているのに対し、『真夜中の子供たち』では社会的なものとして扱われている。「狂気」に対する「正気」はどちらの作品でも概して女たちの所有になっている。『百年の孤独』のウルスラやピラル・テルネーラ、『真夜中の子供たち』のナシームは「常識」的判断で男に助言し、長生きして一家を支える。

神への不信心という点でも両者に共通点がある。マコンドではだれもが神を信じず、子供に洗礼を受けさせないので、ニカノール神父は空中浮上の奇蹟を実演して人々に信心を迫る。ホセ・アルカディオ・ブエンディーアはニカノール神父の空中浮上を目の当たりにしても特に心を動かされず、神の銀板写真がないことを証拠にしてその存在を否定する（マルケス、六七）。空中浮上する人間は『真夜中の子供たち』にも登場する。サリームを身ごもったムターズ＝アミナがデリーのスラム街で会うラマ教占い師シュリ・ラムラム・セスは地上から「六インチ」浮上した状態で彼女を出迎える（M, 318）。奇術師、曲芸師が集まるスラム街のことなので、それが「奇蹟」なのか「奇術」なのか読者には判別がつかない。

信仰心は薄いが、迷信や慣習に縛られている女たちがどちらの作品にも登場し、「進歩的」な男たちとのずれを生じて、ユーモアの素因になっている。近親結婚は「豚の尻尾」を持った子供が生まれるという迷信を信じるウルスラは結婚してからもしばらく夫を寄せつけず、そのためホセ・アルカディオ・ブエンディーアは大いに欲求不満に陥るが（マルケス、一九）、『真夜中の子供たち』では、女は男に肌を見せないというイスラム的慣習からアーダム・アジズは娘時代のナシームを「穴あきシーツ」越しに診察するし、結婚後、慎み深いナシームがベッドでじっと動かないことに不満を持ち、アーダムは「もっと動け」と要求する（M, 40）。こうした性的ユーモアに加えて、数字的誇張法によるユーモアも共通している。『百年の孤独』においては「四年一一カ月と二日」（マルケス、二三七）雨が降りつづき、その後「一〇年間の旱魃」（マルケス、二四八）になる。『真夜中の子供たち』での「真夜中の子供たち」の数は五八一人で、内訳は男二六六人、女三一五人である（M, 198）。『百年の孤独』におけるユーモアを論じたクライヴ・グリフィンの言葉を借りれば、これらの数字は「ばかげているほど正確」（Griffin, 86）であるがゆえにおかしいのである。確かに、『真夜中の子供たち』の場合、一九一九年四月一三日のアムリトサルで独立を求めるムスリムの群集にダイヤー准将率いるインド軍が一六五〇発の弾丸を発射したという数字（M, 36）は歴史家も確認している（Bayly, 195）。しかしながら、ルシュディが挙げる、一五一六人が死傷したという数字は確認されていない。『百年の孤独』において、バナナ農場労働者の暴動で虐殺された者は「三〇〇〇人」と、ホセ・アルカディオ・セグンドが助けを求めた家の女に言うと、「この土地では、死人なんか出ていませんよ」（マルケス、二三二）という返事が返ってくる。これらは誇張と現実の境が曖昧になる瞬間であり、数字がまさに「魔術的」効果を発揮する。

細部における類似点を網羅的に挙げることは不可能であり、このあたりで打ち切るしかないが、これだけを見ても『百年の孤独』と『真夜中の子供たち』の関係はただならないものがあると断定できる。マルケスの作品がラテンアメリカで生まれた「魔術的リアリズム」の最高傑作だとすれば、ルシュディのそれは英語で書かれた初めての「魔術的リアリズム」の作品であり、負けず劣らず傑作であると言われる所以がないわけではない。しかし、両者を切り結ぶ「魔術的リアリズム」とはなんであるのか。そのことを考察しない限り、ふたつの作品の比較研究を深めることはできない。

3 「魔術的リアリズム」という結節点

『百年の孤独』と『真夜中の子供たち』の間に緊密な表層的類似性があることはすでに見てきたところだが、ルシュディがインタビューで言っているのは、もっぱらガブリエル・ガルシア＝マルケスの影響下で『真夜中の子供たち』を書いたわけではないということである。そうであるとしても、彼が「魔術的リアリズム」と呼ばれるような文学的方法を意識していたことは、インタビューでの発言や、これまで見てきた『百年の孤独』との表層的類似性からも疑問の余地はない。だが、もっと突っ込んだ深層レベルでの類似性があるのかどうか。この点について考えてみる必要がある。結論的には両者には類似もあるが、明確な差異もあるということになる。

『百年の孤独』が記憶の文学であるように、『真夜中の子供たち』も、ルシュディ自身が「記憶の性質についての本」(Chauhan, 24) と規定している。さらに、両者を切り結ぶ「魔術的リアリズム」なるものが表層的な内容にすぎないのかと言えば、そうではない。「魔術的リアリズム」の宣言書とされるアレッホ・カルペンティエルのエッセイ「アメリカの驚異の現実」(『この世の王国』序文)に示された「驚異の現実」という概念は、その核心部においてマルケスやルシュディの作品をも照射しているからである。

明確な差異とは「複合自我」に関係している。『真夜中の子供たち』は「複合自我」の文学だが、『百年の孤独』はそうではない。この差異について詳述する前に、「魔術的リアリズム」について考察を加えておきたい。

そもそも「魔術的リアリズム」には二種類ある。その一つはフランツ・ローの使った用語である。彼が一九二五年の美術批評「魔術的リアリズム――ポスト表現主義」[3](一九二五)で初めてこの用語を使った時、それに「特別な価値」を与えたわけではなかった(Roh, 15)。表現主義から「ポスト表現主義」もしくは「新リアリズム」へという一九二〇年代のドイツにおける絵画の流れを示すレッテルで、せいぜいそれは「スーパーリアリズム」(Roh, 16)という意味にすぎなかった。しかも、カルペンティエルが提唱したもう一つの「魔術的リアリズム」がリアリズム回避の傾向を示しているのに対し、ローの言う「魔術的リアリズム」はリアリズム回帰の傾向を示すものであった。彼の主張を歴史的に位置づけるべく、イレーネ・グエンターは「ワイマール共和国時代の魔術的リアリズム、新客観主義、および芸術」において表現主義と「魔術的リアリズム」もしくは「新客観主義《ノイエ・ザッハリヒカイト》」を一五項目にわたって対比している[4](Guenther, 35-36)。それを見ても、「新客観主義」と同一の「魔術的リアリズム」はカルペンティエルの「魔術的リアリズム」とは正反対のものであることが分かる。後者のラテンアメリカ的「魔術的リアリズム」はむしろ「表現主義」に対して近親性を持っている。例えばマックス・ベックマン(一八八四―一九五〇)の絵画とそのメッセージを考えてみれば、そのことはいっそう明瞭になる。そこにはカルペンティエルに始まる「魔術的リアリズム」の淵源を見ることができるからである。ベックマンの《夢》(一九二一)についてH・W・ジャンソンは次のように言う。

> 実際ベックマンはあの戦争の後のドイツの混沌を、伝統的象徴という擦り切れた言語に頼った場合、いかに表現し

えただろうか。「これが私の想像力を悩ます生きものたちだ」と彼は言っているかのようである。「彼らは現代人の本性を示している。いかにわれわれは弱いか、いわゆる進歩という誇らしい時代にあっていかに自分に絶望しているかという本性を」（Janson, 650）

ベックマンにとって第一次大戦後の「ドイツの混沌」とそれに翻弄される「現代人」がテーマとなっているが、「歴史」と個人の関係は今日の「魔術的リアリスト」に共通のテーマでもある。「伝統的象徴という擦り切れた言語」を捨てたベックマンの方法は「表現主義」と呼ばれるわけだが、われわれがその作品を見て想起するのは戯画的あるいは漫画的という言葉である。芸術院的洗練に対置された漫画的粗雑さがそこにあり、それは明らかに今日の「魔術的リアリズム」に通じている。

われわれとしては一九二〇年代の絵画に与えられたラベルとしての「魔術的リアリズム」は「新客観主義」に吸収されるべきだと考える。それにもかかわらずわれわれがローやグエンターの論文に言及したのは、彼らの議論の中に

マックス・ベックマン《夢》（1921）
71×35㎝

含まれる表現主義を「魔術的リアリズム」の淵源に位置づけたかったからである。もう一つの淵源がシュルレアリスムであることは、すでにルシュディのインタビュー談話などによっても明らかにされているし、ラテンアメリカの「魔術的リアリズム」を最初に論じたカルペンティエルはシュルレアリストと交遊があった(5)。

カルペンティエルは自らの小説『この世の王国』(一九四九)に付けた「序文」において「アメリカの驚異の現実(6)」という概念を提出した。これがその後の「魔術的リアリズム」論の核心をなす概念となっている。彼は要するに「現実」の定義を神話、魔術、自然界および人間の経験での途轍もない現象にまで広げたのである。それらはヨーロッパ的リアリズムがある意味で非文明的ことがらとして排除してきたものである。同じヨーロッパにおいて、リアリズム的姿勢の背後にある合理主義や進歩主義に反発したのがシュルレアリスムであり、シュルレアリストたちは、ロートレアモンの言う「解剖台の上でのミシンとこうもり傘の出会い」のような、まさに「驚異」を発明しようと狂奔した。発明に狂奔したのは、カルペンティエル流に言えば、「驚異」が彼らの住む旧世界になかったからである。それに対して、ラテンアメリカには現実世界に「驚異」が満ち溢れている。カルペンティエルの言う「アメリカの驚異の現実」とはそのような意味であり、彼は『この世の王国』の「序文」や、後にその内容を敷衍したエッセイ「バロックと驚異の現実」(一九七五(7))において、数多くの実例を挙げている。馬にバケツで何杯もビールを飲ませたボリビアの暴君メルガレホ(Carpentier 1946b, 83)、帝王たちの住む魔法の都市カエサルスを探してフランス革命の時代にパタゴニアの土地を徒歩横断したフランシスコ・メネンデス(Carpentier 1946b, 87)、あるいは、料理人から島国の皇帝になったアンリ・クリストフ王。彼はナポレオンが再び島国を征服しにやってくると信じて、一〇年間抵抗できるように堅固なラ・フェリエール要塞を建設したが、ヨーロッパ人の攻撃に耐える城壁を築くために何百頭もの牡牛の血をセメントに混ぜるように命じた。「これはまさに驚異だ」とカルペンティエルは言う(Carpentier 1975, 105)。

彼はヨーロッパ的リアリズムと異なるラテンアメリカ的リアリズムを提唱したのである。彼はそれに基づく文学を「驚異の文学」(Carpentier 1949b, 87)と呼ぶ。これは風変わりなことをする人間のことを書けば「魔術的リアリズム」の文学になると言っているようなものだが、実際にはそれほど単純でないことは明らかである。エキゾチックなことを書けばよいというものではない。「現実の驚異なるもの」があくまで表面的なことがらであれば、それをいくら書いても深みのある文学とはならない。カルペンティエルはそれが表面的でない理由をふたつ挙げる。ひとつは「驚異の現象は信仰を前提とする」(Carpentier 1949b, 86) ということであり、もうひとつは「馴致されていない自然と歴史」(Carpentier 1975, 105) の存在である。

「信仰」と言っても、カトリックのような組織宗教の「信仰」でなく、魔術的なものへの「信仰」である。これに関わってわれわれはここでふたつの書物に言及したい。

ひとつはキース・トマスの『宗教と魔術の衰退』(一九七三) という浩瀚な書物で、そこに語られているように、イギリスでは (ということは、ヨーロッパでは、ということに等しいのだが)、一七〇〇年を境にカルペンティエルが言うような「信仰」が著しく衰退する。この場合の「信仰」とは、正確には「占星術、ウィッチクラフト、魔術治療、占い、古くからの諸予言、亡霊、そして妖精」(トマス、xi) などを信じることである。これに関連してトマスがその本の冒頭に書いている次のような言葉は、問題の所在をはっきりさせるうえで役立つだろう。

十六世紀および十七世紀のイングランドは、依然として前産業化社会であった。その本質的特性の多くが、今日のいわゆる〝低開発地域〟のそれに酷似していた。(トマス、三)

まさに合理主義と進歩主義に基づく命名である「低開発地域」という用語を借用するならば、「信仰」が衰えないラテンアメリカは「低開発地域」なのであり、「知的な人々から軽蔑されている」(トマス、xi) 地域ということにもなる。「魔術的リアリズム」はそういう「低開発地域」の人間たちの居直りから生まれたとも言えるが、「驚異の現実」を「驚異」として受け止める感受性が表現主義やシュルレアリスムに通底していることを考えれば、ヨーロッパや北アメリカにも「低開発」的風土が脈々と続いているにちがいないのである。

そのひとつの証拠として密やかに続く悪魔祓いの儀式を挙げることができるが、それに関連しているのがもう一冊の本、マラカイ・マーチンの『悪魔の人質』（一九七六）で、そこには現代悪魔祓いの実態が詳細に報告されている。(8) 悪魔に取り憑かれるのは神秘主義思想家テイヤール・ド・シャルダンの影響を受けて新興宗教の教祖となるスウェーデン系アメリカ人や、心霊学の研究者で、自らに具わる高度な心霊的超能力を素材にして「精神の真の自由」を求め心霊学的実験に取り組む大学教授、「一切の倫理的義務」からの自己解放を図るニューヨークの孤独な女、妄想に取り憑かれてわけの分からないことを延々としゃべるサンフランシスコのＤＪや、男に生まれながら、女の無形の属性に対する欲望を満たすために性転換し黒ミサに加わる性同一性障害者などである。ウィリアム・ブラッティの小説『エクソシスト』（一九七一）で扱われた憑依現象は作家の取材によるものでなく、Ｔ・Ｋ・オスターライヒの『憑依の研究』（一九二二）からの借用であることが分かっているが、ダブリン出身の神学者で元法王庁官僚の肩書きを持つマーチンの本は著者自身が集めた実録である。このほかにも実際の憑依記録としてはロバート・Ｗ・ペルトンの『悪魔とカレン・キングストン』（一九七五）がある。これは一三歳の少女の三日間にわたる悪魔祓いの記録で、知的障害者の少女が悪魔に取り憑かれて書いた立派な文章が、このケースの最大の驚異となる。ただしそれを信じるならばの話である。信じなければ、それらはすべて嘘の話となるが、もし信じるならば、「前産業化社会」や「低開発地域」がまだわれわれの内部に残っていることになる。

「驚異の現象は信仰を前提とする」とカルペンティエルが言う時、その「信仰」は「低開発地域」にのみあるのでなく、「先進地域」の人間の内部にもその残滓が見つけられるはずだと考えていたのではないか。その残滓がある限り、「魔術的リアリズム」は「先進地域」でも受け入れられると彼は見通していたように思われる。実際、「驚異の文学」はラテンアメリカのみならず英語圏、フランス語圏、ドイツ語圏や日本語でも書かれるようになるのである。

現代の悪魔祓いはオカルト集団や映画や物語の中にしかないとも考えられるが、それを「悪魔」＝「驚異」への対処の仕方のひとつと考えれば、人間が昔から繰り返してきた「驚異」抹消行為であるかも知れない。Ｓ・グリーンブラットはコロンブス論『驚異と占有』（一九九一）において、新世界発見時のコロンブスその他のキリスト教徒航海者が「原住民のつけた名」を抹消して新たな名をつける行為に関し、「それは悪魔的なアイデンティティの抹消」であり、「悪魔祓い」を意味していたと指摘している（Greenblatt 1991, 83）。「魔術的リアリズム」の成立について、カルペンティエルが指摘するもう一つの要件は「馴致されていない自然と歴史」である。まず「自然」について彼は「自然がすでに永遠に馴致された場所に生きる大いなる喜び」（Carpentier 1975, 105）というゲーテの言葉を引用する。ヨーロッパの自然とは人間によってはるか昔に「馴致され」、公園や庭園のみならず牧草地や森として文明の一部になっているわけだが、ラテンアメリカの「自然」は「馴致されていない」（Carpentier 1975, 105）とカルペンティエルは言う。この「自然」は「ヒューマン・ネイチャー」つまり人間性をも含むと考えられる。荒々しい「自然」と暴力的「人間性」の表象実例をわれわれはカルペンティエル自身やガブリエル・ガルシア＝マルケスに見出すことができる。

最後に「歴史」が来る。「われわれの自然は、われわれの歴史同様、馴致されていない」（Carpentier 1975, 105）とカルペンティエルは言う。この「歴史」とは「驚異の現実および不思議なるもの双方の歴史」（Carpentier 1975, 105）だと彼は規定し、「結局、驚異的現実の年代記でなければアメリカの全歴史など何になるだろうか」（Carpentier 1949b, 88）と『この世の王国』への「序文」を締めくくり、さらにはもうひとつのエッセイ「バロックと驚異の現実」の末尾で次のように述べている。

驚異の現実に関する限り、われわれは手を伸ばしさえすればそれをつかむことができる。われわれの現代史は毎日不思議な出来事をわれわれに提供してくれる。南アメリカ大陸での最初の社会主義革命が最も革命など起こせそうにない、つまり地理的な意味で起こせそうにない国で起こったというこの単純な事実は、現代史の不思議であり、われわれの鼻を高くすべく「征服」から今日に至るまでアメリカ史で起こりかつすばらしい結果を残した数多くの不思議な出来事に加えられる不思議である。しかし驚異的現実の世界でわれわれを待ち受けている不思議な出来事に直面しても、われわれは降参してはいけない。かつてヘルナン・コルテスは自分の王国に対して「余はこれらのものの名前を知らないので、なんと言ったらいいか分からん」と言ったが、われわれはそのようなことを言ってはいけない。今日、われわれはこれらのものの名前も、これらのものの形式も、これらのものの生地も知っている。われわれにとっての内外の敵がどこにいるかも知っている。われわれはわれわれの現実を表現するのにふさわしい言語を鋳造した。われわれを待ち受ける出来事は、われわれラテンアメリカの作家たちが偉大なるラテンアメリカの現実の目撃者であり、歴史家であり、解釈者であることを知るだろう。われわれはそのための準備をしてきた。われわれの古典、われわれの作家たち、われわれの歴史を研究してきた。アメリカにおけるわれわれの時を表現するために、熟成を求め、見出した。われわれは世界にとっていまだ最も法外な驚きを保持する巨大なバロック的世界の古典となるだろう。(Carpentier 1975, 107-108)

最初のエッセイはキューバのバチスタ独裁政権を逃れてベネズエラに滞在中に書かれ、今引用した一九七五年のエッセイは一九五九年のキューバ革命後に祖国へ戻り、カストロ政権の下でパリのキューバ大使館文化担当官などを務めた後に書かれている。したがって引用文での「南アメリカ大陸での最初の社会主義革命」がキューバ革命を指すことは言うまでもない。この引用文には「われわれにとっての内外の敵がどこにいるかも知っている」というような、おそらく社会主義政権に参画したことによる単純で図式的なものの見方が反映している部分もあるが、重要なのは「魔術的リアリズム」の論客が最終的に政治参加したという事実である。カルペンティエルにとって「歴史」と「政治」は一体なのである。彼の作品について言えば、その「序文」が有名になった『この世の王国』という一八〇〇年前後のハイチとキューバを舞台とし、「革命」を主題とする「歴史小説」よりも、『失われた足跡』(一九五三)のほうが「魔術的リアリズム」の作品と呼ぶのにふさわしい。たぶんに自伝的要素を取り入れながら、無名の主人公が現代の大都市(ニューヨーク)とアマゾンの奥地を往復する枠組みの中で、複雑な記憶の世界を組み立てていく。この本でのジャングルの描写には『真夜中の子供たち』における「サンダルバンズ」の場面を彷彿とさせるところがある。

カルペンティエルが提起した「魔術的リアリズム」もしくは「驚異の文学」について結論として言えることは、それが小手先の技巧の問題ではなく、「信仰」「自然」「歴史」に関わるものの見方であり、それは「先進地域」で非合理として切り捨てられているものを信じる立場や「自然」を馴致しない態度、そして「政治」と一体化した「歴史」観を含んでいるということである。これらの点についてはマルケスも同じ考えをしているし、そのことを彼自身の言葉によって確認することができる。彼はピーター・ストーンによるインタビューで、『百年の孤独』における「語りかた」を「祖母」から学んだと告白したうえで次のように語っている。

祖母は超自然的で幻想的に聞こえる話を語ってくれたのだが、まったく自然このうえなくそうした話を語っていた。最も重要なのは祖母の顔の表情だった。祖母は話をしているときにまったく表情を変えなかった。それでだれもが驚いたのだ。『百年の孤独』を書くための下書きでは、私は本気で信じることなく物語を語ろうとした。私がしなければならないことは、自ら話を信じ、祖母が話をする時と同じ表情で、つまり信じきった顔で書くことだと気づいたのだ。[9]

ここには「信仰」についての彼の考えが窺える。なぜなら「超自然で幻想的」なことでも「信じきって」書くと言っているからだ。その一例として彼は風に飛ばされるシーツに乗って昇天するレメディオス（メメ）の話を挙げている。彼はそれを「信じきって」書いたのである。

『百年の孤独』における洪水や「四年一一カ月と二日」（マルケス、二三七）の長雨や、その後の「一〇年間の旱魃」（マルケス、二四八）などなどの表象は、カルペンティエルの言う「馴致されない自然」に関係している。「現実に根ざさない言葉は私の作品には一行もない」[10]という、ストーンのインタビューに答えたマルケスの言葉がそれらの表象に現実味を添えているからである。一方、突然暴れ出して、手のつけられない暴力的人間に化し、そのため死ぬまで栗の木にくくりつけられるホセ・アルカディオ・ブエンディーアは馴致されない「ヒューマン・ネイチャー」を象徴している。戦争に結びつく「ヒューマン・ネイチャー」の暴力性はアウレリャーノ・ブエンディーアが体現している。

「歴史」と「政治」の一体化については、バナナ農場労働者大量虐殺のエピソードがその典型と考えられる。これが現実の出来事、まさに「驚異の現実」に基づいていることはマルケス自身が証言している。

バナナ熱に関する部分は現実と結びついて作られている。私は文学的からくりを歴史的に証明されたことのないことがらに基づいて使うことはしていない。たとえば、広場での大量虐殺はまったくほんとうの話で、私は証拠や資料に基づいてそれを書いた。しかし、正確に何人殺されたかはついにわからなかった。私は三〇〇〇という数字を使ったが、これは明らかに誇張だ。しかし、子供のころ、たぶんバナナを満載してプランテーションを出て行く、とても長い、ひどく長い列車を見たという記憶がある。もし死者たちが列車に乗せられ、海へ捨てられたとすれば、三〇〇〇人はいたかも知れないのだ。この国の歴史からすると、だれも死ななかったと主張しても、すんなり通ったかも知れない。ほんとうに驚くべきことは、三〇〇〇人もの死者について、議会や新聞では今日あたりまえのように語られているということだ。われわれの歴史の半分はこんなふうに作られて行くのだと思う。『族長の秋』で、独裁者がこう言っている――それがいま真実でないかどうかは問題ではない、それは将来いずれ真実になるだろうからと。しかし、早晩、人々は政府よりも作家たちを信じることになるだろう。[11]

ここで問題となっている「歴史」は、うっかりするとマルケスが経験した出来事のように思われるが、そうではない。フランク・サフォードとマルコ・パラシオスによる歴史書『コロンビア』によれば、問題の事件は合衆国資本のコロンビア進出によって労働者の間に生じた反米感情の爆発として生じた、ユナイティッド・フルーツ経営のバナナ農場労働者の抗議行動に対し、政府の指示で軍隊が鎮圧に乗り出し、大量虐殺に至った出来事を指しているが、それは一九二八年一二月のことで、マルケスはその年に生まれたばかりなのである。したがって彼は事件を目撃しているわけでもなければ、ホットニュースを聞いたわけでもない。もっぱら「証拠や資料に基づいて」想像力を働かせただけのことである。ただし、マルケスの母方の祖父が問題の事件に関する聴聞会で証人になっているという事実（Bell-

Villada, 40）もあり、マルケスが幼時からこの事件に関心を抱いていた可能性はある。

彼の立場は苛酷な労働条件を強いられていた労働者の側にある。それはすでに「政治」的立場であり、彼のような立場に立たないものは「大量虐殺」などなかったと言うだろう。実際、小説の中では、死体を積み込んだバナナ列車が海へ向かったというアウレリャーノ・セグンドの話をだれも信じず、「死人は出ていない」とだれもが言うばかりである。「この国の歴史からすると、だれも死ななかったと主張しても、すんなり通ったかも知れない」とマルケスは言っている。だれも死ななければ、当然出来事自体の意味も薄れる。歴史家にとっての「歴史」と作家にとっての「歴史」の差異は「政治」的立場を選択しているかどうかにかかっていると言えるだろう。あるいはまた「記憶」の中にある「歴史」か、「普遍的使命」を果たす「歴史」かという、「歴史」の性質にもかかっていると言える。歴史家としてのサフォードとパラシオスは作家としてのマルケスが挙げた犠牲者「三〇〇〇人」という数字を問題にして次のように言う。

バナナ地帯の小さな町に生まれたガブリエル・ガルシア＝マルケスの有名な小説『百年の孤独』の出版は集団的記憶をさらに混濁させた。大量虐殺で三〇〇〇人は殺されなかったと知って直面した問題について、著者は一九九一年にイギリスのテレビが行ったインタビューで告白している。「大量虐殺の噂があった。黙示録的大量虐殺という噂だ。確かなことはなにもないが、たくさんの死者が出たことはありえない。それは私にとって問題だった、大規模虐殺でなかったと知った時はね。『百年の孤独』のようなものごとが誇張される本では、列車全体を死体で満員にする必要があったのだ。」（Safford and Palacios, 281）

この告白によって明らかになっているのは、これは作家にとっての問題というより、彼の作品を事実に関わる典拠として引用してきた歴史家の問題だということである。

歴史家は出来事の事実を明らかにしようとするが、作家は出来事の意味を明らかにしようとするのであって、「三〇〇〇人」という数字はマルケスが受け止めた「労働者虐殺」事件の衝撃を強調するための修辞的表象なのである。「驚異の現実」の驚異性を認知するところに作家の「歴史」感覚あるいは「政治」的立場が現れるとすれば、「驚異」を「驚異」として表象するのが作家の仕事である。バナナの代わりに三〇〇〇の死体を運ぶ列車の場面を描いたマルケスは「歴史」を捻じまげたのでなく、作家として当然のことをしただけなのである。しかし、歴史家たちはそれをどうやら「事実にかかわる典拠」としてきたようで、これは「魔術的リアリズム」の難解さのなせる業と言える。「早晩、人々は政府よりも作家たちを信じることになるだろう」とマルケスは言ったが、それが現実のものとなったということでもある。

こうしてカルペンティエルの「魔術的リアリズム」論の核心部は「信仰」「自然」「歴史」によって構成され、それらはまたマルケスの『百年の孤独』の方法的核心となっていると結論づけることができるが、この作品と表層的に強い類似性を示す『真夜中の子供たち』が、深層部でどこか『百年の孤独』につながっているとすれば、それはマルケスの「歴史」感覚である。その点を端的に示す一例として一九七一年における東西パキスタンの「内戦」を挙げることができる。その年早々の選挙で、東パキスタンにおいては分離独立をめざすムジブ率いるアワミ連盟が圧勝する。これに危機感を抱いた西パキスタンは軍事介入を始め、三月二五日にバングラデシュ独立宣言が出されると、ダッカでの破壊工作が激化し、虐殺や凌辱が行われる。大量の難民に悩まされたインドが軍事介入して停戦となるが、物語では、敗者となるパキスタン軍司令官タイガー・ニアジとバングラデシュ側の司令官サム・メネクショーとの対話において、「虐殺やら死体の山」はもとより「CUTIAと呼ばれる特殊部隊」など存在しなかったことが確認される。ルシュディはインタビューにおいても一九七一年のパキスタンによるバングラデシュ侵略に関し、パキスタンでは、その年に「なにも起こらなかった」(Chauhan, 53) とされていることを報告している。

パロディとしての「歴史」の歪曲も含め、『真夜中の子供たち』は「歴史と個人生活の関係を論じる本」(Chauhan, 43) であり、「サリームと歴史の関係を見つけるゲーム」がそこに仕込まれている (Chauhan, 53) というのがルシュディによる自作解説である。彼はガブリエル・ガルシア＝マルケスから受けた深層部での影響をそのような言葉で表明していることになる。『百年の孤独』におけるバナナ農場労働者虐殺事件の意味と『真夜中の子供たち』におけるパキスタンによるバングラデシュでの隠密作戦の意味は、いまや明らかに同一と言えるからである。

考えてみると、「魔術的リアリズム」の傑作とされる作品はそのような言わば「記憶の中の歴史」に関わるものが多い。『百年の孤独』のほかにも、ホセ・ドノソの『夜のみだらな鳥』（一九六九）があって、これは聾唖者の老人の「記憶」に隠されたチリの「歴史」に関わるし、マリオ・バルガス＝リョサの『ラ・カテドラルでの対話』（一九六九）は居酒屋で対話する二人の人物の「記憶」に埋め込まれたペルーの「歴史」に関わる。これらは『百年の孤独』に触発された向きが大きい。キューバ革命がきっかけで起こったとされるラテンアメリカ文学ブームの中核的作品群を束ねていたのは「記憶の中の歴史」であり、それが『真夜中の子供たち』を生み、さらにはイギリス東部フェンランドの歴史を扱ったグレアム・スウィフトの『ウォーターランド』（一九八三）やオーストラリアの田舎町ジーロングの歴史に関わるピーター・ケアリーの『イリワッカー』（一九八八）などをもたらしたと考えられる。

4 『百年の孤独』と『真夜中の子供たち』の差異

『百年の孤独』の物語はすべて「メルキアデスの羊皮紙」にサンスクリット語で書かれている物語の「翻訳」にすぎないというトリックが隠されている。「翻訳」という概念に焦点を当ててこの作品を解読しているアニバル・ゴンザレスによれば「『百年の孤独』における行動はメルキアデスの予言的手稿に分かちがたく結びついている」(González, 65) のである。物語の中では「メルキアデスの羊皮紙」の解読に三人の男が取り組む。アウレリャーノ・ブエンディーア、ホセ・アルカディオ・セグンド、およびアウレリャーノ・バビロニアである。最後に解読に成功するアウレリャーノ・バビロニアの死までもがそこに書かれているとされていて、彼が解読する瞬間にマコンドの町は「人間の記憶から消えてしまう」ことになっている。「百年の孤独を運命づけられた家系」も消えてなくなる。ではこの予言の書をだれが書いたのだろうか。言うまでもなく、予言者のふりをしたガブリエル・ガルシア＝マルケスである。メルキアデスは彼の分身だが、錬金術の道具や羊皮紙をマコンドへ運ぶ以外にほとんどなにもしない。つまりマルケスはストーリーテラーとしての役割に徹しているのである。これは物語に作家が顔を出す「自己意識的フィクション」(Waugh, 2) としての「メタフィクション」ではない。

これに対して『真夜中の子供たち』は「魔術的リアリズム」で書かれた「メタフィクション」である。われわれの言葉で言えば、それは「複合自我」の作品であって、それ以外のものではない。もちろんサリームは作者そのものではないが、社会的に作られてきた作者の「自我」がそのモデルになっている。「自我」は複合的にできているという彼の主張はこの二〇年来変わっていないし、そういう「自我」を作品に投入することについて少しも躊躇していない。彼は一九八三年のインタビューで次のように言っている。

ぼくはまたパーソナリティについて、ひとつの考えを持っていた。一人の人物について書こうとしていて、そうするためには世界を呑み込まなければならないと分かり、その人物にそう言わせている。登場人物を一人創るためには、理論的に言うと、宇宙を創造しなければならないのだ。ああいう何億もの人間の中の一人であるとはどんな意味があるのかということにぼくは興味があった。普通の反応は何十万人の中の一人であるよりは影が薄いというものだろう。しかしぼくは反対のことを意味することもありうると思ったんだ。そのため作品ではある種のコミカルな反転を実行した。浜辺の砂の一粒である代わりに、サリームは浜辺を含む一粒になった。もっとも実際にはそれになんらかのメッセージを持たせる目的はなかった。それはパーソナリティを調べる方法だった。昔なら、パブリックな世界とプライベートな世界とが互いに別々であるような小説を書くことができた。ジェイン・オースティンはウォータールーの戦いについて言及する必要はなかったし、それはそれでよかったわけだ。しかし、種としての人間についてわれわれが学んだことのひとつは、われわれが非常に緊密な相互関係の状態に置かれているということだとぼくは思う。もともとこの作品の第一行は、それはもうどこかに埋められてしまったけれど、「人生の重大事はたいてい留守中に起こる」というもので、これが中心観念だった。ぼくにとって重要な観念は、人間は相互

> に染み込み合っているということだ。サリームがある時点で言っている言葉を使えば「料理をする時の香りのように」染み込み合っている。それでぼくはどのように人々が互いに相手の一部になっているかを書こうとしたわけだ。パブリックな生活がプライベートな生活に影響するだけでなく、個別に営まれるプライベートな生活がきわめて根本的なところで相互に影響しうるという面もある。自分の中心的な部分になっているものが、実際には自分から三世代も前に起こっていて、一連の染み込み作用によって自分に伝えられたというように。(Reder 2000, 46)

「パーソナリティ」と「自我」はどう違うのかという問題は心理学者に任せるとして、われわれはそれらを「類概念」として扱うしかない。「複合自我」と「多重人格」は無縁ではないからである。そのうえでここに展開されている「自我」論を考えると、われわれが置かれている「非常に緊密な相互関係の状態」についての指摘が重要である。これは必ずしも家族のような血縁関係の影響を言っているわけではない。血縁がなくても「非常に緊密な相互関係」の中にわれわれがいることを指摘しているのである。考えてみれば、サリームはそのことを明瞭に体現している。彼は血縁のない家族の中で暮らしているからである。しかも彼の「自我」には「一連の染み込み作用」によって「三世代も前」からの思想やら心情やらが入り込んでいる。これに加えて「自我」は「パブリックな世界」からの影響も受ける。ルシュディがこの談話で紹介している『真夜中の子供たち』の第一草稿の書き出し、「人生の重大事はたいてい留守中に起こる」という文は、パブリックな出来事つまりは「歴史」を指しているものと思われる。それが「留守中に起こる」ということは、自分と無関係に起こるということだろう。それでいてそれは「人生の重大事」として「自我」に影響するのである。このようにしてできる「自我」を彼は同じインタビューで「全自我《フル・セルフ》」(Reder 2000, 46)と呼び、一九九七年のエッセイ「豊富の国」では「複合自我」と呼ぶ(「序章」参照。)。名称こそ違っていても、実体は変わらず、ルシュディの「自我」論は一貫していることを示す。そのような「自我」を「解放する」場所は書きものの中だけだと彼は断っている(Reder 2000, 46)。「全自我」と区別して彼が「ソーシャル・セルフ」(Reder 2000, 46)という時、それはG・H・ミードの言う意味でなく、単に「人前に曝す自我」「外面」というほどの意味である。しかし

「ソーシャル・セルフ」は「全自我」と別のものということでなく、その一部であることは言うまでもない。ルシュディは「全自我」あるいは「複合自我」を解放するために『真夜中の子供たち』を書いたのである。とはいえ、ほんとうに解放できたのは「複合自我」の「歴史」的位相だけである。その証拠としてルシュディは同じインタビューで次のように言っている。

『恥辱』は『真夜中の子供たち』とは異なる種類の本だけれど、それもまたぼくなのだ。本というのは作家の意識の暫定的報告書で、それは変転する。いまぼくに『真夜中の子供たち』が書けるとは思わない。(Reder 2000, 46)

ルシュディは常に「複合自我」をテーマにするが、その位相は変わっていくということである。『グリマス』では「自我」の全体を扱ったが、『真夜中の子供たち』ではその「歴史」的位相に的を絞り、『恥辱』では「政治」的位相へと視点を移す。そして『悪魔の詩』では「移民」的位相が問題となるだろう。どの作品においてもルシュディは「複合自我」から離れられず、そこに職人的ストーリーテラーにして「魔術的リアリスト」のガブリエル・ガルシア゠マルケスとの差異がある。

5 『グリマス』から『真夜中の子供たち』への転位

『グリマス』は失敗作で、『真夜中の子供たち』がルシュディの事実上の出世作だとする見方はかなり普及しているし、その通りだとも言えるが、この作家の技法や思考の継続性から見ると、両者には深い関係がある。実際、『真夜中の子供たち』が前作『グリマス』を意識しつつ書かれていることは作品そのものの中のいくつかの点から窺われる。例えば――

もしなにかを意味して終わろうとするのであれば、ぼくは急いで、シェヘラザードよりも速く仕事をしなければならない。なにかを意味することが肝腎だと思う。ぼくはなによりもまず不条理を恐れる。(M, 9)

この部分は『グリマス』が「不条理SF」と呼ばれたことへのアリュージョンであり、また前作が不評だったことへの反省も込められていると思われる。もちろんこれは「複合自我」の「歴史」的位相を「意味」ある形で表象しなければならないという決意表明でもあるし、その決意は確かに実現する。

ほかにも、サリームの祖父アーダム・アジズがドイツから帰ると、祖父の父(サリームの曽祖父)が卒中で倒れ、「鳥の鳴き声」(M, 12)を出しながら窓辺に坐っていて、その彼を「三〇羽の異なる鳥が訪れる」(M, 12)とある。「三〇羽の異なる鳥」は明らかに神話の鳥「シムルグ」へのアリュージョンであり、曽祖父が「シムルグ」であったとすれば、サリームがその末裔ということにもなる。ただし、いずれ判明するように、曽祖父との血縁はないので、観念上の末裔にすぎないのだが。

あるいはタイという名の、シーカラ(小舟)を操る船頭。彼の役割は単にアーダム・アジズをシーカラに乗せて、ダル湖を渡り、ナシーム・ガーニのもとへ運ぶだけではない。

タイが若かったころをだれも思い出せなかった。いつも腰を曲げた同じ姿勢で立ち、この同じ小舟を漕いで、ダル湖とナギーン湖を渡っているのだ……永遠に。(M, 14)

このように、タイという船頭は「不死の人」のように見える点で、『グリマス』の登場人物たちに似ているのである。「不死の人」である彼の象徴性はカシミール的地霊の化身という点にある。『真夜中の子供たち』はカシミール藩王国を舞台に一九一五年から始まり、一九四七年のインド、パキスタン分離独立によって最初の区切り(第一部の終わり)を迎えるが、独立とともにタイは死ぬ。「歴史」が「不死の人」に死をもたらすという含みがここにはあり、

「複合自我」を「実体」として可能にする「不死」に代わって、「歴史」が前景化することをも暗示する。

「不条理」に対する「意味」や「三〇羽の鳥」や「不死の人」的人物への言及ばかりでなく、「メタフィクション」的方法の導入においても、『真夜中の子供たち』は『グリマス』に比べて巧妙になっている。ふたつの作品ともファンタジーとして成り立っているが、インド二〇世紀の「歴史」を取り込んだ『真夜中の子供たち』は、「不死」の概念を中心に成り立つ形而上的世界としての『グリマス』にないリアリティを生み出している。そのことに貢献しているのが、虚構の虚構の虚構とでも言うべき虚構の入れ子細工としての語りの構造である。

サリーム・シナイは作者による創作という意味で、虚構の語り手である。パドマは同じ意味で虚構の聞き手である。この二人は実際にはまだ夫婦ではないし、ついに夫婦になりえないのだが、それでも夫婦のような雰囲気を醸し出しながら、サリームの語る「家族史」への読者の興味を繋ぎとめようとする。パドマが疑い、サリームがそれを打ち消すことで、「語り」の真実味が増す仕掛けになっている。やがてサリームは自らが語る「物語」の虚構性を明らかにする。パドマに自分の「家族史」と思わせていた「物語」が実は虚構なのだと告白するのである。彼が語る祖父母や父母や叔父叔母や妹は、実は彼との血縁を持たない。それにもかかわらずサリームは彼らすべてとの関係を主張する。なぜなら祖父母も父母も妹も船頭のタイも「歴史」の表象であり、サリームはそのすべてを「自分の遺産」(M, 107)としているからである。すでに触れた「染み込み作用」がここに関係している。彼は単なる虚構の語り手でなく、「複合自我」表象そのものであり、それこそがこの作品での究極の虚構となっている。

これは伝記的物語を現代の「個人神話」へ変換するひとつの方法である。ルシュディは『グリマス』においてペルシャ古来の神話に依拠し、「シムルグ」を「複合自我」の象徴とした。『真夜中の子供たち』においてもガネーシュなどのインド古来のヒンドゥー神話を使っているが、焦点は現代的「複合自我」の「歴史」的位相に合わされ、「歴史」的事実に根拠をもつ「個人神話」の創出に、この作品の最終目標がある。今「個人神話」という用語を使ったが、その適切な定義はマイケル・リーダーが与えている。「インド人が彼らの個人的文化的過去と折り合いをつける新しい方法」(Reder 1999, 229)ということである。この作品は「現代版オデュッセイア」(Grant, 38)だと言う研究者もいる。

創作方法に関してここでもうひとつだけ付け加えておきたいのは、『真夜中の子供たち』に見て取れるジェイムズ・ジョイスの影響である。『グリマス』に見られるジョイス的「個人言語《イディオレクト》」表現としては、"It was my (his) twenty-first birthday"（G, 16）における代名詞の並置や "godonlywise"（G, 57）、"hidfromoureye"（G, 57）、"whatsyoourname"（G, 121）のような造語、あるいは simurg/grimus のようなアナグラム遊びや、パリンドローム（回文）がある。『ユリシーズ』第七章の新聞社の場面でレネハンが「アーダム」という名前を聞きつけて、次のような回文を披瀝する。

Madam, I'm Adam. And Able was I ere I saw Elba.（Joyce, 7-683）[12]

『グリマス』において、ヴァージル・ジョーンズがKの町に到着後、「エルバルーム」Elbaroom という酒場で呟くのは、まさにこれと同じ "Able was I ere I saw Elba"（G, 108）という回文である。酒場の名前がこの回文に由来することは言うまでもない。

『真夜中の子供たち』においてはもっと大胆かつ巧妙に『ユリシーズ』の模倣が敢行される。まず、イギリスの植民地であった国の「歴史」を扱うという目論見そのものの模倣がある。ただし『ユリシーズ』の場合、一九〇四年六月一六日という限定された枠組みがあるため、稀にその日のうちに起こる「歴史」的事件への言及が登場人物の口を通じてなされることはあるものの、「歴史」は主に登場人物たちの「記憶」の中にあり、それがときに意識される。その日の出来事の一例としてはフィンランド総督ボブリコフ将軍暗殺事件を挙げることができる。これは現地時間午前一一時（ダブリン午前八時三五分）に発生し、新聞社の場面でJ・J・オモロイが早速その事件に触れるのはダブリン時間の一二時過ぎである。これはロシアの植民地での事件だが、植民地という共通項を持っているがゆえにJ・J・オモロイの関心をひき、ちょうど新聞社へディージー先生から頼まれた原稿を持ってきたスティーヴン・ディーダラスをからかって言う。

それともフィンランド総督を射殺したのはきみの仲間だったのかね？　なにやら暗殺したような顔つきだな。ボブリコフ将軍をさ。（Joyce, 7-601）

これに対してスティーヴンは次のように答える。

われわれはただその案を考えていただけですよ。（Joyce, 7-603）

このやや物騒な冗談は作品に底流する宗主国イギリスへの反感を表面化させているが、まさにその反感こそが登場人物たちの「記憶」にしまい込まれたアイルランド独立運動の「歴史」に付着しているものである。文学作品における「歴史」は「感情」に関わっていることをルシュディはジョイスから学ぶ。実際、『真夜中の子供たち』においても、個人の記憶の中にある「歴史」とは極言すれば「衝撃」や「怒り」という主観的反応に彩られた出来事にほかならないのである。

技法的な面でも、主要人物が短時間の間にとる単純な行動の合間にその人物の過去や信条が語られるという方法は『ユリシーズ』の模倣である。『ユリシーズ』では呼び覚まされた「記憶」の表象が過去や信条についての情報をもたらす。『真夜中の子供たち』では、その第一部第一章が端的に示すように、枠組みとしての単純な行動も過去や信条も、行動主体によってではなく「語り手」によって語られ、説明される。その違いはあるが、時間的処理はきわめてよく似ているのである。

物語の冒頭部で行動するのは、「語り手」の祖父にあたるアーダム・アジズである。西洋医学を修めた若い医師である彼は朝の四時半にダル湖のほとりで礼拝を始め、象のように長い鼻を大地にぶつけてとりやめにする。その後、迎えにきた船頭タイの小舟でダル湖を渡り、地主の娘ナシーム・ガーニの診察に出かけ、穴の開いたシーツ越しに診察する。登場人物としては、この行動主体のほかに「語り手」サリーム・シナイがいて、さらに「聞き手」のパドマもいる。彼ら二人は一九七八年現在を生きているが、「物語」自体は一九一五年から始まる。「語り手」は過去と現在を自在に往来しながら語り進めるわけだが、第一章の「物語」の中心にいるアーダム・アジズの行動枠はいたって単純なのである。「語り手」はその枠を意識しながらアーダム・アジズの経歴や信条を説明する。その結果として、第一章を読み終えた読者はアーダム・アジズがハイデルベルクに五年間留学して医者となり、その間に恋もすれば左翼思想にも触れ、アナーキストの友人たちができたことを知るばかりでなく、イスラムの信仰に懐疑を覚え、植民地人の立場を思い知らされることを知る。

この冒頭の章の技法に最も関係が深いのは『ユリシーズ』の第三章である。そこでのスティーヴン・ディーダラスの行動は浜辺を歩いて行き、岩の上に仰向けに寝て自瀆するだけの単純なものである。歩行と停止だけの行動は明らかに単純であるが、脳裏を去来する記憶や思念は複雑であり、それらが複雑なままに表象されている。まず、スティーヴンは「目に見えるもの」(Joyce, 3-1) の「記号」(Joyce, 3-4) を解読しようとする。その思念は「造物主ロス」(Joyce, 3-18) へと結びつき、神の存在への懐疑へと展開して、自分が聖人に向いていなかったことを思い知る。そのことを明確に示しているのが「従兄弟のスティーヴン君、きみは聖人には絶対なれないね」(Joyce, 3-128) というひとり言である。これはドライデンがスウィフトに言った言葉のもじりとされる。留学していたパリの記憶が甦る。猥雑な雰囲気の中での飲み食いや政治的議論、毒舌などからその記憶は成り立つ。スティーヴンが神への懐疑を抱きはじめるのは、アイルランドの支配者イギリスの官憲から追われる亡命活動家ケヴィン・イーガンとの付き合いからである。「ぼくは社会主義者だ。神の存在を信じない *Moi je sui socialiste. Je ne crois pas en L'existence de Dieu*」(Joyce, 3-169, 170) とイーガンは言う。これに加えてウエイトレスから「オランダ人」と間違えられるという、ある意味で屈辱の経験もある (Joyce, 3-220)。ある意味でというのは、スティーヴンはイーガンほどの愛国者ではないものの、アイルランド人であることに多少の誇りを持ちたいという気持ちもあるからだ。こういう植民地人の悲哀や神への懐疑はまさにアーダム・アジズがハイデルベルクで経験するものと同じである。

こうして、技法と内容の両面で、『真夜中の子供たち』冒頭の章は『ユリシーズ』の所謂「プロテウス」の章をモデルにしていると考えられる。

『ユリシーズ』第六章「ハーデス」においてレオポルド・ブルームはディグナムの葬儀に参列し、同乗者三人とともに馬車でダブリンの街を南から北へと進む。その際に街路名や建物名や橋の名が車内の会話やブルームの意識の流れの合間に句読点のようにして告げられ、馬車が街のどのあたりにいるかを読者に教えるとともに、地理的対象物がブルームの目を通して見つめられる。つまりここに表象されているダブリンは「ブルームのダブリン」(Tindall, 159)なのだが、この主観的な地理的リアリズムは『真夜中の子供たち』における「サリームのボンベイ」表象に利用される。九歳のサリームはアウトラム・ロードにある「ザ・カテドラル・アンド・ジョン・コノン・ボーイズ・ハイスクール」にスクールバスで通う。

……バスはがたがたとケンプス・コーナーを回り、トマス・ケンプ社(製薬会社)の前を通り、インド航空王のポスター(「鰐君、またね! インド航空でロンドンへ!」)ともう一枚の広告板、そこにはぼくの子供時代ずっとコリノス・キッズという緑のかわいい葉緑素帽子姿のきらきら輝く歯をした小妖精が「いつも歯をKleenに、Briteに、Kolynos Super White に!」とコリノス練り歯磨き粉の効用を主張している広告板の下を潜った。(M, 153)

この「サリームのボンベイ」は「子供の時のルシュディのボンベイ」であることを彼自身が告白しているが(Chauhan, 50)、この種の主観的な地理的リアリズムの発明者はジョイスであり、ルシュディはここでその手法を模倣したわけである。同じ手法はサリームがベナレスの「未亡人ホステル」で睾丸を抜かれた後、ニューデリーへ戻った時の街の表象でも使われるし(M, 449)、一四年ぶりにサリームが戻る変わり果てたボンベイの表象においても使われている(M, 452)。

『真夜中の子供たち』の最後の二頁においては、サリームがパドマとの結婚を仄めかしながら、独立記念日を祝う群衆の中へ二人で入っていき、人波に呑まれるようにパドマと離れ離れになった後で、身体の崩壊を予告するようすが、ほとんど切れ目のない、ピリオドを使わない文章で叙述される。それは、短いながらも、『ユリシーズ』最終章でのモリーによる句読点のないモノローグを彷彿とさせずにはいない。また次に引用する『真夜中の子供たち』最終パラグラフ冒頭の「イエス」を『ユリシーズ』最終行のモリーの独白に結びつけるマイケル・リーダーの解釈もある。

Yes, they will trample me underfoot, the numbers marching one two three, four hundred million five hundred six, reducing me to specks of voiceless dust, ...(M, 463)

そう、彼らはぼくを足で踏みつけるだろう、後から後から一人二人三人四億五百六人と次から次へと踏みつけぼくを声の出ない埃のひとかけらにしてしまうだろう……

モリーの "yes I said yes I will Yes."（Joyce, 18-1608-9）という独白に見られる「相手への許諾と許容」（Reder, 1999, 244）の意味合いがこの引用の「イエス」にも見られるというのである。

その他のジョイスからの影響は表面的文体に関わるもので、特にジョイス風「個人言語」としての造語、名詞や形容詞の単語羅列、不完全文などがあり、これは全巻にわたって見出される。

6　サリーム・シナイその他の登場人物の構成要素

『真夜中の子供たち』は確かに「魔術的リアリズム」の作品であるが、その技巧を駆使してルシュディが表象しようとしたテーマは「複合自我」であり、サリーム・シナイはその化身にほかならない。彼はＥ・Ｍ・フォースターが『小説の諸相』（一九二七）で言った「ラウンドキャラクター」からは程遠いキャラクターであり、むしろ伝統的絵画に対置された表現派的戯画の系譜につらなる人物であるので、組み立てられたロボットのように彼がどのようなパーツから成り立っているかを調べることは難しくない。ロボットの比喩で言えば、三部構成の『真夜中の子供たち』の第一部は組み立て前のパーツに関わっていて、第二部でようやく組み立てが終わってサリームというロボットが動き出すが、第三部では早くも分解されてしまう。パーツの製造、組み立て、分解というこの機械工学的作業に作者を向かわせる動機は、「魔術的リアリズム」の作家たちに共有される「歴史」感覚である。彼らはたいてい「権力」あるいは「独裁者」の横暴や「歴史」の隠蔽に腹を立てている。ルシュディの場合、一九七一年のパキスタンによるバングラデシュ侵攻の隠蔽やインディラ・ガンディーによる一九七五年の「非常事態宣言」が『真夜中の子供たち』を書く引き金となっている。

われわれがここで詳細に検討したいのは、まずサリーム・シナイという「複合自我」の化身はどんな「構成要素」から出来ているかという問題であり、次に彼と「歴史」との関わりである。「歴史」はしばしば彼の身体をもぎ取り、最後には睾丸まで抜いてしまう。それほどに彼と「歴史」の関わりは深刻なのである。

サリームの構成要素は誕生前に決められている。しかし、サリームがまず明らかにするのは、自らが「複合自我」の化身だという、その点である。彼自身は「八月一五日という新しい神話の化身」(M, 382) と言っている。「八月一五日」が「複合自我」と結びつくには、やや複雑な手続きが必要だが、その手続きは自らの出生について語ることから始まる。

ぼくはボンベイの街に生まれた……昔々さ。いや、これはまずい。日付から逃げるわけにいかない。ぼくは一九四七年八月一五日にドクター・ナルリカル経営のナーシング・ホームで生まれた。時間は、だって? 時間も重要だ。そう、夜だよ。いや、重要なのはもっと……実は真夜中の一二時ちょうどだった。(M, 9)

この冒頭部はディケンズの『デイヴィッド・コパーフィールド』冒頭部のパロディという側面もある。ディケンズの作品の第一章は「私は生まれる」と題され、「私は金曜日の夜一二時に生まれた」(Dichens, 1) と、主人公の誕生の瞬間を告げる文で始まるからである。

『真夜中の子供たち』はこのように伝記小説的に始まるのだが、実質的「物語」は『トリストラム・シャンディ』風に主人公の誕生より前に遡って、三二年前の一九一五年から始まる。『デイヴィッド・コパーフィールド』においても、主人公誕生以前の父親の死などへの遡及的言及はあるものの、時間は年代記風に前へ前へと進む。出だしこそ『デイヴィッド・コパーフィールド』の模倣であっても、『真夜中の子供たち』における時間は現在と過去をジグザグに往来する。伝記的組み立てはあくまでも見せかけのもので、登場する人物はすべてサリームの構成要素となるための象徴的役割を担う。つまりこの作品の中身は因習的伝記物語でなく、ルシュディ的「複合自我」の物語なのである。それをマイケル・リーダーに倣って「個人神話」と呼ぶこともできる。つまり「インド人が彼らの個人的文化的過去と折り合いをつける新しい方法」(Reder 1999, 229) がそこにあるというわけである。しかし、物語が「複合自我」に関わることを明らかにしているのはサリーム・シナイ自身であり、強いて言えばこれは「複合自我神話」なのである。[13]

作品の最初の部分で、サリームは次のように自己規定する。

ぼくは摩訶不思議なしかたで歴史に手錠をかけられ、ぼくの運命は国の運命に分かちがたく鎖でつながれている。(M, 9)

「歴史」や「国の運命」と一体化するとはどういうことなのか。それへの答えは次の引用に示さる。

ぼくはもろもろの生命の嚥下者だ。ぼくというたった一人の人間を知るためには、読者は多数の人間をも嚥下しなければならない。嚥下された群集がぼくの中で押し合い圧し合いしているからだ。(M, 9)

このように彼は「歴史」や「国の運命」と一体化することで「もろもろの生命の嚥下者」となるのだが、これについてミハイール・バフチーンが『フランソワ・ラブレーの作品と中世・ルネッサンスの民衆文化』の中でガルガンチュアの誕生に関して述べているコメントを持ち出し、その影響を考えることもできる。すなわちバフチーンは「グロテスクな肉体」について「この肉体は世界を呑みこみ、自らも世界に呑みこまれる」（バフチーン、二七二）と言っているのである。サリームが異様に長い鼻などによって「グロテスクな肉体」の持ち主であることは間違いないのだ。

しかし、われわれとしては、これこそルシュディがしている「複合自我」の定義にほかならないと考える。これについてのルシュディ自身の解説はすでに何度か触れたが、これは逆転の発想の所産である。「歴史」や「国」は「個人」の外にあるのでなく、内側にある。集団の「運命」に関心を抱き、それにいささかなりとも関与しようとするとか、どの「国」の「歴史」にもある影や負の部分をも自分のこととして引き受けるということでなく、すでにそれらが自分の内部にあると思い定める時、われわれは否応なく「複合自我」的になる。ルシュディが『真夜中の子供たち』における「複合自我」表象で言おうとしていることは、そのことである。

「複合自我」の定義に関わる表現は冒頭部のみならず、作品の随所に登場する。例えばサリームが結成する「真夜中の子供たち会議」（ＭＣＣ）には五八一人のメンバーがいるが、彼らについての次のような記述がある。

> 彼らのプライバシーのために、ぼくは彼ら一人一人の声を区別することは拒否する。理由はほかにもある。ひとつは、ぼくの物語は五八一人の十分に生き生きとしたパーソナリティを扱いきれないということがある。また別の理由として、子供たちは驚異的なほど個別で多様な才能にもかかわらず、ぼくの頭の中では、何百という、バベルのような言語を話す多頭の怪物なのであり、多様性の真髄そのものであるからだ。目下のところ彼らをばらばらにする意味がないと思っている。（M, 229）（傍点引用者）

ＭＣＣメンバーはサリームの頭の中にしか存在せず、例外的に具体的な登場人物として活動するのはシヴァとパルヴァティの二人だけである。つまり彼らはサリームの中にいる「複数の私」の誇張された暗喩なのであり、そのためにサリームはここで「何百というバベルのような言語を話す多頭の怪物」というイメージになるのであり、また「多様性の真髄そのもの」と呼ばれるわけである。

あるいは、サリームがボンベイの学校で先生から髪を引き抜かれ、ドアに挟まれて中指の先を失った後、彼は身体損傷の比喩的意味を考える前に「自我」について次のように述べる。

おお、内面と外面の永遠の対立よ。人間はその内面において統一体などに程遠く、同質体などにも程遠い。内面ではなにからなにまであらゆることがごちゃごちゃになっている。ある瞬間の自分と次の瞬間の自分は別人である。一方、身体はなによりもまず同質である。ワンピースのドレスのように、あるいはお望みとあらば神聖な寺院のように、分割不能なのである。この統一性を維持することが重要なのだ。(M, 237)

人間の内面と外面の対比において、際立った差異は「統一性」にあるとサリームは考える。内面は「統一体などに程遠く、同質体などにも程遠い」のである。「ある瞬間の自分と次の瞬間の自分は別人である」という部分には、インド独立五〇周年に際して書いたエッセイ「豊富の国」でルシュディが与えた「複合自我」の定義の反復にほかならない。

サリームは一九六三年二月にパキスタン(「清浄の国」を意味する)へ血縁のない「両親」とともに移住する。その際の次のような記述も「複合自我」と無縁でない。

「私たちはすべて新しい人間にならなければならない」とサリームの両親は言った。清浄なるものの国において、清浄さはわれわれの理念となった。しかしサリームは永遠にボンベイ性に汚染されていて、彼の頭はアラー以外のすべての種類の宗教でいっぱいだった。(M, 310)

つまり彼の「自我」は「宗教」的位相においても「複合的」に出来ているということであるが、同趣旨の記述は、インディラ・ガンディーが「非常事態宣言」を出し、「神」を気取って民衆の崇拝を求める状況下で、それに反発するサリームが次のように言う言葉にも見出される（ジョイス的表記に要注意）。

しかしぼくはボンベイで育てられた。そこではシヴァビシュヌガネーシュアフラマズダアラーその他無数のもの（Shiva Vishnu Ganesh Ahuramazda Allah and countless others）が群れをなしていたのだ……。（M, 438）

サリームは「語り」の現在である一九七八年にインディラ・ガンディーの「非常事態宣言」下で受けた睾丸除去（断種手術）への怒りを思い出しつつ、物語冒頭での自己規定を反復する。

ぼくは自分の今の存在以外のいかなるものにもなりたくない。ぼくはだれでなにものなのか？　ぼくの答えはこうだ。ぼくはこれまでに経験したものすべて、自分がしていることを目撃されたもののすべて、自分に対してなされたことすべての総計なのだ。世界における存在がぼくの存在に影響を与え、また逆にぼくが影響を与えたすべての人と物、それがぼくだ。ぼくが死んだ後に生じるもの、ぼくが生まれてこなかったならば生じなかったもののすべて、それがぼくだ。この問題ではぼくは特に例外的というわけではない。一人一人の「私」、今や六億を超えるわれわれの一人一人が同様な群集を含んでいる。最後に繰り返すならば、ぼくを理解するためには、あなたがたは世界を呑み込まなければならないのだ。（M, 383）

ルシュディが「複合自我」を「国家」と結びつける際のヒントになったのは、「インドはインディラ、インディラはインド」というキャッチフレーズであったかも知れないことを思わせる記述もある。

国家とぼく自身はイコールとする等式へのぼくの終生の信念が「マダム」の頭の中で変形され、「インドはインディラ、インディラはインド」という当時の有名なフレーズになったのだろうか？（M, 420）

ここでは順序が逆になり、サリームがインディラ・ガンディーに影響を与えたような記述になっている。もとよりそれはフィクションにすぎないが、われわれとって重要なのは、「国家」＝「ぼく自身」という等式が物語の終盤に至って再確認されていることである。

こうして、『真夜中の子供たち』は、作品の随所で確認される「歴史」＝「国家」＝「複合自我」という等式を基礎とする「複合自我神話」の創造と考えて差し支えない。この「複合自我」にはサリーム・シナイという名前が与えられ、彼が一九四七年八月一五日午前〇時（真夜中）に誕生するまでの、「祖父」のことから始まる三二年間の経緯が第一部に語られる。「祖父」と言っても、重要なのはサリームとの血縁ではなく、その象徴的役割である。「祖父」のみならず「祖母」「父」「母」すべてが、「嬰児取り替え」事件によって「虚構の祖先」（M, 114）ということになるからである。「祖先」が「虚構」であるならば、サリームそのひともまた「虚構」であるしかない。つまり彼はルシュディの思い描く「複合自我」に与えられた名前であり、とりわけその「歴史」的位相を象徴する「虚構」の存在なのである。

換言すれば、サリームはインドの「歴史」（つまり個人的な思い入れによって回想される歴史）を象徴する見せかけの血縁によって誕生する。彼の誕生までの概略を述べれば、まずカシミールを舞台として「祖父」アーダム・アジズが登場し、ナシームと結婚してアグラへ移住する。そこで娘三人息子二人をもうけるが、焦点は次女ムムターズに移る。彼女は最初の結婚に失敗した後、アミナと名前を変えて、アフマド・シナイという離婚経験者と再婚し、デリーに移り住んで子供を宿す。臨月近くになってムムターズ＝アミナとアフマド・シナイは、不動産が安くなっているからという理由で、デリーからボンベイへと引っ越す。ムムターズ＝アミナはデリーで占い師に予言されたとおり、インド独立の瞬間、ナリルカル・ナーシング・ホームで子供を産む。この子供がサリームかと言うと、そうではない。彼は同じ産院で同時に生まれる子供と、貧乏人に同情する看護婦マリア・ペレイラによって取り替えられるのである。この事件は「マリア・ペレイラの犯罪」と呼ばれる。彼の本当の親はアフマドとアミナでなく、父親はウィリアム・メスウォルドというイギリス人、母親はヴァニタという、盲目の貧乏歌手ウィー・ウィリー・ウィンキーの妻であって、つまり彼は私生児にして混血児《ハイブリッド》なのである。このようにサリームはボンベイというハイブリッドな都市のハイブリディティを象徴する「複合自我」となるために「嘸下された群集」を「自我」に詰め込んで生まれてくる。

そのような彼の「複合自我」を構成するうえで最も影響力のあった人物は「祖父」アーダム・アジズである。「祖父」とは名ばかりで血のつながりはないわけだが、この「虚構の祖先」に込められた寓意的要素は確実にサリームへと流れ込んでいる。それは彼の「相続財産」(M, 107) のひとつなのである。なお、アーダム・アジズの造形にはルシュディ自身の自伝的要素が込められている。彼の祖先はカシミールの出身であり、また祖父の一人は医者で、ドイツ留学経験を持っている。ただし、その祖父はカシミールに住んだことがない (Chauhan, 40)。自伝的要素から合成されたと思われる小説の中のアーダム・アジズは、ドイツでの五年間の留学を終え、医者となってカシミールへ帰ったばかりである。

ここでわれわれは『真夜中の子供たち』の記述に沿って、アーダム・アジズを詳しく観察したいのだが、最初に前景化するのは彼の信仰の問題である。カシミール地方シュリナガールでは春先でも早朝の大地は霜柱が立っていて、イスラム教徒としての祈りを捧げようと大地にひれ伏すアーダム・アジズは、象の頭をした神「ガネーシュ」(M, 13) のような大きな鼻を凍った大地にぶつけ、信心をいっそう鈍らせる。彼が選ぶのは「信仰と背信の間に仕掛けられた奇妙な中間的立場」(M, 12) である。この立場にあって彼は「ある種の神の存在を完全に信じられないわけではないが、その神を崇めることができない」(M, 12) ということになる。

彼の信仰心を鈍らせたのは留学時の友人たちである。一時は彼の恋人となるイングリッドや無政府主義者のオスカーとイルゼといった友人たちは、こぞってアーダムの信仰を「嘲笑した」(M, 11) のだった。ハイデルベルクでの

シヴァの息子ガネーシュ（ニューデリー国立博物館蔵）

思い出がすべて詰まったトランクにはレーニンの『何をなすべきか?』も含まれている (M, 111)。彼が西洋で受けた思想的影響の形見である。左翼思想がアダム・アジズを政治行動へ駆り立てたことはないが、しかし友人たちの唯物論が彼の信仰を揺るがしたことは確かである。

アーダム・アジズの西洋体験が頂点に達するのは、友人たちにエドワード・サイードの言う「オリエンタリズム」の意識が染みついていることに気づく時である。

> ハイデルベルク。そこで彼は医学と政治のほかにも学んだものがある。それはインドがラジウムのようにヨーロッパ人によって「発見された」と見られていることだ。オスカーですらヴァスコ・ダ・ガマを賛美してはばからなかった。彼らがアーダムをヨーロッパ人祖先による発明品かなにかのように見ていること。アーダム・アジズが友人たちと最終的に決別したのは、彼らのこの考えゆえだった。(M, 11)

オスカーはアーダム・アジズがハイデルベルグで親交のあった「アナーキスト」だが、その彼までがインドを「発見」したヴァスコ・ダ・ガマを賞賛し、アーダムを彼ら西洋人の「祖先たちによる発明品」かなにかのように見なしていることを知り、アーダムは彼らと袂を分かつ。つまり彼は懐疑主義者となるばかりでなく、明確に反「オリエンタリズム」の立場にも立つのである。なぜなら、インドはヨーロッパ人の「発明品」とするものの見方は、サイードが「オリエンタリズム」と名づけたものそのものであるからだ。「オリエントとはヨーロッパ人の発明品のようなものだった」(Said, 1) とサイードは『オリエンタリズム』の冒頭に書いている。「オリエンタリズム」には三つの意味があるとサイードは言う。「地域研究」(Said, 2) とも呼ばれる学問分野の意味、「オリエント」と「オクシデント」を区別する「思考様式」(Said, 2) という意味、それに「オリエントを支配し、再構築し、権力を揮う西洋的様式」(Said, 3) という意味の三つである。これらは相互に関係し合っているが、アーダムがハイデルベルクで経験するのはサイードが詳細に分析する第三の意味の「オリエンタリズム」にほかならない。

インド人アーダムが反「オリエンタリズム」の立場をとるということは、自動的に反イギリス支配につながる。イギリスへの態度変更が、懐疑主義に加えてのもうひとつの留学結果だが、政治的にではなく、文化的に反イギリスとなるところが、その後の彼の行動を予告する。アムリトサルの虐殺現場での救護活動、アグラでの独立運動活動家支援、独立後のパキスタン行き拒否、ネルー首相の死後ほどなくしてのカシミールでの死。これらの行動が象徴するのは彼の内なる文化的雑種性なのである。そうした自己認識は留学から帰国した直後から芽生える。

友人たちの存在が脳裏を去らなかったものの、彼は今の自我をかつての自我と再結合しようとしていた。彼らの影響を無視しつつ、しかし、例えば服従など、わきまえるべきことはすべてわきまえていた昔の自我と。(M, 11)

「友人たち」は「西洋」の象徴である。それに対してアンヴィバレントな気持ちを持っているのが現在の「自我」で、イギリス支配に文化的に反発しはじめている。一方、「かつての自我」は「西洋の影響」を「無視」しつつも、ある種の知恵として、それに「服従」していたのであった。留学前の「自我」から新しい「自我」へと脱皮して帰国し、今、このふたつの「自我」を「再結合」しようとしている。ふたつの「自我」を共存させ、「複合自我」となることによって、彼は「奇妙な中間地帯」(M, 12) に入り込むのである。これは「ハイブリッドな自我」の表象にほかならず、ホミ・K・バーバであれば「インタースティシャル」な「自我」と呼ぶだろう (Bhabha, 2)。サリームが「相続」するのはこの「自我」である。

一九一五年の春先、アーダム・アジズはハイデルベルクでの留学生活を終え、医師の資格を取得して、懐疑主義と反「オリエンタリズム」を胸に帰国したばかりである。目下の目的は、医師として開業するために金持ちの患者を見つけることにある。その目的は地主ガーニの登場で達せられる。西洋帰りの青年医師を娘ナシームと結婚させようという地主の思惑がアーダム・アジズの願望と一致するからである。

アーダムは地主の家に入って娘の診察をしようとするが、娘は七インチ四方の穴の開いたシーツの陰に隠れて姿を見せない。診察すべき腹部を穴越しに見るだけとなる。女性は医者に対しても肌を見せないというイスラム教徒の慣習の一つである。[14] インドの結婚「制度」(サムナーの言う意味での「制度」[15])もここに寓意されている。娘の結婚を決める権限を持つ父親はできるだけ社会的に優越したものを婿に選ぼうとする。西洋帰りの医者は婿として申し分ないはずである。一方、婿は嫁の持参財が目当てで、持参財が少ないと嫁を焼き殺す風習もあり、ルシュディ自身そのことに言及している。[16] 西洋で懐疑主義を吹き込まれ、同時に反「オリエンタリズム」にも目覚めた、「モダン」[17]なアーダムだが、開業という目的のために、嫁の持参財が必要なことを隠さないし、地主の娘である以上持参財が少ないことはないと計算している。この打算性は、地主ガーニはもとより、アフマド・シナイ(サリームの「虚構」の父親)の「ビジネス主義」(M, 397)にも通じている。

こうしてアーダム・アジズに見られるイスラム的慣習やインド的「ビジネス主義」や「モダニティ」や反「オリエンタリズム」はサリームに「相続」され、「複合自我」の中身となるのである。

船頭タイが象徴する要素もまたアーダム的要素に劣らず重要である。年齢不詳という点やカシミールのことなら太古のことから知っているという点からすると、彼は「不死の人」であり、変化を求めないカシミール魂の権化でもある。そして外国へ留学して変身してしまったアーダム・アジズを不愉快に思っている。聴診器の入った医師用鞄は、船頭にとって外国からの影響を象徴するものに映る。

船頭にとって鞄は「外国」の表象だ。それは見知らぬものであり、侵入者であり、進歩なのだ。しかも確かにそれは若い医者の心をしっかりつかんでしまっている。(M, 21)

彼は、西洋人はもとより、インド人とも異なるカシミール人の化身であり、かつての「独立した藩王国」(M, 33)の存在を証明する生き証人なのである。アーダム・アジズがタイの次のような言葉を思い出す瞬間がある。その時彼は結婚したばかりで、アグラへ向かう途中のアムリトサルに一時滞在している。その町ではガンディーの提唱する「ハルタール」(同盟休業)に呼応した群集の不穏な動きが生じている。

カシミール人は違う。例えば、臆病者という点がある。カシミール人の手に銃を渡しても、銃は勝手に暴発するしかない。カシミール人には引き金を引く勇気がないんだ。わしらは、いつも戦いばかりしているインド人とは違う。(M, 33)

このタイの言葉によれば、カシミール人は「戦い」を好まない平和愛好者だと言える。一九一九年四月にアムリトサルへ到着し、町の不穏な雰囲気の中でアーダム・アジズと新妻ナシームが恐怖心とともにインド人への違和感を覚えるのは、彼らがカシミール人であり、平和愛好者だからである。そのようなカシミール人の化身としてのタイはカシミールの西洋化やインド化に抗議して身体清拭を拒否する。その結果、悪臭のために仕事を失い、病気になり、一九四七年のインド独立とともに死ぬ。

タイは死ぬが、彼の魔術はまだぼくたちの上にかかっていて、人々を離れ離れにしている。(M, 107)

このように、タイは死んでもなお「魔術」となって残っている。「不変の象徴としてのタイ」(M, 107)は「不死」

なのである。しかしタイはカシミール人という「アイデンティティ」つまりは一種の「統合自我」にこだわる点で、他の民族主義者と変わらず、結局はインド分裂の固定化をもたらしてしまう。「彼の魔術」が「人々を離れ離れにしている」ということの意味もそこにある。

「不変の象徴としてのタイ」の役割はサリームの「虚構の祖母」にして「尊師」と呼ばれるナシームに受け継がれている。彼女は「伝統と確信という難攻不落の要塞」(M, 40)であり、結婚後ベッドでの抱擁で「動け」(M, 40)という西洋かぶれのアーダムの執拗な要求を頑として受けつけず、家庭内での「自己防衛システム」(M, 40)を完成させ、とりわけ「政治問題」(M, 41)を家庭内へ持ち込ませないという鉄則を作る。しかし「歴史」がその「家庭内ルール」(M, 40)を捻じ曲げることとなる。

アグラに移ってからのアーダムは、インドの分離独立を主張するジェンナーのムスリム連盟に反対し、統合独立を主張するグループとの接触を始める。「自由イスラム会議」(M, 40)という「虚構」のグループの創設者ミアン・アブドゥラー(渾名ハミング・バード)やその支援者クッチ・ナヒーン女王《ラニ》との親交を深めるのだが、逆に家庭内では政治嫌いのナシームとの対立を深めてしまう。一九三二年には子供たちの教育をめぐって大喧嘩になる。その段階で彼らは五人の子供の親になっている。問題の原因は宗教教育の是非である。ナシームが雇ったイスラム教を教える教師が「ヒンドゥー教徒、仏教徒、ジャイナ教徒、シーク教徒」などを「憎め」と教えているとして、アーダムがその教師を叩き出し、「人を憎む子供たちにしたいのか、おまえ」(M, 43)とナシームに言うのに対し、「あなたは神を信じない子供たちにしたいの?」(M, 43)と彼女は応じる。彼女は夫が教師を呼び戻さない限り食事を作ってやらないと宣言し、アーダムを断食へと追い込む。異なる宗教の共存を考えるアーダムとイスラム信仰を第一に考えるナシームのこの対立は統合か分離かで争うイスラム内部抗争の雛型にほかならない。

分離独立後、ナシームはパキスタンへの移住を希望するが、アーダムが応じず、二人はアグラに留まる。ナシームがパキスタンへ移住するのはアーダムが死んだ後の一九六四年のことだ。彼女は新天地でガソリンスタンドを経営するが、一九六五年の第二次インド・パキスタン戦争の戦火に巻き込まれて死ぬ。

糧食を断たれ、餓死寸前のアーダムを窮地から救うのは、「賢い子供」(M, 43) と呼ばれる長女アリアである。「モダン」な父親の影響で自由奔放に育つ子供たちのなかで、アリアは母親の厳格な「統合自我」的考え方を受け継ぎ、大学を出て教師となる。二一歳の一九四二年にアフマド・シナイという「模造皮とレザークロスを扱う若い商人」(M, 54) がアリアに会いにくるようになる。しかし彼には二〇歳の時に離婚した経験があり、それがアーダムとナシームの知るところとなって、アリアとの結婚に待ったがかかる。この猶予期間に起こる出来事のために、結局アリアは結婚しないことになり、その後も依怙地に独身を通すのである。彼女の二歳下の妹で自由奔放なムムターズが二度目の結婚相手にアフマド・シナイを選び、アリアは男に見捨てられたうえに、妹に裏切られた格好になる。そのために彼女は妹とその家族への隠微な「復讐」を続ける。「復讐」は効を奏し、妹の家族、すなわち「語り手」サリーム・シナイの家族に災禍がふりかかる。分離独立後、いち早くパキスタンへ移住するアリアは、カラチで学校を創設してモラル教育に情熱を注ぐ。シナイ家がパキスタンへ移住した後、サリームやその妹も一時彼女の学校へ通うことになる。アリアこそ母親ナシームの「伝統と確信という難攻不落の要塞」を守り抜く存在であるが、船頭タイにもつながる純粋さの持ち主でもあり、「清浄の国」を意味するパキスタンにふさわしい存在でもある。しかし、彼女もまた一九六五年の戦争で死ぬ。

平和と清浄を愛するカシミール魂は船頭タイから「尊師」ナシームを経てアリアへと流れている。それはまた、部分的ながら、アーダム・アジズにもサリームにも流れ込んでいるのである。そうであるがゆえにアーダム・アジズは最後の死に場所をカシミールに選び、サリームは絶えず「虚構の祖父」への愛着を示すのだ。「不変の象徴としてのタイ」あるいは「統合自我」的なものが彼らの内部にあるとすれば、それは内部矛盾でもある。「タイ」的なものは「清浄な」宗教を守るためにインドの分離を促したと考えられるからだが、しかし内部矛盾こそ「複合自我」の証でもある。

次にアーダム・アジズの次女ムムターズ（後にアミナと改名）だが、彼女は父親の「モダン」なるものを過激に受け継ぐ。ふたつの名前を持つことは「複合自我」の品質証明でもあるので、ここでは彼女を一貫してムムターズ＝アミナと呼ぶことにしたい。彼女が物語に登場するのは一九四二年、一九歳の時のことである。その年、「自由イスラム会議」の創設者ミアン・アブドゥラーがアグラで暗殺されるが、彼の腹心で詩人のナディル・カーン（後にカシム・カーンと改名）[18]が危うく難を逃れ、アジズ家に逃げ込む。この男がアジズ家の地下室に匿われることで、物語は犯罪推理小説兼恋愛小説風になる。ナディル・カーンは現場から逃亡したためにミアン・アブドゥラー殺害の嫌疑をかけられ、ドッドソン准将率いるインド軍のお尋ね者となる。その結果准将の副官ズルフィカル少佐がアジズ家に聞き込みにやってくる。この少佐がそこで見つけるのはナディル・カーンでなく、将来の妻エメラルドである。一方、ナディル・カーン自身は次女のムムターズに気に入られ、ほどなくふたりは結婚して地下室生活を始める。しかし、彼らの地下室での結婚生活は異様なもので、三年間に一度も性的交渉を持たないまま、ムムターズ＝アミナが病気になる。父親が医者として彼女の診察と治療をすることになって、地下室での結婚生活の実態が明るみに出るが、その間にズルフィカル少佐の追跡を恐れたナディル・カーンは離縁状を残して姿を消す。これによって彼女の最初の結婚には終止符が打たれるが、すぐに恋の新たな展開が始まる。相手は姉アリナの恋人アフマド・シナイである。姉を裏切ってムムターズ＝アミナがこの若い「半カシミール人」（M, 66）の商人と再婚するのは一九四六年六月である。持参財は「銀のサモワール、ブロケード織のサリー、金貨」（M, 66）で「少なくもなければ莫大でもない」（M, 66）とアーダムはコメントしている。彼らは「モダン」であっても結婚「制度」のしきたりは守るわけである。アーダムが西洋医学とイスラム医学のハキミ（M, 67）を折衷するように、ムムターズ＝アミナも奔放な行動を取る反面、迷信を信じている。

独立を前にした政治的に不穏な状況の中で、ムムターズ＝アミナはアフマド・シナイとともに、アグラからデリーへ移り住む。布地商人のアフマド・シナイは、妻の妹エメラルドの夫という関係にあるズルフィカル少佐の口利きで陸軍との取引にありつき、大もうけをするものの、ムスリムとヒンドゥーの反目に否応なく巻き込まれる。ムムターズ＝アミナの妊娠が判明する頃、ヒンドゥーの暴徒に追われたムスリムの男が家の中へ転がり込むからである。リファファ・ダースというこの男はデリーのスラム街に住み、貧困と迷信の化身である。ムムターズ＝アミナは、ナディル・カーンから統合主義という政治的立場やモダニズムを取り入れたように、リファファ・ダースからインドの貧困と迷信を教えられ、彼に案内されて赴いたスラム街で占星術師から「多頭の怪物」（M, 78）を産むだろうと予言されると、彼女はそれを信じる。「多頭の怪物」は「複合自我」の象徴であり、サリームがその化身となることは言うまでもないが、すでに触れたように、サリームはムムターズ＝アミナと血のつながりを持たずに生まれる。それにもかかわらず彼はムムターズ＝アミナの「複合自我」を受け継ぎ、統合主義、モダニズム、迷信などをその構成要素として付け加える。

サリームがムムターズ＝アミナから受け継ぐのはそればかりではない。一〇歳のサリームは「母親」ムムターズ＝アミナが別れた最初の夫カシム・カーンことナディル・カーンと密会していることを嗅ぎつけ、その証拠を握ることになるが、そのような「母親」の複雑な内面を持ち前の超能力で覗き見した後、それが自分の内面に似ていることに気づく。

ぼくは当時すでに人々を内面の整い具合で分類し、自分としては内面が混乱しているタイプが好きだと気づきはじめていた。ひとつの思いが別の思いへと絶えず染込んでいくため、食べ物のことを思い浮かべているかと思うと生計を立てるという重大事が邪魔してきたり、性的空想に政治的瞑想が重なったりするタイプで、それはぼくの脳の乱雑きわまる混乱ぶりに密接に関係していた。ぼくの脳の中ではあらゆるものが他のあらゆるものと混ざり合い、意識の白い点がひとつのことから別のことへと手に負えない蚤のように飛び回っていた。（M, 214）

サリームは「気が散りやすい」というような「気質」を問題にしているのでなく、表面的にはなにごともきちんとしているムムターズ＝アミナの内面、前の夫と密会するような「乱雑な」内面を問題にしている。つまりここでは実質的に「統合自我」と「複合自我」が対比されていると考えられる。「統合自我」に見られるはずの「内面の整い」は、「複合自我」には見られない。それが「複合自我」の特質なのである。

「複合自我」とは「整っていない」「乱雑な」内面だとして、それが具体的にどのような行動となって表面化するかを考える場合、ムムターズ＝アミナは格好の材料となっている。

彼女は最初、分離独立反対論者ナディル・カーンと結婚するが、夫が政治的危険分子としてインド植民地警察から追われる身となったために、言わば戦術的に離婚する。その後、「ビジネス主義者」アフメド・シナイと再婚して、子供を二人生むが、インド独立政府が二度目の総選挙を行うことになると、合法的インド共産党の公認候補となっているカシム・カーン（ことナディル・カーン）との密会を始める。これに加えて、サリームの血液型が夫婦の型と適合しないことが分かることなどから、ムムターズ＝アミナと夫の関係は冷え切ってしまうが、メアリー・ペレイラが嬰児取替えを告白することで、彼らの関係は修復する。パキスタンへ移住してからは子供を宿しさえするのである。しかし最後は印パ戦争の犠牲になって胎児もろともに死ぬ。

これがムムターズ＝アミナの内面的「乱雑さ」を映す行動である。その「混乱」は独立前後のインドの「歴史」に振りまわされた結果と言える。サリームが彼女から受け継ぐ最も重要な要素とは、結局、「歴史」との関係の仕方である。

「複合自我」の化身であるサリームの構成要素には、これまで見てきたものをまとめれば、イスラム的慣習やインド的「ビジネス主義」や「モダニティ」や反「オリエンタリズム」などのアーダム・アジズの遺産、カシミール人というアイデンティティや平和と清浄を愛するカシミール魂などの船頭タイの遺産、そして「歴史」との関係の仕方というムムターズ＝アミナの遺産などが含まれる。これに加えて、ジャイナ・C・サンガが指摘しているように（Sanga, 87）、「実の父親」ウィリアム・メスウォルドの遺産としてのイギリス的なるもの、乳母として育ての親となるメアリー・ペレイラの遺産としてのカトリック的なものも考えられる。しかし、サリーム誕生後の作品の展開を考えた場合、これらの中で最も重要なのはサリームと「歴史」との関係である。

7 「複合自我」の「歴史」的位相

サリーム自身は「歴史」との関係についてひとつの理論を持っている。「ぼくは文字通りにして比喩的に、また積極的にして受動的に、歴史に繋がれている」(M, 238) と彼は言い、四通りの「繋がり方」を示すのである。これを図にすると、次頁表1のようになる。

A (字義的 - 積極的) の定義――「生産的歴史的事件に直接――文字通りに――影響を与え、その道筋を変えるぼくのすべての行動」(M, 238)。その実例――「ぼくが言語デモ隊にスローガンを与えたやりかた」(M, 238)

B (字義的 - 受動的) の定義――「国家的事件がぼく自身や家族の生活に直接関係するすべての瞬間」(M, 238)。その実例――「ぼくの父の資産凍結」(M, 238)

C (比喩的 - 積極的) の定義――「ぼくによって、あるいはぼくに対してなされたことが公的出来事というマクロコスモスの鏡像となっているとか、ぼくという個人的な存在が象徴的に歴史と一体となっていることが示されるような場合」(M, 238)。その実例――「中指切断が適切な実例だ。なぜなら指先がぼくの身体から切り離され、血 (アルファでもオメガでもない) が噴水のようにほとばしった時、類似のことが歴史に起こり、ありとあらゆることがわれわれに降りかかりはじめたからだ。しかし歴史はいかなる個人よりも大きなスケールで動いているので、傷口を縫合し、血まみれの汚れを拭くのにはるかに長い時間がかかる」(M, 238)。

D (比喩的 - 受動的) の定義――「単に存在するだけでぼくに比喩的に影響を与えたすべての社会・政治的傾向や出来事」(M, 238)。その実例――「幼児国家があわてて成長しきった大人国家になろうとするさまとぼく自身の幼時における成長への爆発的な努力との間の不可避的関係」(M, 238)。

表1

	積極的 actively	受動的 passively
字義的 literally	A	B
比喩的 metaphorically	C	D

このようにサリーム自身が「複合自我」の「歴史」的位相を明確に分析している。『真夜中の子供たち』にはこのような社会心理学的記述も含まれているという事実にわれわれは改めて驚きの念をおぼえる。これも「魔術的リアリズム」の一部であるとすれば、そのラテンアメリカ産の小説手法が個人による歴史との新たな関係の発見をも含んでいることは明らかである。サリームの分析が独創的なものであるかどうかは分からないが、少なくとも個人と歴史の曖昧な関係を手際よく整理していることは否定しようがない。キャサリン・カンディはその手際を『ハムレット』においてポローニアスがする劇の分類になぞらえている（Cundy, 34）。「悲劇、喜劇、歴史劇、牧歌劇、牧歌的喜劇、歴史的牧歌劇、悲劇的歴史劇、悲喜劇的歴史的牧歌劇」（*Hamlet* II, 2）という分類である。しかしこれは手際の問題であり、中身には関係がない。

中身を考える場合、右のＡＢＣＤとも「字義的 - 積極的」「字義的 - 受動的」「比喩的 - 積極的」「比喩的 - 受動的」というふうに、「ハイフン」で結ばれていることは注目に値する。この種の「ハイフン」のポストコロニアリズム的意義を明らかにしたのはホミ・K・バーバであるが、彼によれば「雑種的ハイフン結合は文化的自己規定の基礎としての、同一基準で測れない要素、頑固な部分を強調する」（Bhabha, 219）という働きがある。ジャイナ・サンガが指摘するように（Sanga, 82）、「中間的なもの」つまりバーバの言う「インタースティシャル」なものがそこに意味されるのである。「字義性」「比喩性」「積極性」「受動性」という単一の基準では収まらない「歴史」との関係性が問題になっているわけである。われわれはこれら四種類の境界的関係性を「複合自我」の「歴史」的位相と捉え、それぞれについての具体的事例を物語の中から拾い上げてみたい。

Ａ「字義的 - 積極的」の関係

Ａの関係の実例としてサリームは「言語デモ隊にスローガンを与えた」ことを挙げている。この

「言語デモ」は一九五七年に行われているが、その背景にはボンベイ州を言語上の境界線でふたつに分けるという独立政府の政策があった[19]。ボンベイ州は実際一九六〇年にマハーラーシュトラ州とグジャラート州に分割されるが、そこに至るまでに分割要求デモが繰り返され、一九五六年のデモでは、サリームが生まれた病院の経営者ドクター・スレシュ・ナルリカルが「言語デモ隊」に殺されている（M, 177）。サリームはまだ九歳の一九五七年二月、憧れのアメリカ人少女エヴィ・バーンズの銀色の自転車に乗って転倒し、「言語デモ隊」に突っ込む。マハーラーシュトラの言語、マラーティ語話者のデモ隊である。ウルドゥー語話者のサリームはデモ隊に囲まれ、なにかグジャラート語を話せと要求される。そこで彼は学校で覚えた語句を並べ、「ソーチ・チェ？　サル・チェ！　ダンダ・レ・ケ・マル・チェ！」“Sooch ché? Saru ché! Danda lé ké maru ché!”（M, 191）と言うが、その意味は「ご機嫌いかが？元気だよ！　棒切れでこっぴどく殴ってやるぞ！」というものである。デモ隊は意味が分からないまま、面白半分にそれをスローガンとして叫ぶ。そこへグジャラート語のデモ隊が来たため、誤解から乱闘となる。その結果一五人が死に、負傷者は三〇〇人余りに上る。サリームは「乱闘の引き金を引く直接の責任者」（M, 192）となるわけである。ただし、これはもちろん虚構であり、Aの実例はすべて虚構となるほかにない。

サリームが中心となるAの実例はこのほかにふたつしかない。ひとつは一九七一年のバングラデシュ独立に絡む東西パキスタン内戦でのエピソードであり、もうひとつはインディラ・ガンディーによる「非常事態宣言」直前にサリームが「奇術師ゲットー」で行う政治活動である。

一九七一年に彼はＣＵＴＩＡ（特殊部隊）第二二部隊員としてバングラデシュへ侵入する。これ自体は直接的に行動しているものの、軍隊の命令に従っているだけなので受動的であり、つまりＢ「字義的 - 受動的」の範疇に属する。しかし危険分子追跡の名目で、ほかの三人の隊員とともに彼が「サンダルバンズ」の熱帯雨林へ逃げ込むのは明らかにＡの範疇に関係する。彼はたえず進路案内役を演じ、「字義的 - 積極的」に行動する。ただし、その結果としてなにか「歴史」が変わるわけではない。

ダッカを脱出し、デリーへ舞い戻るサリームは「奇術師ゲットー」に住み着く。そのスラム街の主ピクチャー・シンは単に「世界一の蛇使い」にすぎないのでなく、独特な「社会主義」を説いて、街の表通りでも裏通りでも「有名」であり、サリームにとって「それまでに出会った最も偉大な人間」（M, 397）なのである。ピクチャー・シンの「社会主義」はスターリンや毛沢東やトロッキーなどとなんら関係のないスラム街土着の思想で、政治腐敗の告発に中心がある。サリームは彼の右腕となって、コブラ踊りを見に集まる群集に、賄賂政治や「警察官の職権濫用、飢え、病気、文盲」などの問題について演説する（M, 413）。

この時のサリームは直接行動を取り、政治を変えようと積極的になっている。ここでの彼の「歴史」への関わりはまさにAの範疇に属しているのである。しかしながら、この行動もなんら「歴史」を変えることはなく、むしろ常に警察の「催涙ガス」に追い散らされて終わる。「ぼくはついに歴史の周辺へと追いやられた」（M, 395）とサリームは言うけれども、彼が「歴史の中心」にいたことはない。「真夜中の子供たち会議（MCC）」は「字義的‐受動的」「比喩的‐積極的」「比喩的‐受動的」に関わるものであっても、ついにA「字義的‐積極的」に関係するに至らなかったことはサリーム自身が認めている（M, 238）。「歴史の中心」にいて、真にAの範疇に属する行動が取れるのは、サリームが憎むインディラ・ガンディーなのである。彼女こそは「インドはインディラ、インディラはインド」と豪語してはばからない程度に「国家」と一体化しているのである。その点で彼女はカルペンティエルやマルケスが語るラテンアメリカの独裁者たちに比肩しているのであり、実際『真夜中の子供たち』では、彼女は「独裁者」として扱われる。独裁者（あるいは民主主義で選ばれる権力者）になる人間は数少なく、大部分の人間は「歴史の周辺」にいる。サリームはAの範疇の行動を幻想しつつ生まれてきて、自分の限界を悟りつつ消滅する。しかし、彼とともにほんとうに消滅するのはAの範疇との関わりであって、それ以外の「歴史」との関係性は残る。それが多くの人間に通底する真実だからである。

一九五七年のムムターズ＝アミナの行動はAの範疇の実例と考えられる。その年「総選挙」があり、ムムターズ＝アミナの前夫ナディル・カーンがカシム・カーンと名前を変えて、公認政党インド共産党公認候補者になっている。ムムターズ＝アミナは彼と密会し、その政治活動を支援する。この「総選挙」においてインド共産党は大躍進し、国民会議派に次ぐ議会第二党となる。ナディル・カーンは落選するが、そのような「歴史」的出来事にムムターズ＝アミナは「字義的‐積極的」に関わったわけである。

B「字義的‐受動的」の関係

Bの範疇の実例としてサリームが挙げるのは「ぼくの父の資産凍結」である。インド独立政府は「非宗教国家」を謳い文句にしていたにもかかわらず、「ムスリム資産凍結」(M, 135)という方針を打ち出し、アフメド・シナイの資産もその対象になる。衝撃のあまりアルコール中毒になって寝込む夫アフメドを尻目に、妻ムムターズ＝アミナは憤激を戦意に変え、裁判に打って出るとともに、裁判官買収費用調達のために競馬を始める。「ガネーシュ」のような鼻をした、まだほんの乳飲み子にすぎないサリームの超能力が一役買って、ムムターズ＝アミナは競馬で連戦連勝し、大金を手にして買収に励み、裁判に勝つ。この経緯は別として、資産凍結の通知があったのはおそらく一九四七年暮れにかけてのことである。なぜなら、アフメドは「歴史」との「直接的‐受動的」関係に置かれ、つまり資産凍結の通知を受けて打ちのめされ、妻との関係まで冷え込ませる。しかしながら、ムムターズ＝アミナは一九四八年九月にサリームの「妹」ブラス・モンキーを出産する。ということは、少なくともその一〇カ月前までは彼らの夫婦関係は良好だったということで、その時期は一二月ということになる。もうひとつの補強証拠は、夫の無気力に困り果てたムムターズ＝アミナがアグラに住む両親の助けを求め、アーダム・アジズと妻ナシームが一九四八年一月のおそらく早い時期にボンベイへ駆けつけるという事実である。

このように日付にこだわるのは、Bの範疇のもう一つの重要な実例と関係しているからである。それはマハトマ・ガンディー暗殺という「歴史」的出来事がサリームの家族に与える影響である。問題のエピソードは、サリーム自身が認めるように(M, 166)、「間違った日付」の中で語られる。それにもかかわらず「歴史」の「衝撃」と呼ぶのにふさわしいエピソードになっているのだが、その詳細は次のようなものである。

サリームの叔父ハニフ・アジズは若い頃から映画に憧れ、ボンベイで映画監督になり、美人女優ピアと結婚する。

彼の最初の大作『カシミールの恋人たち』の主演女優はピアであり、この映画はリンゴを挟んでの「間接キス」で評判を呼ぶ。ある晩、ハニフとピアは姉夫婦ムムターズ＝アミナとアフメド・シナイを映画館へ誘ってその話題作を鑑賞することになるが、「間接キス」の場面でクライマックスを迎えようとした時、「おどおどした、むさくるしい髭面男」（M, 143）がスクリーンの前に立ちふさがって告げる。

「紳士淑女のみなさん、お許しを願います。恐ろしいニュースが入りました」男の声は途切れた。毒牙に猛毒を込めるための蛇のすすり泣きだ！　やがて彼は続けた。「今日の午後、デリーのビルラ・ハウスでわれらが愛するマハトマが殺されたのです。どこかの狂った男がわれらが父の腹を撃ち抜いたのです！　紳士淑女のみなさん、われらが父はもういません！」（M, 143）

この「ニュース」を聞いた観客の反応は次のように説明される。

男の話が終わる前に、観客は悲鳴を上げはじめた。男の言葉の毒が観客の血管に回った。大人たちが腹を抱えて通路を転びまわった。笑っているのでなく、泣いているのだ。ああ、なんてことだ！　なんてことだ！　そして女たちは髪を掻きむしる。ボンベイで一番の髪型が毒にやられた女たちの耳の周りで崩れる。漁師のかみさんたちのように映画スターたちが泣き叫んでいる。あたり一面になにか恐ろしいにおいがする。ハニフは囁いた。「姉さん、ここを出よう。ムスリムがこれをやったとしたら、とんでもない災難がふりかかるぞ」（M, 143）

この一節は「蛇と階段」[20]と題された章にあり、そこで一貫して使われている毒蛇の比喩がここにも顔を出している。毒蛇に噛まれた女たちの中にムムターズ＝アミナが含まれていることは言うまでもない。「もしムスリムがこんなことをしたのなら、大変な仕返しを受けるぞ」というハニフの切迫した台詞は独立後のインドでムスリムが感じていた緊張感を代弁していると考えられる。

物語では、ガンディーの死後二日間、シナイ家およびそこに滞在中のアジズ夫妻が緊張を強いられることになる。ヒンドゥー教徒の召使を帰宅させたり、ドアにバリケードを築いて暴徒の侵入に備えたりするのである。

しかしあらゆる蛇に梯子がある。ラジオがついにその名前を明かした。ナトゥラム・ゴドセ。「まあ、ありがたいわ」とアミナは叫ぶ。「ムスリムの名前でなかったのね！」

「ゴドセなんぞをありがたがることはないぞ！」とアーダム。ガンディーの死のニュースは彼の背に新たな時代の重荷を背負わせたのだった。

しかしながらアミナは言う。「あら、この期に及んでどうしてだめなの？　だってゴドセという名だからこそ私たちの命は助かったのよ！」彼女は安堵感から気分が明るくなり、安心の長い梯子を眩暈がするほどのスピードで駆け上がっていたのだ。(M, 143)

犯人ナトゥラム・ゴドセについて言えば、この狂信的ヒンドゥー教徒は至近距離から三発の銃弾をガンディーの腹部へ撃ち込んだとされるが、その場で捕まったかどうかは分からない。彼はインドの統合独立を主張していたガンディーをかねてから憎悪していたのだった[21]。当時の情報伝達メディアからすると、犯人のことまでもがその日のうちにインド中へ伝わるとは考えにくく、ムムターズ＝アミナたちのように二日後にラジオで知るということは、十分にありうる話だ。映画館からムムターズ＝アミナの安堵感に至るこのエピソードの流れは辻褄が合っていて、不自然さはないし、そこに込められたメッセージを要約すれば次のようになるだろう。つまり、ここに見られるような「衝撃」から「安堵感」までの感受性の中に「歴史」がある。そのような感受性への想像力が過去の「国家的」経験を自分のものに変える。「国家的」体験が単なる知識でなく、生きたものとなる。その「生きた歴史」こそが「自我」を複合化させずにおかないのだ、と。

「衝撃」や「安堵感」という感情の揺れを直接的に経験しながらも、事件そのものに受動的な影響を受けているにすぎないという点で、これはBの範疇に属するエピソードであり、ここまでは問題がない。

問題は「歴史的事実」との整合性にある。この場面が置かれているのはシナイ家の「資産凍結」、アーダム・アジズ夫妻のボンベイ来訪、ムムターズ＝アミナの「つわり」などの記述を経て、一九四八年九月にサリームの妹ブラス・モンキー（後のジャミラ・シンガー）が生まれた後のいずれかの時期となっている。これはつまり歴史的事実としてのガンディー暗殺の一年後ぐらいの設定なのである。なぜなら、現実の事件は一九四八年一月三〇日午後五時一二分に起こったと記録されているからである。

サリーム自身はガンディー暗殺に関わる年代記的間違いについて次のように述べる。

自分の作品を読み返していて、ぼくは年代記的間違いに気づいた。マハトマ・ガンディー暗殺の日付がこの本では間違った日付になっている。しかし、一連の出来事の実際の推移がどうであったかは、ぼくにはさしあたり言えない。インドではガンディーはあらぬ時間に死につづけるだろう。（M, 166）

これが（作者でなく）語り手が作中で行っている弁明である。好意的に解釈すれば、サリームは自分自身の経験を語っているわけではないという利点がある。「両親」や「叔父」の経験を聞きかじりの知識で再現しているだけなのである。むしろ重要なのは、彼らの体験を擬似的に自分も追体験しているという点である。言い換えれば、B「字義的‐受動的」関係の範疇に属する「歴史」との関係を内在化させることこそが重要なのである。

彼はさらに次のように弁明している。

間違いがひとつあれば、全体の織物がだめになるのだろうか？　必死に意味を求めるあまり、行き過ぎがあり、ぼくはあらゆるものを歪めてもいいという気になっているのだろうか？　もっぱら自分を主役に置きたいがために、自分の時代のすべての歴史を書き直してもかまわないという気になっているのだろうか？　今日のこの混乱の中では、ぼくには判断できない。判断は他人に任せるしかない。ぼくとしては後戻りはできず、始めたことを終わらせなければならない。たとえ書き終えるものが書き始めたときのものでないことが判明しようとも、これは不可避的なことだ。（M, 166）

サリームが必死に求める「意味」とは、「自分の時代のすべての歴史」に関する年代記的正確さではない。それは「歴史」がもたらす「衝撃」や「苦痛」の共有にある。ガンディー暗殺に関して、サリームはその「衝撃」の共有を劇的手法で目論んだのである。それが共有されなければ、「歴史」は「意味」をなさないのだ。

これについてルシュディは作者として「正誤表、『真夜中の子供たち』における危なっかしい語り」（『想像のホームランド』所収）というエッセイや、いくつかのインタビューでも弁明している。[22]「記憶はとんでもない悪戯をする」と彼は言い、サリームはその「悪戯」の被害者なのだと主張する。ルシュディ自身が日付を間違ったのではないか、というインタビュアーの問いに、とんでもないと打ち消し、ほかにも細部についての「間違い」の指摘を受けていると打ち明ける。彼は意図的にサリームの記憶をあやふやにしたのである。日付の正確さは歴史家やノンフィクションライターに任せておけばいいのであって、彼の本は「歴史を利用している」けれども、「歴史小説」ではないというわけだ。単に「事実」をありのままに書くのは小説ではなく、その意味でトマス・ケニーリーの『シンドラーの方舟』（一九八二、アメリカ版『シンドラーのリスト』）は「小説ではない」と彼は言い切る（Chauhan, 43）。ちなみに、これはケニーリーの『シンドラーの方舟』がブッカー賞を取ったころの発言であるが、同時にルシュディが自己の文学的立場を強烈にアピールした瞬間でもある。「『真夜中の子供たち』は独立後のインドの歴史への権威ある案内書などには程遠いものである」（IH, 22-23）としたうえで、「彼（サリーム）は自分の都合に合わせて歴史を切り貼りしている」（IH, 24）とルシュディは言う。ここでわれわれは世界を見るための別の尺度が提供されていることに気づかなければならない。つまり反合理主義の尺度である。これこそがラテンアメリカの「魔術的リアリズム」に通じる尺度なのだ。「切り貼り」は「捏造」でもあるが、ピエール・ノラが指摘するように、「記憶の中の歴史」においてはしばしば起こることである。その種の「歴史」は「記憶と忘却の弁証法に曝され、無意識の歪曲を受け、さまざまな点で傾有と操作に弱い」うえに、「感情と魔術の現象なので、自分に適した事実のみを受け入れる」(Nora, 3) という特徴があるのだ。

こうしてガンディー暗殺にまつわるエピソードは不合理ではあっても、Bに属する「歴史」との関係が劇的に示されていると言える。同じことはアムリトサルでのアーダム・アジズとナシームの経験についても指摘できる。

彼らは一九一九年四月に結婚し、シュリナガールから新居となるアグアへ向かう途中のアムリトサルで、「史実」として名高い「四月一三日の事件」に巻き込まれる。『イギリス帝国歴史地図』によって事件の背景をまとめておくと、一九一九年にはイギリスの「飴と鞭」政策による法律がふたつ成立する。インドに政策立案の権限を多少認めるインド統治法と無断検閲や審理抜きの拘置など人権無視の権限を含めたローラット法である。この結果パンジャブ地方で抗議運動が起こり、アムリトサルに戒厳令が敷かれ、四月一三日の事件となる。ジャリアーンワーラー・バグ公園に集結した群集に対し、ダイヤー司令官率いる五〇部隊の兵士が一六五〇発の銃弾を発射、三七九人が射殺され、一〇〇〇人が負傷した。これらは歴史家が記す「史実」としての数字である。

『真夜中の子供たち』において、この事件がアーダムとナシームを巻き込む場面では、一六五〇発中一五一六発が命中し、その数だけの死傷者を出したと記される。「一五一六発」という数字は「史実」にない。こうして「史実」と虚構が融合するこの場面で、ナシームをホテルへ残し、修羅場へ駆けつける医師アーダムは「マーキュロクローム」を塗って負傷者救護に当たり、血にまみれてホテルへ戻る。ナシームにとって血まみれの夫の姿は大変な衝撃となるが、この衝撃こそ、史実と虚構の融合という「魔術的リアリズム」の手法によって、作者が読者へ伝えようとしているものである。

こうしてBの「字義的 - 受動的」関係は「歴史」的出来事に巻き込まれて現場に居合わせるという状況が特徴となる。それによって初めて「歴史」は「感情と魔術の現象」となるからだ。当時、遠いところで第一次世界大戦が起こっていて、インドも義勇兵を戦場へ送っていたが、それだけではアーダム・アジズにとってBに属する「歴史」的経験とはならない。そうであるがゆえにガンディー暗殺は映画館の場面と結びつけられたのである。デリーでの暗殺のニュースをボンベイの自宅のラジオで聞いても「字義的 - 受動的」の体験とはならないからである。同様にして、日本軍とバース・チャンドラ・ボース、八月六日と九日の原爆投下など、遠景のように戦争への言及がなされても、ネルー、ジンナー、マウントバッテン、「インドを立ち退け」運動、会議派、ムスリム連盟など、独立前のキーワードが並んでいても、それだけではBの範疇の経験とならないのである。

アーダムとナシームがもうひとつのB体験として「歴史」に巻き込まれるのは第二次世界大戦中の一九四二年のアグラにおいてである。大学病院勤務医アーダムは五二歳で、二一歳の長女アリア、一九歳の次女ムムターズ、一八歳の長男ハニフ、一六歳の次男ムスタファ、一五歳の三女エメラルドの五人の子供がいる。彼は分離主義のムスリム連盟に反発し、彼と面識のあるミアン・アブドゥラー（渾名はハミング・バード）が創設した自由イスラム会議（FIC）を支持している。「敵の多い」アブドゥラー（M, 47）が暗殺されるに及んで、「歴史と家系が結合する」（M, 45）瞬間が訪れる。アブドゥラーにナディル・カーンという私設秘書がいて、「モダニスト」（M, 45）の詩人でもあるこの男が暗殺現場を逃れ、アーダムの家に逃げ込むからである。

アジズ家と融合する「歴史」はナディル・カーンやズルフィカル少佐という名前をもつ。皮肉なことに、サリーム・シナイの「父」となるアフマド・シナイは「歴史」とあまり縁のない存在である。この三人の男と三人のアジズ姉妹との組み合わせは、一九四五年に至って劇的に変化する。ズルフィカル少佐とエメラルドの関係は変わらないが、ミアン・アブドゥラー殺害犯人の検挙に執念を燃やす少佐の行動が残り二組の関係を変えてしまう。エメラルドの密告を受けて少佐がアジズ家へ乗り込んでくるが、その動きを事前に察知したナディル・カーンはムムターズに離縁状を残して姿を消す。しかもムムターズとは三年の結婚期間中一度も身体的に関係しないままの逃亡である。ムムターズにとってナディル・カーンは「歴史」という名の精神的存在でしかなく、そのためにかえって彼女の記憶から消えることがない。

ナディル・カーン駆け込みという事態が生じる一連のエピソードにおいて、ミアン・アブドゥラーが特技とする「ハミング」の効果で犬がパニックを起こし、アグラにいる野良犬という野良犬が暗殺現場へ馳せ参じるという場面が印象に残るが、もっと印象的なのはサリームの次の言葉である。

犬だって？　暗殺だって？　……ぼくを信じないなら、調べればいい。ミアン・アブドゥラーと彼の自由イスラム会議について調べあげればいい。(M, 48)

聞き手へのこの挑発は、権力者による「歴史」的事実の揉み消しを逆手に取っている。もちろん「ミアン・アブドゥラー」も「自由イスラム会議」も、分離主義に反対するイスラム勢力の存在という「史実」を踏まえただけの、もっともらしい虚構であり、「歴史」を「家系」に結びつけるトリックである。ある意味で「歴史」が大胆に「捏造」されているわけだが、ガンディー暗殺の日付問題同様、われわれはそれを「捏造」とは言わない。それはBの範疇に属する「歴史」との関係を劇化する「フィクション」なのである。ルシュディがこの「フィクション」を思いつくヒントとなったのは、カラチに住む叔母の一人の親友でモダニストの詩人だったファイズ・アフメド・ファイズである。この詩人はコミュニストにして無神論者であったため、分離独立後のパキスタンにあって迫害の標的となった。実際、彼は群集に追われる羽目になり、ルシュディの叔母の家の地下室に匿われてことなきを得たというエピソードがある(Step, 372)。ルシュディはこのエピソードを『真夜中の子供たち』に取り入れただけではない。われわれがいま詳細に検討している「個人」と「歴史」の四通りの関係それ自体も、ファイズという生きた人間を手本にして思いついたと考えられる。これについてはこのセクションの結論部分で考察したい。

C「比喩的 - 積極的」の関係

Cの範疇の実例としてはサリームの「中指切断」が挙げられている。身体の異変が「歴史」の異変の比喩になる関係である。

サリームにとっての身体的異変は一九四八年八月にチフスで死に損なうことから始まる。その時は八二歳のドクター・シャープステカーが作ったキングコブラの希釈液を飲んで奇跡的に命を取りとめる。この病気は独立政府の「ムスリム資産凍結」政策実行と比喩的に関係している。

次なる異変は一〇歳の時に学校で起こる。まず、人文地理の教師に髪をつかまれ、引き抜かれる事件がある。それに続いてガールフレンドとデート中に友だちにからまれ、逃げ込んだ教室のドアに指を挟まれて、右手中指の先端をちぎり取られ、大量に出血する。これが「中指切断」事件である。

これについてトッド・M・クッチタは『真夜中の子供たち』論の中で、「手」が公的出来事の暗喩となっていることを論じつつ、「中指切断はサリームの個人的性的トラウマを示すにとどまらない。それはまたインドにおける一九五七年の総選挙というもっと公的な文脈の中で起こってもいる」(Kuchta, 218) と述べている。しかし一九五七年の総選挙が実際に関係しているのは、すでにわれわれが触れたようにAの範疇に属するムムターズ＝アミナの行動である。分離独立がプライベートな生活にも及ぶという展開の中で「中指切断」事件は起こるのであり、われわれはここでその事件の波及効果を詳しく見ておきたい。

サリームが病院へ担ぎ込まれて輸血する段になり、駆けつけた母親ムムターズ＝アミナに医師が血液型を訊く。彼女はA型で、「父親」アフマド・シナイはO型、ふたりともRhプラスなのだが、サリームはRhマイナスで、血液型も合わないことが判明する。このことがあって、ただでさえ悪かった夫婦仲はさらに悪化し、サリームは叔父のハニフ・アジズとその妻で女優のピアの家に一時預けられることになる。ここまでが最初の波及効果である。

続いての波及効果は叔父の家で起こる。映画監督で脚本家でもあるハニフ・アジズは『ピクルス工場』の脚本を書いている。『カシミールの恋人たち』以降鳴かず飛ばずの彼だが、それでも彼の家には芸能人や芸能ジャーナリストが集まり、政治や映画の話に耽ったり、ゲームに打ち興じたりする。映画製作者ホミ・キャトラックもそこに来ていて、サリームにピア宛の秘密の手紙を託す。ピアはホミ・キャトラックと密通していたのだが、手紙の内容はホミ・

キャトラックが新たな密通相手を見つけたのでピアに別れを告げるというものである。新たな密通相手はシナイ家の近所に住む海軍中佐サバルマティの妻リラだ。不実な女たちの存在が明るみに出るのが第二の波及効果である。不実と言えば、サリームの「母」もナディル・カーンと密会しているところを彼は目撃している。

そこまでならば、たいした出来事もなく終わったはずである。しかしサリームは不実な妻たちである「母」やピアやリラを懲らしめようと、積極的な行動に出る。海軍中佐サバルマティに密告の手紙を書くことにするのである。手紙といっても、新聞記事の見出しの文字を切り抜いて貼り付けたもので、その新聞切り貼り作業の過程で、当時の政治状況や世相が伝えられる仕掛けになっている。それによれば、ネルー首相辞任が取りざたされ、後継者はだれなのかが話題になっている。

密告の手紙は効力を発揮し、海軍中佐サバルマティが密会中の妻リラと映画製作者ホミ・キャトラックを射殺するという展開になる。サバルマティは警察に出頭し、裁判になるが、彼の海軍中佐としての国家への貢献と同情すべき犯罪が秤にかけられ、無罪を求める声が高まる。しかし最終的には有罪となる。これが第三の波及効果である。

この事件の第四の波及効果は深刻で、ハニフ・アジズの自殺をもたらす。射殺されたホミ・キャトラックがピアを通じて出していた金銭が彼の生活費となっていたため、ホミ・キャトラックの死とともに、生活に困ることになり、結局彼は自殺するのである。このあたりの話の展開は意図的にメロドラマ風に書かれている。それによって、メロドラマを拒否して『ピクルス工場』の脚本を書いているハニフ・アジズの立場を際立たせ、追い詰められた映画監督への同情を引くためである。

ハニフの死によって、彼の親や兄弟姉妹たちがボンベイへ集まり、四〇日の喪に服すこととなる。無心論者アーダム・アジズがその二二日目に「神」を見るという、まじめなのか悪ふざけなのか分からない出来事もあるが、サリームの「中指切断」に始まる第五の波及効果はマリア・ペレイラが「犯罪」を告白し、サリームの「両親」が感じていた血液検査の疑問を解消したことである。そして最終的波及効果としてアフメド・シナイ一家は一九六三年二月にパキスタンへ移住する。

こうして、サリームの身体の部分的欠如は、彼の積極的行動ともあいまって、アーダム・アジズ一家離散の暗喩となる。それはまたインド・パキスタン分離独立後の混乱の暗喩にもなっている。

サリームの身体異変は一九七七年一月に強制的に行われる睾丸切除手術によって極まる。これは言うまでもなくインディラ・ガンディーによる「非常事態宣言」の暗喩にほかならない。

物語の中での「非常事態宣言」に至る経緯は生殖能力と密接に関係している。「ガンディー夫人の堅固な崇拝者」(M, 408) シヴァ(マリア・ペレイラによってサリームと取り替えられた人物)は絶大な生殖能力を誇り、インド中にその種子を植えつけるばかりでなく、一九七四年夏にはパルヴァティにもその種を植え込んだため、ガンディー夫人が一九七五年六月二五日に二件の選挙違反で有罪判決を受けた当日、パルヴァティの陣痛が始まり、一三日後にようやくアーダム・シナイを産み落とす。(この子供は、本来的にアーダム・アジズと血縁のあるシヴァの子供であるため、「曽祖父」にちなんだ名前を付けられるのである。) ガンディー夫人は選挙法違反で有罪判決を受けたにもかかわらず首相辞任の必要なしという最高裁の決定を受け、アーダムの誕生と同時に「非常事態宣言」を出し、全インドで人民の逮捕が始まる。憲法を改正して首相権限を強大なものとするなど、サリームの目から見ると彼女は「独裁というきつい匂い」(M, 424) を放ちはじめるのである。彼女の指令を受けて、息子のサンジェイはシヴァを手先に使いつつ「スラム街一掃プログラム」のほかに「不妊手術運動」を開始するが、これが結局パルヴァティの死とサリームの逮捕および「未亡人ホステル」への収容をもたらす。彼ばかりでなく、四二〇人のMCC(真夜中の子供たち会議)メンバーも、一九七六年四月から一二月にかけてそこへ収容され、生殖能力を奪われる。サリームはかつて「サンダルバンズ」の熱帯雨林で「ブッダ」になったように壁に向かって坐り、MCCメンバーに囁きかける。その中で彼はMCCなどを組織したことである種の「罪障感」(M, 434) を覚えていることを告白する。そのうえで彼は次のように言う。

政治はだね、諸君、どんなにいい時代でもひどい汚れ仕事なのだ。ぼくらはそれを避けるべきだった。ぼくは目的を夢見たりすべきでなかった。プライバシーという人間のささやかな個人的生活はこういうすべての膨れあがったマクロコスモス的活動よりも好ましいという結論にぼくは達しつつある。しかし手遅れだ。どうにもならない。治せないものは耐えなければならない。(M, 435)

「政治」と「膨れあがったマクロコスモス的活動」への嫌悪感が表明され、公的・政治的活動から手を引いた「個人的生活」への回帰願望が手遅れながら語られる。これが去勢手術を待つサリームの脳裏に浮かぶ想念である。そうしてみると、「去勢」の比喩的意味には「政治」の苛酷さだけでなく、「個人的生活」への回帰願望も含まれていることが分かる。逆に「政治」に必要なのはシヴァに示される破壊力と旺盛な生殖能力であることもまた明らかとなる。

D「比喩的 - 受動的」の関係

生まれながらの身体が比喩的意味を持つという点で、Dの範疇は、身体に加えられる変形に意味があるCの範疇と異なる。もちろん、この場合に「自然な」身体である必要はなく、それが空想の産物であってもかまわない。外部的な力で変形しなければ、いかにグロテスクな形態の身体であっても、生まれながらの身体なのである。この範疇の実例としてサリームが挙げているのは「幼児国家」インドの急速な成長とサリーム自身の異常な速度での成長ぶりとの「不可避的関係」である。具体的には次のような一節がある。

幼い頃のぼくの生活の興味深い特徴。大きくて見苦しかったが、自分でも満足していなかったようすであること。生まれ落ちてごく最初のころからぼくは自己拡大という英雄的な計画に乗り出した。(将来の生活の重みを背負うには、かなり大きくならなければならないと分かっていたかのようだ。)九月半ばまでに母親のあまり小さくはない胸の乳を飲み尽してしまった。乳母が短期的に雇われたが、わずか二週間で砂漠のように干上がってしまったうえに、ベイビー・サリームが歯のない歯茎で乳首を嚙み切ろうとすると、泣きごとを言って撤退した。ぼくは哺乳瓶へと這っていき、大量の合成ミルクを飲み干したが、哺乳瓶の吸い口もまた被害に遭って、乳母の泣きごとを裏づけた。育児手帳の記録は入念につけられていて、それによるとぼくは日に日にでかくなり、みるみる膨らんでいったが、残念なことに鼻の測定は行われなかったので、ぼくのこの呼吸器官がほかの部分に厳密に比例して成長したのか、ほかよりも急速だったのかは分からない。新陳代謝は健康的だったと言わなければならない。排泄物はしかるべき穴から大量に排泄された。鼻からはてかてかねばねばしたものが滝のように流れ出していた。ハンカチーフの大軍、おむつの大群が母親専用バスルームの大きな洗濯籠へと運び込まれた……。あちこちの開口部から排泄物を出しながらも、ぼくの目はからからに乾いたままだった。「とてもおりこうな赤ちゃんですね、奥様」とメアリー・ペレイラは言った。「涙を一粒も流さないんですから」。(M, 124)

このラブレー的な一節が「歴史」に関わってどのような比喩的意味を持っているのだろうか。まずサリームの身体が「ばかでかくて醜い」のはインドの地理的大きさとそれが内包する貧困に照応するだろう。その貪欲なガルガンチュア的食欲は不足物資の調達に明け暮れる「幼児国家」の宿命や国家体制作りのあわただしさと重なる。巨大な鼻から流れ出す「青洟」やその他の「穴」から大量に流れ出す排泄物は八〇〇万人とも一五〇〇万人とも言われる難民の流出入を思わせる。涙を流さない「乾いた目」、やがて「青すぎて瞬きできない」(M, 125) こともわかるその目は、あらゆるものを見逃さないという点で、インド的なものの見方の暗喩となる。サリームによれば、その種のものの見方は「インド的病い」であり、「現実の全体をカプセルに閉じ込めようとする衝動」(M, 75) のなせる業なのである。[23]

サリームが通う学校の人文地理教師ザガロはサリームの顔を「インドの地図」に見立て、長い鼻はデカン半島、右耳の母斑は東パキスタン、左頬のひどい母斑は西パキスタンだと説明する (M, 231-232)。「パキスタンはインドの顔の染みだ」(M, 232) というのが彼の理屈である。その時、サリームは鼻にむずがゆさを覚え、青洟がザガロの手にかかる。生徒たちは青洟をセイロンに見立ててはしゃぐが、ザガロは手を汚されて怒り狂い、サリームの毛髪を一束引き抜いてしまう。その結果としてザガロは引責辞任をすることになるが、最初の「人間地理」(M, 231) の部分は

Dの「比喩的‐受動的」関係の実例としての条件を満たしている。

これまでのどの引用においても、サリームの巨大な鼻自体の比喩性は取り上げられていない。サリームが持って生まれた象のように長い鼻は、当然ながら比喩性が高いはずである。ミハイール・バフチーンは伝統的「グロテスク・モチーフ」である鼻に「ファロスの代行」（バフチーン、二七九）という意味を見出しているが、われわれはインドの「歴史」との関わりを探らなければならない。象の頭をした神「ガネーシュ」との結びつきは明白である（M, 13）。インド神話において「ガネーシュ」は「シヴァ」と「パルヴァティ」の子供だが、真の父親が曖昧であるとして「シヴァ」によって首を切られてしまう。しかし破壊の神「シヴァ」は後悔して、手近にあった象の首を「ガネーシュ」に与えたという（Goonetilleke, 29）。物語の中ではシヴァもパルヴァティもMCCメンバーとして登場し、インドの「歴史」、とりわけ一九七一年のバングラデシュ戦争介入や一九七五年のインディラ・ガンディーによる「非常事態宣言」に関与する。つまりサリームの「鼻」は神話のガネーシュと結びつくことでシヴァやパルヴァティとの関係が生じ、捻じれた親子関係を基本とする「フィクション」が、植民地から独立国家へという「歴史」に含まれるさまざまな捻じれた関係（イギリスとインド、パキスタンとインドなど）の比喩となるのである。サリームはイギリス人とインド人の混血であり、シヴァとパルヴァティの子供にしてサリームの養子となるアーダム・シナイはインド神話的なものの血のみならず、神を必ずしも信じないイスラム教徒アーダム・アジズの血を引いている。この複合的な血縁からなるアーダム・シナイは、したがって、サリームとは別の組成を持つ「複合自我」の表象となっている。それはまさに「複合文化」としての「インド」[24]と一体となった「自我」なのである。この点については次節でもう一度考察したい。

『真夜中の子供たち』においては、シヴァとパルヴァティの間に生まれる子供の名は、「ガネーシュ」でなく、アーダムである。彼の場合は象のような巨大な「耳」を持って生まれる。その歪んだ「象的肥大」（M, 420）は「歴史」の歪みの暗喩にほかならない。そのことは次の一節に明瞭に示されているが、ちなみにこの一節は『真夜中の子供たち』が「回文」的構造になっていることの明白な証拠でもある。

彼はニューデリーに生まれた……昔々さ。いや、これはまずい。日付から逃げるわけにいかない。アーダム・シナイは一九七五年六月二五日に真っ暗闇のスラム街で生まれた。時間は、だって？　時間も重要だ。そう、夜だよ。いや、重要なのはもっと……実は真夜中の一二時ちょうどだった。時計の針が拝むように重なっていた。おお、はっきり書こう、はっきり。インドが非常事態に突入したまさにその瞬間に、彼は現れた。溜息ばかりだった。国中に沈黙と恐怖が広がっていた。あの真っ暗闇の時間のオカルト的専制のおかげで、彼は摩訶不思議な仕方で歴史に手錠をかけられ、彼の運命は国の運命に分かちがたく鎖でつながれていた。予言もなければ、祝福もなく、彼は生まれた。彼に手紙をくれる首相もいなかった。しかし、それにもかかわらず、ぼくのつながりの時間が終わりかけている時に、彼の時間は始まった。彼はもちろんこの件について一言も言わずにいた。なんと言っても彼はその時まだ洟も拭けなかったのだ。(M, 420)

このように物語は捻じれながら冒頭へ回帰するが、アーダム・シナイのグロテスクな「耳」と「歴史」との関係については、さらに次のように説明される。

彼は縦横途轍もなく大きくぱたぱた動く耳を持って生まれたので、ビハールでの銃撃音やボンベイで棍棒《ラーティ》に追い回される港湾労働者たちの悲鳴を聞いたに違いない。あまりにも多くのことが聞こえ、その結果として一言もしゃべらず、音の氾濫で聾者となった子供なのだ。したがってぼくは当時から今に至るまで、スラム街からピクルス工場に至るまで、彼がしゃべるのを一度も聞いたことがない。(M, 420)

ビハールでなにがあったかについては、「非常事態宣言」下のインドを訪れたV・S・ナイポールのルポルタージュ『インド――傷ついた文明』の中に、マハトマ・ガンディーが「神の子《ハリジャン》」と名づけたアンタッチャブルの村が焼き討ちされ、ハリジャンが焼き殺されたという説明がある（Naipaul, 160）。ガンディー夫人が「ハリジャンの福祉」について語っていた最中のことである。

サリームは息子が「しゃべるのを一度も聞いたことがない」と言っているが、実際には一言だけしゃべる。彼らはピクチャー・シンとともにデリーからボンベイへ「アブラカダブラ、アブラカダブラ」という音を立てて走る汽車で移動するが、アーダムは後にメアリー・ペレイラにあやされながら、「アブラカダブラ」という音を出すのである（M, 459）。サリームは『千夜一夜物語』の語り部「シェヘラザード」をモデルとしてパドマ相手に物語を語りつづけるが、アーダムもまた『千夜一夜物語』からの一語をこの世で初めてしゃべることで、サリームの後継者となることが暗示される。インド全土に生まれるシヴァの子供たちのこともあり、新たな「真夜中の子供たち」の準備は整っているのである。彼らはアーダム・シナイに表象されるように「インド＝複合文化」の体現者として成長するはずである。

8　「個人」と「歴史」の「比喩」的関係

『真夜中の子供たち』は「複合自我」の化身サリームが語る「記憶の中の歴史」である。したがってその「歴史」は「無意識の歪曲」（ノラ）を受けるが、それによってその「歴史」の価値が下がるわけではない。「記憶の中の歴史」がテーマとなっている点や作品の細部での類似性から、『真夜中の子供たち』はガブリエル・ガルシア＝マルケスの『百年の孤独』の影響を受けて書かれたと考えられる。ジョイスの影響も少なからず見出される。しかし、この作品は先例の単純な模倣ではなく、総体としての斬新さゆえに驚異の作品と見なされ、高い評価を受けているのである。

「複合自我」を自認する語り手が語る「記憶」の中の「インドの歴史」としての『真夜中の子供たち』において、「個人」と「歴史」の四通りの関係が示される。その四通りの関係の分析を終えて明らかになるのは、「個人」が

「比喩的」に「歴史」へ関わることは、「比喩的‐積極的」にであれ、「比喩的‐受動的」にであれ、たいていの現実の人間には不可能ということである。サリームにはそれができるのは、彼が自然界の生きものをモデルにした人物でなく、空想の生きものであるからにほかならない。

『真夜中の子供たち』のオリジナリティはサリームという人物の架空性にある。しかしながら、そのような人物と「歴史」との関係を通じて、作家は読者になにを訴えかけようとしていたのか。この疑問に対するヒントはルシュディ自身によって与えられている。ナディル・カーンのモデルとなったファイズ・アフメド・ファイズについて、彼は次のように書いている。

表2　ファイズ・アフメド・ファイズに見られる作家の役割

	公的 public	私的 private
直接的 direct	A	B
間接的 oblique	C	D

> ファイズはロマンティックな愛と国を愛する気持ちの双方について妥協を知らない詩人だったが、同時に政治的存在でもあり、詩やその他の書き物を通じ自分の時代の中心的問題について語るきわめて公人的な作家でもあった。私的にして公的、間接的にして直接的という、作家の役割に関するこの二重の側面を持つ見方は、主としてファイズという手本の影響によって、ぼく自身のものにもなっている。ぼくは彼と政治的信念を共有していたわけではない。とりわけ彼はソ連贔屓で、そのために一九六三年にはレーニン平和賞を受賞したが、ぼくはソ連が好きでなかった。しかし、作家の仕事はなんであり、どうあるべきかという見解については、ぼくは確かにごく自然に彼とそれを共有していた。(Step, 372)

ルシュディは詩人であり「政治的存在」でもあったファイズから「作家の役割」について学んだと告白する。ここに明らかにされている「私的にして公的、間接的にして直接的」という作家の役割を表にして示せば、表2のようになる。

サリームが提示した「個人」と「歴史」の四通りの関係(本書一〇四頁参照)は、この図の四通りの組み合わせに似ていることが分かる。表2のAはサリームの言う「字義的‐積極的」関係に相当し、兵士という「公的」資格で戦争に参加したり、政治行動に直接参加したりという、具体的行動が想定される。同様に、Bは「字義的‐受動的」に相当して、ガンディー暗殺のような歴史的事件が個人に衝撃を与える事態が想定される。問題はCとDの場合である。「間接的‐公的」あるいは「間接的‐私的」な作家の役割とはなにか。すぐに思い浮かぶのは、それはサリームが示す関係図における「比喩的‐積極的」および「比喩的‐受動的」に相当する役割ではないかということである。

両者を見比べることによって判明することがある。作家には「比喩」的表現の公表によって「歴史」に関わる役割があるということである。公表しなければ、「比喩」的表現は私的領域に留まることになる。ただ、この場合でも、「比喩」的表現を思いつくことがなぜ「間接的」なのかという疑問が残る。この疑問への解答のヒントをわれわれはジョン・ファウルズ（一九二六―）の言葉に見出す。ファウルズと言えば、ルシュディがそれを足場に出てきた「メタフィクション」作家たちの一人である。ファウルズは『コレクター』（一九六三）の自作解説を兼ねたエッセイ「われは書く、ゆえにわれ在り」（一九六四）を次のように始めている。

表3

サリーム	比喩的‐積極的	比喩的‐受動的
ファイズ	間接的‐公　的	間接的‐私　的

私は心から小説家になりたいと思ったことがない。私から見ると、この言葉には悪い意味合いがたくさん詰まっている。「作家」とか「文学」とか「批評家」という言葉も同様だが、ただ「小説家」にはもっと酷い意味合いがある。汽車の旅のように無味乾燥な楽しみを与えるだけの、なにか嘘っぽいだけでなく作為的なものを示唆するのだ。「小説家」が自分の本音や本心を語っているなどと、人はかりそめにも思わないし、「小説家」の本音や本心を想像してみることすらできそうにない。

これらの言葉が悪い意味合いを持つのは、それらがなぜか、ものを書くことや書き手になることは人間としての中心的営みでないと暗示しているからなのだ。

私が常々書きたいと思っているのは、まず詩であり、次いで哲学、そしてようやく小説という順番なのである。書くという、この行動カテゴリー全体を、自分の大望一覧表の最上段に置きたいとすら思わない。私の第一の大望はいつも、自分が住む社会を変えたいということだった。つまり、他者に影響を与えるということだった。書くことは革命をもたらすうえで極めて二流のやり方だとするマルクス＝レーニンに、私は同意しはじめているのだと思う。しかし、私にできるのはせいぜい書くことだけだということを認める。私は書き手なのである。行動家ではない。

他人たちの中に存在する社会は私に挑みかかる。だから私は自分の武器を選ばなければならない。私は書くことを選ぶ。だが、まずもって直面する問題は、私が挑まれているという、そのことなのだ。（Fowles, 5）

ファウルズはここで、「社会を変える」という「大望」からすると「書くこと」は「二流のやり方」だと考えている。彼の「大望」がルシュディによって共有されていることは、『想像のホームランド』における政治的発言から明らかである。では「書くこと」が社会変革の目的からすると「二流のやり方」だとする見方はどうだろうか。作家の役割のひとつとしての「比喩」的表現の営みをルシュディが「間接的」と形容するのは、実は、彼がこの見方を共有しているからにほかならない。つまり「間接的」とはファウルズの言う「二流のやり方」という意味なのである。

ルシュディは『真夜中の子供たち』を世に問うことで「間接的－公的」な作家の役割を演じ、「比喩的－積極的」に「歴史」に関わったわけである。そこでの彼の主張は「複合自我」概念に集約されるが、この概念が社会を「間接的」に変えるために提出されていることも、いまや明らかである。その最終的な表象をアーダム・シナイに託し、「インド＝複合自我」の図式をわれわれに残す。これは文化人類学が描き出す「インド＝複合文化」の鏡像という側面だけでなく、政治的独裁や宗教的原理主義への警鐘という側面をも持っているのである。問題は警鐘の鳴らし方で、ファウルズを含む「メタフィクション」の作家たちと根本的に異なるのは、ルシュディの表現方法である。これについて最後に一言述べておきたい。

「複合自我」という用語を使わなくても、その類概念である「自我」や「アイデンティティ」の視点から『真夜中の子供たち』へアプローチする研究者は少なくないが[25]、彼らは一様にルシュディの表現方法のオリジナリティを高く評価する。グーネティレケはその一人だが、彼はルシュディが「ノンリアリスト」の系譜に身を置き、「ハイブリッド」としての「アイデンティティ」を意識しつつ、「想像力の解放」を実践していると見ている。これは必ずしもルシュディの方法的達成を適切に解釈しているとは言えない。彼が引用しているルシュディの言葉は重要であるが、その言葉自体を誤解している。それはルシュディがあるインタビューの中で語った言葉で、グーネティレケは次のように引用する。

> ファンタジーはリアリティの凝縮したイメージを生み出す方法だと思う……。フィクションの価値のひとつは現実をもっと凝縮させるテクニックを見つけることにある。そのことによって読者は書きものの外部においてよりも書きものの内部において凝縮的に現実を経験できるからだ。(Goonetilleke, 19)

この引用では「ファンタジー」がいかにも重要な用語のように読める。ルシュディは「ファンタジー」という形式で「想像力の解放」を実践しているのかと、ありきたりの納得をして終わりになりかねない。しかし実際には、ルシュディは「ファンタジー」という伝統的用語を否定し、その再定義を行うとともに、自分の作品の中での「ノンナチュラリスティックな素材」を強調しているのである。「ファンタジーと寓話《フェイブル》の区別をしているか？」というインタビュアー、ジョン・ハッフェンデンの質問に対して、ルシュディは『グリマス』と『恥辱』に触れながら実際には次のように答えたのであった。

> 『グリマス』についてぼくが気に入らない点は現実世界から生まれていないファンタジーを使うのはあまりにも安易だと思えることだ。気まぐれと受け取れる。実際問題として、ぼくの作品の中にあるようなノンナチュラリズム

的な素材を説明する用語としてファンタジーという言葉は好きでない。ファンタジーには気紛《まぐ》れとかでたらめという観念が含まれているように思えるからだ。これにたいしてぼくが今ファンタジーとして考えているのは現実の凝縮されたイメージを生み出す方法なのだ。観察可能、実証可能な事実の中に根ざすイメージということだ。スフィア・ズィノビアという女の登場人物を除いて、『恥辱』は『真夜中の子供たち』に比べ途方もなさが少し足りないかも知れないが、ビルキースの父親が映画館で吹き飛ばされる時、一種の幻覚のような場面が続く。しかし考えてみれば、ビルキースはショック状態にあるわけで、この場面が幻覚のようになるについてはナチュラリズム的な根拠があることになる。フィクションの価値のひとつは現実をもっと凝縮させるテクニックを見つけることにあると、ぼくはほんとうにそう思っている。そのことによって読者は書きものの外部においてよりも書きものの内部において凝縮的に現実を経験できるからだ。(Reder 2000, 43)

これが問題のインタビューの全文である。われわれはここに使われている「ノンナチュラリズム」という用語に注目したい。これこそまさにルシュディの方法を端的に表現する言葉だからである。

この引用に若干の注釈を加えるならば、『恥辱』におけるビルキースの父親マフムード・ケマルは分離独立前のデリーで場末の映画館を経営していたが、暴動によって爆破された映画館とともに吹き飛ばされる。ビルキースも衣服を吹き飛ばされ、丸裸で街をうろつきながら、幻覚を見る。その後、彼女はイスラム教徒保護を名目とする収容所に辿り着いて、ラザ・ハイダーと出会い、結婚する。ラザ・ハイダーは後年、一国の最高権力者となる人物だが、ビルキースは狂気に陥る。彼らの間に生まれるのが「白痴」の娘スフィア・ズィノビアで、この人物こそ最も「ノンナチュラル」な特性を持ち、「恥辱の化身」として発作のように摩訶不思議な暴力的行動に出る。彼女はやがて物語の「アンティ・ヒーロー」オマル・カイヤーム・シャキールと結婚することになるが、不可解な殺人事件の主役となることをやめない。

『真夜中の子供たち』や『恥辱』においてルシュディが扱うのは、彼の言葉を借りるなら、「ナチュラリズム的な根拠」を持つ「ノンナチュラリズム的な素材」である。彼は『恥辱』における幻覚シーンを例に挙げているが、ほかにも、先の引用以外の発言で、『真夜中の子供たち』における「奇術師ゲットー」の場面や熱帯雨林「サンダルバンズ」の場面を挙げている。[26] その種の「素材」は、「場面」として切り取れるようなものばかりではないとわれわれは考える。「複合自我」概念そのものも、その種の「素材」のひとつだからである。その「ノンナチュラリスティック」な性質について、われわれは「歴史」的位相の分析の中で明らかにすることができた。「歴史」への「比喩的‐積極的」および「比喩的‐受動的」関与は、一般的にはありえない話だが、ルシュディが作家であるからこそできる関わり方である。この意味で彼は「気まぐれ」な「ファンタジスト」なのでなく、自らの現実である「複合自我」に根ざした「ノンナチュラリスト」なのである。それは「魔術的リアリズム」という手垢にまみれた用語では明らかにできないルシュディ文学の方法的特質である。

注

（1） この点に関わってピエール・ノラは『記憶の場』への「総合序文　記憶と歴史の間」で「歴史」と「記憶」の比較を行っている（Nora, 3）。この比較からすると、『真夜中の子供たち』が「記憶」の中の「歴史」を扱っていることは明瞭である。その小説世界は「歪曲」、「領有」、「操作」、「転移」、「隠蔽記憶」、「検閲」、「投影」などに無縁でなく、「集団的多元的でありながら個人的」という特徴を備え、もっぱら「具体的なもの」として語られているからである。

なおピエール・ノラが言及するモーリス・アルヴァクスには「集団的記憶」に関する著作があり、それを解説するルイス・A・コーザーによれば、「歴史的記憶」と「自伝的記憶」には差異があるという。「歴史的記憶の場合、特定の個人は事件を直接的に覚えていない。それは読書や話や、人々がはるか昔のグループ成員の行為や達成を共に記憶するために集まる祝典や祝祭などの間接的な方法で刺激されるのみである」（Coser, 24）。この種の「歴史的記憶」も『真夜中の子供たち』の中にはあるが、主要な「記憶」は「自伝的記憶」であり、その特徴をコーザーは次のように述べる。「自伝的記憶は常に他者に根ざしている」（Coser, 24）。ルシュディは親類縁者に「根ざした」もろもろの「自伝的記憶」を作品に書き込んだと考えられる。しかし自伝的側面に焦点を合わせた分析は、本章の主目的ではないため、必要最小限に留められている。

(2) ジョイスの『ユリシーズ』との比較については、とりわけ Sanga, 91; Israel, 170; Reder 1999, 244などに見られる。

(3) テキストは、*Zamora and Fairs* 編集の *Magical Realism* (2000) 所収の英訳 Franz Roh, "Magical Realism." (1925) を使用。

(4) グエンターによる「表現主義」と「新客観主義」の比較一五項目は次のとおり。表現主義/新客観主義の順序で表示。1恍惚とした主題/醒めた主題　2対象の隠蔽/対象の明確化　3リズム中心/表象中心　4法外/純粋主義的厳格　5動的/静的　6けばけばしい/穏やか　7要約的/徹底的　8近視的/近遠視的　9記念碑的/ミニチュア的　10暖かい(熱い)/寒い　11色厚塗りテクスチャー/色薄塗り表面　12粗い/滑らか　13絵画制作プロセスの可能性強調/絵画制作プロセスの消去　14遠心的/求心的　15表現力のある変形/対象の外面的純化

(5) 牛島信明「カルペンティエル」(『世界の文学28　カルペンティエル　マルケス』所収、集英社、一九七八)三一六参照。

(6) これに関するテキストは、Zamora and Faris 2000 所収の英訳、Alejo Carpentier, "On the Marvelous Real in America." (1949) を使用。

(7) これに関するテキストは、同前書所収の英訳、Alejo Carpentier, "The Baroque and the Marvelous Real." (1975) を使用。

(8) マーチン『悪魔の人質』参照。

(9) ピーター・ストーン「ガルシア・マルケス=想像力のダイナミズム」拙訳、集英社刊『すばる』一九八一年四月号所収、二一二。

(10) 同前、二一四。

(11) 同前、二一五—二一六。

(12) ジョイス『ユリシーズ』からの引用はH・W・ガブラー編集のテクストにより、章番号と行数をハイフンで結んで示す。なお日本語は拙訳による。

(13) 同じことをアンドルー・ブレイクは「個人のアイデンティティを生み出すもろもろの矛盾要因」(Blake, 19) をめぐる物語と、「アイデンティティ」という用語を使って表現する。われわれは「パーソナリティ」に加えて、この用語もまた「自我」の類概念と捉え、明確に区別することはしないが、「アイデンティティ」は「統合自我」に限りなく近い概念である。

(14) モフセン・マフマルバフ監督作品『カンダハール』(二〇〇一)においては真ん中に穴の開いた黒いカーテンによって女患者と医者が隔てられている診察場面がある。

(15) See, Sumner, *Folkways.*

(16) See, Rushdie, "Land of Plenty" and Mala Sen, *Death by Fire.*

(17) "We are Going to Be a Modern Couple." (Rushdie, *The Screenplay of Midnight's Children*, 30). 結婚後のサリームはこのように宣言し、サリームにヴェールを被らせないことに決める。ここに言う「モダン」は「新しい」というほどの意味だが、思想信条にも関わっている。

(18) この人物のモデルは詩人ファイズ・アフメド・ファイズ（一九一一―八四）であることがルシュディによって明らかにされた（Step, 371）。

(19) チョプラ『インド史』二四九参照。

(20) Gita Mehta, *Snakes and Ladders*, xv によれば「蛇と梯子」はサイコロを使って陣地を進む伝統的な子供の遊びである。

(21) 狭間・長崎『世界の歴史27　自立へ向かうアジア』、四〇五参照。

(22) Cf. Reder 2000, 12; Chauhan, 21; 24-25; 40; 43.

(23) チョプラ『インド史』、二四六、狭間・長崎『世界の歴史27　自立へ向かうアジア』、四〇四参照。

(24) 長野・井狩編『インド＝複合文化の構造』参照。

(25) Goonetilleke, 43; Sanga, 87; Hassumani, 41 参照。

(26) Reder 2000, 37 参照。

第三章　「複合自我」の「政治」的位相——『恥辱』について

1　東洋的恥辱感覚

ルシュディは『真夜中の子供たち』において、「作家である自己」と「歴史」との関係として四通りの様態を考えたが、同じことは「政治」にも言える。作家が政治にどう関わるべきかについて、ルシュディはパキスタンの詩人ファイズ・アフメド・ファイズから多くを学んだと自ら告白していて、その影響のほどを明らかにすることも本章の副次的目的であるが、作家と政治の関わり方は「直接的‐公的」「直接的‐私的」「間接的‐公的」「間接的‐私的」の四通りがあると考えられる。[1] 作家が「直接的‐公的」に「政治」に関わることは大いにありうるが、ルシュディはそれを選択しない。しかし小説を発表することで「直接的‐私的」に関わろうという気持ちは持っていて、『恥辱』はそのようなものとして書かれている。登場人物のひとりアルジュマンドはベナジル・ブットをモデルにしているとされ、彼女への警告という含みがこの寓意的作品には隠されているのである。

焦点となるのは一九七〇年代のパキスタンとおぼしい「国家」（作者は意図的に曖昧にしている）の「政治」であり、権力の頂点に上りつめる者たちとその周辺の人々を通じて、この「国家」の「政治」の腐敗や独裁に目を向ける。しかし、単なる告発調の書き方ではなく、目的は「政治」的対立への私的見解をいかに効果的に表象するかにある。その見解とは、「複合自我」に由来する政治論にほかならない。

この虚構の「国家」では民主主義はまだ根づかず、「政治」はネポティズムやら古くからの仕来たりやらの複合的要因で動く。それらの要因は権力者のみならず、周辺的人間の「自我」にまで影響を及ぼすのだが、そのひとつが「東洋的」と形容される「恥辱」感覚である。焦点はその「恥辱」感覚にある。この感覚の特徴は暴力へと結びつくところにあり、その化身として登場するのがスフィヤ・ズィノビアである。また「恥知らず」の権化としてオマル・カイヤーム・シャキールも登場する。その役割は政治的無力感を強調するところにあるが、これら対照的なふたりの登場人物は、結局のところ、作者と無縁ではありえない。彼らはいずれも寓意的登場人物だからである。

『恥辱』は作者の一人称による見解表明部分（エッセイ的部分）と物語部分が渾然一体となっている作品で、作者自身の「政治」的意見が作品の中で随所に表明される。「恥辱」感覚についても、作者自身が一種の生の声で考察を加えている。一例として彼はロンドンのイースト・エンドでパキスタン人の父親が一人っ子の娘を殺害した実話を語る（第七章）。理由はその娘が白人の若者といい仲になって、一家に「不名誉」をもたらしたからである。この「恥」を雪ぐには「娘の血」をもってするしかないと父親は考えたわけである。この話を紹介した後で、ルシュディはほんとうの驚きについて語る。それは父親の親戚や友人たちが「彼を非難したがらない」という点である。のみならず、彼自身も「この殺人者を理解していることに気づく」のである。「恥と恥知らずの間にわれわれを載せて回転する軸がある」と彼は結ぶ。彼はまた、この事件がスフィヤ・ズィノビアという登場人物を思いつくきっかけとなったことを打ち明けてもいる（S, 116）。

この作品で「恥辱」感覚表象がクライマックスを迎えるのは、まさにスフィア・ズィノビアの物語においてである。それを読めば「恥辱」とはなにかが、理屈でなく、一種の体験として理解される。そこでわれわれはまずスフィア・ズィノビアについての分析から議論を始めたい。

2 「恥辱」の化身

『恥辱』は「独裁政治」糾弾というような単純な意図のもとに書かれた物語でなく、心理社会学的に生成する「恥辱」が「狂気の暴力」を生み出し、時に社会を変えるという物語である。

「恥辱」というテーマがクライマックスを迎えるのは、ナヴィード・ハイダーが親の意向に逆らってハルーン・ハラッパとの婚約を結婚式前夜に破棄し、国防軍将校ラザ・ハイダーとその妻ビルキースに大恥をかかせる時だ。名誉ある家としてすでに大勢の招待客を予定しているため、結婚式の中止はできない。世間体を取り繕うための最善策として、婿の取替えを思いつく。幸いナヴィードには意中の男として陸軍対警察のポロ試合でヒーローになったタルヴァール・ウルハク警部がいて、取替えは簡単に進む。ビルキースは招待客に配る「訂正の手紙」五五五通を夜のうちに書き終えるものの、恥辱の感覚に身を焼かれる。急遽婿を入れ替えての結婚披露宴は重苦しく進行する。そこへ白痴の姉にして「恥辱」の化身スフィア・ズィノビアがタルヴァール・ウルハクに襲いかかる出来事が発生し、「恥」の上塗りとなる。

家系図が重要な役割を果たしている点で『恥辱』はガブリエル・ガルシア＝マルケスの『百年の孤独』によく似ている（次頁参照）。それはまた「ファミリー・サーガ」のパロディでもあり、主に三つの家系が交錯していて、原作にその系図が掲載されている。一つはオマル・カイヤーム・シャキールが生まれ出るシャキール家、もう一つはイスカンダー・ハラッパが出るハラッパ家、最後はラザ・ハイダーが出るハイダー家である。ラザと「はとこ」の関係にあるラーニ・フマユーンがイスカンダー・ハラッパと結婚することで、ハラッパ家とハイダー家が家系図でつながる。これらの家系のうち、ハラッパ家とハイダー家にはそれぞれブット家とズィア＝ウル＝ハク家という政治的に対立関係にあった現実のモデルがある(2)。したがってイスカンダー・ハラッパとラーニ・フマユーンの一人娘アルジュマンドはベナジル・ブットがモデルということになる。

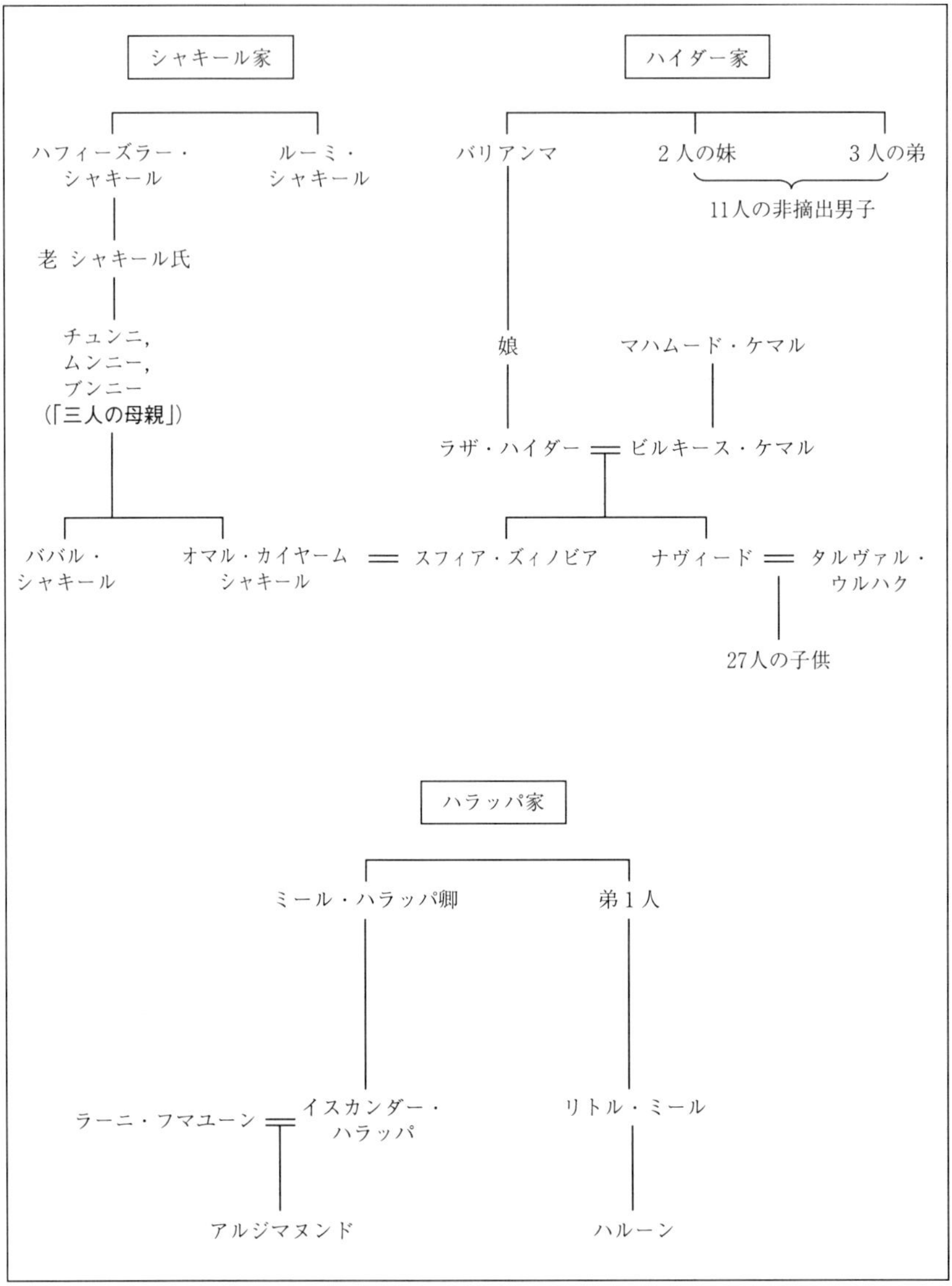
シャキール家
ハフィーズラー・シャキール
ルーミ・シャキール
老 シャキール氏
チュンニ，ムンニー，ブンニー
(「三人の母親」)
ババル・シャキール
オマル・カイヤーム・シャキール
ハイダー家
バリアンマ
2人の妹
3人の弟
11人の非摘出男子
娘
マハムード・ケマル
ラザ・ハイダー
ビルキース・ケマル
スフィア・ズィノビア
ナヴィード
タルヴァル・ウルハク
27人の子供
ハラッパ家
ミール・ハラッパ卿
弟1人
ラーニ・フマユーン
イスカンダー・ハラッパ
リトル・ミール
アルジマヌンド
ハルーン

『恥辱』家系図

ラザ・ハイダーと結婚するビルキースは一時「うまずめ」(S, 84)の汚名を着せられ、それは一族の「恥」として周囲から責められもするが、やがて男児を死産し、そのことで再び「恥」をかく。結局彼女が産むのはスフィア・ズィノビアとナヴィードの二人の女児である。「恥辱」というテーマが最も鮮やかに浮かび上がるエピソードで中心的役割を演じることになるのはビルキース、スフィア・ズィノビア、ナヴィードの母娘である。

この三人については「恥辱」と「狂気」の相関関係が見出される。ビルキースの「狂気」はデリーで父親がヒンドゥー教徒の襲撃により死んだ直後に見る「ノンナチュラル」なヴィジョンによってまず暗示される。彼女は二歳の時に母親に死に別れ、イスラム教徒の父親の手で育てられる。父親マフムードはデリーで経営している場末の映画館を「帝国トーキー」と名づけて帝国と見なし、娘を「王女《ラーニ》」に見立てて育てる。この父娘は「直解主義《リテラリズム》」(S, 60)の傾向があり、ビルキースは自らを「王女」と思い込んで育ち、実際、後にラザ・ハイダーの妻として虚構の国を支配することとなる。分離独立前の混乱期に映画館が爆破され、父親を失うと、「裸の王女」となって「赤い砦」へ連れていかれる(S, 64)。ビルキースが「裸」になることには比喩的意味がある。パキスタンとおぼしい国への「移民」となる彼女はルーツ、コミュニティ、言語のすべてを失うからである。

こうして狂気のように見える行動が歴史的社会的な原因を持っていることにわれわれは気づく。彼女が「裸」にされるプロセスには映画上映がからんでいる。牛を殺さないヒンドゥー教徒とステーキを盛大に食べるイスラム教徒の対立が映画上映に反映し、菜食主義的映画館にヒンドゥー教徒が押しかけ、非菜食主義の西洋映画館にイスラム教徒が大挙して見物に来るという分裂状態が生じ、観客が暴徒と化して対立映画館を襲撃する事態へと発展する。当時は「あらゆるタイプの狂気があった時代」(S, 61)で、そういう対立を解消しようと、マフムードはふたつの種類の映画の二本立て上映に踏み切る。これが大失敗で、双方の観客に見放され、やがて映画館そのものを爆破されるのである。犯人がヒンドゥー教徒なのかイスラム教徒なのかは、マフムードのとった融合的立場のためにはっきりしない。明らかなのは、社会的「狂気」が「帝国トーキー」とマフムードを破壊し、ビルキースを「裸」にしたということである。彼女はそうして辱めを受け、さらに「移民」としても辱めを受ける。虚構の国へ移住した後、夫ラザ・ハイダーの祖母バリアンマの家で他の縁者たちと暮らすことになるが、その中の一人ドゥニャザード夫人がビルキースを「うまずめ」（S. 84）と罵ると、屈辱に耐えかねたビルキースはドゥニャザード夫人に襲いかかる（S. 85）。「恥辱」感覚が暴力へと転化する瞬間である。

ビルキースの娘スフィア・ズィノビアは待望された男児でなく生まれたことで両親に「恥」をかかせる。ビルキースに至っては「娘はわたしの恥なの」（S. 101）と友人ラーニ・フマユーンに電話で打ち明けたりする。しかもスフィア・ズィノビアは赤ん坊の時から「あまりにも恥ずかしがる」（S. 90）ところがあり、成人すると「恥辱」を暴力へ転化させる人間となる。その最初の兆候が「七面鳥事件」である。

この事件を説明するためには、われわれは物語中でのイスカンダー・ハラッパの行跡を辿らなければならない。そこにはオマル・カイヤーム・シャキールが絡んできて、彼らのデカダンな生活を垣間見る必要が生じる。しかし、彼らの分析は少し後回しにして、ここではイスカンダー・ハラッパがデカダンな生活からふっつりと足を洗うきっかけとなる一人の女ピンキー・アウラングゼーブに焦点を合わせる。彼女は統合参謀本部長アウラングゼーブ元帥の若い妻で、老いぼれた夫には期待できない愛情を他の男に求めようとしている。その候補者としてラザ・ハイダーとイスカンダー・ハラッパが名乗りを上げるが、デカダンが勝ちを収め、ピンキーはイスカンダー・ハラッパの愛人となるのである。彼らの悦楽の関係は一〇年ほど続き、ピンキーのとりなしによってハラッパは権力の梯子を上りだし、「外務大臣」になる（S. 150）。アウラングゼーブ元帥の死とともに後ろ盾を失うと、彼は外務大臣を辞任するとともにピンキーとの関係を清算し、「イスラム社会主義」（S. 150）の政党「人民戦線」（S. 151）を組織する。

一方、ハラッパに見捨てられたピンキーは、死んだ夫（元帥）の家で七面鳥を飼いはじめる。しかしその家がカラチの「国防軍将校共同住宅協会」（S. 134）の敷地にあって、そこには今や軍人として出世しているラザ・ハイダーの家もある。彼の妻ビルキースは七面鳥が住宅地で飼育されていることに屈辱を感じるのだが、その屈辱が知能の発達が遅れている娘スフィア・ズィノビアに伝染し、彼女はある朝二一八羽の七面鳥すべての首を千切り取り、「頭の代わりに腸が飛び出した首なし生きもの」（S. 138）にしてしまうという事件を引き起こす。これが「七面鳥事件」である。この事件を語った後で作者は次のようにコメントする。

確かなことと思えるのは、手違いで生じた奇跡にして肉をまとった一家の恥という重荷をかくも長く背負わされてきたスフィア・ズィノビアが、無意識の自我という迷宮の中に、シャラム（恥）を暴力へと結びつける隠れた道を見つけたということである。そしてまた、目覚めてみると、解放された力に彼女はだれにも負けないほど驚いたということである。

美女の中の野獣。単一の人物に結び合わされたおとぎ話の対立要素。（S, 139）

スフィア・ズィノビアは「恥の権化」であるとともに「美女と野獣」でもある。ジャン・コクトーの映画をひとひねりしたようなこの複合性は、スフィヤ・ズィノビアの中で「暴力」へと結びつく。コクトーの映画が児童読み物を下敷きにしているように、ここでも「おとぎ話」という側面を捨象して議論を進めることはできない。ルシュディはスフィア・ズィノビアを主人公とする「おとぎ話」を語っているからである。その「おとぎ話」はしかし、『美女と野獣』のようにだれもが知る話でなく、「個人神話」にすぎない。スフィア・ズィノビアの物語は「恥」に対する制裁としての「暴力」を象徴する「神話」なのである。

「個人神話」化への次の段階はスフィア・ズィノビアの妹ナヴィードの結婚にまつわるエピソードに顕現する。このエピソードの出発点にはイスカンダー・ハラッパの従兄弟リトル・ミール・ハラッパの一人息子ハルーン・ハラッパの登場がある。彼は叔父のイスカンダー・ハラッパに心酔してデカダンな若者となり、イギリスへ留学しながら学位を取らずに帰国するが、「彼の留学期間中にヨーロッパの学生のあいだで流行していた革命的政治思想」（S, 149）にかぶれ、その点をイスカンダー・ハラッパに見込まれて「反腐敗信任状」（S, 151）を与えられる。しかし保守的な父親リトル・ミール・ハラッパは息子の無軌道ぶりを心配し、従兄弟イスカンダー・ハラッパの妻ラーニに相談すると、ハルーンをナヴィードと結婚させてはどうかと勧められる。ナヴィードはラザ・ハイダーとビルキースの二番目の娘で、かねてからラーニは友だちのビルキースからナヴィードの結婚相手について相談を受けていたのだ。話はとんとん拍子にまとまり、いよいよ結婚式前日になる。ところがナヴィードには意中の人タルヴァール・ウルハク警部がいて、結婚式前日にそのことを告白する。それを知った父親ラザ・ハイダーの反応は次のごとくである。

「なんたる恥辱だ」と彼は言った。「親の決めた縁組を打ち壊しにするとは」彼は家族の見ている前で娘の頭を撃ちぬく決心を固めた。(S, 166)

彼がここで感じているのは、イースト・エンドのパキスタン人父親が一人娘に感じたものと同じ、まさに「東洋的恥辱」である。彼は娘を射殺するしかないと思うが、決意が鈍る。冒頭で紹介したように、結局、ビルキースが招待状を書き直すという解決策で落ち着く。しかしハイダー家が受けた「恥辱」感覚がスフィア・ズィノビアに伝染しないわけはなく、婚礼の宴の席で彼女は屈辱の根源であるタルヴァール・ウルハクに襲いかかり、その首を七面鳥と同様に捻じ切ろうとする(S, 170)。ナヴィードはもとより、ラザ・ハイダーとビルキース、それにオマル・カイヤーム・シャキールも加わって「野獣」を警部から引き離すことで、ことは収まるが、警部の首が回らなくなり、彼のポロ選手としての生命を断つ。実はポロ選手として警察チームのスターであったタルヴァール・ウルハクに、ナヴィードは一目惚れしたのである。このエピソードを通じ、ポロ選手の首すら捻るスフィア・ズィノビアの怪力が浮かび上がる。それはとても人間の力とは思えない、「ノンナチュラル」な力なのである。

その怪力が「個人神話」化するのは彼女の失踪後である。そこに至るまでには、物語の大半が終わっている。物語の概略に触れることなくしては、「個人神話」化の問題は語れない。それは虚構の国の「政治」が絡む「個人神話」だからである。

スフィア・ズィノビアが妹ナヴィードの取り替えられた花婿に襲いかかった日に、政治の世界で無血クーデターが起こり、シャギー・ドッグ将軍が大統領に就任し、イスカンダー・ハラッパが首相に就任して、虚構の国に「イスラム社会主義」政権が誕生する。イスカンダー・ハラッパは友人にして妻の遠縁にあたるラザ・ハイダーを陸軍司令長官に取り立て、従兄弟の息子ハルーン・ハラッパに「人民戦線」の党務を仕切らせる。この政権下でバングラデシュを思わせる「東翼」の分離独立問題が起こり、大統領や首相はその鎮圧にやっきとなって、「膨大な軍隊」(S, 179)を派遣する。イスカンダー・ハラッパの軍は最終的に敗北するが、彼らはそれをインドやアメリカの「工作」(179)のせいだとする。シャギー・ドッグ大統領辞任にともなってイスカンダー・ハラッパが大統領になると、「外交郵袋を検閲する」(S, 185)など、権力を横暴に揮い、「毛沢東思想」に染まった「イスラム社会主義」(S, 151, 185)が独裁につながる政治思想であることを証明する。このことを冷静に観察するのは実はイスカンダー・ハラッパの妻ラーニであり、夫の処刑後、一八枚のショールに刺繡する象徴的な絵によって詳細に夫の極悪非道ぶりを証言する。

このイスカンダー・ハラッパの独裁を倒すのは、彼の友人であり陸軍司令官ラザ・ハイダーだが、ラザは選挙を行うことなく大統領になり(S, 231)、イスラム原理主義に基づく政治を行う。アルコール類の全面禁止、テレビ番組の徹底管理、祈りの強制、一〇万人の乞食の投獄、非合法化された「人民戦線」メンバー二万五千人の投獄、女性に対するヴェールの強制、映画の禁止などである(S, 247)。こうした圧制を敷く一方で、自分の娘からの攻撃を恐れ、娘の夫となっている医師オマル・カイヤーム・シャキールの協力を得て、スフィア・ズィノビアを屋根裏部屋に隔離する(S, 236)。ところが、彼女は突然姿を消す(S, 239)。彼女は父親や夫にとって目に見えない恐怖となる。

その後、娘婿タルヴァール・ウルハクと副官シュジャ大佐がサルマン・テュグラック将軍の指図でクーデターを計画するが、陰謀はすぐに発覚し、謀反人たちは暗殺される(S, 250)。

この間、スフィア・ズィノビアへの恐怖は去らないばかりか、あちこちで首なし殺人事件が起こり、ラザ・ハイダーやオマル・カイヤーム・シャキールは恐怖の包囲網がしだいに強まるのを感じる。つまりスフィア・ズィノビアは「個人神話」になってラザやオマルを苦しめるのである。スフィア・ズィノビアがデモクラシーの権化でもあることからすると、この「神話」はイスラム原理主義の独裁政治に対するデモクラシーの批判的包囲網を暗示する。

スフィア・ズィノビアが最終的に感じる「恥」はイスラム原理主義に対するものであるが、それを実際に感じているのは作者その人である。ルシュディにとってイスラム原理主義は「恥」なのであり、おそらくその「恥」は怒りに近いものなのである。そうした感情が彼にスフィア・ズィノビアのヴィションを見させたのだと考えられるし、また『悪魔の詩』の構想につながったのである。

3 「恥知らず」の権化

スフィヤ・ズィノビアが「恥辱」の化身ならば、オマル・カイヤーム・シャキールは「恥知らず」の権化である。この物語は「恥と恥知らずの間」で展開する。

オマルが生まれるのは、土着の過去とイギリス植民地としての過去が入り混じる家である。祖父は財産を食いつぶして死ぬが、古今東西の膨大な蔵書つき書斎を残す。その書斎にはガーリブ（一七九七―一八六九）の詩集、「イスラムの旅行家[3]」と呼ばれるイブン・バットゥタ（一三〇四―一三六八）の旅行記のようなオリエンタル文化、フィンランドの叙事詩『カレヴァラ』などに加え、クロスターズのガスナー神父という人物による催眠悪魔祓いの本や催眠術師フランツ・メズマー（一七三四―一八一五）による「動物磁気」研究書が含まれ、これらを幼時に自学自習することでオマルは幼くして博学になり、催眠術の技まで身につける。彼はサリーム・シナイと同様に現実離れした早熟な子供なのである。彼をリアリズムやナチュラリズムの立場から解釈することはできない。サリーム・シナイと同様、ノンナチュラルな「想像上の存在」（ボルヘス）なのだ。

なにしろ彼には三人の母親がいる。チュンニ、ムンニー、ブンニーという名前の三人である。彼女たちがインド、パキスタン、バングラデシュを象徴するという解釈もあるが、ルシュディはそれに対して否定的である。グーネティレケは彼女たちが「個別的アイデンティティのみならず集団的アイデンティティをも持っている」(Goonetilleke, 64)と指摘する。われわれとしては三人で一人という「複合自我」的存在と考えたい。「複合自我」的存在から生まれた「複合自我」的人物がオマル・カイヤーム・シャキールなのである。彼の生家には「シムルグの衝立」が置かれていることも考慮する必要がある。[4] シムルグこそはルシュディの「個人神話」において「複合自我」の最も顕著な象徴だからである。

インド駐在イギリス軍兵士たちを招待したパーティの後で、彼女たちは私生児を懐妊する。オマルの父親はイギリス人と思われる。サリーム・シナイと同様、彼もまた混血児なのである。混血は文化的雑種性の暗喩にほかならない。文化的雑種性は「複合自我」の最も重要な位相である。

彼は「神の認可なしに」（S, 21）生を享け、神を信じない人間になる。この点もサリーム・シナイに似ている。少なくとも彼らは「ただひとつの神」を信じることはない。ルシュディが別のエッセイで使っている用語で言えば「ポスト一神教時代」を生きているのである。

彼はまた「周縁の人」（283）という自己認識を持っている。その意味のひとつは物語の「周縁」にいる人ということで、具体的にはイスカンダー・ハラッパとラザ・ハイダーを中心とする「政治」の「周縁」にいる人となる。「周縁性」は権力者以外の現代人が置かれている政治過程での立場にほかならない。イスカンダー・ハラッパやラザ・ハイダーの権力の場の「周縁」にいるオマルは、カズオ・イシグロの『日の名残り』（一九八九）においてダーリントン卿に仕える執事スティーヴンズにも似ている。カズオ・イシグロ自身がインタビューで語っているように、[5] スティーヴンズは身近で重要な政治的決定がなされるにもかかわらず、それに参加できない。これが権力者以外の人間のありようなのである。「実際、オマルはわれわれノンポリ、つまりなにごとにも手を出さないが、それでいて罪深い犠牲者のすべてに似ている」と研究者グーネティレケは言う（Goonetilleke, 65-66）。オマルが「罪深い」のは、「周縁」にいて「覗き魔」的に覗くだけで独裁を許すからである。『日の名残り』のスティーヴンズの場合、「主人」のダーリントン卿が親ナチスへと傾斜することをどうにも止められない。

オマル・カイヤーム・シャキールについてのもうひとつの定義は「覗き魔《ヴォワィユール》」で、彼が物語へ関与するうえでは、この属性が最も重要である。彼は神童として育った後、カラチの大学で医学を修め、免疫学者になる。エイズ（後天性免役不全症候群）が発見されたのは一九八一年であり、『恥辱』が発表されたのは一九八三年ということで、「新しい健康問題をおそらく最初に文学に持ち込んだ」（Goonetilleke, 56）作品なのである。しかしオマルが免役学者として活躍する場面はなく、むしろ医者の「覗き魔」的役割が彼に与えられた属性を助長することとなる。医者は他人のプライベートな身体部分を覗く特権に恵まれているからである。

彼には「恥知らず」という属性もあり、その面が最初に発揮されるのは一二歳を過ぎてから入学する学校でガールフレンドのファラー・ゾロアスターを孕ませる時である。この不祥事は学校の先生がファラーと結婚することで解決する。その後オマルが読者の前に姿を現わす時、デカダンなイスカンダー・ハラッパの取り巻きになっていて、パーティ会場などで女の尻をそれとなく触ったりしている。彼を「人格面とモラル面での統合性が疑わしい人」（Cundy, 46）と呼ぶ研究者がいるが、それはまさに彼が「複合自我」的存在だからである。

彼が「複合自我」的存在であることは、不信心で「恥知らず」な「周縁の人」かつ「覗き魔」としてイスカンダー・ハラッパとラザ・ハイダーの双方に近づき、二人を嚥下してしまうことに端的に見られる。ルシュディは彼を評して「社会の貯蔵所」（Goonetilleke, 65）と言っている。『恥辱』において同じ役割を担うもう一人の人物はスフィヤ・ズィノビアであるが、オマルは「恥知らず」の「貯蔵庫」となるのに対し、スフィヤ・ズィノビアは「恥だらけ」の「貯蔵庫」となり、その相互補完的関係が彼らの結婚へとつながる。「恥知らず」から「恥だらけ」までの連《ク》続変異《ラィン》を描こうという構想が作品に実現されているのである。

オマルが「貯蔵庫」としての「複合自我」に取り込む最初の中心的人物はイスカンダー・ハラッパである。彼はハラッパという姓が暗示するようにモヘンジョの大地主で、「アレクサンダー」のウルドゥ語読みであるイスカンダーという名前が寓意するように西洋と東洋の文化を身につけ、信仰心などとは無縁な快楽主義者として生きているうちに、オマルと知り合う。彼らの関係はオマルの「複合自我」構成要素がイスカンダー・ハラッパに顕現している関係と見ることができる。しかしイスカンダー・ハラッパは四〇歳を過ぎてから突然権力欲に目覚め、オマルを見捨てる。「イスラム社会主義者」の大統領となって独裁的悪行を重ねるイスカンダーの批判的観察者は、オマルでなく、妻のラーニ、すなわち一八枚のショールに刺繍した寓意画の作者である。刺繍寓意画はトランクに詰められ、「イスカンダー大王の恥知らずぶり」というタイトルを付けられて、娘のアルジュマンド（モデルはベナジル・ブット）へ送りつけられる。この場合ラーニはルシュディの代弁者にすぎない。現実の世界でいずれ権力の座に就くベナジルが父親ズルフィカル・アリ・ブットについて幻想を抱かないようにというルシュディの思い入れが、ラーニからアルジュマンドへ送られる刺繍寓意画に込められているからである。『恥辱』が書かれた一九八三年当時、パキスタンで戒厳令が解除され、ベナジル・ブットはパキスタン人民党党首として政治活動を始めていた。

イスカンダー・ハラッパの行状に関して、オマルはもっぱら周縁にいる「覗き魔」として眺めているにすぎない。彼と「独裁」との関わりは、むしろラザ・ハイダーを通じて深まる。彼らを結びつけるのはラザの長女スフィヤ・ズィノビアで、彼女が妹の結婚式で起こす発作がきっかけとなる。最初は医者と患者の関係であったものが、決して肉体的に交わることのない、年の差が「三一歳」（S, 197）も違う夫と妻の関係に変わるのは、「恥知らず」と「恥だらけ」という、あらかじめ想定された相互補完物だからであり、憐憫のような感情が関係するわけではない。この「ノンナチュラル」な結婚によってオマルは独裁者の身内となり、権力者の親密な観察ができるようになる。

ラザ・ハイダーは富裕階層でなく、どちらかと言えば貧しい家柄から出て、軍人となり、暴動のために家を焼かれ裸で路頭に迷うビルキースを救い、妻にする。彼の額には「ガッタ」（S, 66）と呼ばれる痣がついている。これは熱心に礼拝するイスラム教信者の勲章である。モハマド・A大統領と匿名で呼ばれる権力者の時代に軍人として頭角を現し、「教育、情報、観光大臣」（S, 119）に取り立てられる。彼の背後にはイスラム教聖職者マウラナ・ダウード師が影のように寄り添い、宗教的戒律の徹底を画策する。その手始めは海辺の大都市カラチで人気のある食材「クルマエビと青腹蟹」（S, 119）の禁止である。「腐食動物につき豚と同じくらい不潔」（S, 119）という理由である。イスカンダー・ハラッパが大統領になると、ラザ・ハイダーは陸軍司令官に抜擢されるが、やがて恩を仇で返すかのようにクーデターによって権力を奪取し、イスカンダーを処刑するとともに神権政治を実現する。アルコール類の全面禁止、テレビ放送の徹底統制、祈禱の強制、デモ行進の禁止、「人民戦線」非合法化などの政策を次々に実行する。「神と社会主義は相容れない」（S, 247）と彼は宣言するが、この宣言は冷戦時代当時のアメリカで好評を博すことになる。

ラザ・ハイダーの公的生活はこのように順調に進むが、私生活は惨憺たるものとなる。望んでいた男児はついに生まれないだけでなく、妻のビルキースが産む最初の子スフィア・ズィノビアは白痴で、次女ナヴィードは結婚して二七人もの子供を生むという異常さである。そのうえビルキースも狂ってしまう。

オマル・カイヤーム・シャキールは神権政治による独裁者の公私にわたる生活をつぶさに観察するわけだが、その結果として伝わるのは、ラザ・ハイダーの優しい父親としての側面である。彼は娘スフィヤ・ズィノビアにことのほか深い愛情を抱いていて、この「恥の権化」を庇護しつづける。しかし彼女の内なる「野獣」が暴れだすと、屋根裏部屋へ監禁する。この件ではオマルもラザ・ハイダーの共謀者であり、いつのまにか屋根裏部屋を逃げ出すスフィヤ・ズィノビアから復讐の的としてラザともども狙われ、最終的にはQという都市にある自らの生家へ逃げ込んだあとで殺されるものと思われる。物語がそのことを暗示して終わるからである。

イスカンダー・ハラッパのデカダンスとラザ・ハイダーの優しさは独裁者にも見るべき点があることの証であり、物語の目的が独裁政治の糾弾にあるわけでないことを示す。目的は作者の「政治」的思想とでも呼ぶべきものの提示であり、そのために作者が自ら作品に登場し、意見を述べる。従ってわれわれに必要なのは登場人物としての作者の分析である。

4　登場人物としての作者

作品における一人称の「ぼく」は自分のことだとルシュディはインタビューにおいて明言している。

『恥辱』には語り手はいない。それを語るのはぼく以外にいない。「ぼく」という人物が出てくるが、それはぼくで、時折ものを言う。ただしそれはぼくそのものというわけでもない。というのも、小説家というのは陰険な人間で、自伝的に見えるところですらフィクションにしているからだ。(Chauan, 29-30)

このように、『恥辱』では語り手＝ルシュディという図式が想定されるが、現実のルシュディとは距離を置いていることが付け加えられている。

彼は全知全能の語り手＝作者でなく、むしろ登場人物について知らないこともたくさんあるとも弁明する。「自分を物語に入れるということは、ぼくはぼくが議論していることがらの一部にすぎないということを表明する方法なのだ」（Reder, 60）というのがその弁明である。これは作者が登場人物の一人にすぎないということの釈明でもある。

『恥辱』は「三人の母親」から生まれるオマル・カイヤーム・シャキールの物語で始まるが、第二章では物語が中断され、作者サルマン・ルシュディ自身が登場して、ソ連軍によるアフガニスタン侵攻（一九七九・一二）から二、三週間後にパキスタンのカラチを訪ねたという自伝的な挿話に変わる。両親と妹たちに自分の最初の息子ザファ（一九七九生まれ）を見せるためだったという。また当時の国内政治は一九七七年七月五日に起こった軍事クーデターで権力の座についたズィア＝ウル＝ハク将軍が、前首相ズルフィカル・アリ・ブットを処刑した直後でもある。ルシュディは前首相処刑についての感想を聞こうと、「昔からの友人にして詩人」（S, 27）の自宅を訪ねるが、詩人の家には大勢の客がきていて、そのうちの一人が政府のまわし者であると判明する。パキスタンは私的生活にも政府の目が光る国なのかとルシュディは痛感し、そういう国を自分の「恥」だと思う。パキスタンが彼自身と縁を深めることになるのは、彼の意思を無視する形で行われた両親の移住（一九六四）以後である。

ぼくがどこを見ても、目に入るのは恥ずべきものばかりだ。しかし恥辱はほかのあらゆるものに似ている。十分に長くそれといっしょに暮らしていれば、家具の一部となるのだ。（S, 28）

ルシュディはこのように言う。しかし、彼が「昔からの友人」である詩人は、そういう国に踏みとどまっている。その詩人の目には軍事独裁の国パキスタンがどう見えているのかという視点から発想されたのが、この『恥辱』だと考えられる。そのことを裏づけるかのように、ルシュディは次のように書いている。

> おそらくこの物語はぼくの友人が語るべきものだろう。あるいは彼自身の別の物語があるかも知れない。しかし彼はもう詩を書かない。だから代わりにぼくがこうして、ぼくの身の上には一度も降りかかったことのない話を作り上げているのだ。それに読者はすでにぼくの主人公が足首から吊るされたことや、その名前が有名な詩人の名前になっていることに気づいているだろう。ただしぼくの友人のペンからは四行詩ひとつ書かれたことはなく、これからも書かれることはないと思う。(S, 28)

「ぼくの主人公」とはオマル・カイヤーム・シャキールのことである。この名前に含まれる「有名な詩人」とは、言うまでもなく、オマル・カイヤームである。彼は生まれた瞬間に「逆さまに」(S, 20) 世界を眺める。三人の母親のうちのだれか分からない一人が「足首をつかんで逆さまにし、激しく叩いて肺に最初の息を送り込んだ」(S, 20-21) ということがあり、これが「ぼくの主人公が足首から吊るされた」という出来事に相当する。

オマル・カイヤーム・シャキールは医者ではあるが、詩人ではない。それにもかかわらず、なぜ彼の名前に詩人の名前が含まれているのかという疑問がある。この疑問に答えているのが、上の引用である。物語の主人公が作者の友人にして詩人の生まれ変わりだということを、この引用は告げている。

ルシュディはこの友人の経歴について少し詳しく語っている。彼は投獄経験を持つ。身に覚えのない理由での投獄である。獄中で彼は拷問を受け、「足首から逆さまに吊るされて殴られた」(S, 28) こともある。つまり「足首からの逆さ吊り」がこの友人とオマル・カイヤーム・シャキールとを結ぶ絆なのである。

この詩人とはだれなのかという疑問がわれわれの脳裏に浮かぶ。この疑問を解く鍵がルシュディのエッセイ集『この境界を越えよ』(二〇〇二) に見出される。詩人は『真夜中の子供たち』の登場人物ナディル・カーンのモデルとなった人物と同じで、ファイズ・アフメド・ファイズその人にほかならない。ファイズの獄中体験については『この境界を越えよ』で言及されている。「逆さ吊り」についての記述はないものの、「彼は一九五〇年代初めにパキスタンの牢獄で四年間を過ごさなければならなかったが、そこは世界で最も居心地のいい牢獄というわけではない」(Step, 372) と説明されている。ファイズ自身、獄中で書いた「監獄の夕べ」(Faiz 1991, 19) という詩の中で「拷問」に言及している。それを英訳からの重訳によって次に掲げる。

星はひとつひとつが梯子の段、
夜は夕べの螺旋階段を降りて
やってくる。
そよ風がとても間近に吹きすぎる、
たまたまだれかが愛を語ったかのように。
中庭では
木々が黙想にふける難民となって
空に帰郷の地図を刺繍する。
屋根の上では
月が——愛らしくもやさしく
星々を光の屑へと
変えている。
あらゆる隅からダークグリーンの影が
さざ波を打ってぼくのほうへやってくる。
恋人からのこの別離を思い出すたび
襲いかかる苦痛の波のように

影がいつ何時ぼくに襲いかかるかわからない。

恋人が宿命的に出会う部屋のランプを
叩き壊せと暴君は命じるかも知れないが、
この思いがぼくを慰めつづける、
暴君といえども月のあかりを吹き消すことはできない、
だから明日はわからないが、今日だけは
どんな圧政もうまくいかない、
どんな拷問の毒もぼくを苦しめることはない、
監獄の夕べがほんの一度だけでも
奇妙にやさしいものになるなら、
この地上のどこかでほんの一瞬だけでも。

あるいはまた「一九五二年八月」（Faiz,1991, 17）の中で次のように書いている。

おまえの足は血を流す。ファイズよ、砂漠を歩いて通るだけでも、
おまえはそこを潤し、きっとなにかが花開くだろう。

彼の足から流れる血は、足首を縛られて逆さ吊りになった時の傷かも知れない。(6) こうして足首からの逆さ吊りが手がかりとなって、ルシュディがオマル・カイヤーム・シャキールの一種のモデルとして言及する詩人はファイズ・アフメド・ファイズであることが動かしがたくなる。

ファイズからの大きな影響をルシュディが告白したのは、彼が二〇〇二年二月にイエール大学で行った講演「この境界を越えよ」（これがエッセイ集のタイトルになっている）においてである。パキスタン在住の叔母の一人がファイズの「親友」（Step, 371）だったという関係で、ルシュディは子供の頃からファイズを知っていた。

ファイズはぼくが出会った最初の偉大な作家であり、その作品と会話を通して彼はぼくに作家の仕事はなにかを説明してくれ、ぼくはそれを心から受け容れた。（Step, 371）

ここでルシュディが言う「作家の仕事」については、すでに詳しく見たように、(7)「私的にして公的、間接的にして直接的」（Step, 372）という「二重の側面」がある。「作家の仕事はなんであり、どうあるべきかという見解については、ぼくは確かにごく自然に彼とそれを共有していた」（Step, 372）ともルシュディは言う。

インドとパキスタンの分離独立時に叔母がファイズを自宅の秘密地下室に匿ったエピソードは『真夜中の子供たち』で使われることとなるが、「ぼくにもっと深い印象を残したものは」として、ルシュディは次のように書いている。

それはほんものの生きた詩人に関するほんものの生きた物語、あるいは少なくとも、家族の中での伝説という必ずしも全面的には信頼できないルートを経由してぼくに伝えられた形での物語である。（Step, 372）

これによるとファイズはルシュディの叔父や叔母をも含む大家族の中での「集団的記憶」(8)になっていたことが明らかである。そういう人物を「昔からの友人にして詩人」（S, 27）として、ルシュディが意図的に『恥辱』に登場させたとしても不思議はない。

このようにルシュディは『恥辱』第二章で主人公のモデルを暗示し、さらに彼がパキスタンとおぼしき国のことを書く理由について弁明を続ける。「アウトサイダー」（S, 28）のくせに、「嘘」（S, 28）以外のなにが書けるのかという、想定される批判に反論するためである。彼の言い分は結局、「東洋」（S, 28）が他人事でなく、まさに自分のことだから書くという点につきる。ファイズを公職から追放し、友人にして政敵ズルフィカル・アリ・ブットを処刑した当時の独裁者ズィア＝ウル＝ハクの政治は「恥辱」感覚を中心に回転している。西洋のモダニズムに心酔し、デカダンスをよしとするモラル感覚の持ち主であるファイズもブットも、白人と仲良くするパキスタン娘に似ているのである。ズィア＝ウル＝ハクはイースト・エンドのパキスタン人父親と同じパターンで行動しているとルシュディは見ている。しかし彼は娘の父親に理解を示しながらも、殺害を容認しているわけではない。雪辱殺人とでも言うべき出来事についての感想の締めくくりとして、彼はカフカの『審判』におけるヨーゼフ・Kの死の場面を想起する。ある朝突然逮捕され、裁かれることなく殺される銀行員ヨーゼフが最後に呟く言葉は「犬のようだ！」（英訳 "Like a dog !"）というものであり、「恥辱だけが生き残ってゆくようだった」（カフカ、三三七）と続く。この最後の文を引用するだけでルシュディは物語の語り手へと変身する。解釈は読者に委ねようというわけである。

「恥辱だけが生き残ってゆくようだった」――「恥辱」を雪ぐための殺人もまた「恥辱」だという思いがそこに託されていると考えられる。「恥辱」の清算のためにブットを処刑するズィア＝ウル＝ハクの「政治」はルシュディにとって「恥辱」なのである。ヨーゼフ・Kのように、いったいどこに正義があるのかと彼は言いたいに違いない。「恥辱」感覚の連鎖が物語の背後に見えてくる。ブットを「恥」とするズィア＝ウル＝ハクを「恥」とするルシュディを「恥」とするベナジル・ブットという連鎖である。これが「恥と恥知らずの間にわれわれを載せて回転する軸がある」（S, 115）というルシュディの寸言的評語の意味でもある。

こうして、ルシュディは東洋的「恥辱」を理解する。それも彼の「自我」の一部というわけである。のみならず、彼の自己分析によれば、物語の語り手（作家）であるとともに、「翻訳された人間」（S, 29）であり、「移民」であり、父親であり、社会と文化のアナリストであり、無神論者であり、セキュラリストであるが、そういう「複合自我」を物語と同時並行的にまるごと提示する新たな試みをここで行っていると考えられる。

しかしそれだけならば『真夜中の子供たち』の二番煎じとなる。彼がここで行っている新たな試みとは、私淑する詩人の目をも加味して複眼的に、恥ずべき「東洋的独裁政治」を見ようとしている点である。オマル・カイヤーム・シャキールが作者の分身であるのみならず、ファイズ・アフメド・ファイズの分身でもあるということは、作品の中で仄めかされているにもかかわらず、これまでだれも気づかなかった。[9] 今そのことが明らかになった以上、この詩人についてわれわれはもう少し知る必要がある。

5 モデルとしてのファイズ・アフメド・ファイズ

ファイズの作品をウルドゥ語から英訳したアガー・シャヒド・アリ、シヴ・クマル、サルヴァト・ラーマンによると、[10] ファイズは一九一一年に分離前のパンジャブ州シアルコトに生まれ、伝統的ムスリム教育を受けた後、スコッティッシュ・ミッション・スクールへ通い、さらにラホール大学で英文学とアラビア文学の学位を取得する。卒業後はアムリトサルの学校M・A・O・コレッジで教職に就き、そこで出会ったサヒブザダ・マームドゥザファとその妻ラシド・ジャーンの影響でマルクス主義思想に染まる。進歩的作家協会（PWA）に加入し、ウルドゥ語月刊文芸誌の編集者も勤め、余暇には労働組合加入の労働者教育にもあたる。一九四一年に処女詩集を出すとともに、イギリス人社会主義者アリス・ジョージと結婚する。世界大戦中はインド陸軍中佐として軍務に服している。分離独立後はパキスタンでの定住を選び、『パキスタン・タイムズ』の編集者になるとともに、パキスタン労働組合連合副代表になり、代表団団長として国際労働機関（ILO）の会議に三回出席する。一九五一年三月に「ラワルピンジ陰謀事件」として知られる、ソ連の支援を受けたクーデターを計画したとして、左翼陸軍士官たちとともに逮捕され、死刑の宣告を受けた上で投獄される。獄中生活四年間の後、判決が無効となって無罪放免され、『パキスタン・タイムズ』の仕事に戻る。獄中生活の中で書いた二冊の詩集が一九五三年と一九五六年に刊行され、詩人としても名声が高まる。ところが、一九五八年に軍人アユブ・カーン将軍（一九〇七―七四）が軍事クーデターで権力を握ると、ファイズは編集者のポストを追われ、短期間ながら投獄までされる。その間、詩人としての名声は高まる一方で、アユブ・カーンですらパキスタンの代表的詩人として彼をユネスコに推薦した。一九六二年にレーニン平和賞を受賞する。一九六三年から二年間、イギリスに滞在しつつ、ロシア語に訳された彼の詩は一九六二年にレーニン平和賞を受賞する。

などを歴訪する。この間、アユブ・カーンの圧制に抗議する詩を書きつづけ、三冊の詩集を出す。一九七一年にズルフィカル・アリ・ブットが政権に就くと、ファイズは国民芸術協議会の議長に任命される。しかし一九七七年の軍事クーデターでブットが失脚し、ズィア＝ウル＝ハク将軍が政権を握ると、ファイズも公職を解かれる。一九七八年に彼はレバノンのベイルートへ自主的に亡命し[11]、そこでアフリカ・アジア作家協会発行の雑誌『ロータス』を編集するが、一九八二年のイスラエルによるベイルート侵攻に際し、パキスタンへ戻り、パンジャブ州ラホールで一九八四年に死ぬ。

その育ちや経歴からして「ファイズは混合主義詩人の際立った実例である」(Rahman, 12) と見られている。「クロス・カルチュラル」の詩人 (Rahman, 12) ということである。「オリエント的視点」と「西洋的視点」を併せ持つ「二焦点的ヴィジョン」に特色があると指摘するのはシヴ・クマルである (Kumar, x)。ここに指摘される特色は、イギリス人女性との結婚を含め、そっくりルシュディに当てはまることを考えると、彼がファイズを師と仰いだことも頷ける。

アガー・シャヒド・アリは詩人としてのファイズの評価について次のように書いている。

ファイズの政治参加、とりわけマルキスト的歴史理解を考慮すると、彼はスローガン的詩人なのではないかと早合点する読者がいるかも知れない。しかしファイズの天賦の才能は、政治と(ある意味では厳しく伝統を守っている)美学とを妥協することなく調和させる能力にある。詩人は教訓的修辞的な身振りを避けるべきだと彼は忠告したことがある。(A. S. Ali, i-ii)

ファイズは「ガーザル」と呼ばれるウルドゥ語定型詩の名手であり、伝統的イメージを駆使して「歴史感覚や不公正感」(A. S. Ali, ii) などの新しい意味を表現したとされる。その一端はすでに触れた彼の獄中詩「監獄の夕べ」に見られる。

このファイズがオマル・カイヤーム・シャキールのモデルとして、ルシュディ自身によって言及されているのだが、しかし、この作品においては、現実のモデルと登場人物との関係をリアリズム的見方で捉えることはできない。われわれはすでに『真夜中の子供たち』において使われている「ノンナチュラリズム」の立場をここでも確認することになる。それはルシュディが現実を見る独特の立場である。

6 「ノンナチュラリズム」的モデル小説

『恥辱』はリアリズムのモデル小説ではない。現実のモデルが明らかになりながらも、ファイズ・アフメド・ファイズとは相当の距離を置いている。まず、ルシュディが生まれたての息子ザファを連れてパキスタンを訪れる一九八〇年初めには、ファイズはまだベイルートに亡命中で、仮にパキスタンに戻っていたとしても、ズィア＝ウル＝ハクの軍事独裁政権下にあって彼が自宅に大勢の客を呼べるわけがない。ハクはファイズを公職追放した張本人でもある。『恥辱』における一見エッセイ風に見え、したがって現実をありのままに書いているのではないかと錯覚する部分でも、ルシュディは虚構を使っているのである。要は、ファイズならばこの独裁という状況をめぐってどんなフィクションを作るだろうかという想定にある。そのような想定の先に、ルシュディの分身であるとともにファイズの分身でもあるオマル・カイヤーム・シャキールが造形されるわけである。

このように、この小説は現実のモデルを持ちながらも、現実との間に距離を置き、ノンナチュラルな視点からの表象を任務としていて、ルシュディ自身が小説の中でそのことを警告してもいる。

現実との距離を置くモデル小説という、この作品の独特な語りの仕組みをもう少し明らかにするために、リアリズム対ファンタジー、ナチュラリズム対ノンナチュラリズムという二項対立について考えてみたい。それらを同一平面上に位置づけると図1のようになる。この図によれば「ノンナチュラリズム」はリアリズムの対角に位置する手法である。

『恥辱』における語りの視点は「ノンナチュラリズム」におかれている。つまりそれはリアリズムの対角に位置し、ファンタジーそのものでもナチュラリズムそのものでもないのである。こういう語りの視点はすでに『真夜中の子供たち』に見出されている。

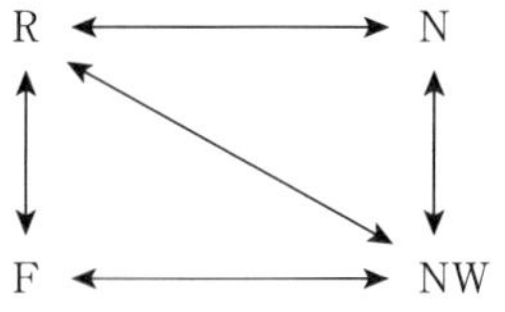

R＝リアリズム
N＝ナチュラリズム
F＝ファンタジー
NW＝ノンナチュラリズム

図1

『真夜中の子供たち』の場合の「ノンナチュラリズム」的視点は「複合自我」的存在であり、宗教的信仰に頼らないセキュラリズムの立場に身を置くルシュディ自身に所属している。これに対して『恥辱』の場合、それはファイズ＝ルシュディに属しているのである。この点が前作との明白な相違となっている。ファイズもまたセキュラリストであり、モダニストであり、ワインと街と女を愛する快楽主義的「反逆者」であり、その程度にルシュディと重なるものを持ち合わせているうえに、公職から追放されるまで、外国訪問以外にパキスタンを離れたことがない。『恥辱』の視点のひとつとするには格好の人物なのである。

ファイズ的ものの見方はとりわけ「政治」に関して必要とされる。彼は詩人であるとともに、労働組合を通じた政治運動にも参加していた。ルシュディにはそのような経験がない。彼にあるのはポストコロニアリズムの思想である。その思想はオマル・カイヤーム・シャキールの造形にも生かされる。この名前に含まれる詩人と自己との共通性についての意見が一例である。オマル・カイヤーム（推定一〇四八―一一二二）について、ルシュディはこう書く。

> オマル・カイヤームの詩人としての立場は奇妙なものだ。祖国ペルシャで評判になったためしはない。彼は西洋において翻訳というかたちで存在するが、その翻訳は事実上彼の詩の完全な書き直しであり、原作の（内容とまでは言わなくても）精神からは、多くの場合程遠くなっている。ぼくもまた翻訳された人間なのだ。境界を越えて運ば

れてきた人間だ。翻訳においては常になにかが失われると一般に信じられている。フィッツジェラルド＝カイヤームの成功例がそうであるように、なにかが付け加えられることもあるという考えにぼくは執着する。（S, 29）（強調原文）

オマル・カイヤームの『ルバイヤート』はエドワード・フィッツジェラルド（一八〇九—八三）の翻訳[12]によって西洋に知られている。ルシュディの考えでは、「翻訳された人間」は、トランスレイションという言葉の語源を辿ると「境界を越えて運ばれてきた人間」という意味になり、そういう点で彼とオマル・カイヤームは類似しているのである。また、翻訳では「失われる」ものもあれば「付け加えられる」ものもあるという、この発想は、自分をインドに住む何億かの人間の一人と考えるのでなく、自分の中にインドがあるというふうに考える「複合自我」の発想に似ているし、「境界を越えて運ばれてきた人間」つまり移民は、「失われる」ものばかりでなく、新たに「付け加えられる」ものもあるのだとする主張につながっている。この主張はルシュディにおけるポストコロニアリズム思想の中核に位置づけられる。

『恥辱』において、彼は自らの移民論に田舎から都会への移住をも含め、デリーからパキスタンへ移るビルキースやラザ・ハイダーのみならず、Qから大都市へ出るオマル・カイヤーム・シャキールもまた「モハージル」（移民）として扱っている。しかしこの種のテーマが本格的に取り上げられるのは『悪魔の詩』においてである。『恥辱』の中心は「政治」であり、それをどう見るかという点で、ルシュディはファイズに頼る。

ルシュディ自身はファイズをオマル・カイヤーム・シャキールのモデルとして言及しているが、実際にはルシュディが意見を述べる際に使う眼鏡としての役割を演じているにすぎない。

モデルと言えば、イスカンダー・ハラッパとラザ・ハイダーについても、彼らのモデルは一九七七年七月五日に起こったパキスタンでの軍事クーデターの「主役」たちだとする解釈が幅広く行われている。具体的には、「イスラム社会主義」を唱え、「パキスタン人民党」を率いた時の首相ズルフィカル・アリ・ブットとイスラム原理主義を政治に導入する「イスラム化」を推進した軍総司令官ズィア＝ウル＝ハク将軍のことである。この解釈を突き詰めると、『恥辱』はリアリズムの小説でなければならないという結論に達するが、これは実情とかけ離れた解釈だと言わざるをえない。ティモシー・ブレナンが詳細に説明しているように（Brennan, 119-120）、イスカンダー・ハラッパやラザ・ハイダーという名前そのものが寓意的なのである。前者の出身地モヘンジョはブットの生誕地シンド州ラルカナ（当時はインド領、現在はパキスタン領）に近いが、そればかりでなく、ハラッパという名前はインダス文明の中心都市遺跡ハラッパーに関連する。イスカンダーはアレクサンダーのウルドゥ語読みであり、したがってこのマケドニアの征服者にも関係がある。ちなみに、アレクサンダー大王は紀元前三二七年にインドの一部を侵略したが、その時の兵隊が居残って部族となったと見なされているカラシュ族が現在もアフガニスタン国境沿いのカフィリスタンに住んでいる（Goodwin, 55）。つまりイスカンダーとハラッパという個人名も姓もインドの古代史に関係し、雑種性の寓意さえ込められていると考えられる。ラザ・ハイダーもまた「ラージャ」（かつてのインド藩王国の王子）に通じ、古い支配形態の名残がその名に込められているとともに、その「独裁」が必ずしも珍しいものでないことが暗示される。

確かに作品は現実の出来事や人物を「暗示」するかも知れないし、それは作品が単なるファンタジーでない証である。しかしながら、『恥辱』は一九七七年のクーデターの裏話というようなものからは程遠い、「現実」との正確な対応関係を拒否し、まさに架空の、しかし「現実離れ」はしていない「ノンナチュラル」な言語空間なのである。ここでもう一度、作者自身が行う作中での弁明を聞いてみたい。

この物語の中の国はパキスタンではない。あるいは必ずしもパキスタンではない。同じ空間、あるいはほぼ同じ空間を占める、現実と虚構のふたつの国があるのだ。ぼくの物語、ぼくの虚構の国は、ぼく自身と同じように現実に対して少し角度を持って存在している。こういう中心外しは必要だとぼくは思うのだが、その価値はもちろん大いに議論されるべきだ。ぼくはパキスタンについてのみ書いているわけでない、というのがぼくの見解だ。（S, 29）

「現実に対して少し角度を持って存在している」この「虚構の国」にはカラチという現実の大都市がある。そのようにして虚構と現実が混ぜ合わされる。同じことをルシュディはオマル・カイヤーム・シャキールの生まれ故郷Qについても言う。「Qはクエッタとはかぎらない」(S, 30) と彼がわざわざ言うのは、Qはバルチスタン州の州都ながら辺境の街クエッタかも知れないという含みがある。

物語となる出来事も、必ずしもパキスタンのクーデターとは限らず、むしろ近未来の出来事を予言するものとなっている。ラザ・ハイダーの思想の一部は、ズィア＝ウル＝ハクの「イスラム化」よりも極端なイスラム原理主義であり、二〇〇一年九月一一日のテロ事件で世界の耳目を集めたアフガニスタンにおける「タリバン」や「アルカイダ」に通底する主義主張になっている。一方、物語の中で一九七〇年代に大衆の圧倒的支持を受ける「イスラム社会主義」というものがあり、その代表となるイスカンダー・ハラッパが処刑された後、残党がソ連侵攻後のアフガニスタンへ逃げ込み、ゲリラ活動によってラザ・ハイダーを脅かす。これはルシュディによる虚構である。しかし、それが現実に限りなく近い虚構であることが、二〇〇一年一〇月から二〇〇二年にかけての「アフガン戦争」の報道の中で明らかにされている。その報道によれば、ソ連寄りの勢力掃討のためにパキスタンとアメリカ合衆国の支援によりアフガニスタンへ送り込まれたのがイスラム原理主義グループであったからである。

『恥辱』においては「イスラム社会主義」と「イスラム化」のいずれの主義主張も独裁につながって胡散臭さを免れず、作者にとってそれらは言わば「身内の恥」と捉えられる。ルシュディ自身の政治的立場は「自由、平等、友愛」という西洋的スローガンに要約される (S, 251)。しかしそれはV・S・ナイポールが『インド――傷ついた文明』で取ったような西洋的視点の高みに立つ見物人的立場ではない。パキスタンに身を置き、そこから逃げることのないファイズの立場を取り込んでいる。清濁、正邪、美醜、貧富、狂気と正気、暴力と平和、迷信と合理主義、信心と無神論などのすべてを併せ呑む「複合自我」的立場とも言える。この立場からのパキスタン的政治世界の眺めを「ノンナチュラル」な視点から語った物語が『恥辱』である。

7　「複合自我」の「政治」的位相

『恥辱』は約束事がまだ確立していない未知のジャンルの作品であり、読み方の約束事を新たに作らなければならない。その第一歩は古来の神話および神話的名辞との関係である。オマル・カイヤーム・シャキールに含まれるペルシア詩人の名前。その詩人の生誕と埋葬の地ニシャプール。ペルシャ神話の鳥シムルグと北欧神話の大木ユグドラシル。これらはそれぞれこの作品の中でなにを意味するのかを、まずもって見ておく必要がある。

オマル・カイヤームとルシュディを結ぶ接点は、すでに見たように、「わたしもまた翻訳された人間なのである」(S, 29) という一点に尽きる。「翻訳された人間」は「原文の人間」ではない。ルシュディは「原文の人間」を保持しつつも「翻訳された人間」として西欧で生きつづけている。その意味で彼は一人の中に二人住む「フィッツジェラルド＝カイヤーム」(翻訳者＝原作者) 的存在なのである。そういう「複合自我」的存在がオマル・カイヤーム・シャキールの名前に託されているということになる。

Qに生まれるオマル・カイヤーム・シャキールはその怪異な外観と内装をもつ生家をペルシャ詩人の生誕地にちなんで「ニシャプール」と名づける。それは『グリマス』における「グリマスハウス」によく似て、まざまな仕掛けのある建物である。もちろんそれは「現実的」ではない。物語の始まりとともに出現し、その終わりとともに消滅する。『百年の孤独』のブエンディーア家のようなものだ。そこの調度品の一つに衝立(スクリーン)がある。

> 絶妙な彫刻が施されたウォールナットの衝立で、そこにはカーフという神話上の円形の山が描かれ、山の上で神を演じる三〇羽の鳥もしっかりと描かれている。(S, 33)

この鳥はシムルグであって、ペルシア神話『鳥の議会』では神の象徴とされるが、『グリマス』においては「複合自我」を象徴する。伝統的象徴が「個人神話」となって別の意味を持つ一例である。「ニシャプール」にシムルグを関連づけることで、その怪異な建物が「複合自我」にかかわるイメージとなる。

ユグドラシルも「複合自我」のもうひとつの象徴である。『グリマス』においては、この木は「グリマスハウス」を「覆うように」(G, 224) 聳えているが、『恥辱』においてはシャキール＝ファイズ＝ルシュディの「自我」を象徴する。語り手がこの象徴に触れるのは、ビルキースがインドのデリーからパキスタンへの「移民＝モハージル」となり、それゆえに辱めを受ける場面 (S, 84-85) を受けて、「わたし自身、ひとつの国 (インド) からの移民だ」として、「移民」論を展開する時である。この議論で彼はまず「移民」を「鳥」と比較する。

> ぼくもまたこの移民ということについては少しばかり知っている。ぼくはひとつの国 (インド) からの移民であるとともに、ふたつの国 (ぼくが住むイギリスと、ぼくの意思に反してぼくの家族が移住したパキスタン) への新参者だ。ぼくたちモハージルが生み出す恨みは、ぼくたちが重力を征服していることに関係があるという理論をぼくは持っている。ぼくたちはすべての人間が昔から夢見てきた行為、彼らが羨む鳥たちの行為を実演しているのだ。つまりぼくたちは飛んでいるというわけだ。(S, 85)

彼が「シムルグ」を「複合自我」の象徴とする根拠がここにある。「複合自我」とは「移民」的自我のありさまでもあり、それゆえそれは「鳥」なのである。「移民」＝「重力の征服」＝「飛行」という等式を前提とした時、『悪魔の詩』の冒頭でジブリール・ファリシタとサラディン・チャムチャが二万九〇〇二フィートの空から落ちてきても死なない理由が了解される。この点は『悪魔の詩』を論じる際にもう一度触れたい。

「木」の比喩が出てくるのは「移民」の「帰属」の問題からである。

> ぼくは重力と所属を比較している。両方の現象とも観察できる形で存在する。ぼくの足は地面に乗っている。ボン

ベイにあるぼくの子供時代の家を売ってしまったとぼくの父親がぼくに告げた日ほどに腹が立ったことはない。しかしどちらの現象も理解されていない。重力については知っていても、その起源については知らない。なぜ生誕地に執着するのかを説明するために、ぼくたちは木になったふりをし、ルーツ（根っこ）について語る。自分の足の下を見よ。足底から節だらけの根っこが伸びているわけでもない。ぼくは時々思うのだが、ルーツというのはぼくたちを生誕地へ縛りつけるために作られた保守的神話ではないのか。（S, 86）

この「ルーツ」＝木の根っこに関連して、ルシュディは自らをユグドラシルに喩えるのである。

実際ぼくも時々自分が木になったと思うことがある。それも、北欧伝説に出てくるトネリコの木、ユグドラシルのような、かなりの大木だ。トネリコの木、ユグドラシルには三本の根が生えている。一本はヴァルハラのそばの知識の池に伸びていて、そこにはオーディンが水を飲みにくる。二本目は炎の神スルトゥルの領域にあるムスペルヘイムの消えることのない炎にゆっくりと焼かれている。三本目はニドヘッグと呼ばれる恐ろしい獣に徐々に嚙み千切られている。炎と怪物が三本のうちの二本を破壊すると、トネリコの木は倒れ、闇があたりを覆うこととなる。神々の黄昏。木が見る死の夢。（S, 88）

「ルーツ」は「アイデンティティ」にかかわるわけだが、ルシュディの「アイデンティティ」はインド、パキスタン、イギリスに関わる複合的なものであるため、三本の根に支えられるユグドラシルは彼のような「移民」の象徴としてまことに適切なのである。しかしどの根がどこへ伸びているかは詳らかでない。いずれにせよ、いずれ死ななければならない木のイメージは不吉だが、ルシュディはそうした宿命的な木に自分を結びつける。

「鳥」であり「木」であるような、この「移民」のイメージについて、ルシュディは「二〇世紀の決定的イメージ」（Chauhan, 77）だと考える。なぜなら「移民」は二〇世紀的大都市住民の暗喩だからである。生まれた場所と死ぬ場所が異なる人間がこれほど膨大に出現した世紀はほかにない、と彼は言う。これと対比されるのが「自我の一九世紀的定義」(Chauhan, 77)であり、この「定義」には三つの要素がある。「ルーツ」と「コミュニティ」と「言語」である。「移民」はこれら三つの要素について断絶を経験する。再出発を余儀なくされ、そこに「複合自我」が生まれるが、この自我は「移民」のものであるとともに「大都市住民」の自我なのである。

ルシュディの世界では「翻訳《トランスレイション》」と「暗喩《メタファー》」が「移民」概念につながっている(Chauhan, 77)。「メタファー」とはギリシア語で「向こうへ運ぶ」「トランスレイトする」という意味であり、「移民」は「翻訳された人間」だからである。

このようにして、シムルグやユグドラシルなどの古い神話がルシュディの移民に関する「個人神話」へと生まれ変わるが、スフィア・ズィノビアが引き起こす恐怖の「個人神話」は、どちらかと言えばファイズの目を通して作られた観がある。独裁政治を包囲する民主主義の脅威を意味する政治的「神話」だからである。独裁者から見れば、じわじわと迫る民主主義の包囲網は脅威となるはずである。もちろんそのような包囲網が形成されているわけではなく、それは単なる夢にすぎない。しかしファイズがそういう夢を持ちつづけていたことは確かである。ズィア＝ウル＝ハクが一九七八年に軍事クーデターで権力を掌握した後、ファイズはコーカサスの詩人カシン・クリの詩「ショパンの音楽は続く」をウルドゥ語に訳している。その一部に次のような詩行がある。

> 自由への誓いを飲み干したものは命を売るために戦場へ出て行った。
> 敵は四方八方から狭まってきて、逃げるものもいれば倒れるものもいた。
> (Faiz 2002, 175)

この「敵が四方八方から狭まってくる」というイメージを逆転させて、独裁政治への「恥辱」が生む怒りの恐怖を独裁者の側に思い知らせようとしているのがスフィア・ズィノビアである。

ズィア＝ウル＝ハクのクーデターと独裁にファイズが心底暗澹とした気持ちになったことは、一九七八年以降の詩に見て取れる。例えば、彼がベイルートへ亡命後に書いた「すべての忍耐は再び燃え尽きた」という一九七九年の詩がある。

すべての忍耐は再び燃え尽き、溜め息の煙が新たに立ち昇る
あらゆる巣から麦わらの一本一本が新たに風に吹き飛ばされる
悲しみの日がまたやってきて、涙があらゆる心を新たに満たす
夜の溜め息の大軍が空に向かって新たに立ち昇る

どこからともなく野蛮な時代の黒雲がまた戻ってくる
鞭打ちが稲妻のように閃き、天を怒りで満たす
ペンで頁にものを書くものたちの首が葦のペンのように切られる
精神の安売りがまた始まり、沈黙は一人一人の舌に支払われる賃金となる
縫い合わされた唇があらゆる口を新たに血の味で満たす
夜の溜め息の大軍が空に向かって新たに立ち昇る

心はまたもや暴政が新たに燃えるための暖炉となる
おお、神よ、あなたを崇めるこの素朴な人々はどこに居場所を見つけられるのか
裏切り者の指導者はだれもが今や新たにあなたの使者になったようなふりをする
寺院中庭の偶像はどれもが神の権限を主張する
こういう信仰をふりかざすお偉方から、神よ、われらを守って欲しい
夜の溜め息の大軍が空に向かって新たに立ち昇る

（Faiz 2002, 185）

この形式は「カウワリ」と呼ばれる伝統的宗教歌で、聖なる場所で合唱される詩形であり、リフレインに特色がある（Rahman, 49）。ファイズは無神論者なのでこれをパロディとして使っている。この詩ではズィア＝ウル＝ハク政権下での「イスラム化」政策が痛烈に皮肉られている。言論統制や拷問も示唆されている。ファイズは一九五〇年代前半に自ら経験した投獄の悪夢を思い出し、深い絶望を味わっていることが分かる。しかし、リフレインには不気味さがある。「夜の溜め息の大軍が空に向かって新たに立ち昇る」というこのリフレインは、その「ノンナチュラル」なイメージによって、われわれにスフィア・ズィノビアを思い出させずにはいない。

ファイズは最晩年の一九八三年頃に次のような四行詩を書いている。

だれかがまだ私たちとともにいるとすれば、それはただ一人
その人の情熱を私たちがどこへ行くにも心の中に持ち歩いている人。
私たちの生活は日の出を待ちながら過ごされた
夜明けの消えかかった蝋燭は希望のように見える

（Faiz 2002, 231）

このように彼は最後まで「希望」を捨てていない。ファイズのそのような姿勢について、翻訳者サルヴァト・ラーマンは次のように書いている。

ファイズはパキスタンにおける民主主義と社会的正義の進展がないことにすぐさま幻滅し、人民の抑圧者たちに対する間接的直接的批判のために、自由詩と定型詩《ガーザル》の両方を使った。「ガーザル」や「カウワリ」のような昔からの詩形を採用して現代的関心事を書き、それらの詩形に力強い社会政治的響きを与えた。彼の晩年の詩には懐疑も表現されているが、しかし最後まで「日の出」の希望を持ちつづけた。彼の希望はパキスタンのためにのみあったの

でなく、どこにいる人たちであれ、カーストや肌の色や信条に関係なく、苦しんでいる人類のためにもあった。この点でもまた彼は真のスーフィであり、同時に偉大な現代のヒューマニストであった。（Rahman, 15）

この引用には、ファイズが最後まで希望を捨てなかったということのほかに、もうひとつ重要な点が指摘されている。それはファイズが「真のスーフィ」であったという点である。ラーマンは宗教的信仰についてそのことを指摘しているのではない。「スーフィの韻文」の特色について言っているのである。「スーフィの韻文」には一般的に「ハキキ」と呼ばれる「神秘的意味」と「マジャジ」と呼ばれる「現世的意味」の両方が見出されるという（Rahman, 14）。これを「スーフィ的両義性」と呼ぶとするならば、まさにこれこそが、ルシュディがファイズから学んだ最も重要な文学的技法であり同時に思考方法でもある。彼がスーフィの神話シムルグや北欧神話ユグドラシルを「個人神話」に変えるのは「スーフィ的両義性」の実践にほかならない。この表現と思考の双方に関わる方法は、ひとつのものが同時にふたつであるという複合性に特色があり、「複合自我」の仕組みに近い。

ラーニ・フマユーンの一八枚の刺繍寓意画におけるようにスフィア・ズィノビアが「民主主義」の化身として独裁者に恐怖心を覚えさせることで、物語は終わる。それはファイズとともにルシュディが抱く「希望」を暗示すると考えられるし、この小説の「政治」的メッセージでもある。しかしながら、「複合自我」の「政治」的位相は民主主義につながっているということで、この小説が終わるわけではない。われわれがここで指摘したい位相はイスカンダー・ハラッパとラザ・ハイダーに対する作者の見方に関わっている。

オマル・カイヤーム・シャキールはイスカンダー・ハラッパとラザ・ハイダーの二人の独裁者に近づき、公私にわたる生活を覗く。しかし彼はどちらに対しても独自の意見を持たない。両者を「貯蔵」する装置のような役割を果たすだけである。両者についての意見はルシュディが工夫を凝らして述べている。エピローグを除く最終章にあたる第一二章の冒頭部はそのひとつである。彼はパキスタンから来た友人三人とロンドンで『ダントンの死』という政治劇を見た後、感想を述べ合う。この芝居はドイツの劇作家ゲオルク・ビューヒナー（一八一三―三七）が一八三六年に書いたものの英語版上演である。これについてルシュディはまず「革命のヒーロー」ダントンの「弱み」について語る。

ダントンは革命のヒーローかも知れないが、彼はまたワインやら上等な服やら娼婦やらも好きだ。(S, 240)

この好みがダントンの「弱み」であり、それがあったがゆえにロベスピエールは安心して彼を処刑できたというのが、ルシュディの意見である。ダントンは「あまりにも快楽を好んだ」(S, 240) ために処刑される。

快楽主義は破壊的だ。人民はロベスピエールに似ている。彼らは愉楽に不信感を持っている。(S, 240)

このように述べることでルシュディはイスカンダー・ハラッパ＝ダントン、ラザ・ハイダー＝ロベスピエールという図式を暗示する。そのうえで、彼らの対立の真相を提示するのである。

この芝居がぼくたちに語っているのは、快楽対禁欲という、この対立こそ歴史の真の弁証法だということだ。右対左、資本主義対社会主義、白対黒などは忘れよう。美徳対悪徳、苦行者対女郎、神対悪魔。それこそがゲームなのだ。(S, 240)

ここでルシュディの議論は行き詰まる。もし「人民はロベスピエールに似ている」のであれば、ダントンはなぜ「ヒーロー」でありえたのか、という問題にぶつかるからである。これを『恥辱』の世界に置き換えて言えば、人民がラザ・ハイダーに似ていて、禁欲を好むのであれば、なぜ「人民戦線」議長イスカンダー・ハラッパは、一時的にせよ、人気があったのか、という問題に等しい。この問題の解決策としてルシュディが持ち出すのが、「複合自我」論である。彼は次のように言う。

人民はロベスピエールに似ているだけではない。彼らは、ぼくたちは、ダントンでもあるのだ。ぼくたちはロベストンにしてダンピエールなのだ。無節操など問題ではない。ぼく自身、まったく両立しない無数の考えを抱えていながら、なんら問題を覚えない。他人がぼくより気まぐれでないとは思えない。(S, 241-242)

これがまさに『恥辱』に見られる「複合自我」の「政治」的位相にほかならない。それは「まったく両立しない無数の考え」を許容するのである。『恥辱』が書かれたのは一九八三年で、まだ冷戦状態が続いていた。世界の政治状況においては「右対左、資本主義対社会主義、白対黒」の対立が、先進国において、中国において、南アフリカにおいて、明らかに存在していた。その時期にルシュディは真の対立項は「快楽対禁欲」だとし、しかもその対立項は「自我」の中で共存しているという考えを持ち、「ノンナチュラリズム」的虚構を通してそれを主張したのである。その後、冷戦が終わり、東西対立が解消し、資本主義の独り勝ち的状況が生じ、さらには消費文化(=快楽主義)に対立する宗教的原理主義(=禁欲主義)が自己主張を始める状況を考慮すると、ルシュディにはかなり先見の明があったと言える。対立項の自己内共存を事実として訴える「複合自我」論が説得力を増しているからである。

注

(1) 本書一一三頁参照。

(2) ブット家は植民地時代から政治家を多数輩出する家柄で、リベラルな政治家だったズルフィカル・アリ・ブット(一九二八―七九)はパキスタンの首相(一九七三―七七)となるが、モハマド・ズィア＝ウル＝ハク(一九二四―八八)により失脚させられ、その後処刑される。後者は大統領(一九七八―八八)となってパキスタンの「イスラム化」を進めた。前者の娘ベナジル・ブットはズィア＝ウル＝ハクによって国外追放処分を受けるが、一九八六年に帰国を許され、パキスタン初の女性首相(一九八八―九〇、九三―九六)となった。"Zulfical Ali Bhutto." *Encyclopædia Britannica.* 2003. Encyclopædia Britannica

Premium Service. 05 Apr. 2003 〈http://www.britannica.com/eb/article?eu=81218〉, "Mohammad Zia-ul-Haq." *Encyclopædia Britannica.* 2003. Encyclopædia Britannica Premium Service. 05 Apr. 2003 〈http:// www. britannica. com/ eb/ article? eu=80466〉 and Goodwin, 44-51.

（3）"Ibun Battutah." *Encyclopædia Britannica.* 2003. Encyclopædia Britannica Premium Service. 25 Feb. 2003 〈http://www. britannica.com/eb/article?eu=42852〉

（4）「シムルグの衝立」については本書一五八頁参照。

（5）"Kazuo Ishiguro : In Praise of Nostalgia as Idealism," *The Japan Times,* October 28, 2001.

（6）この引用に見られるように、傷ついてもなお希望を捨てない一種楽天的な発想は、ファイズの英訳詩集『反逆者のシルエット』のいたるところで感じ取れる特色だが、「複合自我」を発想したルシュディの思考方法に通じる特色でもある。なお、片岡弘次編訳『ファイズ詩集』（花神社、一九八四）参照。

（7）本書第二章。

（8）モーリス・アルヴァクスの用語。彼は「家族の集団的記憶」についても論じている。See, Halbwachs, 54-83.

（9）ティモシー・ブレナンはオマル・カイヤーム・シャキールのモデルとして詩人イクバール・アフマドの名を挙げているが、根拠は薄いと思われる（Brennan, 121）。なお、イクバール・アフマドについては『帝国との対決』（二〇〇三）と題するインタビュー集が邦訳されている。

（10）Agha Shahid Ali, "Preface" to *Faiz Ahmed Faiz, The Rebel's Silhouette.* Shiv Kumar, "Preface" to *The Best of Faiz.* Sarvat Rahman, "Preface" to *100 Pems by Faiz Ahmed Faiz.*

（11）この亡命中に彼はイクバール・アフマドやエドワード・サイードと会っている（アフマド、一二八）。

（12）一八五九年の初版と一八八九年の第五版のうち、後者が最も広く読まれている。現在では両者の合本が刊行されている。See, FitzGerald.

第四章 「複合自我」の「移民」的位相――『悪魔の詩』について

1 ルシュディの「移民」論

「移民」の概念はルシュディにとってきわめて重要であるが、それがどんなものであるかはすでに見たように、『恥辱』の中で詳しく述べられている。「移民＝モハージル」はよそ者であるというただそれだけの理由で辱めを受けるというところに要点のひとつがあり、そのことはビルキースが証明している（S, 84-85）。しかし、ルシュディの「移民」論のもっと重要な要点は、「移民」こそ人々の羨望の対象だとするところにある。この開き直りのような論理がルシュディ的思考の特色である。なぜ「移民」が羨望の的かと言えば、「重力を征服している」（S, 85）からである。つまり「移民」は鳥なのである。

この理屈は『悪魔の詩』の冒頭部分を説明する。そこでは二人の「移民」が「二万九〇〇二フィート」（SV, 3）の空から落ちてくる。彼らが鳥でなければこの芸当はできない。

ルシュディの理論では、「重力」は「所属」に関係する。「重力」は人間の足を地面に引きつけるからである。地に足をつけるというイメージは木が地面に根を生やすイメージに重なり、「ルーツ」につながる。「ルーツというのはぼくたちを生誕地へ縛りつけるために作られた保守的神話」（S, 86）だとルシュディは言う。「移民」は「生誕地」の呪縛から自由になった鳥である。

この「移民」のイメージがルシュディにとって重要なのは、それが「二〇世紀の決定的イメージ」(Chauhan, 77)だからである。彼に言わせれば、「移民」は二〇世紀的大都市住民の暗喩なのだ。「複合自我」は大都市住民の「自我」のありようなのである。ルシュディにとっての大都市とはボンベイであり、ロンドンである。そこには多様な「移民」が住み、快楽を貪っている。これに対し「自我の一九世紀的定義」(Chauhan, 77)には「ルーツ」と「コミュニティ」と「言語」という三つの要素がある。一九世紀の人間は生誕地を離れることなく、生まれ落ちて覚えた言語のみを話し、単一のコミュニティに暮らした。二〇世紀の「移民」や大都市住民はこれら三つの要素について複数の内容を持つことになる。「複合自我」は「移民」であるがゆえの「自我」の姿という面があり、それを象徴するシムルグが鳥であるのは、ルシュディの理論からすれば当然の帰結となる。

このようなルシュディ自身の「移民」論の観点から『悪魔の詩』を読むことがわれわれの具体的な作業となる。しかしこのような読みからは作品の半分近くが抜け落ちてしまうように思われる。ジブリール・ファリシタの見るイスラム教黎明期の夢の部分である。(1) 『悪魔の詩』はこれまでになく整然とした構成を持ち、ルシュディの持論としての「移民」論がそこに寓話化されているだけでなく、全九章のうちの偶数章において彼自身の「信仰」の問題が初めて本格的に取り上げられ、想像力の限りを尽くして表象されている。それは「個人宗教」の表象とも言えるものだが、実はこれが彼の「移民」論に関わっているのである。

彼はボンベイのムスリムの家庭に生まれるが、父親がそれほど熱心な信者でなく、またボンベイという街が西洋的で、宗教よりもビジネスに熱心な雰囲気があり、結局、西洋化したムスリムとして育つ。キリスト教の学校へ通い、イギリスのパブリックスクールへ留学するという経歴は、もっぱら彼のムスリム色を薄めるのに役立つだけである。しかもラグビー校在学中に彼は無神論者になる。彼の宗教的関心は歴史的探求心と変わり、ケンブリッジ大学での研究テーマは黎明期のイスラム教になる。その結果として彼は「悪魔の詩」として知られるアッ＝タバリーの文献に出会うのである。したがって『悪魔の詩』の宗教的テーマは学生時代から暖めてきたものということになる。それは彼自身の「ルーツ」探求の一環でもあるのだ。その意味でそれは彼の「移民」論の一部なのである。こうして、整然とした構成の中で扱われる一見無関係そうに見えるふたつの要素が、実は「複合自我」の「移民」的位相を照らしていることが判明する。

しかしながら、彼のそのような意図とは裏腹に、この作品はイスラム教への冒瀆の書というレッテルを貼られ、政治的に利用されることとなる。たった一冊の小説が引き起こした文化と政治にまたがる現象は異常というほかになく、簡単には理解も説明もできないが、『悪魔の詩』事件でのルシュディの立場は三つあったと考えられる。イギリスにおける「移民」たちの代弁者＝表象者という立場、神聖冒瀆者という立場、および思想・表現の自由の象徴という立場である。

まず代弁者＝表象者としての立場について言えば、言うまでもなく彼は「移民」たちに選ばれて代弁者となったのではなく、「ノンナチュラリズム」という表現方法をひっさげて勝手にその役割を買って出ただけである。われわれとしてはここで彼がその役割を十分に果たしたことを明らかにしたい。その際、「ルーツ」「コミュニティ」「言語」の三要素に特に注目したいわけだが、それ以外にも、ルシュディの反権力的姿勢を挙げることができる。一九八二年のフォークランド戦争で勝利を収めた後のサッチャーはかつて世界の四分の一を支配したイギリスの栄光がまだ残っていると思い込み、ヴィクトリア朝的価値観の復権を唱えている、というのがルシュディの目に映っていたサッチャー像である。改革を進めたサッチャー首相（当時）の政策の結果として、イギリスの「もうひとつの国」たる移民社会では、貧困が増大し、精神が卑しくなったとルシュディは見ていた。イギリスという大きなコミュニティの中の小さなコミュニティである「移民」社会の現状を憂え、その悲惨の責任を大コミュニティの責任にするという立場である。

『悪魔の詩』の中に切り裂き魔シルヴェスター・ロバーツを支援する移民たちの大集会の場面がある。シルヴェスターの母親は息子が法廷で述べた言葉を紹介するが、それこそは移民たちの胸の内を代弁しているはずなのである。「アフリカ人、カリブ人、インド人、パキスタン人、バングラデシュ人、キプロス人、中国人のわれわれは、もし海を越えてイギリスへ来なかったならば、もしわれわれのおとっつあんやおっかさんが仕事と威厳を求め、子供たちの

ために もっとましな生活をと願ってイギリスへやって来なかったならば、こんな人間になっていなかったかも知れないんだ」(SA, 414) とシルヴェスターは法廷で述べた。作品のテーマとしての「移民」文化がこの場面でクライマックスを迎えるわけで、「移民」たちの社会的無力さや存在の不条理性が浮き彫りになっているのである。この点でも『悪魔の詩』が「移民」たちの「代弁」をしていることは明らかなのだ。

しかし、これほどまでに「移民」に肩入れした立場に立ちながらも、ルシュディは彼らの敵にされてしまった。作家は政治家のように「字義的 - 積極的」に政治にコミットするとは限らないとしても、「比喩的 - 積極的」に政治に参加すべきとする彼の思想が、文字通り命がけの思想になったのだが、当時の彼としてはなんとしてもジョージ・オーウェルのように静観主義へと退却することだけは避けたいと考えていた。[2] できるだけ大声でこの世界について異議を申し立てていきたいし、そうしなければならないと思っていたのである。

人が世界をどう見ようと、それは見る人の勝手だし、そもそも精神の内奥というようなところでは人はまったく自由なはずである。文学研究レベルの話としては、そのように思想と表現の自由を擁護することでこと足りる。しかしそれが読む人によっては神聖冒瀆と映り、宗教の掟が幅をきかす。一九八九年の二月一四日に下された『悪魔の詩』に対する当時のイランの宗教的指導者アヤトラ・ホメイニによる「ファトワ」つまり「法的意見」あるいは「処刑命令」なるものは、個人における精神の内奥の自由すら認めないというものである。作品が出版された一九八八年の秋から始まり、ホメイニの「ファトワ」で頂点に達した反ルシュディの一連の動きは、文学としての彼の作品には一顧だにしない、純粋に政治的な動きであった。『悪魔の詩』の抜粋がモスクなどで配られ、信者たちは文脈抜きで冒瀆と決めつけ、処刑要求のデモに出かけたと言われる。[3] 政治が土足で作家の精神の内奥に踏み込み、その自由を奪おうとする実例をわれわれは目の当たりにしたのである。

精神の内奥を政治に蹂躙された作家は、もとより彼が最初ではない。焚書坑儒の秦の時代や異端審問のヨーロッパ中世や魔女裁判のアメリカ一七世紀、あるいはスターリニズムやナチズムの二〇世紀にたくさんいたわけである。ルシュディに多少関係のある作家や詩人だけでも、ファイズ・アフメド・ファイズ、ミハイル・ブルガーコフ、ヴァッラフ・ハヴェル、ミラン・クンデラなどがいる。しかし、例えばミラン・クンデラの場合、プラハからパリへ亡命することで問題の一部は解決したが、ルシュディの場合、どこにも逃げ場がないという状況になり、第二の祖国イギリスで手厚く匿われることとなる。正体不明の無数の刺客から命を狙われるはめになったからだ。まるでスパイ小説みたいな話だが、これは現実にほかならない。日本では『悪魔の詩』の翻訳者が、おそらくそれを翻訳したからという、ただそれだけの理由で暗殺された。つまりルシュディは政治と文学の問題の特異なケース、前代未聞のケースとなったのである。政治と文学の問題にイスラムの要素が加わった結果、国境が意味をなさなくなったというケースだからである。

そもそも彼は政治を文学から遠ざけようとする立場の人間でないため、インドやパキスタンでは前々から要注意人物とされていた。インドにおけるインディラ・ガンディーの独裁的「非常事態宣言」やパキスタン（とおぼしい国）における血で血を洗う政権闘争という素材を使って『真夜中の子供たち』や『恥辱』を書き、それらの本がインドやパキスタンですでに発禁になっていた。『悪魔の詩』で彼が色濃く打ち出した政治的立場は「イスラム原理主義」に対峙する「セキュラリズム」（世俗主義・政教分離主義）の立場である。西洋的価値観に通底するとともにイスラム的なものとも無縁ではない、まさにハイブリッドなこのものの見方は、イスラム世界を堕落に導くものとして、原理主義者に今なお糾弾されている。彼らは基本的に「イスラム対民主主義、アラー対悪魔、ムスリム対無信仰」という対立項を立てて、敵を攻撃するのである。(4)

『悪魔の詩』でルシュディが批判の鉾先を向けたのはほかならぬサッチャー政権であったにもかかわらず、イギリス政府をはじめ、西側世界は彼を「言論の自由」の象徴としてあくまでも守る姿勢を示すこととなる。彼自身も最初はイスラム回帰などの精神の揺らぎを見せたものの、象徴的存在としての自覚も生まれ、パキスタンで作られたルシュディ中傷映画『インターナショナル・ゲリラ』をめぐるロンドンでの上映禁止問題では「表現の自由」のために上映許可を当局に求め、バングラデシュにおけるタスリマ・ナスリン事件では「女サルマン・ルシュディ」擁護のための論陣を張った。(5)「言論の自由」の象徴的存在という役割は、表向き「ファトワ」が解除される一九九八年まで続く。

ルシュディは一九八四年に「この世界にはどこにも隠れ家はない[6]」と書いたことがある。文脈上はだれもが核ミサイルから逃れられないという意味なのだが、自らの運命を予言したような言葉となった。亡命ひとつ許されない身となって、まさに隠れ家のない状況が一九九八年まで続いたからだ。その間、彼のみならず、さまざまな作家や出版関係者が「言論の自由」に関わる微妙な影響を受けた。そういう稀有な状況の中にいた作家について、誤解することは簡単だが、正確に理解することはきわめて難しい。私としては極力誤解を避けるように努めつつ、「ルーツ」「コミュニティ」「言語」の三つの側面から『悪魔の詩』を分析し、「複合自我」の「移民」的位相を明らかにしたい。

2 ルーツ

『悪魔の詩』の主要登場人物はジブリール・ファリシュタとサラディン・チャムチャの二人で、彼らは作家の異なる「ルーツ」を担っている。世俗的ルーツと宗教的ルーツである。

世俗的ルーツはもちろん作家の生誕地に関係するが、そればかりでなく親の貧富や社会的地位、本人が受ける学校教育や経歴、思想的宗教的立場をも含む。この面を一身に引き受けているのがサラディン・チャムチャである。

一方、宗教的ルーツとは生誕時に不可避的に巻き込まれる宗教との関わりというほどの意味である。ルシュディの場合、イスラム教がそれにあたる。われわれは好むと好まざるとにかかわらずなんらかの宗教もしくは無宗教に関係しているわけだが、ルシュディはこの本でその種の宗教的ルーツを正面から見据えて、最終的な決別をしようとしている。そのために創造した人物がジブリール・ファリシュタである。

彼らはまた「善」と「悪」の代表という面でも対照的な立場に立つ。『悪魔の詩』は「移民」を善悪の概念で考察しようとしている点で、これまでのルシュディのどの作品とも異なる。ただしこの善悪概念は過去や生誕地との「持続」が善で、それらとの断裂が悪というものである。

世俗的ルーツ

サラディン・チャムチャにおける作者の自伝的要素としては、ボンベイの裕福なイスラム信者の家に生まれ、一三歳でイギリスへ渡り、大学教育まで受けるという経歴、イギリス人女性との結婚、父親の死という出来事、一九七七年に「ノース・ロンドン・プロジェクト」(バングラデシュからの移民に仕事を斡旋する事業)に参加した自らの経験を生かした、バングラデシュ人経営の「シャーンダー・カフェ」という設定などが挙げられる。賃労働が目的の移民でないという意味で、チャムチャは「高等移民」である。これらは外形的に明白な点だが、それ以外にも、西洋文化への同化や「内なる悪」(SV, 463)の問題などは作者の精神的経歴に由来すると考えられる。

この作品を書くにあたってルシュディが特に影響を受けたと告白する二冊の文学作品のうち、ブレイクの『天国と地獄の結婚』の影響が強く認められるのは「内なる悪」の問題である。一九世紀における信仰の個人化という流れの中でユニークな位置を占めるブレイクの議論は、銅版画による制作方法の限界からほとんどだれにも知られていなかったため、特に当局の取り締まりを受けることはなかったが、もし活字印刷によるマスコミュニケーションの手段を取っていたならば逮捕ぐらいは免れなかっただろうと言われる。[7]『天国と地獄の結婚』の冒頭近くにある短い「悪魔の声」[8]は、そのタイトルが端的に示すように「神の声」の否定になっている。それは「内なる悪」に与する立場の宣言にほかならない。とはいえ、その内容は身体と魂の二項対立を解消し一元化する試みにすぎず、今日の「ポスト一神教」的雰囲気の中で見れば、なんら思想的危険性を感じさせるものではない。ルシュディも「ポスト一神教」的立場として当然の世俗的ルーツを探ろうとして、「淫欲」という「悪」の問題に踏み込み、チャムチャを「悪魔」として提示しているだけであり、それが冒瀆的であるとすれば、ブレイクと同程度に冒瀆的なのである。

悪が淫欲の問題にほかならないことが明らかになるのは、ジブリール・ファリシュタの裏切りに始まり、サラディン・チャムチャの復讐に至る経緯の中においてだが、その間にチャムチャは「自己」喪失感に悩まされている。これもまたある種の悪なのである。つまり過去や生誕地との絶縁という悪である。

イギリスへ渡ったチャムチャは隠微な差別を受けながらも、腹を立てるよりはむしろインドの「後進性」を恥じ、先進国イギリスに同化しようと努めてきた。そして「イギリス的自我」（SV, 73）を持つに至る。まさに彼は「高等移民」なのであり、イギリス人女性と結婚までする。しかし、それがあとで彼の深い悔恨の種になるのは、イギリス同化志向の結果、しだいに「自己」を見失って行くからである。その代わりに役者になって、次々と仮面をかぶりつづける。とりわけ「千と一つ」（SV, 443）もの声色が使い分けられることから、いずれ彼は淫欲としての悪の道へも踏み出す。

大学を出た後、彼が演劇界へ入ると、役者などにするために息子をイギリスへやったわけではないと考える父親から親子の縁を切られてしまう（SV, 47）。ここには息子をイギリスへ留学させるインド人の親の期待が滲んでいる。彼らは技術や専門知識の修得による生活の安定を子供に期待するのである。[9] チャムチャの場合、親子の断絶はルーツの断絶となる。彼はインド的なものは「遅れている」として見捨てつづけ、その延長上でロンドンのインド人社会も見捨て、イギリス人パメラと結婚する。これはイギリス社会への同化を象徴する出来事であり、これによるルーツ断絶の成就は「インド人的自我」の切り捨てにほかならない。これが後に「悪」として意識される。

チャムチャはイギリスへ「不法再入国」する前にボンベイへ帰り、初恋のインド人女性ズィーニ・ヴァキルや父親と会っている。チャムチャが所属するプロスペロ・プレイヤーズ劇団のボンベイ公演（バーナード・ショー原作『百万長者夫人』上演）という機会をとらえての、二十数年ぶりの帰郷が実現するのである。ズィーニ・ヴァキルとの再会と父親との和解を経て、イギリスへ戻る途中、ジャンボジェット機ボスターンに乗り合わせてハイジャックに遭い、テロリストの人質として一〇一日間砂漠に釘付けになるのだが、その間に彼は「自分が自分でない」（SV, 34）という意識を強める。

サラディン・チャムチャとその父母との関係は必ずしも作家の自伝的事実と符合しない。物語では、彼が一八歳の一九六五年に、五年間のパブリックスクール生活を終えた後、大学入学までの休みにボンベイへ帰るという設定になっている。自伝的には、確かにルシュディはこの時期に親元へ帰るが、両親はすでにカラチへ移住している。物語ではボンベイの家へ帰り、そこで印パ戦争の勃発を知ることになる。灯火管制の夜にあえて開いたパーティで、母親ナスリーンが誤って魚の骨を喉に詰まらせ、窒息死する（SV, 46）。父親チャンゲスは一年後に再婚し、イギリス在住の息子に手紙で知らせる。継母の名前もまた実母と同じナスリーンであることを知り、サラディンは激怒の手紙を送って父親から縁を切られる。しかし一年後に父親が赦しの手紙を書き、親子関係が戻る。やがてサラディンが大学を卒業して役者になると、父親はもう一度縁を切るのである。その和解が訪れるのは二〇年後ということになる。和解するとはいえ、イギリス人になってしまった息子を見て、「非存在者の模倣者」（SV, 71）になってしまったと七〇過ぎの父親は嘆き、「これは息子の復讐だ。息子は私から子孫を奪っている」（SV, 71）と言う。

「非存在者」という表現は「高等移民」の別名である。賃労働を目的とせず、したがって「移民」であるべき差し迫った理由のない彼らは、親（＝旧植民地、過去）から見ても、移民先（＝旧宗主国、現在）から見ても、存在しないに等しいわけである。しかしながら「非存在者」が生み出されるシステムが歴史的に出来上がっていて、「高等移民」とはいえ、彼らは必ずしも好き好んでそのような人間になったわけではない。親の期待を背負って留学しているうちに「イギリス的自我」が形成されてしまっただけである。「息子の復讐」と親は言うが、事態はそれほど単純ではない。このようにしてチャムチャの「自己喪失」は単に個人的な問題でなく、親を巻き込む家族の問題であることが明らかとなる。その問題の解決のために彼が最終的に帰国するという筋書きは、『悪魔の詩』がメロドラマを下敷きにしている証拠である。

今や三十代半ばの女医になっているズィーニ・ヴァキルとの再会も、最初は意思疎通を欠くものとなる。しかしながら、サラディン・チャムチャはその時以降、それまで築いてきた「イギリス的自我」（SV, 73）がいっそう強く崩れはじめるのを感じるのである。ルーツにじかに触れることで、根なし草《デラシネ》になっている「自己」を痛感するのだ。最終的にチャムチャはボンベイへ帰って、ズィーニ・ヴァキルと再婚する。この結末は、メロドラマ的であると同時に、ルシュディがいくぶん民族主義的になっていたことを示している。この結末はまた、「悪」から人間を救えるのは宗教でなく、人間的な「愛」だというメッセージにもなっているが、その甘い見通しの結末に至るまでに、チャムチャのイギリス再入国後の物語がある。

雪の積もるドーヴァーあたりの海岸に空から落ちた後、チャムチャは不法入国のかどで収容所に入れられ、気づいてみると山羊人間になっていて、周囲の人間と言葉が交わせない。それでも収容所を脱走し、イギリス人の妻パメラに見捨てられたことを確認してから、ロンドンに住むインド人の溜まり場「シャーンダー・カフェ」に匿われる。つまり彼は山羊になって否も応もなくロンドンのインド人社会の中心部へ連れ込まれるのである。

ブレイクは「地獄の格言」として「山羊の淫欲は神の賜物である」と書いている。(10) 山羊はまた悪魔の象徴でもある。この作品でサラディン・チャムチャが山羊へ変身するのは、彼が「淫欲」の権化という意味で悪魔だということを示している。その変身は次のように起こる。

彼の太腿はけ毛むくじゃらになっただけでなく、異様に太く逞しくなった。膝から下はあまり毛がなく、脚は細くなり、脹脛のあたりはがっしりと骨ばり、肉は削げ落ちていた。その先の足には両方とも、どんな雄山羊にも見かけるような、つやつやとして割れた蹄がついていた。サラディンは自分の男根《ファルス》を見て、さらにまた驚いた。途轍もなく肥大し、恥ずかしいほど勃起している。自分のものとはとても思えないような器官だ。(SV, 157)

彼はこのような変身の結果に恥辱を覚える(SV, 159)。それは単に「淫欲」を象徴するだけでなく、「文明化された水準」(SV, 159)からの脱落をも意味する。「動物に文明化された水準を守ることなど期待できない」(SV, 159)と彼を逮捕した警官は言う。インドで初恋の女と父親に会ってきたチャムチャは、それ以前に確立したと思っていた「イギリス的自我」の崩壊を経験したばかりか、「文明化された水準」から程遠い獣になってしまうのである。

警官の一人が「ビートルズ」(SV, 163)つまり「カブト虫」へ言及すると、チャムチャの前ではブラックユーモアになるとともに、カフカの『変身』(一九〇〇)へのアリュージョンにもなる。そもそも彼の逮捕の不条理さはカフカの『審判』(一九〇〇)やブルガーコフの『巨匠とマルガリータ』(一九〇〇)を先例とするものであるが、この点については後でもう一度触れたい。

山羊になったチャムチャは収容所へ入れられ、物理療法士ハイアシンス・フィリップスによる治療的拷問を受けるが（SV, 164）、彼の「淫欲」ぶりは早速あらわになり、ハイアシンスとの関係のみならず、夢の中で「イギリス女王」や「黒人」との淫行に及ぶ（SV, 169-170）。しかし、収容所を脱出してロンドンのインド人社会へ逃げ込むと、「淫欲」よりも「悪魔」の側面が強調される。

チャムチャは「シャーンダー・カフェ」に匿われているうちに、夫が飛行機事故で死んだと思った妻のパメラが別の男と同棲を始めたことを知る。つまりチャムチャは「イギリスそのもの」としてのパメラを失う。折りしも「黒人とアジア人の若者たち」のあいだで悪魔崇拝がブームになっていて（SV, 286）、山羊人間のチャムチャは悪魔そのものと見なされ、ヒーロー扱いを受ける。そうなると彼も悪い気はせず、取り締まりを強化しはじめた当局への憎しみをしだいに募らせていき、それが頂点に達したところで人間の姿に戻る。しかし、彼はもう昔の彼ではない。他のインド人や黒人といっしょに政治行動に立ち上がる。政治行動と言っても、悪魔崇拝擁護の運動なのだが、第Ⅶ章「天使イズラーイール」に至って、彼らの拠点の「シャーンダー・カフェ」が焼け落ちてしまう。風の強い夜に大火事が発生するためである。この場面で実際に活躍するのはジブリールであり、彼は燃え盛る街を「イズラーイール（生者から魂を奪う死の天使）」と名づけたトランペットを片手に歩き回る。そのトランペットを吹くと炎が吹き出すため、なにやらジブリールが街中に火をつけて歩いている感じになる。しかも彼は火事を見て「清めの火」だと思ったりする。この大火でパメラとその相手の男が文字通り魂を奪われることになり、その点でチャムチャの復讐を暗示する火事でもある。しかしながら、チャムチャの復讐は別の形で計画される。それは自らの「悪」を直視することから始まる。

ぼくは悪の化身だ、と彼は考えた。それを直視しなければならなかった。これがどのように起こったにせよ、否定しようがないだろう。ぼくはもはや自分自身ではない。あるいは自分自身だけではない。悪いこと、いやなこと、罪の権化なのだ。（SV, 256）

この小説では因果関係はあまり意味がない。彼は唐突に「悪の化身」となり、それを変えようがないのである。この不条理さはやはりカフカやブルガーコフから来ている。彼はアルフレッド・ジャリの『ユビュ王』のように寝盗られ夫になるが、そのことが「悪」とは考えられない。むしろパメラとその相手のジャンピー・ジョシのほうが「悪」である。海岸へ空から落ちてきた後、チャムチャはジブリール・ファリシュタに裏切られたが、その段階では彼はなにも悪いことはしていない。しかし、その後彼はジブリールの裏切りを根に持ち、復讐を誓う。それは彼の内部に巣食っているいやらしさ、悪意なのであり、実際の悪行の原因となる。その悪意も、実は彼が「シャーンダー・カフェ」で暮らしているうちに薄れてしまうし、やがて彼が人間の姿に戻ると（SV, 294）、もはや復讐心など忘れたかのようにふるまう。彼の「内なる悪」が再び頭を擡《もた》げるのはジブリール・ファリシュタと再会してからである。

「異なるふたつの自我」

彼らのロンドン・ブリッジでの再会の場面で、語り手は彼らの相互関係を考察する。

彼らは結合した対立物なのではないか。この二人は互いに相手の影なのではないか。一方は自分が憧れる外国性へと変形されたがり、他方は軽蔑的姿勢で変身することを好む。一方は犯していない犯罪のために絶えず罰せられるように見える不運なやつで、他方はみんなから天使的と呼ばれ、あらゆるものをかっさらって持っていくタイプの男だ。あるいはこう説明すればいいかも知れない。チャムチャは等身大よりもやや小さめなのだが、声のでかい野卑なジブリールは明らかに等身大よりもはるかに大きい。この差はチャムチャの中に新プロクルステス的欲望を沸き起こさせてもまったく不思議はない。ファリシュタのサイズを小さく切り詰めることで自分を大きくしようという欲望だ。（SV, 426）

この説明では、チャムチャは受動的（「外国性への変形対象」）、不条理な被害者（「犯していない犯罪による処罰対象」）、等身大以下、ジブリールへの羨望などを特徴とする。これに対してジブリールは能動的、尊大、天使的、声高で野卑、等身大以上ということになる。語り手はこの説明だけでは不十分と考え、ふたりの差異をさらに細かく分析する。彼らは「根本的に異なる自我のふたつのタイプ」(SV, 427) なのだと彼は言う。それぞれの人物についての分析を追うと、次のようになる。

ジブリールは「かなりの程度に持続したままでいたい」(SV, 427) タイプである。これはつまり「過去に結びつき、そこから立ち上がる」(SV, 427) ということだ。「夢が目覚めている自我に浸透して圧倒し、彼がまったく望まない例の天使的ジブリールへと変えられてしまうような、変更された状態をなによりも恐れる」(SV, 427) のである。語り手はここで「当面の目的のために」便宜的に使う「真の」(SV, 427) という用語を用意する。ジブリールは「真の自我」を保有しているのである。それは「翻訳されない人間」(SV, 427) ということであり、ジブリールは「いろいろ浮き沈みはあっても根底のところで翻訳されない人間のままでいたいという美徳によって『善』と考えられる」(SV, 427) のである。

これに対しチャムチャは「選択された不連続の生きもの、自ら好んでする改造物《リインヴェンション》」(SV, 427) である。ここで語り手は「真の」に対する「偽の」という用語を持ち出し、チャムチャが好んでした「歴史への反逆」(SV, 427) の結果として、彼は「偽者」になっていると指摘する。この「自我の欺瞞性」(SV, 427) が悪に関連するのだが、その点について語り手は次のように説明する。

そういうわけだから、さらに次のように言えないわけはない。つまり、チャムチャの中でさらにひどく、さらに深い欺瞞性——それをわれわれは「悪」と呼ぶのだが——を可能にしているのは、この自我の欺瞞性であり、また、落下によって彼の内部でこじ開けられたのはこの真実、このドアである、と。(SV, 427)

「自我の欺瞞性」という言い方は誤解を生みやすく、語り手もすぐにそのことに気づいて、留保条件をつける。

「自我とは（理想的には）均質でノンハイブリッドで『純粋』なものという観念」（SV, 427）があるが、これは「完全にとんでもない観念」（SV, 427）だと彼は警告する。そのうえで悪を次のように再定義する。

むしろもっと厳しいことを言おう。悪はわれわれがそうだと言いたいほどにはわれわれの表層からあまり離れていないところにあるのかも知れない。実際、われわれは悪のほうへと「自然に」つまり「われわれの本性に逆らうことなく」落ちていくのだと。（SV, 427）

悪は「われわれの本性」の中にある、と語り手は言う。しかしこれは荀子の「性悪説」や孟子の「性善説」のように一元的に「本性」を説明しようという立場ではなく、あくまでも「複合自我」の立場からの悪の位置づけである。悪もまた「複合自我」の構成要素であると彼は言いたいのである。チャムチャの悪とは、具体的には、ジブリールを「破壊する」（SV, 427）ことだが、それについて語り手はこう弁明する。

サラディン・チャムチャは、最終的にそうすることがひどく簡単だと分かったので、ジブリール・ファリシュタの破壊に着手した。悪の真の魅力は人がその道にやすやすと乗り出せるその誘惑的な安易さである。（SV, 427）

悪への誘惑者、あるいは触媒については、語り手は触れていない。しかし、物語の中では、アリー・コーンがそれにあたる。エヴェレスト登山家のアリーもまたポーランド系の「移民」で、美術史家の父親オットー・コーンは「収容所の生き残り」（SV, 298）である。しかしチャムチャを一目で惑わすのは彼女の「美」にほかならない。彼はアリーを初めて見た瞬間、「彼女の目に刺し貫かれる」（SV, 427）――この表現は言うまでもなくルネサンス恋愛詩のクリシェで、エンブレムなどにもよく描かれているが、チャムチャの場合、精神的愛に目覚めるのでなく、淫欲に火がつくのである。そのうえ彼はジブリールから彼女の身体的詳細を聞かされている。そもそもアリーはセックスのためだけにジブリールとつきあっている（SV, 433）。ジブリールは彼女との性生活を臆面もなくチャムチャに聞かせるのである。そのようなわけでチャムチャは彼らの「秘密」を詳しく知っていて、それを利用して彼らの関係を「破壊」する。

その第一歩は言葉によってジブリールに嫉妬心を植えつけることである。チャムチャはジブリールにスウェーデンの劇作家ストリンドベリ（一八四九—一九一二）が一九〇一年に二〇歳の女優と三度目の結婚をしたエピソードを語る（SV, 442）。劇作家は嫉妬に狂って妻を一歩も外へ出そうとしなかった。そのために三年で破局を迎えるという話である。この話を聞くと、ジブリールは嫉妬深くなる。そこにつけ込んでチャムチャはふたりへの電話による嫌がらせを始めるのである。彼は役者であって、「千と一つ」（SV, 443）もの声色が使い分けられることを忘れてはならない。声色を使い分け、計算された言葉を発することで、アリーが何人もの男と付き合っているとジブリールに思い込ませることもできるし、ジブリールの不実をアリーに信じ込ませることもできる。ジブリールは嫉妬に狂って姿を消し、ほんとうの大天使になったつもりでロンドンの街をトランペット片手に彷徨することになる。チャムチャはアリーを騙して思いを遂げたことが仄めかされる（SV, 454）。最後の破局は舞台をロンドンからボンベイへ移して起こる。そこでジブリールはアリーを殺し、自らもピストル自殺するのである。

チャムチャの復讐劇がこの作品でときどき言及される『オセロー』（SV, 248, 398）のパロディになっていることは否めない。チャムチャ自身が「ほかの劇作家がほかの言語で書いたすべての作品に匹敵する」（SV, 398）とほめちぎる『オセロー』を模倣しているとすれば、ジブリールはオセロー、アリーはデズデモーナ、そしてチャムチャはイアーゴーということになる。ただしイアーゴーには淫欲という明確な動機はなく、むしろ彼の悪は理詰めに実行される。ハンカチーフ以外に可視的証拠のないデズデモーナの「不実」を「お人よし」のオセローが信じ込むのは、イアーゴーの計算された言葉、修辞的効果を考え抜いて語られる台詞である。このようにこの芝居は理性こそが「悪」の実行犯という印象を与える。一方、チャムチャの場合、淫欲に衝き動かされているばかりでなく、悪の実践は「千と一つ」の声色を使っての計算された言葉による。この点で彼はブレイクが定義したような身体と魂の分離していない人間として、悪を行っているということになる。

悪と「ルーツ」の関係はユグドラシルの木に結節する。この木についての詳細な説明が『恥辱』に見出されるが、それによるとユグドラシルには三本の根が生えている。一本は「ヴァルハラのそばの知識の池」に伸び、二本目は「炎の神スルトゥルの領域にあるムスペルヘイムの消えることのない炎」にゆっくりと焼かれている。三本目は「ニドヘッグと呼ばれる恐ろしい獣」に徐々に噛み千切られている（S, 88）。谷口幸男訳の『エッダ』[11]に照らすと、必ずしもこの説明通りでない部分がある。神話でのユグドラシルは世界そのものなので、「一つの根の下にはヘルが住み、もう一つの根の下には霜の巨人らが、三つめの根の下には人間たちが住む」（五五）となっていたり、あるいは、三本のうちの一本は「アース神のところ」、もう一本は「霜の巨人のところ」、そしてもう一本は「ニヴルヘイムの上にある」（二三六）となっている。この最後の根は「ニーズヘグ」に齧られている。「霜の巨人」へ向かう根は「知恵と知識が隠されているミーミルの泉」（二三六）にも届いている。しかし「炎」にゆっくり焼かれる根のイメージはどこにもないが、「スルトの身内は老樹を呑みこむ」（一三）という部分がそれに関係している。「スルト」という巨人は「ムスペルヘイムの主で、焰の剣をもって国境で国を守る」（一五）という注釈がある。このように神話は世界を樹木に見立てているので、根が地面に潜っているというイメージが希薄である。

ルシュディは人間の姿をユグドラシルに見立てている。その根（＝脚）が三本あるのはインド、パキスタン、バングラデシュの象徴だとする解釈がある。しかし『悪魔の詩』で彼が行っているルーツの議論は、国家とそれに固有とされる文化が示すアイデンティティというレベルのものにとどまらず、淫欲をも視野に入れている。この場合の三本目の脚は炎に関係するファロスということになる。

イスラム教に限らず、キリスト教も仏教も、淫欲を悪としている。チャムチャの内に巣食うその種の「悪」の顕現には理性＝言葉が手を貸すことになる。悪は言葉の操作という面を持つ。ルシュディが『オセロー』から受け容れたのはその点である。それはまさにジブリールの夢の中で書記サルマーンがすることである。彼の言葉の操作が、一時的とはいえ、予言者を騙す。つまり、人間としての「内なる悪」の影響はたとえ無誤謬性を崇められているような予言者にもあったのではないかという、この小説の提起している究極の懐疑への視点が、チャムチャの物語に示されているということである。

形成された「イギリス的自我」の崩壊、すなわち「自己喪失」を経ての「悪魔」への変身がチャムチャの辿る変化である。そこには「非存在者」である「高等移民」の「自我」の変容が見て取れる。この変容は多かれ少なかれ作者自身の経験を反映しているものと考えられるが、自らを「悪魔」と呼ぶのは、コミュニティにおける他者の目を意識しての自己卑下的レトリックにほかならない。ルシュディはすでに『真夜中の子供たち』と『恥辱』によってコミュニティの中で軋轢の種になっていることを自覚している。しかも広い意味ではルシュディもその一員であるムスリム・コミュニティは、より大きなイギリス社会の中での軋轢の種になっている。「山羊」、「シャーンダー・カフェ」、「見えても見えない都市」は三つの同心円をなす関係にあり、さらにその外側には「きちんとしたロンドン」（SV, 399）が取り囲んでいる。『悪魔の詩』においてチャムチャが関わる世界は、ダンテの『神曲』における地獄を中心とする宇宙の同心円構造と同じ構造を持っているのであるが、それは「移民」が置かれているコミュニティ問題の構造でもある。この点についていずれ詳しく考察したい。

われわれとしてはその前にジブリール・ファリシュタについて見ておく必要がある。この人物は地方から都市への「移民」労働者から映画のスーパースターへとのし上がるという、作者とは無縁の経歴を持つ。しかしながら、統合失調症患者の彼が見る夢と、その夢に基づく映画作品とは、作者と宗教の関わりを根本の部分から語ることになる。

宗教的ルーツ

ルシュディは大天使ジブリール（キリスト教のガブリエル）へのこだわりを持っている。そのためジブリール・ファリシュタのルーツは『真夜中の子供たち』にまで遡ることができる。九歳のサリームは、かつてマホメットがその声を聞いたように、大天使ジブリールの声を聞くのである。そのことを両親に告げると、聖人への冒瀆だとして父親に殴られる。その場面は次のようなものである。

家族と乳母が居間に集まった。天井扇風機の蠢く影の下で、カットグラスの花瓶や分厚いクッションに交じりペルシャ絨緞の上に立つと、ぼくは不安げな目に微笑みかけ、啓示を話す準備をした。それはこんな具合だった。彼らの投資に対する報酬の始まり、ぼくの最初の配当金、必ず何回もあるうちの最初の……色黒の母親、唇を突き出した父親、妹のモンキー、犯罪を隠す乳母は、暑さのせいで呆然となって待ち構えた。

さっさと話せ。尾鰭をつけずに、率直に。「これはみなさんだけに初めて話すのですが」と、ぼくは大人っぽい調子の演説口調になるように努めながら言った。「ぼくは昨日声を聞いたんです。声はぼくの頭の中でぼくに話しかけてきました。大天使たちがぼくに話しかけはじめたんです。そう思います……あの、ええと、ほんとうにそう思います」。(MC, 164)

サリームは啓示体験という宗教的出来事を話す準備段階で「投資に対する報酬」や「配当金」などというビジネス用語を使い、神秘性を打ち消す。宗教はビジネスという考えが背後にあるからのことで、それは『悪魔の詩』においてイスラム教黎明期の物語を語るルシュディの基本姿勢になっている。マホメットはあくまでビジネスマンとして見られるのである。

大天使ジブリールは『恥辱』にも登場する。オマル・カイヤーム・シャキールの弟にバーバル・シャキールがいるが、この若者は分離主義のゲリラとしてバルチスタン州の山奥で活動する。羊姦者として知られるゲリラ集団の指揮者となるのである。その彼が羊姦している時、大天使ジブリールが「金のヘリコプターのように」(S, 132) 頭上を舞う。この場合、大天使は明らかに反逆者の守護神になっている。

ジブリールは『悪魔の詩』のもう一人の主人公の名前となる。ルシュディの精神的ルーツの中にある土着的なものを表象する役割が、この人物には託されている。

大都市への「移民」

ジブリール・ファリシュタは父親の都合で幼い頃にプーナ（現プネー）からボンベイへやってきた「移民」である。ルシュディの定義では「移民」は地方から大都会へ出てくるものにもあてはまる。これは大事な点だが、ジブリールは小さい時から「神や天使たち、鬼神悪鬼のたぐいや精霊たち」（SV, 21-22）を信じていた。一三歳の時から父親がやっている弁当配達人の見習いとなり、その後一人前の配達人になるが、母親を交通事故で失い、二〇歳で父親に死に別れて孤児になる。弁当配達人組織の総支配人バーバーサーヒブ・マハトレの養子となった後、マハトレの紹介でボンベイ映画界（ボリウッド）入りする。二一歳の時のことである。彼はマハトレからいろいろな影響を受けるが、とりわけ総支配人の超能力を実際に見てからは、「超自然的世界の存在を確信するようになる」（SV, 21）のである。マハトレが見せた超能力現象は、彼にとってミルチャ・エリアーデの言う「ヒエロファニー」[12]にも相当するものとなる。しかし彼は神秘主義者になるわけでなく、統合失調症患者への道を歩く。

映画界入りしてしばらくは鳴かず飛ばずだったが、やがて「神話もの」シリーズで大当たりし、大スターになる。インド神話に出てくる象の頭をした神ガネーシュや、猿の頭で尻尾をはやした神ハヌマーンなどを仮面をかぶって演じた。映画の上でだが、彼は神々への変身を始める。これは役柄として生じるだけでなく、現実生活でも自分を大天使ジブリールと思い込むようになる。インドの膨大な映画ファンにとって、またイギリスに住むインド系移民にとって、彼は実際「神」のような存在になるのであり、この種の他者の影響も彼の病気を深刻にする原因となる。大スタージブリールの病気が重くなると、その病状の変化にインド中の国民が一喜一憂するほどで、その圧力は彼の統合的な「自我」形成を阻害しないではいない。

彼は奇蹟的に病気から恢復し、その直後に女流エベレスト登山家アレルーヤ・コーンと出会い、恋に陥る。そして、蒸発するように突然映画界から姿を消し、これは後で分かることだが、アリーの愛称で呼ばれるアレルーヤといっしょにエヴェレストへ登り、地上八〇〇〇メートルでのセックスやら神秘的な体験やらを楽しむ。この時にも彼は「ヒエロファニー」を体験したと考えられる。

二人は山を下りていったん別れるが、ジブリールはアリーへの思いを断ちがたく、ロンドンの彼女のもとへ行こうとジャンボジェット機ボスターンに乗る。四人のテロリストにハイジャックされたボスターンは砂漠のまん中の飛行場アル・ザムザへ緊急着陸し、ジブリールも含めた五〇人が一〇一日間も人質として機内に閉じ込められたままとなる。監禁中にはなにも起こらないし、なんの物語もないが、ただその間にほとんど眠ってばかりいるジブリールが夢を見る。彼をイスラム教の黎明期へと連れて行くその夢が第Ⅱ章「マハウンド」に縷々語られる。マホメット物語のパロディと呼ばれている部分は、ジブリールが砂漠で見た夢なのである。これはのちにジブリール主演で映画化され、興行的には失敗する。夢を映画にすることは現実と虚構の境を不明にすることだが、ジブリールにとっては現実と夢の境も不明になる。

この後彼はイギリスへ行くが、そこに至るまでの彼の経歴で重要なのは大都市への「移民」という要素である。弁当配達人という仕事は大都市のビジネス街ならではの職業であり、映画という娯楽は大都市なくしては成り立たない。映画スターは大都市が生み出す虚像なのであって、「自我」の統合性を失わせる要素がスター生産システムに組み込まれている。そのうえ彼の役柄は神々を演じることである。彼は一〇代に「ヒエロファニー」的経験をするけれども、それによって自分が大天使ジブリールだと思い込むのでなく、むしろ社会的要因からそうなっていく。少なくともそれがルシュディによるこの人物の提示のしかたである。

病的妄想と淫欲

イギリスでのジブリールは病的妄想と淫欲から成り立っている。妄想は夢も含み、淫欲はチャムチャに通底する。ジブリールは雪の海岸で倒れているところを助けてくれた八八歳の老女ローザ・ダイヤモンドとしばらく暮らし、老女に強い刺激を与えすぎて死なせた後、汽車でロンドンへ出る。ロンドンに着いたとたんに空飛ぶ絨緞に乗ったレハー・マーチャントの幻覚を見はじめ、亡霊につきまとわれながら地下鉄を乗り降りして、当てもなく徘徊する。彼のストーリーにおいてはこの八八歳のローザを含めしばしば年上の女が登場するが、レハー・マーチャントは彼が最初に出会う年上の女で、彼女がビルの屋上から飛び下り自殺をしたのは、おそらくはジブリールとの不倫を苦にしてのことである。死んだ女が登場するのは亡霊ということになるが、亡霊がいるわけはなく、まして空飛ぶ絨緞などあるわけがない。亡霊や空飛ぶ絨緞のような魔法の仕掛けは、幻覚を見はじめたジブリールの精神状態を表現する道具として使われているにすぎない。しかしジブリールは一種の「超自然現象」と受け止め、それを現実と見なすのである。

ロンドン市街を徘徊した後、彼はアリー・コーンの家の前で倒れ込んだまま夢の世界を彷徨いだす。この時に見る夢が第Ⅳ章の「アーイーシャ」である。彼のロンドン生活はもっぱらアリーの庇護のもとに置かれる。なぜなら彼は統合失調症患者として通院するようになるからである。第Ⅴ章「見えても見えない都市」になると、教養豊かなアリーと無教養なジブリールのちぐはぐな生活が始まる。二人はもっぱらセックスだけで結ばれていて、精神的にはばらばらなのである。つまりこの本での淫欲の権化はチャムチャ一人でないということである。彼らの「淫欲」の対象がアリー一人に絞られる時、物語の最終段階で『オセロー』のパロディが始まる。そこに至るまではもっぱらジブリールの病的妄想が話題の中心になる。

ジブリールは自分が人間の姿をした大天使だと思い込み、神の姿を目撃し、この世での悪魔の所業を祓い清めようとロンドン中を歩き回るうちに、意識が朦朧となって車に礫かれる。車を運転していたのが映画プロデューサーのS・S・シソーディアという男で、それまで行方不明だったインドの大スター復活の話が浮上することになる。ジブリール主演で彼が悩まされている悪夢を再現するはずの『マハウンド』と『割れたアラビア海』という映画を撮ることになるのである。その前宣伝のためのショーの最中にジブリールはまたしても気を失い、今度は「ジャーヒリーヤへの帰還」つまり第Ⅵ章に語られる夢を見る。

一種の「ヒエロファニー」体験から「超自然の世界の存在を確信」(SV, 21) するに至るとはいえ、ジブリールはスキゾフレニアを病む者であり、けっして神秘家ではなく、むしろ『恥辱』におけるスフィア・ズィノビアの末裔と言うべき人物である。チャムチャが寝盗られ夫になったことを知ると、パメラの相手ジャンピー・ジョシをテムズ川へ投げ込んだことが暗示される（SV, 431）。つまり、彼は恥辱に対して暴力的に反応するのである。アリーを殺し、最後に自殺するのも、すべて恥辱感覚から暴発した暴力のなせる業である。そのような人物が見る宗教的夢は彼の信心深さを物語るのでなく、映画俳優として演じる役柄と現実の境を見失う病的現象を示すと考えられる。

「ヒエロファニー」的夢の意味

ジブリールが砂漠で見る夢とロンドンで見る夢は中身が違っている。ここでは後者を先に分析したい。第Ⅳ章の「アーイーシャ」と第Ⅷ章「割れたアラビア海」はアーイーシャを中心人物とする続きものになっている。アーイシャはマホメットの妻の名だが、ジブリールの夢に現われるアーイーシャは女預言者であって、必ずしもマホメットに関係があるわけではない。冒瀆的かどうかという意味なら、「アーイーシャ」の章はまったくその心配はない。

女予言者アーイーシャの登場に先立ってジブリールは、イマーム（イスラム教導師）の夢を見る。このイマームのモデルはホメイニではないかという人もいるが、その描写がひどく皮肉に満ちているというわけでなく、アーイーシャという神秘的存在への先導役にすぎないというのが実情である。なにしろこのイマームとジブリールは、例の空飛ぶ絨緞に乗ったレハー・マーチャントといっしょにヒマラヤを越えてインドへ飛んで行き、ティトリプルという村で、蝶の衣をまとい蝶を食べる女予言者アーイーシャを見つけるという話だからである。（ちなみにエリアーデは一九三一年にヒマラヤのリシケシュで隠遁生活をしたことが知られているが[13]、ルシュディがアーイーシャの物語をヒマラヤから始めるに当たってはエリアーデを念頭に置いていたかも知れない。）

アーイーシャは孤児で、ミルザ・サイードとその妻ミシャルの養子となる。一九歳の時に彼女は大天使ジブリールを幻に見て、そのお告げを受け、予言者となる。養母ミシャルが癌に冒されていると分かった時、村中のものがメッカへ巡礼すれば癌は治るという神のお告げがアーイーシャに下る。そこで一五〇人もの巡礼団がメッカへ向かって出発することになる。途中での困難に加え、最後には洪水に見舞われ何人もの村人が死ぬのだが、残った者はそれでもメッカを目ざしアラビア海の中へどんどん入っていく。すると彼らの前で海が割れるという、「出エジプト記」第一四章のような話になる。このように迷信を信じるのとなんら変わらない村人たちの素朴で一途な信仰が、幻想的な物語として語られるのである。

この物語はジブリールの夢であるとともにフィルム・スクリプトでもあって、その意味で二重に現実から離れている。『割れたアラビア海』というタイトルの映画はジブリール主演で実際に製作され、上映されたことになっている（SV, 513）。興行成績は『マハウンド』同様大失敗だった。アーイーシャ役の女優が「惨めなほどに不適切」（SV, 513）で、ジブリールの演技も「ナルシスティックにして誇大妄想的」（SV, 513）と不評だった。

海が割れるという現象は、映画という虚構の手段で提示され、しかも現実離れしている「奇跡」だが、アーイーシャと彼女に従う村人たちからすれば、エリアーデの言う「ヒエロファニー」に相当している。登場人物のジブリールがそれを信じているとか、作者のルシュディが自らそれを信じたがっているとか、あるいは読者に信じさせようとしているという気配はない。しかしながら、ラグビー校在学中に神を見失うまでは、一三歳まで育ったボンベイの圧倒的な「ビジネス主義」的環境の中にあって、キリスト教やイスラム教やヒンドゥー教が混じりあった独特な宗教的雰囲気がなかったわけでないことも、自伝的作品『真夜中の子供たち』が示している。なにしろ、すでに触れたことだが、サリームは九歳の時に大天使ジブリールの声を聞いているのである（MC, 164）。その宗教的雰囲気から醸成される「ヒエロファニー」やオカルティズムがルシュディの精神的ルーツに入っていることは、『真夜中の子供たち』のみならず『恥辱』におけるオマル・カイヤーム・シャキールやスフィア・ズィノビアの造形に滲んでいる。アーイーシャの物語はその種のルーツを顕在化させたものである。しかし作者は奇跡を信じているわけでなく、むしろ「ヒエロファニー」への懐疑を投げかけているのである。[14] その種の懐疑が濃厚に表象されているのが「マハウンド」および「ジャーヒリーヤへの帰還」というふたつの章である。

『悪魔の詩』がイスラム教徒の怒りを買うもとになったのはもっぱら「マハウンド」および「ジャーヒリーヤへの帰還」において縷々語られる「ヒエロファニー」への懐疑のエピソードのためと考えられる。

『悪魔の詩』事件の問題を整理してみると、ポイントは三つある。ひとつはマホメットを中傷誹謗しているのではないかということ。もうひとつは『コーラン』改竄の問題。そして第三にマホメットの妻たちの名の濫用。マホメットの渾名に関しては、本文から次のような該当箇所を引用したい。

> 彼の名前だが、幻を見たために変えられた夢の名前だ。正確に発音すると「感謝を捧げられるべきもの」という意味だが、ここではその名で呼ばれても彼は返事をしない。このジャーヒリーヤあたりでは「コーン山に登ったり下りたりするもの」という意味のニックネームが彼につけられていて、彼もそのことをよく知ってはいたが、その名で呼ばれても彼は返事をしない。ここでは彼はマホメットでもモーハンマード〔悲しみ（モー）をハンマーで叩く者〕でもないのだ。彼が採用したのは道化が首にぶらさげる悪魔のフダだった。侮辱を逆手に取って自分の力にするために、ホイッグ党員やトーリー党員や黒人たちはすべて、軽蔑をこめて使われた名を誇らしげに自分のものにしたものだが、それと同じで、われらが登山好きで予言者志向の隠者はマハウンドという、中世に子供が恐がった悪魔の同義語で呼ばれることになっている。
> 　それがあの男だ。ヒジャーズの暑い山に登っているビジネスマン、マハウンド。下のほうでは蜃気楼のような街が太陽に輝いている。(SV, 93)

ここでは「マハウンド」とは「悪魔の同義語」だとはっきり言っているし、自らがあえてそれをニックネームに選んだという書き方になっている。略奪者とか人殺しという意味のある「トーリー」や、いなかっぺとか反逆者の意味のある「ホイッグ」がイギリスで政党の名前になったのと同じというわけである。ついでに「ブラック・イズ・ビューティフル」という標語もここで思い出しておくといいかも知れないし、チャムチャが自らを「悪魔」と呼ぶことも忘れてはならない。ルシュディがマホメットを悪魔と呼んで糾弾しているとか、一方的に攻撃しているという批判があったが、彼が逆説的にそう呼んでいるという点が忘れられた結果にすぎない。しかしながら、逆説というような複雑なレトリックは、文学を基本的にエンターテインメントとして受容している人々のあいだでこそ面白がられるが、そうでない「リテラリズム」の人々には通用しないばかりか、作家の命に関わる危険なことにもつながりかねないという苦い教訓が残った。同じことは駄洒落やユーモアについても言える。「モーハンマード」は駄洒落だし、「中世に子供が恐がった悪魔」というのはユーモアである。逆説、皮肉、駄洒落、ユーモアなどがルシュディの文体を彩っていることは、われわれからするとプラスの評価を与えるべき要素だが、立場が異なるとそうはいかない。

逆説的な悪魔としてのマハウンドという人物はいかにも悪魔のような恐ろしいことばかりをするように書かれているわけではない。むしろ彼は「ビジネスマン」として提示されるだけである。彼は予言者としてジャーヒリーヤの市民に一神教の教えを説こうとするが、市民たちは多神教信者で、特にアッラート、ウッザー、マナートの三女神を篤く信仰している。この市を事実上支配している豪商——というより大企業家——カリム・アブ・シンベルと、その妻ハインドが登場し、多神教信者としてマハウンドに敵対する。彼らは神社を守り、神々を称える詩を詩人バールに書かせるのである。このバールは書記サルマンと並んで作者の分身になっている。バールの多神教擁護はルシュディのセキュラリズムにつながっているからである。

マハウンドにとって三女神の扱いが大問題となる。そのような時彼はコーン山で神の啓示を聞き、それを詩人たちの集まりの場で聴衆に伝える。啓示の要点は三女神を天使と同列に扱うということにある。しかしながら、それが悪魔の啓示であったことに、後になってマハウンド自身が気づく。このクライマックスの場面は作家がリアリスティックな想像力を駆使して提示していて、のちに証明されるその危険性を考慮して読み返すと、戦慄を覚えさせる部分である。詩人たちの集まりにマハウンドが登場する。その独特な雰囲気を知るために、この長い一連の場面の冒頭部をここに示す。

テントの中では聴衆が不人気な予言者と彼のみじめな追随者たちを嘲り迎える。しかしマハウンドが目をしっかりつぶったまま歩いてくると、やじや口笛はしだいに消え、静まりかえる。マハウンドは一瞬たりとも目を開けないが、その足取りは確かで、どこにもつまずいたりぶつかったりせずにステージへ辿り着く。二、三段の階段を上って照明の下に入っても、彼の目はまだ閉じられたままだ。そこに集まった叙情詩人たち、暗殺賛美の詩を作る者たち、物語詩人や諷刺詩人たち——もちろんバールもそこにいる——は、夢遊病者のように歩くマハウンドを面白そうに、しかし同時に多少の不安を覚えながら見つめている。群がる聴衆に混じって彼の使徒たちは押し合い圧し合いしている。書記たちは彼の言うことすべてを書き留めるために彼のそばを離れまいとして必死になっている。

(SV, 113)

こういう敵意の充満した雰囲気の中で、アブ・シンベルやハインドらを前にマハウンドが「悪魔の詩」を口にするのである。最も重要なその部分を次に引用する。(15)

「星」とマハウンドは叫び、書記たちは書きはじめる。「慈悲ふかく慈愛あまねきアッラーの御名において!

「沈み行く星にかけて。お前たちの仲間は迷っているのでもない、間違っているのでもない。

「いいかげんな思惑で喋っているのでもない。あれはみな啓示されるお告げであるぞ。そもそも彼に教えたのは恐ろしい力の持主。

「智力衆にすぐれたお方。そのお姿がありありと遥かに高い地平の彼方に現われ、と見るまにするすると下りて近づき、その近さほぼ弓二つ。かくて僕にお告げの旨を告げたのであった。

「しかと己れの目で見たものをなんで心がいつわれるか。彼がしかと見たものを、お前たちがああだこうだと文句をつけるつもりか。

「そう言えば、もう一度お姿を拝したことがあった。天の涯なる聖木(シドラ)のところであった。すぐそばには終の住居の楽園があった。聖木の葉かげがこんもりと覆うところ。目はじっと吸いつけられたよう、さりとて度を過ぎて不躾けに眺めはしなかった。あのとき眺めたのは主のお徴の中でも最高のもの」

ここで彼はいささかのためらいも疑念もなしにさらに二句ほどの詩を唱える。

「これ、お前たちどう思う。アッラートやウッザー、それにもう一つ三番目のマナートを」――この最初の一句を聞くと、ハインドは立ち上がる。ジャーヒリーヤの豪商はすでに背筋をピンと伸ばして立っている。マハウンドは静かに目を閉じて唱える。「彼らは称賛されたる鳥たちで、彼らのとりなしはまことに望ましいものであるぞ」（SV, 114）

これがなぜ「悪魔の詩」なのかと言えば、『コーラン』にはない最後の一句「称賛されたる鳥たち云々」が付け加えられたことで、全体が三女神容認の発言になっているからである。実際には「あれは、みなただの名前にすぎぬ。お前たちやお前たちの御先祖が勝手に作りだしたもの。アッラーは決してあのようなものを（崇めてよい）とお許しになったことはない」と書いてある。作者自身はこのエピソードを使うに際し、ケンブリッジ大学時代に研究した九世紀の『コーラン』注釈家アッ＝タバリーに依拠したと弁明しているが、おおかたのイスラム教徒には『コーラン』を改鼠したと見えた。

ルシュディはマハウンドの発言を通して、これこそが正しいテキストなのだと主張しているわけではない。マハウンドが悪魔の囁きだと気づき、三女神容認発言を撤回するプロセスの中に予言者の人間らしさを見ようとする。物語のほうではマハウンドによる三女神容認の発言を聞いて市民たちは大喜びする。しかし、アブ・シンベルの妻ハインドはまったく喜ばず、むしろ腹を立てる。マハウンドに最後までたてつくのはこのハインドとお抱え詩人バールである。彼らはマハウンドの発言を市民懐柔のための妥協と見て怒る。この反目を描いているのが「マハウンド」と「ジャーヒリーヤへの帰還」の中身にほかならない。ということは、それは反目をテーマとするハードボイルド・ミステリー的エンターテインメントの物語にすぎないのである。

マハウンドは発言撤回のために市民の怒りを買い、いったんジャーヒリーヤからヤスリブ（つまりメディナ）へ身を退くことになるが、ここにマハウンドが悪魔の囁きに気づく一節がある。

「あれは悪魔だった」と彼は空虚な空に向かって大声で言う。声を出すことによって真実を明らかにする。「この前のあれはシャイタンだった。」彼が聴聞の際に聞いたのがこの言葉だ。彼は騙されたのだ。悪魔が大天使の姿を装って彼のところへやってきたのだ。彼が暗記した詩句、詩人たちが集まったテントの中で唱えた詩句は、ほんものでない、邪悪なもの、神聖なるものでない、悪魔の詩だったのだ。(SV, 123)

マハウンドは物語の中でずっと悪魔に取り憑かれたままでいるわけでなく、このように一時的に悪魔の囁きを聞いたということになっている。

ジャーヒリーヤにおける三女神信仰の問題は大変な難問で、そのためにマハウンドに妥協という人間的迷いが生じた。これが作者の見方である。彼は予言者を人間のレベルへ引き下ろして考察しているだけで、神社や偶像神をつぎつぎと破壊するマハウンドが多神教信者から見ると悪魔に見えたとしても、それは作者自身の見方ではない。作者の懐疑的立場を体現しているのが、マハウンドの側近の一人で書記サルマンという架空の人物である。第Ⅵ章「ジャーヒリーヤへの帰還」には書記サルマンの懐疑と、詩人バールの発案によるジャーヒリーヤ市民のマハウンドに対する最後の低抗とが描かれている。まず、サルマンがなぜマハウンドに懐疑を抱くようになったのかを確認したい。

ヤスリブのオアシスで新興宗教サブミッション〔屈服〕の信者たちは土地もなければ金もなかった。そこで何年にもわたって彼らはジャーヒリーヤへ往来する豊かなラクダの隊商を襲ったりする略奪行為によって資金を調達した。マハウンドには良心の呵責を覚える暇がなかったのさ――とサルマンはバールに語った――目的と手段を比べて二の足を踏んだりしなかったんだ。信心深いものらが無法な生活をしていたということだが、当時マハウンドは――というより大天使ジブリールはと言うべきか、それともアッラーはと言うべきか――法に取り憑かれたようになっていたのだった。オアシスの木々の中でジブリールが予言者のもとに現われ、規則、規則とまくしたてたのだ。しまいに信者たちはそれ以上まだなにか啓示があるのかと思うと、ほとんど耐えられなくなった。いまいましいほどありとあらゆることに規則が設けられたからだ。屁をするなら風上を向いてしろとか、尻を拭く時はどっちの手を使えだとかいうことまで決められ、まるで人間存在のありとあらゆる局面を規則で縛らずにはおかないというありさまだった。どれくらいたくさん食べるべきか、どの程度深く眠るべきか、いかなる性的体位が神の許可を受けているかといったことについて、信心深いものたちは啓示——朗誦——を通して告げられた。その結果、男色と正常位は大天使によって認められているが、禁じられている体位には女性が上に乗るものすべてが含まれていることを彼らは知った。ジブリールはさらに許される話の種と禁じられた話の種を列挙し、どんなに耐えがたいほど痒くても掻いてはならない肉体の部位にしるしをつけた。彼はまた信者のだれもが見たこともない、寄怪でこの世のものとも思えないクルマエビ類の消費を禁じ、獣を殺す場合は放血法によって徐々に殺すようにと要求した。獣の死を最初から最後まで見届けることによって生命の意味が理解できるようになるだろうというのだ。というのも、生命というのは現実であって、ある種の夢などでないということを生きものが理解するのは、死の瞬間以外にないからだというわけだ。大天使ジブリールはまた人間の埋葬法や財産の分け方を詳細に述べた。そんなわけでペルシア人サルマンの中には、こんなビジネスマンみたいなことばかり言う神とはいったいなんなのかという思いが芽生えるようになったのだった。彼が自分の信仰を破壊する考えを持つようになったのもその頃だった。考えてみるとマハウンドその人はもともとビジネスマンだったし、しかもすこぶるつきに羽振りのいいビジネスマンだった。組織とか規則とかにごく自然に思いが至る人間というわけだから、ああいうしごく事務的な大天使を思いついたのは、彼にとって途轍もなく便利だったのだ。大天使の仕事というのは、幽霊会社かも知れない高尚な会社の社長たる神の決裁を伝えることなのだから。(SV, 364)

作者の代理人サルマンの懐疑は徹底した人間管理の思想への嫌悪感に始まる。こと細かな生活上の規則は屁の仕方、尻の拭き方、食事摂取量、睡眠の取り方、性的体位、掻いてはならない肉体の部位、クルマエビ類の食用禁止、獣の殺し方、会話のトピック選択、埋葬法、財産分与法などに及ぶ。このため「こんなビジネスマンみたいなことばかり言う神とはいったいなんなのか」という疑問がサルマンの脳裏に湧く。最後には、神は「幽霊会社かも知れない高尚な会社の社長」に喩えられる。この痛烈な諷刺が明らかにしているのは、ルシュディがしばしば言及するボンベイの「ビジネス主義」のひとつの側面である。それは宗教的戒律を諷刺することはあっても、戒律を守る気持ちからは程遠い生き方になっている。それを冒瀆的と呼ぶのであれば、冒瀆的精神がボンベイの街に滲み込んでいると考えられる。しかし、この種の諷刺精神は信心深いイスラム教徒の心を傷つけずにはいないわけで、この点については後述の「コミュニティ」の項で考察したい。

書記サルマンは規則にうるさい神への懐疑に始まり、やがてマハウンドとの決別へと至る。「最終的にサルマンがマハウンドに見切りをつけたのは女の問題と悪魔の詩の問題だった」(SV, 366)と語り手は言う。この「女の問題」というのはマハウンドの女癖が悪かったということではなく、フェミニズムの立場からのマハウンド批判にほかならない。マハウンドは女たちに「従順な態度」を求めた。「従順で母性的、三歩退がって歩き、家に静かに坐って蠟で顎を磨いている」(SV, 367)ことを女に要求した。これがサルマンには気に入らなかったのである。

「悪魔の詩」問題というのは三女神容認発言のことでなく、書記サルマンがマハウンドの伝える神の言葉を聞き書きしているうちに、ちょっとした変更を加えたという問題である。最初はほんのささいなことだったが、やがて「キリスト教徒」とすべきところを「ユダヤ教徒」と書いたりしたという(SV, 368)。しかもそういう変更にマハウンドが気づかなかったので、サルマンは大いに失望したというわけである。「ちょっとばかり頭を働かせて、けったいな事業にぼんやりした疑問を抱くということと、自分の考えが正しいってことを知るのとは、月とスッポンほどの違いがある」(SV, 367)とサルマンは言っている。イスラム教徒にしてみれば聞き捨てならない書き方になっているが、ルシュディもこのエピソードを書きっ放しにはしていない。マハウンドはサルマンの悪業をしっかりと見抜いていて、「死刑宣告」を下そうとする。この場面はホメイニの「死刑宣告」を連想させて興味深いが、結局サルマンは処刑を免れる。ほんとうの敵はバールだ、と彼はマハウンドに告げるのである(SV, 374)。それだけでマハウンドはサルマンの処刑をやめてしまう。バールはジャーヒリーヤの豪商アブ・シンベルと妻ハインドのお抱え詩人だが、彼がマハウンドの「ほんとうの敵」（SV, 375）ということになるのは多神教派の最大のブレーンだからである。

バールの知恵は売春宿保存問題で発揮される。その名は「ヒジャーブ」（ザ・カーテン）といい、ジャーヒリーヤで最も人気のある売春宿である。この種の施設はマハウンドによって取り壊される運命になっているが、市民感情を考慮してしばらくの猶予期間が与えられている。バールが考え出すはかない最後の抵抗手段というのは、神聖冒瀆という形でのマハウンドへのいやがらせである。宿に身を隠して追手の目をごまかしているバールはある時、宿で最も若い一五歳の娼婦が話す面白いエピソードを耳にする。客のスーパーマーケット店主ムーサは予言者の妻たちに常日頃腹を立てていて、名前を聞いただけでも異様に興奮するというのである。この話を聞いてバールは名案を思いつく。次の一連の引用文では、その名案が実行に移されるまでの動きが簡潔でスピーディに描かれる。

特にこの町では、とバールは思った。とりわけわが放蕩なジャーヒリーヤではそうだ。なにしろマハウンドが規則書を片手にやってくるまでは、女たちは派手に着飾り、おしゃべりといったらファックと金、金とセックスばかりだったのだ。しかもただ口先ばかりの語ではなかった。

彼は最も若い娼婦に言った。「どうしておまえは彼のためにそのふりをしてあげないんだね？」

「だれのために？」

「ムーサだよ。彼がアーイーシャと聞くとそんなにぞくぞくするんだったら、秘かに彼専用のアーイーシャになってあげればいいじゃないか」

「ええっ！」と女は言った。「そんなこと言うのをあの連中に聞かれたら、あんたはタマタマをどろどろにゆでられちゃうよ」

妻は何人いたか？　一二人と、ずっと前に死んだ老婦人一人。ザ・カーテンには何人の娼婦がいるのか？　ちょうど一二人と、いまだに死を拒んで黒テントの玉座に秘かに坐っている大昔の女将。信仰のないところに冒瀆はない。バールはアイデアを女将に話した。女将は喉頭炎にかかったカエルみたいな声で問題を片付けた。「アイデアは大いに危険だが、商売繁盛にはうってつけだね。慎重にやらないといかんだろうが、やることはやりましょう」と彼女は告げた。

一五歳の娼婦はスーパーマーケット店主の耳になにごとか囁いた。するとすぐさま店主の目が輝き出した。「おれになんでも話しておくれ」と彼は哀願した。「子供の頃のことでも、好きなおもちゃのことでも、ソロモンの馬のことでも、なんでもいい。おまえがタンブリンを鳴らした時、あの予言者先生はどんなふうに見にきたんだい？」彼女は語った。すると今度は、一二歳で花を散らせた時のことを店主は訊いた。彼女はそれも語った。店主は帰りがけにいつもの二倍の花代を払い、「わが人生で最良の時だった」と言い残した。「これからは客の心臓の具合に気をつけないといけないね」と女将はバールに言った。(SV, 380)

この引用が語っているのはバールの策略が遂行される経過ばかりではない。まず文体がハードボイルド・スタイルの模倣になっている[16]。硬軟取り混ぜての文体がルシュディの持ち味であり、文体面でも複合的になっている。この特徴と彼の快楽主義的立場には密接な関係があり、彼が支持するジャーヒリーヤの猥雑さや放蕩性に見合う文体がここに採用されているわけである。彼の目には世界は猥雑で放蕩なものと映っていて、その象徴として彼はしばしば娼窟を使う。「規則書」によってそれを取り締まろうとするマハウンドは禁欲主義の権化にすぎない。ジャーヒリーヤにおける一神教対多神教の対立の根底にあるのは禁欲主義と快楽主義のそれである。歓楽の街を浄化したいマハウンドは、「非常事態宣言」下のインドでスラム一掃計画を実行したインディラ・ガンディーとその息子サンジェイやパキスタンにおいてイスラム化政策を進めたズィア＝ウル＝ハクと共通している。ルシュディはその種の禁欲主義にことごとく反対し、『真夜中の子供たち』や『恥辱』で取り上げた。ジャーヒリーヤにおける物語はそれらの延長上にあることがここに判明する。「信仰のないところに冒瀆はない」と彼は言うが、これは「禁欲主義のないところに快楽主義はない」と言うに等しい。快楽主義は「冒瀆」と同様になにかに反抗する立場なのである。その「なにか」は「権力」「権威」「品位」「統合性」などに関係していることも明らかである。最後の概念「統合性」について付け足せば、ジブリール・ファリシュタはスキゾフレニアつまり統合失調症患者として設定されている。

禁欲主義者のマハウンドは一時ジャーヒリーヤのすべての売春宿を閉鎖するようにファリド将軍に命令しようと考えるが、あまりにも性急な措置は取らないようにと「改宗者」アブ・シンベルから進言される。「ジャーヒリーヤの市民たちは新しい改宗者たちです」とアブ・シンベルは指摘する。「ものごとをゆっくりおやりください。」（SV, 381）そこで「予言者の中で最も現実主義的な」（SV, 381）マハウンドは「過渡期」の設定に同意する。

廃止を免れたザ・カーテンの娼婦たちが、バールの発案で、マハウンドの一二人の妻の名を源氏名にして商売を始めると、ジャーヒリーヤの男たちはザ・カーテンへ群がり、客数は三倍に膨れ上がる。客は皆仮面をわたされるのだが、仮面をつけて輪になっている男たちをバールは高いバルコニーから眺め、満足する。「サブミッションへの屈服を拒む方法はいくらでもあるものだ」（SV, 381）と彼は独り言を言う。サルマンとともにこのバールという詩人は作者の分身なのであって、マハウンドの圧倒的な「力」に知恵で対抗する。彼が編み出した冒瀆的快楽享受法に従い、ザ・カーテンのスタッフは新しい源氏名を持つ。最も若い「アーイーシャ」、最年長で最も太った「サウダー」、短気な「ハフサー」、高慢ちきな「ウム・サルマール・マフズミー」と「ラムラー」、そのほか「ザイナブ・ビント・ジャーシュ」「ジュワイリヤー」「ユダヤ人レハナ」「サフィア」「マイムナー」、あるいは最も妖艶な「コプト人マリア」、そして御本尊がすでに死んでいる「ザィナブ・ビント・フザイマー」の一二人である。この最後の名前を選んだ娼婦について、次のように記述されている。

彼女の客たちは屍姦嗜好があって、彼女に一切の動きを禁じたものだが、これはザ・カーテンで始まった新体制のかなり不快な一側面だった。しかしビジネスはビジネスで、娼婦たちはそういう要求をも満たしてやったのだった。

(SV, 382)

快楽の謳歌がここにきわまる。書記サルマンの「ヒエロファニー」への懐疑は多神教的詩人バールの快楽主義に行き着く。それは作者自身のセキュラリズムに基礎を置いているのだが、快楽主義の最大の問題は淫欲である。これはしばしば人間を滅ぼす。実際、チャムチャの陰謀のためにジブリールは大変なやきもちやきとなり、これが最終的にアリー殺害の引き金になる。

ロンドン滞在の最終局面で彼はアリーの大切なもの（エヴェレストの氷）を破壊して行方をくらます。その時期が老女切り裂き通り魔事件再発と一致するのだが、彼が通り魔なのかどうかはだれにも分からない。「シャーンダー・カフェ」炎上に際しては、「清めの火」と称して、火の吹き出るトランペットを口にくわえて街をうろつく。これはまさに大天使になりきってしまった彼の狂気がきわまった姿である。

チャムチャがインドへ帰ったころに、ジブリールもまた、エベレスト再登山を決めたアレルーヤ（アリー）・コーンといっしょにボンベイへやってくる。ジブリールを追って映画プロデューサーのシソーディアもボンベイへやってきて、アリーといっしょにジブリールに殺される。すべてはジブリールの嫉妬が原因なのだが、彼を嫉妬の鬼にしたのは、すでに見たようにチャムチャである。チャムチヤはイアーゴーのように殺されることはないが、ジブリールはオセロー同様自殺する。この破滅は快楽主義の禍々しい未来像にほかならない。それを避けるためにルシュディはチャムチャにズィーニ・ヴァキルとの愛を発見させる。この結末は『グリマス』や『真夜中の子供たち』の終わり方によく似ている。ただし『真夜中の子供たち』の最後には哀愁が漂うが、ここにはそれがない。快楽主義の果てに愛が見つかるのかどうかは疑問であるにもかかわらず、ルシュディは『悪魔の詩』の最後に愛を提示する。この結末を作者自身の経験に照らして解釈すれば、おそらくメアリアン・ウィギンズとの愛の肯定のためであったと考えられるが[17]、現実の世界では、彼らの愛はほどなく終わってしまう。ジブリールのような破滅こそが快楽主義の結末にふさわしいのである。

「ヒエロファニー」がなければ宗教はなく、宗教がなければ、人間には世俗しかない。そこでセキュラリズム（世俗主義）を掲げた場合、その中核をなす快楽主義が破滅へとつながることが予想される。それは自ずと不安を生むわけで、『悪魔の詩』の真のテーマはセキュラリストが抱えるその不安にあると言える。その種の不安は重力から切り離された鳥（移民）たち、「翻訳された人間」たちには痛切に感じられるはずだが、アリストテレスの言う意図の逆実現で、この本は彼らの慰みの書となるどころか、怒りの焚書攻撃から「ファトワ」まで受けることとなる。この本が扱っているコミュニティの問題が現実となったのである。

3　コミュニティ

移民に関わる「コミュニティ」の問題は生誕地のコミュニティから切り離されることに始まる。その影響の範囲は個人の内面と、チャムチャとその父親の関係のようにせいぜい家族関係どまりである。次に移民先でのコミュニティの問題がくる。チャムチャが匿われる「シャーンダー・カフェ」はロンドンのムスリム・コミュニティの拠点であり、そこから一マイルの距離にある「クラブ・ホット・ワックス」はブラック・コミュニティの拠点という設定になっている。これらの拠点はケンジントン界隈にあり、現実的にもそのあたりはインド人や黒人が数多く住んでいる。それぞれのコミュニティの内部にはそれぞれの問題があるが、もっと大きな問題は「コミュニティ・リレイションズ」（コミュニティ同士の関係）にある。これは小さなコミュニティ同士の関係ばかりでなく、もっと大きなイギリス人コミュニティとの関係をも含む。

コミュニティ・リレイションズ

故郷を離れることで生じる問題は「シャーンダー・カフェ」の経営者夫人ハインドの次のような言葉に要約される。

彼女が若かった頃の村、故郷の清らかな流れはどこへ行ったのか？　彼女が自分の生活を築くのに役立った習慣もまた失われたか、少なくとも見つけるのが難しくなった。（SV, 249）

バングラデシュからの移民であるハインドは学校教師の夫ハジ・スフィアンと二人の娘からなる家庭を祖国のダッカで持っていたが、夫が共産主義という「娼婦よりも始末の悪い」（SV, 248）ものに身を入れていることを知った時、イギリスへの移民を決意した。料理の腕前を生かして安食堂の経営を始め、これが繁盛して、四階建てのビルを買い取り、B＆B（ベッド・アンド・ブレックファースト）を経営するに至っている。「シャーンダー・カフェ」はイスラム教信者のインド人がよく集まる場所であり、今やムスリム・コミュニティの拠点となっている。しかしながら、ハインドにとってすべてが順調というわけでなく、右の引用に見られるように、移民として望郷の念に駆られることもあるし、働き口のない夫を抱えた妻としての苦悩もある。つまり、コミュニティ内部の問題はまずもって家族の問題なのである。上の娘ミシャル（一七歳）は、トリニダードからの「移民」の「黒人」弁護士ハニフ・ジョンソンと「寝て」（SV, 278）いることが本人の告白から発覚する。これを知ったハインドは料理用包丁で娘を追いまわす（SV, 290）。「家族の内輪の生活の恥」（SV, 290）という理由である。白人と関係した一人娘を殺すパキスタン人の父親の話をわれわれはすでに『恥辱』で読んでいる。

このように、移民コミュニティはその内部に家族問題をはじめとして、容易に通じない言語の問題や異文化への対応問題などを抱えているが、そうした問題に優るとも劣らない大きな問題は異なるコミュニティ同志の折合いのつけ方である。

ムスリム・コミュニティ（もしくはブラウン・コミュニティ）とブラック・コミュニティの若者たちに悪魔崇拝が流行し、山羊人間チャムチャは「悪魔」としてヒーローに祭り上げられる（SV, 291）。警察の「コミュニティ・リレイションズ」担当官は若者たちの悪魔崇拝に神経を尖らせ、チャムチャの身辺に捜査の手が回りはじめる。悪魔崇拝に関係する連続老女殺人事件も発生する。「被害者の内臓をきちんと死体の周囲に並べる」（SV, 288）という儀式的な殺人である。その犯人としてドクター・ウフル・シンバが逮捕される。こうして「コミュニティ・リレイションズ」の問題が浮き彫りになってくる。

ウフル・シンバは、チャムチャが声優として関係しているテレビ番組に、黒人差別を理由として圧力をかける人間として登場する（SV, 267）。ミシャル・スフィアンを「生意気な女」（SV, 285）だとして殴った男で、彼に女を殴る習癖があることはアジア人コミュニティに知れわたっている。ウルフ・シンバは偽名で、本名がシルヴェスター・ロバーツであることも知られている。要するに評判のよくない男なのだが、彼が逮捕されると、不当逮捕だとして抗議運動が始まり、そこにチャムチャの不貞な妻パメラ、彼女の不倫相手ジャンピー・ジョシも加わる。彼らに誘われて、すでに人間の姿に戻っているチャムチャもその運動に加わり、やがて開かれる大規模抗議集会へと彼ら三人はこぞって駆けつける。ウフル・シンバの母が演説をし、法廷に立った息子の言葉を伝えるのはその集会の場である。その言葉の一部すでに引用したところだが、ここでは少し付け足して、もう一度次に示す。

「アフリカ人、カリブ人、インド人、バキスタン人、バングラデシュ人、キプロス人、中国人のわれわれは、もし海を越えてイギリスへ来なかったならば、もしわれわれのおとっつあんやおっかさんが仕事と威厳を求め、子供たちのためにもっとましな生活をと願ってイギリスへやってこなかったならば、こんな人間になっていなかったかも知れないんだ。われわれは作り変えられた。しかしわれわれはいずれこの社会を作り変え、この社会を上から下まで整形するものになるだろうと言っておく」（SV, 414）

「われわれは作り変えられた」という、移民論の要点がここに含まれている。この演説を中心とした集会は成功し、抗議運動が盛り上がる。ウフル・シンバの獄中での変死事件が発生すると（SV, 449）、抗議の群集はしだいに暴徒化していく。その最中に老女殺害事件が再びあいつぐこととなり（SV, 450）、真犯人が逮捕されるに及んで、警察による不当逮捕がいっそう明白になるが、当局は揉み消しを図る。そのため、怒り狂う黒人やアジア人が騒乱状態を引き起こす（SV, 453-457）。放火が行われ、「シャーンダー・カフェ」も焼け落ちて、パメラとジャンピー・ジョシの死体が見つかるのはこの騒乱の中においてである（SV, 464）。

騒乱は言うまでもなく「コミュニティ・リレイションズ」が最悪の状態になっていることを示している。このような象徴的事態を提示する裏には、当時の政治に対する作者の不満がある。マーガレット・サッチャーは中産階級の改造を行い、貧困層を苦しめた。そのことを作者はチャムチャの雇用主ハル・ヴァランスの口から言わせている（SV, 270）。

「山羊」、「シャーンダー・カフェ」、「見えても見えない都市」はダンテの地獄図のように三つの同心円をなす関係にあり、さらにその外側には「きちんとした《プロパー》ロンドン」が取り囲んでいるということを、われわれはすでに述べたことがある。これは移民を取り巻く「コミュニティ・リレイションズ」についてのイメージであり、個人、小さなコミュニティ、コミュニティ同士の関係、そして政府の四要素を図式化しただけのことである。ルシュディは個人の立場から、移民が置かれている現状をウフル・シンバ事件の形で劇化し、政府が取っている「コミュニティ・リレイションズ」政策を事実上批判した。その根底には人種差別批判がある。人種差別をしないという政府の立場は建前であり、実際には人種差別が横行しているというわけである。当時はまだイギリスに関係の深い国、南アフリカにおいて、アパルトヘイトが継続していたが、人種差別撤廃の流れはグローバルに進行していたのである。

イギリスにおける隠微な人種差別を表象したいという作者の動機は、チャムチャの逮捕という設定にも窺える。作者はその不条理性を印象づけるように工夫しているが、不条理な逮捕という設定で権力への抵抗を意図する先例は、カフカの『審判』やブルガーコフの『巨匠とマルガリータ』があり、それらを意識していたことを作者自身が告白している（IH, 403）。しかしながら、『悪魔の詩』を発端とし、「ファトワ」に至る事件が「コミュニティ・リレイションズ」に投げかけた問題は、人種問題でないことが明らかとなる。そのことを最も端的に指摘したのは一九八九年七月二五日付『タイムズ』の社説「人種、宗教、およびルシュディ」である。事件以前はインドからの大量の移民から生じる問題は「処理可能」に見えていた。「無害な結果論」としての「多人種主義」「多文化主義」という標語が受け容れられつつあった。「人間お互い仲良しだ」という考えで「善良な関係」を築こうとしていた人々にとって「ルシュディの首を取れと合唱する騒々しいムスリム群集の光景は大打撃となった」と社説は言い、さらに次のように続ける。

ルシュディ事件はコミュニティ・リレイションズの第一の要因としてこれまでイギリス本土で欠けていたものを導入した。すなわち宗教である。人種に基づく偏見がコミュニティ間の問題の唯一の潜在的原因だという仮説に寄りかかる政策はいまや不適切だと見なすことができる(18)。

「コミュニティ・リレイションズの第一の要因」が「宗教」にあることが判明して浮上するのは、イギリスという国の「ナショナル・アイデンティティ」と「イスラム（服従を意味する。）」を旗印に掲げる宗教の齟齬である。この点について、『タイムズ』の社説は「コミュニティ・リレイションズ」責任者で当時の内務大臣ジョン・パッテンが内務省人種関係勧告協議会へ宛てた書簡の内容を取り上げ、要点を支持している。「コミュニティ・リレイションズ」における政府の目的は「同化」ではなく「統合」にあるとしたうえで、「ミニマリスト・ライン」と呼ぶ最低限の「同化」が必要だというところに要点がある。「ミニマリスト・ライン」として、要約すると次の三点が挙げられている。

1　文明的で法律遵守の寛容な社会が持つ規則の遵守。
2　英語とその文化を知ること。
3　イギリスの歴史に目を背けず、イギリス的になること。

この「ミニマリスト・ライン」はなんら新しい内容でなく、サッチャー政権の「コミュニティ・リレイションズ」政策の要点にほかならない。これらについて移民としてどう折り合いをつけるかが『悪魔の詩』のテーマなのである。

しかし、この作品では宗教は個人の内面の問題にすぎず、実際問題として夢の世界として扱われている。宗教の個人化は、われわれもすでに若干の考察をしているが、一九世紀以来のイギリスの歴史に見て取れる。こと宗教の扱い方に関してルシュディは明らかに「イギリス的」にことを運んでいて、まさに「ミニマリスト・ライン」を守っているのである。しかしながら、イギリス市民であるルシュディに対する「ファトワ」は、イランの宗教指導者の決定にすぎないにもかかわらず、「ミニマリスト・ライン」どころか国境すら無視して適用される「宗教的法律」とあって、歴代のイギリス政府がそれまで予想しない事態となったのである。「ファトワ」への対抗措置として国交断絶という手段まで講じられたが、国家単位のこの種の措置は、世俗を超えた宗教的掟の前には無力となり、宗教的に是認されたテロリズムが横行した。

政府レベルでなく、民間レベルでも、ルシュディ事件は「コミュニティ・リレイションズ」に新たな展開をもたらすこととなる。まずイギリス人（白人）社会対ムスリム・コミュニティの対立が表面化し、この対立の中ではルシュディはイギリス人社会の一員と見なされる。やがてムスリム・コミュニティ内部の対立も明らかになる。この場合、ルシュディはムスリム・コミュニティの一員とされる。すべてを呑み込もうとする彼の「複合自我」的立場が他者からの批判の目に曝され、股裂きに遭うのである。それぞれの対立について、以下に少し詳しい分析を試みたい。

イギリス人社会対ムスリム・コミュニティ

民間レベルでのイギリス人社会対ムスリム・コミュニティという「コミュニティ・リレイションズ」において宗教という要因を前面に出した発言はアーノルド・ウェスカーに見られる。ウェスカーは「サルマン・ルシュディと出版社を守る国際委員会」のメンバーとして、一九八九年五月二九日付の『インデペンダント』紙に長文の手紙を寄せた。これによると委員会が主張しているのは次の四点である。

1　委員会はムスリムがデモをしたり、サルマン・ルシュディの本『悪魔の詩』について自由に意見を述べる権利を支持する。

2　しかしムスリム・コミュニティは、ルシュディがあの本を書いた際、彼に固有な自由表現の権利を行使したのだということを理解しなければならない。

3　委員会はムスリム・コミュニティがこの機会を利用して、ルシュディの死を命じるアヤトラ・ホメイニの馬鹿げた中世的な「ファトワ」に対する非難を疑問の余地なく明確にするように要求する。

4　委員会は冒瀆法が差別的だとするムスリム・コミュニティの意見に同意する。同法はキリスト教信仰に対する冒瀆を禁止しておきながら、ユダヤ教、イスラム教、仏教、その他少数派が信じるあらゆる宗教に対しては冒瀆を自由に許しているからである。しかし委員会は冒瀆法の拡充を要求するムスリムその他のいかなる宗教グループにも反対である。その主な理由は、冒瀆を納得のいくように定義することができないこと、宗教を納得のいくように定義できないこと（神は存在しないと信じる行為は、神は存在すると信じる行為となんら変わらない）、神は存在するとする信仰システムに保護が与えられ、神は存在しないとするべつの信仰システム、同程度に熱心に信じられているはずの信仰システムに保護が与えられないのはなぜなのか分からないこと、冒瀆法を拡充するということは広範囲にわたる検閲や自己検閲を招来し、その結果、イギリス人がほかのいかなる国民にもまして熱心に考え、議論し、命すら投げ出してきた民主主義に制約を与える可能性があること、などである。

この主張の背景にはイスラム・コミュニティの一部からルシュディに「冒瀆法」の適用を求める声が上がっていることがある[19]。それを受けた議論として「ルシュディと出版社を守る国際委員会」の主張の中で最も重要なのは、宗教論議に無神論者をも視野に入れるべきだとする点である。「神は存在するとする信仰システム」のみが保護されている現状において、「神は存在しないとするべつの信仰システム」の存在を指摘し、「熱心に信じられている」という点ではどちらも同等であると主張している。このように「コミュニティ・リレイションズ」における無神論者の相対的位置付けを行い、その認知を迫っている点は、ルシュディの宗教的懐疑やセキュラリズムの立場を追認するものである。

ウェスカーは投書の後半で個人的意見を述べているが、そこで強調されているのは、「民主社会にとって中心的な自由」はなんであるかという問題である。いかなる宗教であれ、他者がそれに疑問を呈し、それについて議論し、茶化したりする権利を束縛しないところに「民主社会にとって中心的な自由」がある、というのがウェスカーの意見だ。そのような自由を保障しているはずのイギリス社会において、暗殺の危険に曝されたルシュディが警察の保護の下に身を隠し、ペンギン社は『悪魔の詩』のペーパーバック刊行を自粛し、同社の社員一人一人までがテロの危険に怯えているという事態は耐えがたいことであり、民主主義の危機であるという認識が彼の投書に披瀝されている。

ウェスカーの目から見ればルシュディはイギリス人社会の完全な一員であり、その無神論は擁護されるべきものなのである。

ルシュディ問題以後、具体的にはブラッドフォードでの焚書事件以後、イギリス社会に恐怖感が蔓延し、住み心地のよさがなくなってしまったという嘆きもイギリス人側から漏れる。作家フェイ・ウェルドンは「粗布と灰」をかぶっている気分だと、週刊誌『リスナー』一九八九年五月一八日号で言っている。彼女はかつてある広告会社でルシュディの同僚だったことがあるが、彼女のルシュディ擁護はウェスカーほど歯切れがよくない。彼女は無神論者ではなく、まがりなりにもキリスト教徒であって、その立場からキリスト教会の対応を皮肉っている。『コーラン』は神の子キリストを認めず、ユダヤ教徒やキリスト教徒と友だちになることを禁じているのに、キリスト教会の鷹揚ぶりはどうしたことか、とウェルドンは言う。このぶんでは教会の隣にモスクを建てることを奨励しているようなものだというわけである。ムスリムへのこの種の苛立ちがイギリス人社会に広がっていたことを窺わせる。そのような社会がルシュディを受け容れるのは、もっぱら寛容のなせる業なのである。

しかしルシュディをムスリム・コミュニティの一員として遠ざけつつ、言論の自由の濫用を批判するイギリス人もいないわけではない。作家ロアルド・ダールは一九八九年二月二八日付『タイムズ』への投書で次のように書いている。

ルシュディ問題について盛んに書いたり話されたりしているけれども、作家その人を批判する非ムスリムの声をいまだかつて聞いたことがない。それどころか、彼はある種のヒーローのように見なされているようである。とりわけ同業の作家仲間や私がそのメンバーである作家協会においてはそうだ。私から見ると、彼は危険なご都合主義者である。

彼がイスラム教とその信者について深い知識を持っていることは明らかで、彼の本が敬虔なムスリムのあいだに巻き起こすだろう深刻で激しい感情を知り抜いていたに違いない。換言すれば、彼は自分がしていることを正確に知っていたのであり、いまさら知らなかったと弁解できない。

この種の扇情主義は無責任な本をベストセラーリストのトップへ押し上げることはよくある（『スパイキャッチャー』がもう一つの例だ）。しかし私の考えではそれは安っぽいやり方である。それにまた作家には自分が言いたいことを言う絶対的権利があるという適切な原理そのものに深刻な緊張を強いる。

文明世界では、言論の自由というこの原理を強化するために自分自身の作品に対して少々の検閲を行うという倫理的義務をわれわれは負っている。（Appignanesi and Maitland, 217-218）

ここで注目されるのは、「自己検閲の勧め」よりも、ダールがルシュディを別の側へ押し出そうとする姿勢である。彼の目から見ると、ルシュディは明らかに「文明世界」以外の別の側からきた別人なのである。ルシュディについて「イスラム教とその信者について深い知識」を強調するのは、彼が向こう側の人間だと言いたいからである。ルシュディがどれほどイギリス社会へ自ら進んで同化しようとしても、どこかに越えがたい一線が引かれている。そこで彼が引き返そうとしてみると、ムスリム・コミュニティは彼を受け容れない。どこにも居場所のない事態（無所属状態）は、しかし、「ファトワ」に始まるのでなく、『悪魔の詩』を書く前から彼が感じていたことであり、その感情の表象をチャムチャに託したのである。「高等移民」は無所属となるしかないことが、作品の中だけでなく、現実の「コミュニティ・リレイションズ」においてもこのように証明されたということになる。

ムスリム・コミュニティ内部の対立

ロンドンのイギリス人社会がＩＲＡのテロに加え、イスラム教徒のテロを恐れはじめたのは『悪魔の詩』事件以降である。ルシュディ支援の演劇公演や集会は特に厳重な警戒が必要とされた。しかし、イギリス人には民主主義を育てたという自負がある。テロの脅威があるからといって公演や集会を中止することはない。そのひとつが『イランの夜』公演であった。政府および治安当局の姿勢の表れとして、それがルシュディ支援と銘打った演劇公演であるがゆえに許可された芝居だが、実は中身はムスリム・コミュニティ内部の対立をテーマにしている。

この諷刺劇は一九八九年四月にスローン・スクェアのロイヤル・コートで厳重な警戒の中、一回だけ上演され、テレビでも放映された。これは『千夜一夜物語』のパロディとして作られたもので、作者はタリク・アリとハワード・ブレントンである。アリはパキスタン人のムスリムで、ブレントンはアクチュアルな問題を取り上げることで知られる劇作家だ。脚本の前書きによると、二人はこの芝居を五日で書き上げた。急いだ理由は、『悪魔の詩』に反対する勢力がもたらした「危機」に対応するためである。「危機」とは言うまでもな言論の自由の危機であり、「自由に表現する権利を控えめに実践してみること」が彼らの狙いだった[20]。パキスタン人とイギリス人の共作であることは、「コミュニティ・リレイションズ」の観点からすると、「多文化社会」を示す象徴的な組み合わせである。しかしいまや問題は人種でなく宗教であり、ムスリム・コミュニティ内部の対立とはまさに宗教が原因の対立であることをこの芝居は語っている。

イランの国営通信ＩＲＮＡが「悪魔の続編」であり「下品な劇[21]」と反発したこの芝居では、冒頭にポール・バッチャージー演じるペルシアの詩人オマル・カイヤームが登場し、ペルシアにおける背信者処刑の歴史を強いインド訛りの英語で並べ立てる。明らかにイスラム狂信者への揶揄であるとともに、インド訛り英語が劇場空間を支配する。『悪魔の詩』の英語を彷彿とさせるその英語は、ルシュディ支持の最初のメッセージとして作用する。

つづいて『千夜一夜物語』成立の背景をオマルは語り、二人の登場人物を紹介する。残酷なカリフと、彼に夜毎面白い話を聞かせて災厄を免れる女シェヘラザード（演じたのはファイオナ・ヴィクトリー）である。カリフを演じるネイビル・シャバンは脚が文字通り萎えている。動く時はだれかに運んでもらうか、車椅子を使う。そういう男がカリフとして残酷な命令を次々に下す。なまなかな話には満足しない。困り果てたシェヘラザードは最近のホメイニとルシュディの関係を「聖者」と「詩人」の確執譚として語る。それにいたく興味をおぼえたカリフはみずから「聖者」となり、オマルを「詩人」に仕立てて劇中劇を始める。こうして、『悪魔の詩』事件を諷刺する準備が整うわけである。

諷刺劇はまず「聖者」がペンギンの処刑を命じ、ビニールのペンギンが切り裂かれるところから始まる。これは『悪魔の詩』の出版社ヴァイキングとその背後のペンギン・グループを念頭に置き、「ファトワ」を出したイランの対応を示す戯画である。ヴァイキングの社長はユダヤ人であって、イスラエルの陰謀でマホメットを冒瀆する小説が出版されたというのが、イランの言い分だった。諷刺劇は「聖者」と「詩人」の対決の場面となり、「詩人」は「だれにも読めない本」を冒瀆的だとして処刑命令を出すような「聖者」の非を責める。しかし「聖者」は処刑命令は神の命令だとして耳を貸さず、「神は一人しかおらず、モハメットはその予言者である」と繰り返すばかりである。おまけに「西洋へ渡った宗教はすべて汚れている」とケチをつける。

ここでの「詩人」はルシュディに相当するわけだが、必ずしも無神論者として設定されていない。むしろムスリム・コミュニティの内部にいる者という扱いである。

「聖者」と「詩人」の芝居に飽きたカリフは、新たな劇中劇として「父」と「息子」の対決を始める。「父」というのは一九五八年にブラッドフォードへ移民としてやってきて、レストランを経営する穏健なムスリムであり、「息子」はイギリス全体をイスラム国に変えなければ気がすまないと思っている狂信者である。イギリス国内におけるムスリムの内部対立がここに反映されているわけだが、悪魔の手先はルシュディよりも狂信者のほうだというのが作者たちの見解である。その点を強調するかのように、狂信者の「息子」が悪魔に電話するところでこの芝居は終わる。

この芝居には一種のコーダとしてのカーテンコールが用意されていて、その場で三人の役者がつぎつぎに詩人や小説家の名前を唱える。みずからの書きものゆえに迫害や災厄に見舞われた詩人や作家たちで、オマル・カイヤームその人のほかにダンテ、オスカー・ワイルド、ジェイムズ・ジョイス、D・H・ロレンス、ファイズ・アフメド・ファイズ、ナギブ・マフフーズなどの名前が含まれている。『悪魔の詩』の作者も文学的受難者として決して孤独ではないことを訴え、支援のメッセージとしている。

結局、この芝居ではルシュディとおぼしき人物がムスリム・コミュニティ内部の人間として扱われ、その中でも穏健派という分類を受けているが、実際の彼はどこにも分類できない微妙な立場にいる。そのことが表面化するのは自ら穏健なムスリムを名乗るラナ・カバッニ（一九五八―）との論争においてである。

ルシュディは地下生活一年の沈黙を破って一九九〇年二月四日付『インデペンダント・オン・サンデー』紙にエッセイ「誠意をこめて」を発表し、「ラナ・カバッニは完璧なスターリニスト的熱烈さを示しながら、作家はコミュニティにたいして〈弁明する責任がある〉と告げた」と書いた。ラナ・カバッニは『キリスト教世界への手紙』（一九八八）を書いて、西洋化したムスリムという立場から穏やかなルシュディ批判を展開したのだが、それに対するルシュディの反応がこれである。「完璧なスターリニスト的熱烈さ」と言われてラナ・カバッニも黙っているわけはなく、二月一一日付『インデペンダント・オン・サンデー』紙に投書し、次のように反論した。

最近、私は『キリスト教世界への手紙』と題する個人的回想録を書き、西洋においてムスリムの女性として育てられるということがどんなものであるかを説明しました。その中で、『悪魔の詩』がもたらしたさまざまな結果についての私の懸念に触れたのですが、私としては穏当にして妥当だと思われる書き方をしたつもりでいました。そんなわけで、サルマン・ルシュディが「誠意をこめて」というエッセーの中で私のことを〈完璧なスターリニスト的熱烈さ〉があると非難しているのを知り、驚きました。論争への余地を残すためには悪口は慎まなければならないと申し立てていたものにとって、これはほとんど見込みのない出発点です。

スターリンは自分に同調しないものはだれであれ自分の敵だと信じきっていました。これはルシュディ氏の信念でもあるのに違いありません。言論の自由とは、考えられる細部のすべてにわたって自分に同意する自由を意味するにすぎない、と彼は考えているのですから。(22)

『キリスト教世界への手紙』において彼女は裕福なムスリムの女性としていかに育ってきたかを回想している。生まれはシリアのダマスカスで、親類縁者に首相経験者や外交官がたくさんいた。彼女の父親もアメリカ大使を経験している。父親の仕事の関係で欧米での生活が長く、キリスト教世界との接触で、ムスリムとしての自分を見つめ直す機会をしばしば持ち、自分の中での「はっきりとしたふたつのパーソナリティの形成」(Kabbani, 12) を意識する。しかし彼女はイスラム教を信じていて、ムスリムとしての生活習慣のよさを見直そうとしてこの回想録を書いたのである。「ムスリムとしての育ちのルーツは、ハラルとハラムの区別、つまり許されることと禁じられていることの区別、またタヒルとニジスの区別、つまり清潔なものと不潔なものの区別を学ぶことにある」(Kabbani, 37) と彼女は言い、これら四つの項目の組み合わせによってかなりの部分のムスリム的生活習慣が説明できると考えているが、その延長上で『悪魔の詩』を「禁じられていること」の部類に入れる。ケンブリッジ大学の後輩でもある彼女はルシュディの才能を高く評価し、『真夜中の子供たち』を絶賛するけれども、『悪魔の詩』は読者に「説明責任」(Kabbani, 67) を果たしていないので、評価できないと結論づけている。彼女は一点を除けばルシュディのよい理解者なのである。その一点とは信仰である。彼女は神を信じ、ルシュディは信じていない。

彼女は「文化越境」の問題を取り上げ、それについて書く作家は「成功」と引き換えに「オリジナルなアイデンティティ感覚」を失う恐れがあり、「危険」だと言う (Kabbani, 67)。しかしそれが「危険」なのは一神教信者として「統合自我」を維持しようとするからである。彼女はまた「文化的差異の超越」について語り、その面での成功は「自分のルーツの拒絶を前提とする」と言う (Kabbani, 67)。しかし「ルーツの拒絶」が「イスラムの拒絶」を含むのでなければ、「文化越境」はありうると彼女自身も認めるはずである。彼女はまた「モダニスト文学」を批判する。そこでは「人生が救われない政治的ペシミズムで見られている」(Kabbani, 68) と彼女は言う。

変化や変身の望みはない。これに対する唯一の合理的反応は懐疑と不毛の確信である。崇めるものはなにもなく、敬うものもなにもない。神であれ、善であれ、はたまた人間性であれ、なにかを信じると嘲笑される。これがたいていのモダニスト文学がとっている打ちひしがれたものの見方だ。サルマン・ルシュディその人も『悪魔の詩』をこのモダニストの伝統にしっかりと位置づけている。（Kabbani, 68）

すべては信仰者の発言であり、信仰者から見た無信仰者の姿がそこに描き出されている。ペシミズム、絶望、懐疑、不毛、不信などにしか行き着かない道を歩むものとしての「モダニスト」作家を、自分たちの世界から追い出したいというのがラナ・カバッニの主張である。ルシュディは西洋化した穏健なムスリムからの絶縁状を突きつけられているわけである。ここでも彼の居場所のなさが明らかとなる。残るのは自分だけである。「モダニスト」作家はなにも信じないとラナ・カバッニは言う。しかし彼女は彼らが自分だけは信じていることを忘れている。それゆえにルシュディの「複合自我」表象としての一連の作品があるというのに、である。ただ、ラナ・カバッニの批判がその種の文学の限界を示していることも記憶に留める必要がある。

4　言　語

ジブリール・ファリシュタその他の言語問題

ここで考察すべき言語の問題は、移民との関係に重点があり、文体理論の問題ではない。移民と言語の関係を考える際に、『イランの夜』の個人的観劇体験から始めるとすれば、その芝居でなによりも驚いたのは役者がしゃべる台詞の調子である。呪文のように聴取不能なインド訛りの英語が舞台上を飛び交う。ルシュディが作り上げた「がらくた英語」の見本と言える『悪魔の詩』冒頭部を音声にした場合はこんな調子なのではないかと私は思った。

その冒頭部は上空二万九〇〇二フィートから落ちながらジブリール・ファリシュタがサラディン・チャムチャへ話しかけている部分で、インド訛りの英語が使われている。そこには人名を含め、明らかに英語と言えない単語が数多く挿入される。"Gibreel Farishta" "Ho ji! Ho ji!" "Tat-taat! Taka thun!" "Ohé, Salad baba" "Chumch" "Spoono" "bhai" "Dharraaammm!" "na" "yaar" などである（SV, 3）。ジブリールがこのような「がらくた英語」を話すのは、彼の土着性に関係する。彼は生まれてからずっとインドで暮らし、弁当配達人から映画スターになった人物である。彼の周囲にいる人々が話す英語のサンプルとしては、弁当配達会社の社長であるとともにジブリールの養父でもあるムハートレのしゃべり言葉があり、"phutt, kaput" "baprebap!" "ai-hai!" "o-ho!" "Babasaheb" など、見るからに英語でない単語がそこに投げ込まれている（SV, 21）。

しかしジブリールは言語に不自由しているようすはない。アリー・コーンとの生活から明らかになるのは、ナボコフもピカビアも知らず、「マリネッティ」と聞いて「マリオネット」と誤解するように（SV, 311）、彼に西洋的教養がないというだけのことである。

いかにも移民らしく言語に不自由するのはハインド・スフィアンである。彼女にとってイギリスは「このヴィラエト（Vilayet＝外国）」であり「ユケー（Yuké=UK）」（SV, 248）と呼ぶべきものであり、英語は「舌が疲れるような空々しい音」（SV, 249）で、「彼女が大切にしてきたものすべてがこの変化で台無しになり、この翻訳という過程で失われた」（SV, 249）という。

彼女の娘たちは言語に困っていないが、発音はすべて「r」が「l」になっていて、"when *honolable* fascist swine jump at you *flom* dark alleyway, offer him teaching of Buddha before you kick him in *honolable* balls"〔偉そうなファシストのブタが薄暗い路地から跳びかかってきたら、偉そうなタマタマに蹴りを入れる前にブッダの教えを垂れてやれば〕（SV, 277, italics mine）という具合である。ちなみにこれは上の娘ミシャルがスポーツ・インストラクターのジャンピー・ジョシに話しかけている場面である。

ジャンピー・ジョシはチャムチャと同じインドからの移民で、彼からイギリス人の恋人パメラを奪う程度にイギリスへの強い憧憬を抱いている。彼は作家でもないのに、ルシュディを代弁するような「言語問題」を語る局面がある。ミシャルがハニフ・ジョンソンとの関係を彼に打ち明けた直後の反応として、彼はまず黒人弁護士ハニフの言語能力に脱帽する。ハニフが「社会学的、社会主義的、ブラックラディカル的、アンチ・アンチ・アンチ・レイシスト的、民衆扇動家的、雄弁術的、説教的」な言葉を「申し分なく駆使する」(SV, 281) からである。この後に次のような彼の内的独白が続く。

しかし糞ったれのおまえはおれの引き出しを掻きまわし、おれのばかげた詩を笑う。ほんとうの言語問題とは、それをどうひん曲げて形をつけるか、いかにそれをわれわれの自由にするか、いかにその毒された井戸を再所有するか、いかに血塗られた時間を流れる言葉の川を征服するかだ。そのどれについてもおまえは手がかりを持たない。

(SV, 281)

「毒された井戸を再所有」という表現にはギュンター・グラスから学んだ言語観が明らかに反映している。[23] その意味でもこれは「移民」作家ルシュディの代弁なのである。

サラディン・チャムチャの言語問題

作者の分身サラディン・チャムチャの言語問題は、山羊になって言葉を失うことから始まる。裏切られたために憎悪の対象となっているジブリールが夢に現れると、チャムチャの口をついて出るのは「彼の見捨てられた母語」(SV, 255) での呪詛 "Hubshees" という言葉である。しかし、彼はインド人へ戻りきることはできない。人間の姿に戻ってからの彼の言語への関心は常にペダンティックなものである。それを示す格好のエピソードは、彼がパメラやジャンピー・ジョシとともにウフル・シンバ支援集会へ出かける場面に見出される。黒人の集会とあって、若い黒人女性がインド人の彼を調べにくる。彼女が身に着けているバッジには "Uhuru for the Simba〔シンバのためにウフルを〕" お

よび “Freedom for the Lion〔ライオンのために自由を〕” と書かれている。

「彼が選んだ名前の意味を説明しているの」と彼女は重複気味に説明した。「アフリカ語よ。」「何語？」サラディンは知りたかった。彼女は肩をすくめ、演説人たちに耳を傾けようと背を向けた。その声の調子からすると、それはただのアフリカ語なのよ、と言いたげだった。ルイシャムかデットフォードかニュークロスあたりで生まれたアフリカ語、私が知る必要があるのはそれだけ……。パメラが彼の耳元で囁いた。「なるほど、あなたもようやく自分が優越感を持てる相手を見つけたってわけね。」彼女はまだ彼の心中を本のように読めるのだった。（SV, 413）

このように彼の言語への関心は常にペダンティックなものであるが、ペダンティズムはこの場合のように人間の上下関係を決めることもある。知識は力なのである。この力比べで人間関係を考えれば、こと言語に関する限り、移民は常に母語話者（つまりイギリス人）にかなわない。チャムチャに明らかなのはイギリス人に伍して生きようとする「高等移民」であるがゆえのこの劣等感であり、その克服が課題である。しかしジャンピー・ジョシの悲観論がその答えになっているように、それは克服困難な課題なのである。しかも母語から英語への「翻訳」によっては、ハインド・スフィアンに見られるように、「大事なものが失われる」ことになる。

ここでわれわれには、『ルバイヤート』の例を挙げて「翻訳にも得るものがある」と主張したルシュディの翻訳論が思い出される。「得るもの」とはギュンター・グラスの顰に倣って創出した「がらくた英語」のほかに考えられない。それこそが、居場所を失った作家が無所属人間の自己表出媒体として「創造」の殿堂に捧げる作品なのである。その作品についてのやや自虐的な評価を暗示するエピソードが『悪魔の詩』に見出される。

「あなたね、あれ〔「シャーンダー・カフェ」のこと。〕があなたのトップテンに入っていると言うのならば、あなたがあまり気に入らないところには案内しないでくれないか」ジブリールは帰りがけのタクシーの中で言った。

「『*Minnamin, Gut mag alkan, Pern dirstan.*』とチャムチャは答えた。「つまり『わがいとしい人よ、神は飢えを作り、悪魔は渇きを作るもの』ナボコフ」

「またその男か」とジブリールは不平を言った。「いったい何語なの？」

「ナボコフが自分で作った言葉さ。キンボートが子供の時にゼンブラ人の乳母から教わった言葉だよ。『青白い炎』でね」

「*Pern dirstan* か」とジブリールは繰り返した。「どこかの国みたいだな。地獄かも知れない。どっちみちおれはお手上げだ。自分勝手に作った言語で書くような作家を読めって言うのかい？」(SV, 441)

チャムチャがジブリールと再会し、「シャーンダー・カフェ」へ案内して、居合わせた酔っ払いたちから酷い目に遭った後の場面である。ジブリールがもう二度とあのような店には行きたくないという意味のことを言うと、チャムチャがナボコフを引用する。[24] チャムチャもジブリールも作者の分身であることを考えると、これは「個人言語」についての作者の自問自答と見ることができる。ナボコフを引用することでルシュディは「ゼンブラ語」のような「個人言語」による書き手の先例を仄めかすが、ジブリールの言葉が示すように、だれも読んでくれないのではないかという不安もここに窺える。そのような不安の中で彼はこの明らかに実験的な作品を書いたということである。

5　「複合自我」の「移民」的位相

『悪魔の詩』は移民たちの代弁者＝表象者を自任する作者が自らの移民としての立場を考察し、そこに含まれる「無所属性」や「悪」に気づく告白の書である。彼によれば「複合自我」の「移民」的位相は「ルーツ」「コミュニティ」「言語」という三つの要素から成り立っている。われわれはこのセクションでそれぞれについて『悪魔の詩』の中でなにが書かれているかを分析した。

「ルーツ」については、作家の分身である二人の人物がそれぞれ別種のルーツを割り当てられている。サラディン・チャムチャには世俗的ルーツ、ジブリール・ファリシュタには宗教的ルーツという具合である。世俗的ルーツは単に作家の生誕地との関係だけでなく、生まれ育つ過程での精神的社会的要素も含む。チャムチャはイギリスへ留学して隠微な差別を受けつつも、「イギリス的自我」を自らの内に育み、イギリス人女性と結婚する。彼はこの結婚が原因で親子の縁が切れる事態を経験する。親がイギリスへ留学させる子供に期待するのは医者や弁護士になることである。しかしチャムチャは役者になって父親を落胆させる。親子の縁切りはチャムチャに根なし草《デラシネ》としての「自己」をいっそう痛感させる。「選択された不連続の生きもの、自ら好んでする改造物」という存在は「非存在者」であり、「悪」だという認識が芽生える。「自我の欺瞞性」を自覚するのである。こうして「悪」もまた「複合自我」の構成要素であることが発見される。それを証明するのが物語終盤で展開される『オセロー』の翻案劇である。この「悪」から彼を救えるのは、宗教でなく、人間的な「愛」で、それを彼はボンベイへ帰ってズィーニ・ヴァキルとの間に見出す。

ジブリール・ファリシュタに託された宗教的ルーツは、結局のところ宗教への懐疑の確認作業に終わる。ルシュディには大天使ジブリールへのこだわりがあり、そのこだわりをジブリールという人物に仕立てたのである。彼は大都市への「移民」であり、イギリスに対しては訪問者にすぎない。しかし映画スターとしての彼の虚像は実物よりも先にイギリスへ越境している。イギリスでのジブリールは病的「妄想」と「淫欲」から成り立っているが、それは生活者であるよりも亡霊が徘徊しているに等しい。彼の信仰は超自然現象へのそれであり、ボンベイで出会う弁当配達会社親方のマハトレが見せる超能力現象が、彼にとって「ヒエロファニー」となる。その後映画界入りし、「神話もの」シリーズに出演して神々への変身を経験するが、それが現実の経験と錯覚される。彼の虚像はレハー・マーチャントという人妻を狂わせ、自殺させる。一方彼の生身の身体はもう一人の移民であるアレルーヤ・コーンを迷わせ、淫欲だけの関係を成り立たせる。彼らの間に精神的つながりはない。夢の中でイスラム教黎明期のドラマや女預言者アーイーシャのドラマが展開するが、その中心にあるのは快楽対禁欲の戦いであり、「ヒエロファニー」への懐疑でである。

「コミュニティ」の問題は故郷のコミュニティを失うことから始まる。『悪魔の詩』が大きく取り上げているのは、しかし、移民先でのコミュニティの問題である。「シャーンダー・カフェ」はロンドンのムスリム・コミュニティの拠点として設定されている。近くにはブラック・コミュニティもあり、白人社会を含めた「コミュニティ・リレイションズ」は政治の重要課題でる。

物語の中では若者たちに悪魔崇拝が流行していて、山羊人間のチャムチは「悪魔」として人気者になる。彼が山羊人間であるのは淫欲の象徴であるとともに、コミュニティの中での異物という意味もある。ルシュディの分身であるチャムチャは「高等移民」であり、コミュニティの中で浮いている。

悪魔崇拝に関係する連続老女殺人事件が起こって、黒人のドクター・ウフル・シンバが逮捕されることから、「コミュニティ・リレイションズ」が社会問題となる。警察による不当逮捕ということで、騒乱が起こる。このあたりの物語の展開はマーガレット・サッチャーの政治に対する批判になっている。彼女による中産階級の改造は、貧困層を苦しめる結果になっているという批判である。それに加えて、政府がとっている「コミュニティ・リレイションズ」政策も批判している。その根底には人種差別があるとして、隠微な人種差別を非難する。

しかしながら、「コミュニティ・リレイションズ」の本当の問題は、人種問題でなく、宗教問題だということが明らかとなるのは、『悪魔の詩』事件の副産物である。「コミュニティ・リレイションズの第一の要因」が「宗教」にあることが判明して、「ミニマリスト・ライン」と呼ぶ最低限の「同化」が必要だする主張が浮上し、サッチャー政権の「コミュニティ・リレイションズ」政策の要点にもなった。それはその後の政権にも引き継がれるが、ロンドンのイギリス人社会がＩＲＡの政治テロに加え、イスラム教徒の宗教テロを恐れはじめたのは『悪魔の詩』事件以降である。

「移民」と「言語」の問題では、「移民」らしく言語に不自由するハインド・スフィアンが登場する。彼女はわれわれ非英語話者に容易に理解される言語的ストレスを強く感じつつも、新たな言語環境に身を慣らす。ジブリールはいわゆる「インド英語」を話す人物で、その「がらくた英語」の実例がテクストに取り込まれている。彼らと対照的なのは黒人弁護士ハニフで、彼の言語能力はもう一人の「高等移民」的登場人物ジャンピー・ジョシが羨望するほどである。サラディン・チャムチャその人の言語への関心は常にペダンティックであることも、物語の一部から判明するが、この物語にはこのように「移民」と「言語」の関係の多様性が示されている。

翻訳の問題もある。母語から英語への「翻訳」によっては、ハインド・スフィアンに見られるように、「大事なものが失われる」と考えられる。しかし、ルシュディは翻訳によってむしろ得るものもあるのだと主張し、ギュンター・グラスの顰に倣って「がらくた英語」を創出し、その実例を披瀝している。

『悪魔の詩』は移民としてのルシュディの相対的な位置あるいは立場を明らかにしている。一言で言えば、「高等移民」ということである。その立場はサラディン・チャムチャに表象されている。この人物にはルシュディの自伝的要素が数多く見出されるうえに、サッチャー政権批判の政治的立場も同じである。「イギリス的自我」の形成にエネルギーを注いできた生き方が暗礁に乗り上げ、「自己喪失」感に苛まれる。そこで、それまで遠ざけてきたムスリム・コミュニティに近づき、人種差別事件の被害者支援運動に加担するが、コミュニティとの一体感を持つに至らない。「高等移民」から脱しきれないゆえの孤立が、受け容れざるをえない自らの立場だと再認識する。ここから「無所属」の感覚が生まれてくる。

ルシュディが宗教へ背を向けるのは、神が信じられないということのほかに、鳥に象徴される移民の自由が束縛されるという思いもある。自由に価値がおけるのは彼が「高等移民」だからで、普通の移民は自由が不安になり、組織宗教に依存するはずである。

彼がここでのもうひとつのテーマとしている「悪」は、それが人間の外のあるのでなく、内にあるというところに要点がある。悪魔は人間の中に棲んでいるとする考え方を彼はブレイクから学んだのであった。この「悪」は「自由」の追求とも関係していて、その種のテーマは今後の彼の作品の基調底音となる。

注

（1）この作品は現在進行中の「ノンナチュラリズム」的物語の部分とジブリールの夢の部分から九章立てで構成されているが、それらの部分は章ごとに交互に扱われる。そのことを端的に示しているのが次のような目次である。

Ⅰ　天使ジブリール
Ⅱ　マハウンド
Ⅲ　エルオーエヌ・ディーオーエヌ
Ⅳ　アーイーシャ
Ⅴ　見えても見えない都市
Ⅵ　ジャーヒリーヤへの帰還
Ⅶ　天使イズラーイール
Ⅷ　割れたアラビア海
Ⅸ　魔法のランプ

この目次について若干のコメントを加えるならば、大天使ジブリールはガブリエルのアラビア語読みだが、ここでは主人公の名前としても使われている。第Ⅰ章はボンベイからロンドンへ向かう飛行機がハイジャックされて、それに乗り合わせたジブリール・ファリシュタとサラディン・チャムチャが一〇一日間砂漠で過ごした後、飛び立った飛行機が空中で爆発して二万九〇〇二フィートの高みからイギリスの海岸へ墜落する場面で始まり、二人の回想が行われる。

マハウンドというのは中世における悪魔の別名で、この本ではマホメットの渾名となっていると同時に、映画スター、ジブリール・ファリシュタ主演予定の未製作映画の題名でもある。この名前はジブリール・ファリシュタの幻想あるいは夢の中にしか登場しない。ジブリールは三日も四日も眠りこける習性があり、その間に長い夢を見る。その夢の記述が第Ⅱ章、第Ⅳ章、第Ⅵ章、第Ⅷ章に現われる。このうち「Ⅱ　マハウンド」と「Ⅳ　ジャーヒリーヤへの帰還」がマハウンドに関係している。第Ⅱ章はジブリールが見る夢の最初の章で、マハウンドが偶像神の問題をめぐって市民と対立する。

第Ⅲ章の「エルオーエヌ・ディーオーエヌ」とはＬＯＮＤＯＮ（ロンドン）のことで、チャムチャが山羊に変身したり、彼の妻パメラの裏切りが発覚したりするのはこの章である。ジブリールはロンドン在住の恋人アリーのもとへ行く。この作品において現在進行形で展開する話は最終章をのぞいてすべてロンドンを舞台にしている。

第Ⅳ章の「アーイーシャ」はマホメットの最も若い妻の名から来ているが、この本では蝶を食べ蝶の衣を着た女予言者の名前や、娼婦のあだ名として使われる。夢の中の主人公にはマハウンドだけでなく、アーイーシャもいるわけであり、「Ⅵ　アーイーシャ」および「Ⅷ　割れたアラビア海」がアーイーシャ中心の話になっている。

第Ⅴ章の「見えても見えない都市」というのもロンドンのことで、観光客などはもとより白人のロンドン市民にも見えないインド人社会を意味している。そのインド人社会を舞台にして、ジブリールは映画界への復活を決め、チャムチャは人間の姿に戻る。

第Ⅵ章の「ジャーヒリーヤ」というのはアラビア語で「無明時代」という意味だが、歴史用語としてはイエスが死んでマホメットが出現するまでの予言者不在の時代、すなわち闇の時代を指す。この本ではマホメットにとってのメッカに相当する地名として使われている。Ⅳ章におけるマハウンドは予言者としてジャーヒリーヤの市民に一神教の教えを説こうとするが、市民たちは多神教信者で、特にアッラート、ウッザー、マナートの三女神を篤く信仰している。この市を事実上支配している豪商、というより大企業家カリム・アブ・シンベルとその妻ハインド（六〇歳）が登場し、多神教信者としてマハウンド（六五歳）に敵対する。ペルシア人サルマンの背信も起こる。

第Ⅶ章の「天使イズラーイール」とは生者から魂を奪う死の天使のこと。第Ⅶ章では作中での最大の悲劇としてシャーンダー・カフェの焼失が起こる。

「Ⅷ　割れたアラビア海」という最後の夢の章はアーイーシャとティトリプルの村人たちがアラビア海を渡るエピソードを取り扱う。途中いろいろなことがあって、最後に洪水に見舞われ何人もの村人が死ぬのだが、残ったものはそれでもメッカを目ざしアラビア海の中へどんどん入って行く。すると彼らの前で海が割れるという、「出エジプト記」第一四章のような話になる。

「Ⅸ　魔法のランプ」は「アラジンと魔法のランプ」を下敷きにしたタイトルで、チャムチャとジブリールがボンベイへ戻り、ジブリールによる殺人、および彼の自殺が扱われる。

（2）“Outside the Whale,” in IH, 99（「鯨の外で——政治と文学について」川口喬一訳、『ユリイカ』一九八六年一一月号）. 一九八四年に書かれたこのエッセイでルシュディはオーウェルのヘンリー・ミラー論「鯨の中で」に見られる静観主義擁護を批判し、作家としての政治参加を主張した。

（3） この点についてはマリス・ルスヴェンによるブラッドフォードの学校教師へのインタビュー（*The Sunday Times*, 4 February 1990）とそれに対するルカヤ・N・アルドリッジの投書（*The Sunday Times*, 18 February 1990）を参照した。後者は「移民」たちが文学などに関心を持たない理由を述べている。金を稼ぐためにイギリスへやってきて、科学知識や技術は身につけるが、文学を読む暇はないのである。

（4） *Guardian Weekly*, February 27-March 5, 2003 参照。この記事によると、イスラム原理主義聖職者がユダヤ人、ヒンドゥー教徒、アメリカ人、無信仰者に対する殺人教唆で有罪となった。「イスラム対民主主義、アラー対悪魔、ムスリム対無信仰」という対立を煽り、聖戦を主張したという理由である。

（5） 『インターナショナル・ゲリラ』問題とタスリマ・ナスリン事件の詳細は補章参照。

（6） "Outside the Whale," in IH, 99.

（7） 土井光知「解説と小伝」、『世界名詩集1　ダン　ブレイク』所収、平凡社、一九六九、二二〇頁参照。

（8） 「悪魔の声」（Keynes, xvi）は「すべての聖書や聖なる掟は次のような誤謬の原因となった」と始まり、「身体」と「魂」を分離することの誤謬、「悪（＝エネルギー）」は「身体」に発し、「理性」は「魂」に由来するとすることの誤謬、「神はエネルギーに従う人間を永遠に苦しめる」とすることの誤謬を指摘し、「身体」と「魂」は分離していないことや、「エネルギーは唯一の生命であり、肉体に発し、理性はエネルギーの限界もしくは外辺である」ということ、そして「エネルギーは永遠の喜びである」ことを主張する。

（9） この点については、ルシュディの処刑を要求するイギリスのムスリムがなぜ作品も読まずにそうするかという議論の中で、ロンドン在住のムスリムからの投書が示唆的である。「九五％のムスリムの学生は科学者か技術者か医者か技師である」とした上で「ムスリムはこの国で金を稼ぐために時間を遣っているのであり、自分たちと異なるか対立するかする信念を持った人たちからの挑戦を受けて立つべく知的に準備するためではない」と投書者ヤクブ・ザキ博士は述べている。*The Sunday Times*, 18 February, 1990.

（10） "The lust of the goat is the bounty of God." William Blake, "Proverbs of Hell" (Keynes, xviii)

（11） 谷口幸男訳『エッダ　古代北欧歌謡集』新潮社、一九七三。本文中におけるこの本からの引用は頁数のみで示す。

(12)「ヒエロファニー」の定義については『神話・儀式・象徴――ミルチャ・エリアーデ・リーダー』と題する英訳版エリアーデ・エッセイ集を参照した。そこでエリアーデはこの用語を「聖なるものの顕現行為」(Beane and Doty, 141) と定義し、その具体例として「石や木などのありふれた事物における聖なるものの顕現」というような「最も素朴なヒエロファニー」から、「キリスト教徒にとってのイエス・キリストにおける神の具現」のような「至高のヒエロファニー」までを挙げている。

(13) "Mircea Eliade." *Encyclopædia Britannica.* 2003. Encyclopædia Britannica Premium Service. 05 Apr. 2003 〈http://www.britannica.com/eb/article?eu=32947〉.

(14) この点についてはロジャー・Y・クラークが次のように指摘している。「聖なるものへの志向つまりエリアーデの言う『ヒエロファニー』に対して懐疑を投げかけることで、ルシュディは and/or (そして/あるいは) 命題というあまり心のやすらぎにつながらないものをわれわれに提供しているように思う。絶えざる懐疑そして/あるいは神聖の選択、という命題である」(Clark, 131)

(15) 以下の引用には『コーラン』からの文言が含まれる。その文言についてはすべて井筒俊彦訳『コーラン』(岩波文庫、一九八八、下巻、一五五) から借用し、ゴシック体で明示した。ルシュディ自身はペンギン版『コーラン』を使ったと断っている。

(16) Dashell Hammett (1894-1961), Raymond Chandler (1888-1959), Mickey Spillane (1918-) などのミステリー作家が開発発展させた文体。物語のスピーディな展開を担保する省略に特徴がある。

(17) ルシュディとメアリアン・ウィギンズとの関係については補章参照。

(18) *The Times*, July 25, 1989, 15.

(19)「われわれはまたあらゆる可能な法的行動を取ることを模索している」という内容の声明が「イスラム問題イギリス行動委員会」という団体から一九八八年一〇月二八日に出ている (Appignanesi and Maitland, 59)。別の団体が「冒瀆法」による告訴を法律事務所に打診し、同法はキリスト教徒しか保護しないことを確認している。ムスリムが個人的に「冒瀆法」による告訴を行ったが、高等裁判所から却下された (Levy, 562)。

(20) "A Note," by Howard Brenton, in Ali and Brenton.

(21) 朝日新聞 (ロンドン版) 四月二一日付記事による。

(22) *The Independent On Sunday*, February 11, 1990.

(23) ルシュディが初めてギュンター・グラスを読んだのは一九六七年で、二〇歳の時のことである。当時の彼はケンブリッジの学生で、人並にブニュエル、ゴダール、ワイダ、ベルイマン、クロサワ、アントニオーニなどを見たり、マルクス、エンゲルス、マルクーゼなどを読んだりしていたが、『ブリキの太鼓』を読んだ衝撃が強烈だったことをエッセイ「ギュンター・グラスについて（On Günter Grass）」（*Granta 15*, 180-185）で告白している（なおこのエッセイは『想像のホームランド』には収録されていない）。それを読んで彼は作家になろうと思ったのである。「書くということは砂のように指の間からするするとこぼれおちてしまう幾千ものことがら、子供の頃のことや両親のこと、いろいろな都市や夢、瞬間的出来事や心に残る語句、不安や懐疑や愛など、ありとあらゆることがらをしっかり握りしめておく」（*Granta 15*, 181）ことだと彼は語る。そればかりではなく、彼はグラスから「言語」の歴史的側面を学ぶ。ナチ占領下のダンツィヒに生まれ育ったグラスの言語はナチズムに汚染された危険な言語だった。「途方もない悪があれほど豊かな表現力を発揮しうる言語というのは危険な言語にほかならない」（*Granta 15*, 181）というのがルシュディの見るグラス的言語観である。グラスをはじめとする戦後ドイツ四七年グループの偉大な業績とは、ナチズムが汚染した「がらくた」the wreckage からドイツ語を再建し、「瓦礫の文学」rubble literature を残したことだとされる。ルシュディは英語についてそれを実現しようとした。サッチャーリズムに汚染された表現力豊かな英語は危険な言語だと思い、サッチャーリズム信奉者の使う英語と異なる「がらくた英語」を作り出そうとした。その延長線上に「個人言語」と、それによる「がらくた文学」とも言えるグロテスクな世界が出来上がったという面がある。

(24) 引用箇所は Pale Fire, *Everyman's Library*, 1992, 229 にある。「ゼンブラ」は「ロシアとスカンジナヴィアの国境近くのどこか」にあり、「ゼンブラ語」は「スラヴ語とドイツ語の要素が混じっている」（Boyd, 90）

第五章　「複合自我」の「愛」の位相——一九八九年以降の作品について

1　幽閉後のルシュディ

一九八九年二月一四日にイランの宗教指導者ホメイニから「ファトワ」を宣告されて以降、ルシュディはしばらく長編小説の発表を控えることになる。もちろん児童文学『ハルーンと物語の海』（一九九〇）と短編集『東、西』（一九九四）の刊行があり、その他にも評論集『想像のホームランド』（一九九一）と映画評論『オズの魔法使い』（一九九二）が出ていて、文筆活動は少しも衰えることがなかったことが分かる。しかしイスラム過激派を刺激しないようにという配慮から、長編の刊行は『ムーア人の最後の溜息』（一九九五）が幽閉後初めてとなり、その後『彼女の足下の地面』（一九九九）と『怒り』（二〇〇一）を上梓する。これらの長編はいずれも「複合自我」表象に無縁でなく、処女作以来の「複合自我」小説群につらなる最後の三冊となっている。

「歴史」「政治」「移民」という、これまでの作品に顕著に見られる「複合自我」の位相が、これらの作品においても複雑に絡み合って表象されていることは言うまでもない。しかし、幽閉後の作品の最も顕著な特色は「愛」のテーマが前景化していることである。もちろんこのテーマは『グリマス』にも『真夜中の子供たち』にも『恥辱』にも『悪魔の詩』にも見出されるし、いくつかの短編にも見られる。そうした作品が明らかにしているのは、「複合自我」の「愛」が、ジェイン・オースティンに典型的に見られる「統合自我」的「愛」、簡単に言えば、欠点を補い合って

「完璧」を目指すような「愛」からは程遠い、むしろそれとは正反対の性質を持っていることである。「統合自我」的「愛」を「善」で「正気」とすれば、われわれが分析する「愛」は「悪」で「狂気」で「反社会的」ですらある。そこに見えてくるのは、「複合自我」の「自己愛」的位相であり、モダニズムの桎梏から脱しきれていないルシュディの一面である。「自己愛」はジョイスのようなモダニストに顕著な特色であったからだ。

2 短編集『東、西』

長編の検討に入る前に、短編集『東、西』に触れておきたい。そこに収録された作品すべてが「愛」の物語というわけではない。なんらかの形でそれに該当するのは「無料ラジオ」「役立つ忠告はルビーよりも希少」「ヨリック」「ルビーの靴のオークションにて」「クリストファー・コロンブスとイザベラ女王」「コーター」の六篇である。それ以外のテーマで書かれた作品として、「天球の調和」「予言者の髪の毛」「チェホフとズールー」の三篇がある。(1) 以上しめて九編が「東」「西」「東、西」という項目の下、三篇ずつ分類、収録されているのだが、書かれた時期は作品ごとに異なる。

「無料ラジオ」(一九八三)は頭が「ソフト」な若い人力車夫ラマニの愛を語っているが、彼を断種手術にまで突き動かすのはサラディン・チャムチャやジブリール・ファリシュタに見られる淫欲である。ラマニの欲望の対象は「泥棒の未亡人」と呼ばれる一〇歳年上の女だが、彼女はすでに亡夫の子供を抱えていて、それ以上の子供は欲しくないという理由から結婚になかなか同意せず、政府が推進する断種手術を受けて「無料ラジオ」をもらった男がいるという話を持ち出し、それとなくラマニに手術を勧める。「無料ラジオ」と女の誘惑に負けたラマニは手術を受けて、女と結婚し、最後まで届かない「無料ラジオ」をひたすら待ちつづける。このように断種手術さえいとわない愛は尋常でない。ラマニがジブリール・ファリシュタに似ているもうひとつの点は、映画スターになろうとするところである。彼は家族を引き連れてボンベイのボリウッドへ向かい、そこに群がる貧乏人たちの一人となるのである。彼がジブリールのようにスターになることはないが、淫欲のためにすべてを犠牲にする楽天家という点で、両者は大いに共通している。ラマニはジブリール・ファリシュタのひとつの原型なのである。

「役立つ忠告はルビーよりも希少」（一九八七）のテーマは愛の文化的束縛の典型である取り決め婚に振りまわされる若い女の話である。レハナはおそらく十代後半の娘で、乳母《アヤ》の仕事をしている。彼女がまだ九歳の時に親が決めた婚約を履行するために、二一歳も年上の婚約者ムスタファ・ダールを訪ねてイギリスのブラッドフォードへ行くことになる。彼女はまだ夜明け前にバスでラホールを出発し、ビザを取得すべくイギリス領事館へやってくる。そこでは申請者が長蛇の列をなし、延々と待たなければならない。詐欺師のムハマド・アリがやってきて、彼女に偽のパスポートを売り込みにかかる。彼女はそれに取り合わないだけでなく、申請書類を書き間違えてビザも取得できないまま、しかしうれしそうにラホールへ帰っていく。このようにこの作品はインド側で起きている「移民」の今日的事情の一端を垣間見せてくれる。取り決め婚によって「移民」とならざるをえないレハナの運命を変えてくれるのは、ビザ取得のための煩雑な手続きである。郷土愛の強いレハナは、「コーター」に登場してつねに望郷の念に駆られている乳母メアリーの娘時代の姿のように見える。

このふたつの短編は「東」に分類されていて、「東の愛」が描かれているわけだが、そこには個人の意思を凌駕する貧困や文化的束縛が見え隠れするものの、登場する人物そのものは単純素朴である。これに対して、「西」セクションに属する「ヨリック」（一九八二）に見られる「西の愛」は、「メタファーと古典へのアリュージョン」（EW, 67）によって語られる複雑に捻じれた異常さを持つ。

作品の下敷きにはローレンス・スターンの『トリストラム・シャンディ』があり、そこにおけるヨリックの家系は「強靭な子羊皮紙」（Stern, 53）に書かれ、その保存状態は申し分がないとされる。この家系はデンマークに起源があり、祖先の一人がホーウェンディラス国王の時代に宮廷に仕えていたと記されている。その人物の職務はその後廃止されたとあって、具体的に記されていないが、『トリストラム・シャンディ』の語り手の大胆な推測によると、シェイクスピアの『ハムレット』に髑髏となって登場する「国王の主任道化師」ヨリックではないかとされる。しかしながら「この点を確かめるためにサクソ・グラマティカスのデンマーク史を覗く暇がない」(Stern, 53) と語り手は煙に巻いている。ルシュディの「ヨリック」はこの「強靭な子羊皮紙」へのアリュージョンから始まり、『ハムレット』の謎に迫る。ハムレットは父親の名前を知らなかったようだが、それはなぜかという謎である。「強靭な子羊皮紙」に書かれていることからすると、ホーウェンディラス国王の「主任道化師」ヨリックにはオフィーリアという妻がいる。彼女は年齢が「夫の半分以下」で、容姿の美しさは「倍以上」(EW, 66) ということになっている。「半分」や「倍」という表現から『ハムレット』は「算数の悲劇」(EW, 66) ということにもなるが、これはジョイスの『ユリシーズ』第九章において『ハムレット』が「代数の悲劇」とされることへのアリュージョンである。ジョイスの場合もそうだが、ルシュディはここで『ハムレット』伝説の異本を空想する。あくまでも空想である。

その空想の異本によると、ヨリックは王子アムレサス (劇中のハムレット) の遊び相手にさせられるだけでなく、寝盗られ夫にもなる。国王が妻のオフィーリアを寝盗るからである。ヨリックは職業的道化と実生活での道化という「二重の道化」(EW, 77) となる。ここにつけ込むのが少年王子アムレサスである。彼は父ホーウェンディラスが母にして女王のガートルードにのしかかる場面を目撃し、父が母を殺しかけたと思い込んでいる。その復讐の道具として王子は道化ヨリックを使う。ホーウェンディラスの耳に毒を注ぎ込むのは王子に唆されたヨリックである。一方オフィーリアは夫に不貞を責められて気が狂う。この狂気が国王の弟クローディアスの目に留まり、国王殺害の真相が解明され、ヨリックは処刑される。歳月が経ってアムレサスはシェイクスピアの芝居でのハムレットとなり、自分と同じ名前の先王の亡霊に取り憑かれるが、それは自分自身の犯罪の亡霊であり、頭がおかしくなる。その結果、恋人オフィーリアをヨリックの妻のオフィーリアと取り違え、邪険に扱って死に追いやる。

ルシュディによるハムレット伝説のこのような異本はアリュージョンと才気に富んでいて、方法的には明らかにモダニズムの系譜につらなるものである。しかし同時にそこで語られる「愛」は寝盗ったり寝盗られたり、狂気に陥ったり殺したりと、およそ正気の沙汰でない。ルネサンスからマニエリスム・バロックにかけての時期には人間のグロテスクネスに気づく詩人や画家や思想家が数多く出現し、その根が地下茎となってその後の歴史にところどころで顔を出している。ルシュディのグロテスクな「西の愛」のイメージはその地下茎につらなるものである。

同じく「西」に分類されている「ルビーの靴のオークションにて」（一九九一）に登場する「ルビーの靴」は、ジュディ・ガーランドが映画『オズの魔法使い』で履いたものとしてオークションにかけられる。しかし、実はサイズからしてジュディ・ガーランドが履いたものでなく、彼女のスタンドインを務めたボビー・コシェイのものだったかも知れない。この短編の語り手「私」はドロシー・ゲイルを思わせる「いとこゲイル」への片想いのために競売で是非ともその「ルビーの靴」を競り落とそうとする。彼にとってそれが本物か偽物かは問題ではない。「私の必死な気持ちを笑うがいい。はっ！　溺れる者に藁をつかむなと言いに行け」（EW, 98）と彼は言う。この「愛」は明らかにフェティシズムである。

「西」の三作目「クリストファー・コロンブスとイザベラ女王」（一九九一）はイザベラ女王がなぜコロンブスの大航海計画を受け入れたかという問題を扱い、女王とコロンブスの間にエロティックな関係が暗示されているが、女王の飽くことのない征服欲が注目される。「彼女は土地をたくさん呑み込めば呑み込むほど、また兵士をたくさん嚥下すればするほど、ますます飢餓感をおぼえる」（EW, 112）という、彼女のこの欲求不満は「未知なるもの」（EW, 116）の征服によってしか満たされない。彼女がコロンブスを思い出すのは、自らそのことに気づく時である。こうして彼女はコロンブスをサンタフェへ呼び出し、航海の許可を与える。飽くことなく男を征服する女をわれわれは「イザベラ女王型女」と呼ぶことになるが、その一例は『彼女の足下の地面』のヴィーナ・アプサラである。それは「異常」な「西の愛」のもう一つの型である。

「東西の愛」の混在は「コーター」（一九九四）に見られる。この短編においてルシュディは自分の乳母メアリーを回想する。乳母メアリーの英語発音上の癖で「ポ」が「コ」、「プ」が「フ」となるため、本当は「ポーター（守衛）」とすべきところを「コーター」と発音する。ルシュディはその「コーター」を題名にしている。物語は乳母メアリーの手紙がはるばるインドからルシュディに届くところから始まる。内容は今や九一歳のメアリーが金に困っているというもので、ルシュディはさっそく金を送ってやるとともに、一九六二年から六四年にかけての出来事を思い出す。

ルシュディがラグビー校へ入学して一年後の六二年に父母と妹たち、それに乳母メアリーがロンドンへ移住してきてケンジントンに住みはじめる。彼らのフラットを含む建物全体の守衛ミシルが、乳母メアリーによって「コーター」と呼ばれる中年男で、メアリーとミシルは意気投合し、好意を寄せ合う。やがてある日事件が起こる。ルシュディの母と乳母メアリーがビートルズカットの若者二人に言いがかりをつけられた際、ミシルが助けに駆けつけてナイフで腹を刺されたのだ。これは西洋の騎士道精神がミシルというインド移民に息づいている話として語られるのである。

この短編はこのように「東、西」の価値観や文化が混在している移民たち、具体的には一九六〇年代初めのロンドンに住む西洋化したインド人ムスリム家族の生活が描かれている。ルシュディの父はイスラム教徒ながら毎日ジョニーウォーカーを飲んでいる。ルシュディとその妹たちが夢中になっている音楽はレイ・チャールズ、チャビー・チェッカー、ニール・セダカ、エルヴィス・プレスリー、パット・ブーンなどである。ホームシックにかかったキリスト教徒の乳母メアリーのためにクリスマスツリーを飾り、イスラム教徒のはずの子供たちが賛美歌を歌う。しかし、乳母メアリーはホームシックのあまり心臓が痛み、ボンベイへ帰ってしまう。彼女には「根」が必要なのである。

だれもが「移民」的存在として自己主張し、「複合自我」の「歴史」的新しさを自覚するわけではない。むしろルーツへ戻りたがるメアリーのような一元主義的で「統合自我」的存在のほうが圧倒的に数は多いはずである。そういう状況の中でルシュディは「複合自我」にこだわり、その根なし草的にして自己本位の「愛」の位相を三つの長編で探求するのである。

3 『ムーア人の最後の溜息』

「家族年代記」的「マサラ小説」

『ムーア人の最後の溜息』は「インド製メロドラマ、キッチュな感傷的小説、歴史映画、ギャング映画[2]」などのまさに「マサラ」的な多面的形式を備えているが、その大枠はサスペンス小説の作法で書かれている。この場合結末を詳しく書かないことが礼儀とされるが、ここではそうせざるをえない。物語の最後に日本人女性で美術品修復職人アオイ・ウエが唐突に登場する。彼女は長期にわたって鎖につながれ、監禁された挙句に殺害される。これは、『悪魔の詩』の日本人翻訳者暗殺事件（一九九一年七月）を契機に構想されたと見られるこの作品の中で作者の無力感が最も端的に込められている設定と考えられる。[3]「ファトワ」以後初めて刊行されたこの長編小説は一九九二年一月にはすでに進行中だったことが、ジャーナリストのフィリップ・ワイスによって明らかにされている。[4]時期的に見ても、暗殺事件がこの作品に影を投げかけていることは十分にありうる話である。作品の内容がその状況証拠になっている。

サルマン・ルシュディは自らの幽閉生活に加えて翻訳者が暗殺されるという事態に改めて深く衝撃を受け、最早この先自由に生きられないという覚悟を決めたうえで、幽閉者の手記という形式による『ムーア人の最後の溜息』を書きはじめたのである。語り手のモラエス・ゾゴイビーは冒頭で自らが幽閉者になっていることを告げるとともに、死を覚悟していることも明らかにする。死ぬ前に自分のことをすべて語れと監禁者から強制されて始めるのが、この四代にわたる「家族年代記」的「マサラ小説」、つまり香辛料が重要な役割を担う「ごたまぜ」小説である。

なぜモラエスが幽閉されているのかという疑問に答えるには、物語の結末部である第Ⅳ部から話しはじめなければならない。彼が幽閉されるのは、一四年前の一九七八年に失意のもとにボンベイを去る画家ヴァスコ・ミランダを訪ねて、彼自身がボンベイでヒンドゥー原理主義運動頭目ラマン・フィールディングを殺した後、スペインはアンダルシア地方の村ベネンヘリへとやってきた末に罠にはまるからである。表題と同じく「ムーア人の最後の溜息」と題されている第Ⅳ部の書法はそれまでの部分と異なり、ルシュディが私淑するカフカやブルガーコフに倣った不条理性に基づいているという事情のために、モラエスの行動についての合理的な説明は必ずしもされていないが、ある真実を知りたいという理由でヴァスコ・ミランダの住む「象の家」（MLS, 396）を目指し、ボンベイを飛び立つのである。飛行機の中で親切なスチュワーデスとファックするが、実はそれはただの夢にすぎないと納得するしかない展開がある。後になって、そのようなスチュワーデスはいないということになるからである。このように第Ⅳ部では最初から不条理なことが起こるので、マドリッドで飛行機を乗り換え、アンダルシアのどこかで地上に降り立ってから、彼の身になにが起こってもおかしくない。タクシーでベネンヘリへと向かおうとするが、運転手はそのような村など知らない。どこか別の村へ連れて行かれて、途方に暮れていると、老人が完璧な英語でモラエスに話しかけてくる。この老人はナチスによる迫害を逃れてこのあたりに住みついたと言う。しかし彼の話はどこまで真実か分からない。彼を「老詐欺師」(MLS, 394)と呼ぶ(その呼び方自体はルシュディ愛読のメルヴィルの作品『詐欺師』を連想させる)のは、突然の登場者フェリチタス・ラリオスおよびレネガーダ・ラリオスと名乗る二人の女である。彼女たちも、最初は異母姉妹とされるが、後にはレズビアンの恋人同士と判明するように、どこか信用がおけない。しかしながら、彼女たちは「象の家」を知っていて、いずれ案内すると約束し、しばらくは自分たちの家にモラエスを泊める。そこでも、モラエスがいつのまにか裸にされていることを含め、奇妙なことが相次ぐが、やがて女装して「象の家」へ案内されることになる。こうしてようやく目的の家に入った瞬間に彼は監禁されてしまうのである。二人の女フェリチタスとレネガーダはヴァスコ・ミランダの操り人形であり、長年手先として働いてきたことが分かる。銃を構えたヴァスコが現れ、モラエスを階上へと上らせる。するとそこに鎖につながれ、「ムーア人の最後の溜息」と題されたパリンプセスト技法の絵画に向かって丹念な作業を続けるアオイ・ウエ[5]を見つける。同じ部屋の中で、彼女は絵画修復作業をし、モラエスは回想記を強制的に書かされるという、奇妙な監禁生活が始まる。アオイ・ウエはヨーロッパの美術館で絵画修復に従事していたところを、ヴァスコに誘い出され、監禁されてしまったのである。離婚経験がある中年女性だが、日本人なので若く見える。厳しい紀律を自らに課している女性で、モラエスの心の支えになる。彼らに恋愛感情は芽生えないが、優しい気遣いを示しあう仲となる。

ヴァスコがモラエスを殺そうとしているのは、彼が恨みを抱くゾゴイビー家の最後の生き残りがモラエスだからである。しかしアオイ・ウエを殺害する理由はなにもない。彼女が目の前で殺されるのに、彼女の仲間であるはずのモラエスはなにもできないという、ただそのことを示すための設定である。ここには理不尽な翻訳者殺害という蛮行に対して、原作者としてはなにもできないという無力感が込められている。

「さあ、男らしく守れなかったもののために女みたいに泣けばいい」(MLS, 432)

アオイ・ウエ銃殺後、ヴァスコはこの言葉をモラエスに投げつける。これは本書のテーマでもあり、この言葉を投げつけるべき人物が、当のヴァスコを含めほかにもいるうえに、修復作業中の絵画の題名でもある「ムーア人の最後の溜息」に関係する言葉でもあることを、読者はすでに知っている。というのも、これはモラエスの父親でムーア人の血を引くエイブラハム・ゾゴイビーが語るグラナダ最後のスルタン、ボアブディルの逸話に出てくる言葉だからだ。スルタンが「涙の丘」で馬上からアルハンブラを振り返り、さめざめと涙を流すと、彼の恐るべき母親が息子にこの言葉を投げつけるのである(MLS, 80)。実は死に行く女を前にしてなにもできない男の無力感は、ヴァスコ自身がオーロラ・ダ・ガマの死に際して味わっているし、モラエスも恋人ウマ・サラスヴァティの死を止められず、いっしょにも死ねないという無力感を経験済みなのだ。

ヴァスコはグラナダ最後のスルタンにかかわる言葉をモラエスに突きつけて、実は彼を撃つのでなく、自らの命を絶つ。モラエスは生き延び、すでに書き終えている回想記の一頁一頁を「風景に釘で打ちつけながら」(MLS, 433) アンダルシアの地をさまよい、すでに弱り果てた肉体につき、おそらくは死ぬ。これが物語の結末である。

この作品でキーセンテンスとして二度使われる表現が「男らしく」「女みたいに」というセクシュアリティの常套句を基にしていることから、当然この作品についてのその角度からの検討には意味がある。モラエスの三人の姉たちはフェミニストだし、自殺する彼の恋人ウマ・サラスヴァティもその例外ではない。しかし「複合自我」表象の文学という枠組みの中で、この作品がこれまでにない、なにか新しい「複合自我」の位相を照らし出しているとすれば、それは「愛」の位相である。「複合自我」は「歴史」が作る面もあれば、「政治」が作る面もあり、「移民」が作る面もある。それらの要素はすべてこの作品にある。しかしこれまでの作品においてルシュディは多面体である「複合自我」に当てる焦点を少しずつずらしてきている。この作品はいくつかの理由で『真夜中の子供たち』ときわめてよく似ているが、(6)「複合自我」に関わる焦点は異なっている。もちろん『真夜中の子供たち』にも、またそのほかのすべての作品にもその萌芽はあるが、「愛」の位相はこの作品と、これに続く『彼女の足下の地面』および『怒り』において特にクローズアップされているのである。そこでルシュディの分身であるモラエス・ゾゴイビーにおけるルサンチマンの原因である「愛」とその挫折に焦点を合わせてこの作品を読むことにする。

パリンプセスト的物語

物語の最後で明らかにされる「ムーア人の最後の溜息」の秘密とは、グラナダ最後のスルタンにちなむ表面の絵の下に、ヴァスコ・ミランダが初めて描いたオーロラ・ダ・ガマの肖像画が隠されていることにある。この重ね画法がパリンプセストと呼ばれているわけだが、実はわれわれが読んでいるこの作品そのものが『真夜中の子供たち』の上に重ねて書かれたパリンプセスト的物語になっていることを、まず明らかにしておく必要がある。部分的には『悪魔の詩』も下地になっている。事実、少し名前を変えてではあるが、同一人物が何人かここに再登場する。例えば海軍中佐サバルマティがいる。彼は『真夜中の子供たち』において、妻のリラが不倫しているというサリーム・シナイからの密告の手紙（例の、新聞の見出しを切り貼りした手紙）を受け取り、映画制作者ホミ・キャトラックと妻の不倫現場に乗り込んで二人とも射殺する。[7]『ムーア人の最後の溜息』ではこの事件が「ミント・ミステリー」というミステリー映画シリーズのひとつになってボンベイの映画館で上映される（MLS, 264）。これよりもっと重要で、作中でも実質的な役柄を演じるのは、かつてシヴァとパルヴァティの間に生まれ、母親ともどもサリームが世話をすることになり、アーダム・シナイと名づけられた子供である。[8]この子供は『真夜中の子供たち』の最後のほうでメアリー・ペレイラに預けられて育ち、今やアダム・ブラガンザ（MLS, 358）と名乗っている。なぜなら彼はメアリー・ペレイラが経営していたブラガンザ・ピクルス有限会社を引き継ぎ、まだ十代で大企業へと成長させたからである。その経営手腕に目をつけたエイブラハム・ゾゴイビーが彼を養子にする。つまりモラエスの義理の弟になるということである。エイブラハム率いる多国籍企業「シオディ・コープ」[9]でのアダムの役割はスーパーコンピュータの密輸であり、「シオディ・コープ」全体のＩＴ化である。しかし、この企業はボンベイの暗黒組織「スカー」につながっていて、最終的には自爆テロの標的になる。

ほかにも『悪魔の詩』におけるサラディン・チャムチャのインド人恋人ズィーニ・ヴァキルが再登場する。オーロラ・ダ・ガマの描く作品を管理する「ゾゴイビー遺産」の主事を務める。ムスリムとヒンドゥーの対立にからむ爆弾騒ぎで「ゾゴイビー遺産」は爆破され、ズィーニも死んでしまう。

主人公のモラエス・ゾゴイビーはサリーム・シナイとは名前も異なり、生まれも一九五七年だが、その「自我」の構成要素はほとんど変わらない。鼻こそ長くないが、一年に二歳ずつ年を取るという急速成長もまたこの二人に共通している。物語の終結とともに消滅が定められていることもまた同じである。彼らの特徴的「自我」が祖先から伝わってきているという点でも変わらない。ただ、サリームの場合、血のつながりのない祖先という設定になっているが、モラエスは（父親がだれであれ）アンダルシアのムーア人に至るまでの祖先と母系の血でつながっている。遠い昔に遡っての「移民」なのである。それゆえ彼の渾名は「ムーア人」であり、またゾゴイビーはアラビア語で「不運な」という意味だが、これはグラナダ最後のスルタン、ボアブディルの渾名である（MLS, 70）。彼が「ムーア人」と母親のオーロラから呼ばれるのは、実は彼女とムーア人ヴァスコ・ミランダの間の子供だからという可能性もある。ただしその可能性は暗示だけに終わっている。ちなみに物語の最初に家系図が掲げられているが、これは『恥辱』と同じ趣向であり、この種の趣向の先例としてはウラジーミル・ナボコフの『アーダ』やガブリエル・ガルシア＝マルケスの『百年の孤独』が指摘されている[10]。

物語の比較的最初の部分でモラエスは「インド発見」というオリエンタリズム的記述に不満を述べるが（MLS, 4）、この不満はアーダム・アジズ（およびサリーム・シナイ）も共有している（MC, 11）。

モラエスに伝わる重要な「自我」の構成要素は祖父のカモエンズ・ダ・ガマに始まる。彼は「ナショナリストでありながら、好きな詩人はすべてイギリス詩人だけという人物であり、公言して憚らない無神論者にして、幽霊を信じなくもない合理主義者」（MLS, 32）でもある。このように「相反する衝動の共存を自分の中に認めようとする積極性」があり、それが「彼の円満で優しい人間くささの源泉である」（MLS, 32）とされる。この祖父がサリーム同様に

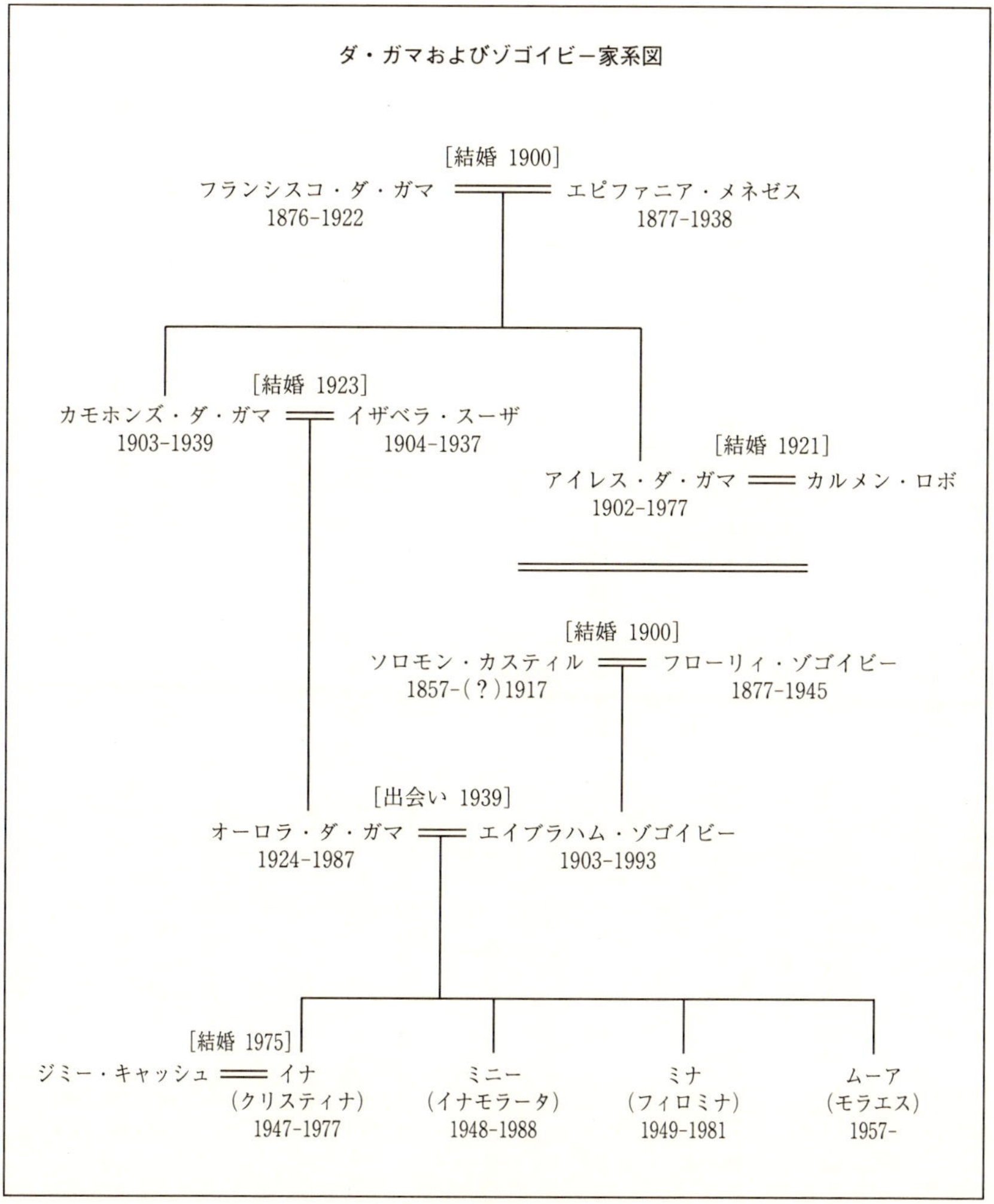
ダ・ガマおよびゾゴイビー家系図
[結婚 1900]
フランシスコ・ダ・ガマ
1876-1922
エピファニア・メネゼス
1877-1938
[結婚 1923]
カモホンズ・ダ・ガマ
1903-1939
イザベラ・スーザ
1904-1937
[結婚 1921]
アイレス・ダ・ガマ
1902-1977
カルメン・ロボ
[結婚 1900]
ソロモン・カスティル
1857-(?)1917
フローリィ・ゾゴイビー
1877-1945
[出会い 1939]
オーロラ・ダ・ガマ
1924-1987
エイブラハム・ゾゴイビー
1903-1993
[結婚 1975]
ジミー・キャッシュ
イナ
(クリスティナ)
1947-1977
ミニー
(イナモラータ)
1948-1988
ミナ
(フィロミナ)
1949-1981
ムーア
(モラエス)
1957-

『ムーア人の最後の溜息』より

「複合自我」の持ち主として設定されていることは、そのオキシモロン的特徴から明らかである。彼のイギリス文学愛好は猛烈をきわめている（MLS, 32）。とりわけ好きなもののひとつにキプリングの初期短編があるが、それは「作者の内面でのインド性とイギリス性の葛藤」（MLS, 39）がそこに見出されるからだと説明される。祖父はキプリングを自分と同類の「複合自我」保持者と見ていたわけである。この祖父の中にはムーア人、ユダヤ人、インド人の血が混じっていて、神を信じていないとはいえ、彼の背景にある宗教的土壌もまたカトリック、ユダヤ教、イスラム教が混じったものとなっている。

これを引き継ぐモラエスは自称「高貴な生まれの交雑種」（MLS, 5）ということになる。このようにモラエスはサリームと重なる部分が多いが、「無所属」感覚という点では『悪魔の詩』のサラディン・チャムチャに通じる。彼は「エレファンタ」と呼ばれるボンベイの豪邸で育つ。それについて彼はこう述べる。

> 結局のところ、ぼくは「エレファンタ」で育てられたわけだが、そこでは共同体としてのすべての絆が意図的に断たれていた。すべての市民が場所と信仰に対して本能的に二重の忠誠を誓う国にいて、ぼくはどこにも居場所のない、どこにも所属コミュニティのない人間に作られていたわけだ。しかしそう言ってよければ、ぼくはそれを誇りにしているのだけれど。（MLS, 336）

「場所と信仰」に「本能的に二重の忠誠を誓う国」では「コーター」での乳母メアリーや「役立つ忠告はルビーよりも希少」のレハナのように生まれ故郷が忘れられない人々や「予言者の髪の毛」のハシムのように特に信心深いわけではないが、信仰に背を向けることもない人々が多数派なのだが、モラエスは育った家庭のおかげで「無所属」人間に「作られた」というわけである。

このようにモラエスとサリームの「複合自我」の構成要素がほぼ同じということに加え、語りの中身も外形的に似ている点が多い。『ムーア人の最後の溜息』に語られるのは、香辛料で財をなしたゾゴイビー家の二〇世紀初頭から今日までの物語であるが、それは二〇世紀のインドの歴史と大いに関係している。語り手の曾祖父母の時代から始まる物語はインド独立へ向けてのネルーその他の動きを捉えながら進むし、独立後は語り手の母親オーロラ・ダ・ガマの時代となり、『真夜中の子供たち』と重なる歴史、とりわけインディラ・ガンディーと「非常事態宣言」への言及がしばしば行われる（MLS, 213, 228, 235）。ただし、『真夜中の子供たち』の歴史は一九七八年で終わるのに対し、『ムーア人の最後の溜息』は一九九一年のラディブ・ガンディー暗殺事件から一九九二年の政治腐敗スキャンダルやヒンドゥー原理主義運動の高まりまでを扱う。しかしこの新たな歴史的展開は『真夜中の子供たち』の中で予見されていたことである。シヴァの暴力性はここでボンベイのヒンドゥー原理主義団体「シヴ・セナ」（シヴァ軍団）をモデルとした「ムンバイ枢軸（＝MA）」（MLS, 231）の暴力性となって登場する。具体的にはモラエス自身が一時（とはいえ六年間も）シヴァのように暴力的になってMAのために働くのである。この点でも確かに『ムーア人の最後の溜息』は主として『真夜中の子供たち』を下地の絵としたパリンプセスト的物語なのである。

「多元主義」の危機

モラエスの母オーロラ・ダ・ガマは天性の画家であり、その絵は多元的インドを映す「鏡」であって、独立後のインドが政情不安になれば、彼女の絵も不安定になるという関係にある。とりわけ独立後一〇年間の彼女の絵は混乱状態となる。「リアリズムについてばかりでなく、現実そのものについての不安定さから生まれる半麻痺状態」（MLS, 173）を示すのである。彼女はまた「母なるインド」の象徴という役割を担っている。「母性」は「インドでは重要な観念、おそらく最も重要な観念である」（MLS, 137）と語り手は言う。彼が作者の分身だとすれば、語り手が語る母親のイメージは、そのままルシュディのインド観ということになる。「最初、ぼくは母を崇拝し、やがて憎んだ。いま、すべての物語の最後にあたって振り返ると、いくばくかの同情を少なくとも発作的に感じることができる」（MLS, 223）とか、「ぼくの人生を変容させ、昂揚させ、滅ぼした女」（MLS, 237）などと語り手が母親を語る時、ルシュディは執筆当時入国を禁じられてしまった祖国インドについて語っているのである。そして、そのインドは、ヒンドゥー原理主義がその方向へ導こうとしている単一原理的なものでなく、あくまでも多元的であり、そうでなければならないとルシュディは考えている。

オーロラの絵は『恥辱』におけるラーニ・フマユーンの刺繍画と同じで、基本的には家族の歴史をテーマにしている。彼女の家はコーチンにあって、香辛料貿易で財をなした大金持ちであり、彼女はその財産の唯一の相続人であるが、例えば「スキャンダル」という絵はコーチン時代のダ・ガマ家のスキャンダル、一五歳の彼女が二一歳も年上のエイブラハムと結婚する時に起こった世代のずれによる騒動を扱ったものである。この騒動によって「熱帯版ヴィクトリア朝メロドラマの規則」(MLS, 100)に従った上品なふるまいができない、新しいタイプの女としてのオーロラが周囲に認知される。彼女はムーア人の血を引くゴア出身のエイブラハム・ゾゴイビーと結婚した後、コーチンからボンベイへ居を移す。ルシュディの定義に従えば、彼らは大都市への「移民」なのである。

彼女が二三歳の一九四七年に、ポルトガル人にしてムーア人のヴァスコ・ミランダがゾゴイビー家の家付き画家として雇われる。彼は最初、育児室にマンガを描くだけの役割だったが、オーロラが最初の子供を身ごもった際、エイブラハム・ゾゴイビーの依頼で妊婦オーロラの肖像を描くことになる。しかし出来上がった作品があまりにも「セクシー」(MLS, 160)であったため、エイブラハムに拒絶される。そこでヴァスコはオーロラの肖像の上に自画像を重ねて描き、「ムーア人の最後の溜息」と名づける。この絵は個人コレクターC・J・バーバーに買われるが、のちに盗難に遭う。ヴァスコ・ミランダその人が盗んでスペインへ持ち去ったのである。この絵の自画像部分を剝がし、オーロラの肖像画を復元する作業に取り組んでいるのが、アオイ・ウエだ。彼女を監禁してまでそのような復元作業にあたらせるヴァスコは、オーロラへの病的偏執的情念に取り憑かれている。それもこの作品が提示する「愛」の位相である。

肖像画事件から一〇年後にモラエスが生まれると、オーロラは「ムーア人シリーズ」と銘打った連作を描きはじめる。このシリーズは三期に分類できる。モラエスの誕生から一九七七年の総選挙でのインディラ・ガンディー率いる国民会議派の敗北までが第一期である。その年に長女のイナが死んでいる。その後一九八一年までは彼女の絶頂期で、名声を確立する。一九八一年にモラエスがウマ・サラスヴァティとの結婚問題でゾゴイビー家から追い出されると、オーロラの「暗いムーア人」期が始まる。この第三期の最初の絵はモラエスをグラナダ最後のスルタンに見立てての絵で、ヴァスコ・ミランダの絵と同じく「ムーア人の最後の溜息」と題される。この絵の中のスルタンの顔にはムンクのような「実存的苦悩の状態」(MLS, 218) が窺われる。

「闇の中の光」と題された絵はオーロラの胸に抱かれた幼児モラエスを描くものだが、聖母子像のパロディーであり、この絵の意図についてヴァスコ・ミランダに訊かれた際、オーロラは肩をすくめて次のように答える。

「神を持たない人々のための宗教画を描くことに興味を持っているの」(MLS, 220)

こういう矛盾した制作意図が示すように、彼女はオキシモロン的「多元主義者」であり、その絵は「多元的でハイブリッドな国家のロマンティックな神話」(MLS, 227) を創るために描かれるのである。母なるインドは多元主義の国という作者の思想がオーロラに託されている。それゆえ多元的であること、つまり「不純、文化的混合、メラーンジェ」は「善」であるとオーロラは考える (MLS, 303)。しかしながら、「ムンバイ枢軸」主宰者ラマン・フィールディングのようなヒンドゥー原理主義者はそれを「悪」と見なす。しかもその勢力がボンベイを席巻しているという現実がある。それならば、ボードレールの「悪の華」の顰に倣って、反語的にそれを「悪」と呼んでもかまわないとオーロラは考える (MLS, 303)。かくして「母なるインド」は反語的に「悪」に染まることになるわけである。

オーロラは性的にも「多元的」で、夫以外にベッドを共にする男が三人いて (MLS, 256)、そのうちの一人はヴァスコ・ミランダ、もう一人は思想的にも政治的にも「敵」であるはずのラマン・フィールディングである。この男は殺し屋を雇ってオーロラを殺す。「動機は性的なものだった」(MLS, 362) と、暗黒街の主としてすべてを知るエイブラハム・ゾゴイビーは息子のモラエスに告げる。

インドの多元主義を脅かす要素として政治腐敗とヒンドゥー原理主義運動があり、すでに随所で言及したように、それらの要素がエイブラハム・ゾゴイビーとラマン・フィールディングを通して物語に組み込まれている。諷刺精神旺盛なヴァスコ・ミランダによれば、インドの民主主義は「一人一賄賂」(MLS, 167)と定義される。この定義が作者にはよほど気に入ったと見えて、彼の一九九七年のエッセイ「豊富の国」でそれに言及している。[11] 政治腐敗の現実的実例としては一九九二年の「証券市場スキャンダル」[12]が知られている。当時の首相P・V・ナラシマに一千万ルピーの賄賂が贈られたとされるスキャンダルである。これに加えて一九九一年にアブダビに本拠を置く国際金融機関BCCI(バンク・オブ・クレジット・アンド・コマース・インターナショナル)倒産事件が起こる。二〇〇億ドルが行方不明になっての倒産劇はインドを含めた世界各国に波紋を呼び、世界中に広がる金融の闇を垣間見せた。その闇の部分をルシュディは物語に仕立てて『ムーア人の最後の溜息』に組み入れたのである。もうひとつはヒンドゥー原理主義団体「シヴ・セナ」のマハラシュトラ州での政治的勢力拡大がある。この団体は右派政党インド人民党(BJP)と同盟関係にあり、一九九六年にはマハラシュトラ州の政権を掌握し、ボンベイをムンバイと改称しただけでなく、その年九月に(つまりイギリス版よりは一年遅れで)インドで発売された『ムーア人の最後の溜息』を発売禁止処分にした。この本が「シヴ・セナ」指導者バル・サッカレーをモデルとする人物(ラマン・フィールディング)を登場させて、揶揄しているからである。[13]

このように一九九〇年代前半のインドでは「多元主義」の危機が顕在化していた。ラマン・フィールディング(原理主義者)によるオーロラ(多元主義者)の暗殺という設定はそういうインドの状況を象徴するためのものである。その動機はエイブラハム・ゾゴイビーによって「性的なもの」と断定されるが、彼らが最初親密な関係になったのはラマン・フィールディングが多元主義者を装っていたからである。「インドにおいてはあらゆるコミュニティがその場所と余暇活動――絵画その他の余暇活動――を持たなければならない。キリスト教徒、パーシー教徒、ジャイナ教徒、シーク教徒、仏教徒、ユダヤ教徒、ムガール人。われわれはこれを受け容れる。これもまたラム・ラジャのイデオロギーの一部、ロード・ラムのルールの一部なのだ」(MLS, 260)とラマン・フィールディングは言っていた。「ロード・ラム(=ラム・ラジャ)」は実はフィールディングの信仰対象で、彼はその信仰へと一元化していくのだが、その点が最初は隠されているのである。フィールディングの思想に共鳴してオーロラは「アッバス・アリ・バイグのキス」（MLS, 228）という絵を描いたことがある。モラエスもまたその思想に感化されて、「ムンバイ枢軸」のために六年間も奉仕する（MLS, 262）。その間に彼はフィールディングから父親エイブラハム・ゾゴイビーの途轍もない秘密を聞かされる。

それまでモラエスが父親について知っていたのは、一九七〇年代に諸事業を統合して設立した「シオディ・コープ」のトップという側面である。しかしこの企業はギャング組織「スカー」と手を組み、薬物、テロリズム、武器売買、銀行スキャンダル、核爆弾などに関係していることを知らされる（MLS, 295）。この中での「カザナ銀行」に関わるスキャンダルは前述のBCCIスキャンダルをモデルにしたと考えられる。

「ムンバイ枢軸（＝MA）」の敵は「スカー・ゾゴイビー枢軸」（MLS, 295）ということで、モラエスはボンベイでの見えない戦争に加担するわけである。しかし彼は六年間も騙されていたにすぎず、その間にMAは徐々にヒンドゥー原理主義の色彩を強めていた。一九九一年にMAがヒンドゥー寺院再建運動を扇動するBJP（インド人民党）、RSS（国民奉仕団）、VHP（世界ヒンドゥー協会）との提携を明らかにすると、モラエスは裏切られたことを知り、ラマン・フィールディングの暗殺を決意する。すると父親が彼に接近してきて「イスラム爆弾」（MLS, 341）と呼ばれる核爆弾入手計画に手を貸せと頼まれるが、モラエスは断る。彼の代わりにこの汚れた仕事をすべくリクルートされるのがアダム・ブラガンザである。あの『真夜中の子供たち』の最後にメアリー・ペレイラに預けられた子供の成長した姿だ。

モラエスは進行中の「歴史」に、『真夜中の子供たち』で使われた用語を借りれば、「字義的 - 積極的」[14]に加担し、暗殺まで実行する（MLS, 367）。「歴史」への彼のそのような関与を通じて、ボンベイでの多元主義の危機や政治的社会的腐敗は、リアリズムの手法でなく、これも『真夜中の子供たち』で使われたような「ノンナチュラリズム」の手法で、細部が複雑に入り組んだ一枚の諷刺画として表象されている。

しかしながら『ムーア人の最後の溜息』の目的は、『真夜中の子供たち』の二番煎じでもあるそのような諷刺画の提示だけにあるのではない。そこに一貫して流れているのは、そうした多元主義の危機や政治的社会的腐敗が顕在化する現代社会を背景とする「愛」の問題である。それは多元主義者モラエスの「愛」であり、「複合自我」保有者の「愛」である。

「愛」と「死」の文化的束縛

モラエス・ゾゴイビーの「愛」の体験は一〇歳の時、家庭教師のディリー・ホルムズを相手に始まる（MLS, 192）。ただし彼の成長は倍速で進むので、計算上は二〇歳になっている。しかしこの「愛」は彼にとってあまり重要でない。むしろ乳母ミス・ジャヤとの街中での体験が、彼にとって後々意味を持つ。それを記述する次のような一節がある。

> 金持ちの子供たちは貧乏人に育てられる。両親はふたりとも自分たちの仕事に献身していたので、ぼくはしばしば守衛《チョウキダル》と乳母《アヤ》だけを相手に取り残された。ミス・ジャヤは鉤爪のようにてきぱきとして、唇は引っかき傷のように鋭く、目は耳障りな音のように細く、氷のように痩せていて、ブーツのように威張っていたけれども、今も昔もぼくは彼女にとても感謝している。というのも彼女は休みの時に渡り鳥のようになって、街を渡り歩くのが好きだったからだ。街を非とし、そこのさまざまな不適切さに舌を打ち鳴らし、唇を真一文字に結び、首を振るための行脚だった。そういうわけで、ぼくがＢＥＳＴ〔ボンベイ公営鉄道〕の電車やバスに乗ったのは、ミス・ジャヤといっしょだった。彼女が過剰な混雑に不満を言っている間に、ぼくはあの圧縮された人類すべてを楽しんでいた。隙間がないほどの押し合い圧し合いだったので、プライバシーは存在をやめ、自我の境界が融解しはじめるのだ。群集の中か、愛の時でしか感じられないあの感覚を楽しんでいたのだ。（MLS, 193）

モラエスがここで乳母のミス・ジャヤに感謝しているのは、性的経験を与えられたからでなく、小さい頃に満員の電車やバスに乗せてもらったからである。その際に彼が経験した「自我境界の融解」とでも言うべき感覚は「群集の中か、愛の時でしか感じられない」とある。実はこの表現こそ、当面の作品についてでなく、これまで気になっていただけで触れることのできなかった謎、つまり『真夜中の子供たち』における最終場面の謎を解く手がかりを与える。サリーム・シナイはなぜ群衆の中で消えてなくなるのかという謎である。それは「自我境界の融解」が起こったからなのだと、ここに至ってかなりの確度で言い切ることができる。この現象はルシュディが求める「愛」の成就を意味する。フラッピング・イーグルが『グリマス』の末尾でメディアと経験する「愛」もこの「自我境界の融解」以外のものではない。そして『ムーア人の最後の溜息』においては、モラエスが求める「愛」の極致として設定される。モラエスによれば、「自我境界の融解」は「身体性」に関係している。

ぼくたちの性交について語るのは難しい。今ですら、[15]いろいろあったにもかかわらず、それを思い出すと失われたものへの憧れに身震いする。あの安らぎと優しさ、その啓示的性質が忘れられない。まるで肉体の中のドアが開いて、そこから第五次元の宇宙が注ぎ込まれたような感じだ。環つき惑星と彗星の尻尾、渦巻く星雲、爆発する太陽。しかし表現を超え、言語に絶しているのは、その単純な「身体性」だ。手の動き。尻の緊張。弓なりの背中。上下する体。それ自体以外になにも意味せず、それでいてあらゆるものを意味しているもの。それのためならなんでも――あらゆることが――できる、あの短い動物的行為。(MLS, 251)

彼がこのような「愛」の極致、「自我境界の融解」を経験する相手はウマ・サラスヴァティという二〇歳の女である。彼女は美術大学の学生で、すでに天才的な彫刻家として世間に認められつつある。政治腐敗反対と女性の権利のために活動するミナー(モラエスの八歳年上の姉)の知り合いという関係からゾゴイビー家に出入りするようになる。ウマは女性活動家でもあり、「女性連合物価上昇反対戦線」(MLS, 242)に参加して、ミナーと知り合ったのである。オーロラ主催のファミリー・パーティが開かれた際、モラエスは客として招かれたウマと一目惚れの恋に陥り、「愛」の極致を経験する。彼らは互いに相手の「自我」の「別の自我」(MLS, 248)となることを誓い、愛し合っていることを信じて疑わないのだが、ウマに関するさまざまな噂がモラエスの耳に入る。「禁欲的で紀律正しい、偉大な魂」(MLS, 243) であるとか、「セキュラリスト的マルクス主義者的フェミニスト」(MLS, 341) であるとか、「レズビアン」(MLS, 248) であるとかいう噂はまだしも、「結婚している」(MLS, 265) とか、「目下一人や二人でなく三人もの恋人と遊び呆けている」(MLS, 265) という話までモラエスは聞かされる。最後の二点は母親オーロラが興信所に調べさせた結果であり、事実を証明する公文書もある。ゾゴイビー家でのウマの評価は「頭のおかしい女」(MLS, 266) ということになる。モラエスは「愛」を取るか、真実の追究を取るかで悩むが、結局本人に問い質すことになる。ウマはすべてを否定し、結婚については「それは暗喩」だと答える。「私の生活がどんなにみじめだったかの暗喩」(MLS, 269) だと。しかし彼女が血のつながる年老いた叔父と結婚していたことは事実である。モラエスはしばらく彼女とのデートを控える。その間に彼はウマをめぐる周囲の状況を整理し、次のような発見をする。

> 起こった出来事はある意味でぼくたちすべてが育てられた多元主義哲学の敗北だということに、ぼくが気づかないわけはなく、実際目覚めている時間にする考えごとのほとんどがそのことで占められた。というのも、ウマ・サラスヴァティの問題で、悪いタマゴと判明したのは、ほかでもなく多元主義者のウマなのだ。複合的な自我《マルティプル・セルヴズ》を持ち、現実の無限の柔軟性に対し高度に創意工夫を凝らして参与し、真実についてモダニスト的と言えるほど臨機応変に嗅ぎ分けるウマなのだ。そしてオーロラが彼女をタマゴ焼きにしている。生涯をかけて「一」に対する「多」を擁護してきたオーロラが〔興信所探偵の〕ミントの助けを借りて、いくつかの根本的な真理を発見し、それによって正しいものの側に立った。ぼくの恋愛体験の物語りはかくして苦々しい寓話となる。そのアイロニーをラマン・フィールディングならば理解しそうな寓話だ[16]。というのも、そこでは善と悪の二極性が逆転しているからだ。
> (MLS, 272)

「複合的な自我《マルティプル・セルヴズ》」を持つ多元主義者のウマが「悪いタマゴ」とされ、一元主義者の集中砲火を浴びているという発見である。かつては多元主義の代弁者であったオーロラですらが、一元主義化している。「善と悪の二極性の逆転」が起こっているわけである。このことにモラエスは危機感を抱く。彼の考えでは、愛の極致としての「自我境界の融解」に必要なのは「複合自我」であり、多元主義であり、セキュラリズムであって、愛を「善」とするならば、それらもまた「善」でなければならないのである。ところがいま、オーロラですらがそれらを「悪」として糾弾する。「善と悪の二極性の逆転」はオーロラの内部で起こっていることであるが、オーロラは「母なるインド」の象徴であるので、実際にはそれはインドの内部で起こっているということになる。この「歴史」の流れを止めるためには、まさに「比喩的」行動として、「複合自我」的多元主義者のウマへの愛を守り、それをオーロラに認めさせなければならない。そういうわけで彼はウマとの再会のチャンスを窺う。

彼らが再会するのは、ウマが交通事故に遭ったという知らせをモラエスが聞く時である。再会後、彼らは愛がいっそう強くなったことを感じる。ウマの「夫」がすでに死んでいることを彼女は打ち明ける（MLS, 274）。これは彼らにとって好都合な話である。幸せな密会が一年半続いた頃、モラエスの姉ミナーが毒ガス流出事故に巻き込まれて死ぬ。これは一九八四年一二月三日に起こったボーパールの多国籍企業ユニオン・カーバイド社工場での毒ガス流出事故へのアリュージョンである。ミナーの死をきっかけにして、彼らは自分たちの関係をモラエスの両親に認めさせようと決意する。しかし、結果は両親の側からの親子絶縁宣言で終わる（MLS, 278）。頭がおかしく、セクシュアリティが曖昧で、結婚歴やら奔放な男遍歴やらのある女と一人息子が結婚することを、両親は容認できないのである。

モラエスの両親からの否認をウマは「不名誉」と受け止める。しかも彼女はモラエスへの愛を確信している。その愛は「身体性」に依拠した「それ自体以外になにも意味せず、それでいてあらゆるものを意味しているもの」（MLS, 251）であり、それのためなら「なんでもできる」（MLS, 251）ことが分かっている。「私は愛している。女は愛のためならすごいことができる。愛している男なら私のために負けず劣らずのことをしてくれると思うけれど、私はそれを頼まない。私はあなたにも、どんな男にも、すごいことは期待しない」（MLS, 279）と彼女は言い、モラエスに心中を持ちかける。彼も同意するが、結局、ウマだけが死ぬことになる。死によって汚名を雪ぐという行為は、ウマとモラエスを包摂する「文化」に含まれる「名誉と恥辱の二極性」が作動した結果と考えれる。したがってモラエスがウマとともに死なないのは「恥」なのである。実際彼はその後の人生でラマン・フィールディングのために働くという「恥曝し」を行い、『恥辱』で明らかにされた「恥辱」と「暴力」の関係がここでも再現され、彼は「ムンバイ枢軸」の首領を殺すのである。

愛の極致は「身体性」に依拠する「自我境界の融解」にあるという命題は、人種や国境や文化圏に関係なく成立するように思われるが、モラエスとウマのケースが語っているのは、愛はそれ自体で成り立たないということである。そこには社会や文化が関与してくる。とりわけ愛のために死ぬという事態は、その行為者を取りまき、支配する文化的原則を抜きにしては語れない。ルシュディは『怒り』において『オセロー』における愛を論じ、キリスト教文化圏の「罪と救済の二極性」に、イスラム文化圏の「名誉と恥辱の二極性」を対峙させる。(17) これによれば、周囲が「狂気」ゆえの死と見ているにもかかわらず、ウマはイスラム文化的な死に方をしたことになる。「複合自我」的多元主義者にしてセキュラリストであっても、その愛は特定文化圏から自由でない。ルシュディが『ムーア人の最後の溜息』において前景化したテーマがこれであり、それは『彼女の足下の地面』と『怒り』においても追究されている。

4　『彼女の足下の地面』

物語の枠組み

「今や最後のインドの歌を歌わなければならない」(GBF, 229) と、『彼女の足下の地面』の語り手ウミード・マーチャントは物語の半ばで言う。これには二重の意味がある。まずは、ウミードがインドを去ってアメリカへ向かうというプロット面の意味である。もうひとつはウミードが作者の分身だとした場合(18)の意味である。ルシュディはボンベイをフォークナーのヨクナパトーファやジョイスのダブリンと同じように扱い、その街を中心にした小説を書きつづけてきたが、いよいよこれが最後だという意味がそこに込められている。実際この後に書かれる『怒り』にはボンベイへの言及はあっても、そこが舞台になることはない。『彼女の足下の地面』にしても、ウミードは冒頭の別れ言葉を口にしてからほどなくニューヨークへ渡り、二度と戻らないのである。

『彼女の足下の地面』はウミード・マーチャント一人の物語でなく、オルムス・カーマとヴィーナ・アスパラを加えた男女三人の物語である。ロックンロール業界物語としては、中心はオルムスとヴィーナにあるが、全体が「愛」をテーマにした物語だと考えた場合、中心は作者の分身のウミードである。分身というけれども、この作品ほど作者と主人公の違いが強調されている作品もない。生まれた年こそ一九四七年と同じであるし、SFが好きというウミードの告白もあるが（GBF, 205）、この語り手はアメリカへ発つまでボンベイを離れることがない。一八歳でプロ写真家になり、折りしも印パ戦争で母親が死に（GBF, 204）、父親も後を追って自殺することから（GBF, 208）、葬式の写真を撮りはじめる（GBF, 212）という設定はルシュディの伝記的事実とまったく関係しない。ウミードが撮る写真は「自分自身についてのもの」でない、つまり自伝的なものでないことから、ルシュディは作品の中で自身が「不可視になる秘密」（GBF, 213）を学ぶ。「作品の中に姿を隠す秘密」（GBF, 213）である。これはこれまでの作品の中心人物が作者の分身と見なされがちなことへの反発と、幽閉生活で「不可視」になることを強いられてきたことへの皮肉が込められている。分身説を否定するこうした工夫にもかかわらず、ウミードが作者の分身と見なされるのは、ヴィーナが死んだ後に蛇足として語られる後日談で、中年のウミードが若いマイラ・セレイノとその一歳半の息子タラと暮らしはじめるからである。これは作者の生活の反映にほかならない。彼は一九九五年頃に三度目の結婚をして、息子ができる。『彼女の足下の地面』はその息子ミランに捧げられている。ほかにもウミードの価値観やものの見方、彼の「自我」の構成（つまり「複合自我」）について見れば、ルシュディのこれまでの分身たちに極めてよく似ていることは明らかである。

ロックンロール業界物語ということで、ルシュディはこの本のゲラをU2のボーノに読んでもらったと告白している[19]。彼とU2の交流は一九九一年に始まり、一九九三年にはロンドンのウェンブリー・スタジアム公演に際しU2が舞台にルシュディを呼んで連帯を表明した。その後何度かルシュディはダブリンのボーノ宅を訪ねていて、ゲラ読みの話になったわけである。ボーノはロックンロール業界人として『彼女の足下の地面』にOKのサインを出したという。さらには作中の詩に曲をつけてCDまで作った。

また、ヴィーナ・アプサラのモデルはインド出身で一九七〇年代のアメリカで活躍した女性ロック歌手アシャ・プスリではないかという説がアスジャド・ナズィルによって提出されている。[20] アシャは叔母のスロチャナ・シェッティという人物に育てられたという事実が指摘されていて、この点はヴィーナ・アプサラの生まれた時の名前がニッサ・シェッティであることと符合する。アシャはポップアートのアンディ・ウォーホールと付き合いがあったが、『彼女の足下の地面』にもウォーホール的人物のエイモス・ヴォイトが出てきて、ヴィーナと付き合う。ほかにもアシャをモデルとする根拠が指摘されているが、ルシュディ自身はその事実を否定している。[21] 引き続き調査に値する事柄である。

この小説はロックンロール業界小説と「愛」の物語という枠組み以外にも、さらにふたつの枠組みを持っている。オルペウス神話と「ファトワ」事件の寓話である。一九八九年二月一四日にメキシコのグアダルハラで大地震が起こり、人気ロック歌手ヴィーナ・アプサラを大地が呑み込む（GBF, 472）。その衝撃の中で、彼女の恋人の一人で写真家のウミードが回想を始めるということになるが、この大地震はフィクションである。そのことをルシュディ自身が明言している（GBF, 451）。それが起こった日付は、イランの宗教指導者ホメイニが「ファトワ」を下した日付にほかならない。つまり「ファトワ」は大地震に匹敵する出来事であり、その後の幽閉生活は大地に呑み込まれたに等しい。ある意味で彼の一部がその日に死んだのであり、忘れないうちにその一部を書き記しておこうとした結果がこの作品になった。その一部とはヴィーナ・アプサラに象徴されるアーティストとしての側面である。作家はアーティストであって、その仕事の成果である小説はアートなのである。「ファトワ」はそのアートを大地震のように呑み込み、殺したという寓意がここに込められている。

オルペウス神話は音楽のみならず愛と死に関わる話である。トマス・ブルフィンチによれば彼はアポロンとカリオペーの間の息子で、竪琴の名手であるが、[22] アポロドーロスによればオイアグロスとカリオペーの間の息子で「歌によって木石を動かした吟唱詩人[23]」とされる。オルムス・カーマとヴィーナ・アプサラは歌手なので、アポロドーロス説のオルペウスがこの小説にふさわしい。しかしアポロドーロスのオルペウスに関する記述は簡略にすぎるので、「吟唱詩人」以外のことについてはブルフィンチが役立つ。それによると、オルペウスがエウリディケーとどのようにして知り合い、愛し合うかは知られておらず、彼らの結婚とその後のことのみが伝えられている。彼らの結婚には婚姻の神ヒュメナイオスが立ち会うが、この神は彼らの結婚をあまり祝福しない。結婚後、エウリディケーは牧人アリスタイオスに言い寄られて逃げる際、毒蛇に嚙まれて死ぬ。この後は冥界での話となるが、その要点は、オルペウスが冥界へ妻を探しに行って見つけ、地上へ連れ戻そうとするものの、地上へ出るまで絶対に振り向かないという冥界の王ハデスとの約束を破ったために、連れ戻しに失敗する点にある。地上に戻ったオルペウスは女を寄せつけずに過ごす。それに怒ったトラキアの処女たちはディオニュソスの祭りの際に彼を八つ裂きにして殺す。

この神話の枠組みをルシュディの物語に適用すると、オルムス・カーマはオルペウス、ヴィーナ・アプサラはエウリディケー、ウミード・マーチャントは牧人アリスタイオスということになる。ウミードの両親の家は「ヴィラ・トラキア」(GBF, 76)と呼ばれ、ヴィーナは一二歳の時からこの家で育てられる。つまり彼女はトラキアの娘であり、ウミードはそこの若者なのである。しかし、神話と異なるのは、ウミードがヴィーナに言い寄るだけでなく、二人は密かに愛し合うことになる点である。ヴィーナはオルムスをも愛していて、こちらの愛については公然と口にして憚らない。彼女の愛は単純でないし、表面的には明らかにアモラルである。

ルシュディはエウリディケーという人物について独特な解釈をしている。オルペウス神話でこの「広範囲支配者」を意味するエウリディケーという名前が最初に使われるのは紀元前一世紀だが、それより前の紀元前三世紀はアグリオペすなわち「荒れ模様の天候」という意味の言葉で呼ばれていた。「これはまた魔女女神ヘカテの名前のひとつであるとともに、広範囲支配の女王ペルセポネ[24]その人の名前のひとつでもある」(GBF, 499)と語り手ウミードに言わせている。これらのことからルシュディはエウリディケーについての次のような可能性を示唆する。

その出自が「木の妖精」とされるエウリディケーは、その実、冥界からオルペウスの心を捕えるためにやってきた

「闇の女王の化身」であり、「地上の明るい世界での愛を求めた」(GBF, 499)のである。したがって彼女が大地に呑み込まれたのは故郷へ帰ったことにすぎない。また、オルペウスが彼女を救えなかったのは「(愛は死ぬという)愛の不可避な運命の徴」であるか、「(音楽は死者を蘇らせることができないという)技巧の弱さ」なのか、「(ロメオのようにいっしょに死ねないオルペウスの)プラトン的臆病者[25]」のせいなのか、あるいは「(神々は恋人に心を硬くするという)いわゆる神々の頑なさ」のためなのかなど、いろいろな推測が可能だが、もっと大胆に、エウリディケー自身が「夜の市民という自分の暗い側面、自分の真のアイデンティティを再確認した結果」と考えることもできる(GBF, 499)。この場合、オルムスの死んだ双子の兄弟で彼に取り憑いて離れないガヨマート、「彼の夜の自我、彼の別人」こそがヴィーナの「真の夫」(GBF, 499)と解釈される。この解釈は『彼女の足下の地面』におけるオルムスに関わる物語を神話に即して明快に説明しているように見える。

ここでオルムスの物語の概略を整理し、その後で、彼が恋い慕うヴィーナの物語、およびオルムスの「生身の別人」(GBF, 499)としてのウミードの物語についてコメントを加えることにする。

エイハブ的オルペウス

オルムス・カーマは一九三七年五月二七日にパーシー教徒の親のもとに双子の一人として生まれる。両親は貴族で、父ダリウス・クセルクセス・カーマ卿は、ギリシア神話に精通する教養人だが、イギリスのインド支配を受け入れていた。ウィリアム・メスウォルド(『真夜中の子供たち』からの再登場)とともにヨーロッパとインドの神話の比較研究を行っている[26]。ガヨマートと名づけられる双子のもう一人は死産となるが、名前のせいで死んだと親たちは思う。ゾロアスター教神話において最初に創造された人間ガヨマートはアングラ・マイニュ(アフリマン)に殺されてしまうからである。オルムスはアフリマンの主敵とされるオルムザドのラテン読みである。オルムスは嬰児の頃からギターを弾く指の動きをしていた。天性の美貌と美声に恵まれていて、「生まれついての歌手」(GBF, 89)としてスターの道を歩む。「オルムス・カーマの中にはあまりにもたくさんの人がいる」(GBF, 299)とされ、実際、彼には死んだガヨマートが取り憑いていて、ヒット曲を予想することができる（GBF, 302-303）という設定もある。ガヨマートはオルムスにとって「自分が変身してそうなりたいと思っている別人、自分のアートに最初に火をつけてくれた暗い自我」（GBF, 99）なのである。こうして彼は一人にして二人という、まさに「複合自我」的存在として登場している。

「愛」とはウミードにとっては「アルス・アマトリア」もしくは「カーマ」であるのに対し、オルムスにとっては「生と死の問題」であり、具体的にはヴィーナがすべてである（GBF, 15）。この作品にはメルヴィルの『モウビィ・ディック』への意識的な言及があるが、ウミードにとってヴィーナはエイハブ船長にとってのモウビィ・ディックのようなもので、「ヴィーナの先には空虚以外のなにもない」（GBF, 15）という設定になっている。この設定においてウミードはイシュメイルであり、自らもそう自己規定している（GBF, 177, 438）。

オルムスとヴィーナの出会いはボンベイの「リズム・センター売店」（GBF, 92）においてであり、それぞれ一九歳と一二歳の時のことだが、それまでまったく会ったことがないのに、会った瞬間、「すでに彼らの目は性交していた」（GBF, 92）というほど惹かれあう。二〇歳のノヴァーリスは一二歳のソフィ・フォン・キューンに「不条理な恋」をするが、それと同じだと語り手はコメントする（GBF, 101）。しかも彼らは二人とも音楽の才能に恵まれていて、最初からその面で結びつくのである。オルムスはヴィーナに出会ってから、「人類の中のほかのすべての女性に興味を失う」（GBF, 113）という設定にはオルペウス神話の枠組みが影響している。ヴィーナが一六歳の誕生日を迎えた日に彼らは初めて肉体的に交わり（GBF, 161）、オルムスが「すぐに結婚してくれ」（GBF, 163）と迫る。しかし彼女は神話の神々のようにたちまち頑なになり、申し込みを断るとともに、次のような奇妙な約束をする。

「あなたは私がこれから愛するただ一人の男です」と彼女はオルムスに約束する。「でも私がこれからファックするただ一人の男だなんて、本気に思わないでしょうね」（GBF, 163）

この約束どおり彼女はその後ウミードを含むたくさんの男を相手にする。そのアモラルぶりにどのような意味を見出すかが、彼女とウミードの関係の中で探られるが、一方のオルムスは、トラキアの処女たちにちやほやされるオルペウスのように、すでにボンベイのロック界でスターになり、「みんなの愛の神」(GBF, 182)になっているにもかかわらず、ほかの女に見向きもしない。彼らが初めて性交した一九六〇年に、ヴィーナを世話していたマーチャント家が火事になり、理由もなく彼女は姿を消す。後で彼女はロンドンへ行ってしまったことが分かると、オルムスも一九六三年にロンドンへ向かい、そこで盲目の音楽プロデューサー、ユル・シングズの世話になる。しかし一九六五年には神経衰弱になっていて(GBF, 190)、人前から姿を消す。彼を看病するのは、夫ダリウスが死んで(GBF, 200)、ウィリアム・メスウォルドと再婚する母親スペンタである。オルムスは恢復後にしばらくアメリカへ渡り、戻ってからはまたイギリスのロック界へ復帰する。一九六七年に交通事故で重傷を負い(GBF, 307)、今度は意識不明の重態からの恢復に三年半かかる。彼に奇跡的な恢復をもたらすのは、突然彼のもとへ舞い戻るヴィーナである。その奇跡は物語の中で「より高い愛」と表現される(GBF, 320)。一九七一年に彼らはニューヨークへ渡り、VTO(U2のもじり)を結成してアメリカのロック界を揺るがすことになる。オルムスが再度ヴィーナに求婚すると、彼女は一〇年後の結婚を約束する(GBF, 369)。しかもこのプライベートな約束を舞台でしゃべり、彼らの人気に拍車をかける。一〇年という長期婚約とその間のオルムスの独身生活という設定は、エウリディケーを失って独身を通すオルペウスの物語から借りたものである。その間彼らはふたりとも「より高い愛」を目指して禁欲的に暮らすわけではない。オルムスは確かに女を近づけずに神秘的な世界へのめり込むが、ヴィーナは行きずりの男に加え、ウミードと恒常的に一八年間も関係を続ける。これはつまり一九七一年から死ぬまでということである。

オルムスの音楽はしだいに変化し、結婚が実現する一九八一年以降には、「別世界の音」というまったくロックンロールとは言えない曲を書き、カーネギー・ホールでそれを歌ったりする。彼はエイハブ船長が鯨の音に聞き耳を立てるように「別世界の音」に耳をすます。そのようすをイシュメイル役のウミードは次のように記す。

エイハブのように、彼は鯨が音を立てたことに気づいたが、次の機会に立ち現れる大きな鯨に接近しようと腹を決

めた。（GBF, 437）

オルムス自身も一九八四年のエッセイで次のように書いている。

われわれは捕鯨船ピークォド号に乗って、鯨の最終出現を待っているのだ。平和な人間として、ぼくは「さあ、銛を打て！」と叫んでいるわけではない。しかし、ショックに備えて身を引き締めなければならないとぼくは言いたい。（GBF, 437）

「ショック」と彼がここで言っているのは大地震のことである。それを予知する能力が彼には具わっている。ルシュディがこの人物を通して描くのは「愛」における現代のオルペウスであるとともに、一種の超能力者なのだ。「愛」にオカルト的神秘を求めるオルムス・カーマの前身は短編「天球の調和」におけるエリオット・クレインである。[27] しかしオルムスが命がけで追い求める愛という名の鯨は、そうするだけの値打ちがあるのかという問題が残るし、結論的にはエイハブ同様「空虚」を求めていることになる。ヴィーナ・アプサラは美女であっても神秘的な女などではないからである。

イザベラ女王型女

ヴィーナ・アスパラはギリシア系アメリカ人の母ヘレンとインド系アメリカ人で弁護士の父のもとに三人姉妹の真ん中の子供として一九四四年にアメリカのヴァージニア州チェスター郊外に生まれる。最初の名前はニッサ・シェッティである。父は自分がホモセクシュアルであることを妻に打ち明けて、男と駆け落ちし、妻子を路頭に迷わせる。母ヘレンが子連れ男ジョン・ポーと再婚すると、ヴィーナは二番目の名前としてニッシー・ポーとなる。ジョン・ポーの仕事は山羊牧畜で、将来は山羊乳業を始めたいと考えている。色黒だが、当時の人種差別的偏見から免れたニッシーは白人の学校へ通い、そこで「山羊娘」と呼ばれる。ケンタウロスが住むという森があり、ある時彼女は一人でその森を彷徨い歩き、天性の声で歌っているうちに夜が明けてしまう。家に帰ってみると、家族全員が殺され、母へレンが首を吊っている（GBF, 108）。これは彼女が経験する「悲劇」である。

孤児となったニッシーは、母の遠縁にあたるニューヨーク州の西部のチカブーンに住むイジプタス家に引き取られ、ダイアナ・イジプタスという三つめの名前で暮らしはじめる。しかしイジプタス夫人に気に入られず、ついにその家を追い出されることになる。そこに行方不明だった実父のシェッティがヴィーナの前に再登場し、二度と自分の前に姿を見せないように言い含めたうえで、彼女をインドへ送る。彼にはボンベイにドードワラという名の金持ちの親戚がいて、その家の主が好奇心から女の子を引き取ることにするのである。ドードワラは大規模な山羊酪農経営者だが、牛乳という商売敵の出現で経営に翳りが出てきたところへ、アメリカ育ちの女の子がやってくる。そこで彼はなにがしかの謝礼と引き換えにニッサ・シェッティと名乗る女の子をマーチャント家へ養子に出す。それを機会に女の子はヴィーナ・アプサラと名前を変えて、ウミードのいる家に暮らしはじめるのである。ヴィーナは「インドの竪琴」、アプサラは「白鳥のような水の妖精」（GBF, 55）を意味する。

ここまでのヴィーナの経歴の中で名前を四回も変えていることが表象的な意味を持つ。つまり彼女の身はひとつでも「自我」は四つの要素からなる「複合自我」となっているのである。その複合性は不幸の同義語にほかならない。マーチャント家でヴィーナは音楽の勉強を始め、急速に才能を伸ばす。のちには「破滅した自我の世界、音楽の世界」（GBF, 148）へと入ることになる。この表現はさりげなく使われているが、ヴィーナの「自我」は結局「破滅」することが予告されている。マーチャント家が火事になったのを機にヴィーナは姿をくらます。実は旅行業者カラマンジャ夫妻の手助けでロンドンからニューヨークへと旅立ったのである。いつまで経っても、彼女の足元の地面が堅固になることはない。どこにも属さず、行方の定まらない人生が彼女の人生となる。

一九七〇年にボンベイで大地震があり、そのニュースを聞いたヴィーナはニューヨークからウミードのもとへ駆けつけてくる。この時ウミードは二三歳、ヴィーナは二六歳になっていて、彼らは初めての性交を行う。この時に判明するのは、過去四回の堕胎を繰り返すうちにヴィーナは不妊症になってしまったということである（GBF, 226）。ニューヨークでの彼女はすでに「カウンター・カルチャーの最初の聖なる怪物たちの一人」（GBF, 225）になっていた。つまり彼女が薬物に手を染めていなかったとは言いがたい。

この時に始まる二人の秘密の関係はヴィーナが死ぬまで続き、オルムス・カーマはそれに気づかない。オルムスとはＶＴＯを結成し、一〇年間の婚約を発表し、実際に結婚するにもかかわらずである。簡単に言えば彼女は二人の男を相手にする女である。ある時、彼女はウミード（愛称をライという）に次のように語りかける。

「ライ、あんたはバーガーで、私が家で食べるものはステーキなの。あんたは私が欲しいものではない。これまでも欲しいものでなかったし、これからだってぜったいにそうじゃない。でも私は飢えた女なの。私は自分で欲しいもの以上のものが欲しいの」（GBF, 328）（強調引用者）

結局、ヴィーナはルシュディが描こうとする「型にはまった女」のひとりなのである。これをわれわれは「イザベラ女王型女」と呼ぶことができる。というのも短編集『東、西』に収録されている「クリストファー・コロンブスとイザベラ女王」に描かれたイザベラ女王にその原型を見出すことができるからである。すでに触れたように、「土地をたくさん呑み込めば呑み込むほど、また兵士をたくさん嚥下すればするほど、ますます飢餓感を覚える」（EW, 112）というのがイザベラ女王である。こういう「イザベラ女王型女」の先例は『ムーア人の最後の溜息』に登場するオーロラ・ダ・ガマである。ただしオーロラはモダニストとしての限界を持つ多元主義者だが、ヴィーナ・アプサラは「無所属《ノンビロンギング》」の権化である。

「ノンビロンガー」の愛

一二歳のヴィーナが九歳のウミードに初めて会った時、彼女はすでに「無所属」を自認していて、「インドは嫌い」

(GBF, 71) と言い放つ。その時の姿をウミードは最後まで忘れられない。

彼女の最後の日が近づく頃、いつなんどきまた逃げ出すかも知れないという顔つきで、彼女が初めてぼくの家に来た時のあのおどおどして内部崩壊した姿がいつもぼくの目に浮かんだ。なんとひとかけらの漂流物然としていたことか。なんという犠牲者そのもののようすだったことか。文字通りの無自我。人生の拳で鏡のように打ち砕かれた人格。名前も母親も家族も、土地と家と安全性と所属と愛されていることについての感覚、未来への信頼、それらすべてが敷物のように彼女の下から引き抜かれてしまった。彼女は茫漠としたものに爪を立て、なにがしかの徴をつけようとしながら、自然と歴史を奪われた空虚の中に浮いていた。(GBF, 121)

このように最初から最後までヴィーナはまさに「無所属」の化身なのであって、踏みしめて立つべき足元の地面がない。家族もコミュニティも友人もなく、人種や国家や宗教にも確たる帰属先がない。彼女はまたどんな男にも属さないのである。

それでいて飽くなき欲望がある。イザベラ女王のように領土(男)を征服すればするほど、もっと欲しくなるのだ。それがまさにエウリディケーの「広範囲支配者」という側面であり、「暗い側面」である。

オルムスの「別人」(GBF, 499) であるガヨマートこそがヴィーナの「真の夫」(GBF, 499) という解釈が示される際に、オルムスの「生身の別人」(GBF, 499) としてのウミードが反論し、実はヴィーナの「暗い側面」を独占しているのは自分だと主張する。彼は自らの「不可視性」を強調しながらも、最後に前面に躍り出る。彼とヴィーナを結ぶ絆は「無所属性」である。しかし、ボンベイに生まれてボンベイに育ち、一八歳になるまでその街を一歩も出ないウミードが無所属だという自己規定はにわかに納得できないところがある。そのうえ彼は一八歳で両親が死ぬため「若い資産家紳士」(GBF, 214) になる。彼の「無所属性」は単なる思想である。ヴィーナのような現実的裏づけはない。彼の思想に影響を与える人物としてフランス人写真家アンリ・ユーロ (GBF, 218) がいる。この人物は「写真家の二重自我《ダブル・セルフ》」（GBF, 222）について語る。「どこまでも容赦のない殺人者と不滅性付与者」が写真家の内部に棲む。この二重性がオルムスとの関係での二重の役割をウミードに与える。友人にして裏切り者という役割である。彼は自らをオルムスの「陰の自我」（GBF, 218）と名づけて立場の合理化を図る。しかし、どう説明しても彼は「悪」の側にいる人間であり、そのことがヴィーナの「無所属性」と関係することとなる。あるいは、そのふたつがウミードによって関係づけられると言うべきかも知れない。

彼は「無所属」ということについて独特な理論を展開する。「それを幸運と思うにせよ、呪われていると思うにせよ、生まれつきどこにも属していないものがどの世代にも二、三人はいる」（GBF, 72）と彼は考える。二、三人と言わず「所属者と同じ数だけ無所属者もいる」かも知れないのである。「無所属」は「所属」と同じくらいに「『自然な』人間性の顕現」とさえ言える。しかし「破壊的で反社会的な根無し草を恥辱としタブーとする強力なシステム」があるので、「無所属者」は「アイデンティティ」を隠す。われわれはただ「神話や芸術や歌の中で、無所属者、異質者、無法者、はみ出し者を祝福する」（GBF, 73）だけである。

そうであるとすると、「無所属者、異質者、無法者、はみ出し者」という、味方によっては「恥ずべき人間」という点での同質性を、彼は自分とヴィーナの間に見出しているということになる。ロックンロールという音楽はそうした人々のためにあると彼は考える。作者のルシュディ自身はロックンロールを「恥」であるよりは「反抗」や「反体制」という言葉に結びつけ、「ロックンロールの荒っぽい、自信たっぷりな反逆精神こそ、この奇妙で単純で圧倒的な騒音がほぼ半世紀前に世界を制覇し、言語と文化のすべての境界や障壁を越えていき、歴史上、ふたつの世界大戦に加えてみっつめのグローバルな現象となった理由のひとつである」（Step, 270）と述べている。ロックンロールの「越境性」と「反逆精神」が明らかに賛美されているわけだが、それを体現した人物がヴィーナ・アプサラであり、作品の中での彼女の行動がそれを物語っている。

ヴィーナの「暗い側面」という言い方は反語である。「所属者」の側に立ってみての表現で、中身は必ずしも否定的意味合いで使われているわけではない。ヴィーナ、オルムス、ウミードの三人は「暗い側面」でつながっていて、そのために愛が共有される。その愛は「安定を価値とし、流動性や不安定さや変化を恐れるひとびと」(GBF, 73)から見ればグロテスクであり、「反社会的」ですらある。しかしこのロックンロール小説が訴えようとしている愛のテーマはメロドラマ的三角関係を扱っているのではない。ロックンロールは文字通り社会を揺さぶる音楽であり、彼ら三人にどこか帰属先があるとすれば、それはロックンロール音楽である。彼らが反社会的=反「所属者」的でないわけがない。「所属者」たちが蓋をしている闇の領域に生まれるものであり、ヴィーナ・アプサラはそういう暗闇の愛の体現者なのである。

この小説に「ブルガーコフの『巨匠とマルガリータ』に見られる寓意精神とトマス・ピンチョンの滑稽なおどけの組み合わせ」を見るのはジェイムズ・ウッドだが[28]、そうした技法で表象される愛は一九七〇年代に書かれたマーティン・エイミスの『レイチェル・ペイパーズ』や『デッド・ベイビーズ』や『サクセス』に通じている。これらは通俗的な意味での愛、あるいは「統合自我」的愛の死滅を扱う小説であり、「カウンター・カルチャー」小説だからである。『彼女の足下の地面』は一九九九年に出た本ではあっても、小説の雰囲気は一九七〇年代のそれであり、ルシュディは自らの二〇代の経験に焦点を合わせてそれを書いている。「無所属者」という意味で彼の分身にほかならない三人の登場人物を通じて反通俗的愛の過酷さを表象したのであるが、それは「最後のインドの歌」(GBF, 229)であるとともに「最後の青春の歌」でもあるのだ。

5 『怒り』

「自我」の中の「内戦」

『怒り』は展開の極端に遅いミステリー、ルシュディ版「ロリータ」物語、中年男のメロドラマ的笑劇、SF的観念小説という多面体で成り立っている。

まずミステリーの側面について見ると、この作品の主人公マリク・ソランカはロンドンに妻子を捨て、単身ニューヨークのマンハッタンに来ている。毎日街を歩き回る以外にすることはなく、目で見るマンハッタンの現状が延々と報告される。もちろんテレビや新聞は見ている。一九歳と二〇歳の女三人がコンクリート塊で殴り殺される連続殺人事件が起きている（F, 71）。事件現場でディズニー・キャラクターの「グーフィー」の縫いぐるみを着た三人組が目撃される。偶然かどうか、マリク・ソランカの一五歳年下の友人ジャック・ラインハートが「グーフィー」の縫いぐるみを三着持っていることが判明する（F, 130）。彼は黒人詩人兼作家で倒錯クラブの主宰者でもある。別居中の妻ボロニスラワと別れたいのだが、カトリックの妻は別れようとしない。ガールフレンドはインド系アメリカ人のニーラ・マヘンドラといい、絶世の美女である。このニーラがジャックの縫いぐるみを見つけ、ジャックを問い詰めると、彼は身の潔白を主張する。白人の若者三人組なのだが、彼らはヘロイン中毒で、ジャックもそれに巻き込まれている（F, 154）。そういうことを知っているニーラは、ジャックの否定にもかかわらず、三人組が犯人だと確信する。彼女がジャックを捨て、マリク・ソランカへ乗り換えているうちに、ジャックが殺人を告白する遺書を残して死ぬが、その遺書は偽造と分かり、S＆Mの三人組が逮捕される（F, 199）。ミステリーはここで終わるが、この枠組みの役割は主としてニーラをソランカへと結びつけることにある。

ルシュディ版「ロリータ」物語はソランカとティーンエイジャーのミーラ・マイロの関係を指す。五五歳のマリク・ソランカは知る人ぞ知る「リトル・ブレイン」というキャラクター人形の発明者である。この人形が世界中で売れているため、働かなくても巨額の収入があり、彼はケンブリッジの教授をやめ、ニューヨークへやってきてぶらぶらしている。妻エレノアと三歳の息子アズマーンをロンドンに置き去りにしたままである。ある日、彼がマンハッタンの彷徨からアパートへ戻るとミーラ・マイロが「リトル・ブレイン」を抱えて待ち構えている（F, 90）。その日から彼女は毎日にようにアパートへやってきて、彼の膝にクッションを載せて、その上に坐り、自分の生い立ちを話す。セルビア系クロアチア人の父親は作家で、一九八〇年代半ばにユーヨークへやってくるが、どうやら彼女は父親に犯されたことがあるらしい。そういう話をしながらミーラはソランカの腕やら首やらを舐め回す。思うところがあってニューヨークへ逃げてきたソランカは二度と女を抱くまいと決意しているので、思わぬ展開に困惑する。しかしアメリカでは当時のクリントン大統領の定義によって「オーラルセックスは厳密にはセックスでない」(F, 137) ということになっているのを思い出し、ソランカはついにミーラの誘惑に負けてオーラルセックスを受け容れる。ただし、彼らの関係はニーラ・マヘンドラの登場によって一応終止符を打たれるが、話はそこで終わらず、込み入ったメロドラマ的笑劇となって展開する。ミーラにはエディというボーイフレンドがいて、身勝手なソランカがニーラ・マヘンドラといっしょにいるところへ押しかけてくる。同時に、ロンドンにいるはずのエレノアもかねてから知り合いのモージェン・フランツを連れて押しかけてくる (F, 233)。モージェンはソランカの顎に一発パンチを入れ、卒倒させるのである。

それから三週間後にソランカは飛行機で飛び立つ (F, 234)。行き先はリリパット＝ブレフスクである。それはどうやらインドのボンベイを経由してニュージーランドへ向かう方角の南太平洋にあるらしい。リリパット＝ブレフスクは架空の国であり、そこでの出来事は不条理ＳＦとして展開する。リリパット＝ブレフスクにはニーラ・マヘンドラの両親がまだ住んでいる。彼女はテレビのドキュメンタリー番組を担当するプロデューサーで、政情不安定が伝えられる自分の「ルーツ」(F, 62) を調査しに行こうと計画している。彼女の曽祖父ビジュ・マヘンドラはインドのティトリプル出身ということで、この地名は『悪魔の詩』で蝶の衣をまとい、蝶を食べる預言者アーイーシャに関係している。(29) ビジュは一八三四年に年季奉公契約を結んでリリパット＝ブレフスクへやってくる。「移民」と先住民エルビー族との間には昔から絶えず緊張があり、現在内戦状態になっている。ニーラ・マヘンドラはすでにその調査のためにリリパット＝ブレフスクへ乗り込んでいて、マリク・ソランカはあとを追っていくわけである。内戦はエルビー族の敗北に終わっていて、バブールによる専制政治が始まっている。ニーラとソランカは二人ともバブールに捕まってしまうが、ニーラの努力でソランカだけはイギリスへ脱出する。一方のニーラは脱出できずに殺されてしまう。

ＳＦ的物語のプロットはそのようなものであるが、マリク・ソランカにとって、実はリリパット＝ブレフスクという国は、彼の想像力が生んだ人形の国であるとともに、「彼自身の超近似物」（F, 239）なのである。つまりそれはソランカの「自我」のイメージというわけだ。「自我」が内戦状態にある。彼は過去のしがらみを断ち、「自我としての非存在」（F, 240）となりたくてこの虚構の国へやってくる。しかし実際にやってきてみると、彼は「強い既視感」（F, 240）に見舞われる。

リリパット＝ブレフスクは彼のイメージの中で再発明されたものだった。街の通りは彼の伝記で、想像力による作り物や彼がかねてから知っている人々の焼き直された姿が巡回していた。（F, 246）

このようにリリパット＝ブレフスクが彼の想像の産物であるとすれば、彼は現実にその国を訪問したりしているわけではない。ニューヨークのアパートに閉じこもったまま、リリパット＝ブレフスクという国を空想しているだけなのである。

「リトル・ブレイン」が「悪魔の人形」（F, 108）と呼ばれることが暗示するように、彼は「自分の人生を破滅させた」（F, 109）『悪魔の詩』事件の体験を人形の世界に託している。それは自分の創造物が一人歩きして、彼自身の手に負えなくなる経験であり、それをルシュディはＳＦ的虚構に仕立てたのである。想像世界の自立性が前提とされる虚構の世界では、現実的なものと空想的なものとの境界が曖昧で、ミーラ・マイロやニーラ・マヘンドラという若い女が人形なのか現実の人間なのか、にわかに断定できない。事実ソランカにとってミーラは人形なのである（F, 124）。ニーラにしても「ルーツ」がリリパット＝ブレフスクにあるということは、人形にすぎないということだ。リリパット＝ブレフスクの独裁者としての「気が狂ったバブール」もまたソランカ自身の「鏡」（F, 246）なのである。

われわれの用語で言えば、リリパット＝ブレフスクは作者自身の「複合自我」の似姿である。「街の通りは彼の伝記」というフレーズは、直接的にはソランカに関わるものだが、その「伝記」そのものが限りなく作者のそれに近い設定になっている。したがってソランカの悩みは作者の悩みなのである。「愛」をめぐるその悩みを明らかにするために、マリク・ソランカについての詳しい考察が必要となる。

「自我の放棄」と愛

マリク・ソランカは一九四五年生まれだが、ボンベイで生まれ育ち、イギリスのケンブリッジで歴史を学ぶという経歴といい、イギリス人女性との結婚といい、ルシュディ本人の経歴に重なる部分が多い。そして現在はニューヨークのマンハッタンに住んでいるという点までまったくルシュディと同じである。というわけで、この作品の主人公もまた作者の分身と見られる。これはソランカが虚構された人物ではないということではない。ケンブリッジを出た後、母校で歴史学の教授にまでなることや、別れた妻は二人だけという点などは明らかな虚構である。彼がボンベイの「メスウォルド・エステイト」(F, 221) で育ったという言及からすると、彼は虚構の人物サリーム・シナイの末裔でもある。

ソランカにとって重要な人物として、大学時代の親友でポーランド人の血を半分引くクリスツトフ・ウォーターフォード・ワイダ、通称ダブダブがいる。一九六六年に彼らがいっしょに卒業した時、ダブダブは小説家になると宣言し、周囲を驚かせる (F, 19)。しかし実際には大学院へ進んで博士論文を書き、大学からフェローシップを受けて研究者の道を歩みはじめる。その後アメリカのプリンストンで教授の口を見つけるものの、一九八四年に最初の自殺を図る (F, 25)。助かった彼にソランカは理由を訊く。「ある日目覚めると、自分が自分の人生の一部でなくなっている」(F, 27) と感じての自殺未遂と分かる。彼はその後三回の未遂を重ねた末についに四度目で死ぬ (F, 28)。ソランカが「比喩的に自らの命を断って」(F, 27) アメリカへ渡る一カ月前のことである。

ソランカはダブダブと記憶としての文化や政治に関わる歴史（ユートピア、マルキスト、ヒッピー、『ゴドー』、デリダ、サッチャー）を共有しながら一九七〇年代と一九八〇年代を過ごす。その間に彼自身は「国家対個人の問題についてのヨーロッパの歴史における態度の変化」についての本『われわれが必要とするもの』を書くなどして教授への地歩を固める一方、結婚もする。最初の妻セアラ・ジェイン・リアは一歳ほど年上で、ケンブリッジでは「ジョイスとフランス・ヌーボーロマン」（F, 31）についての論文を書き、大学劇団の花形女優だった。[30] 出会ってほどなく結婚するが、一九八五年には離婚し、ソランカは二番目の妻となるエレノア・マスターズと付き合いはじめる。エレノアは一五歳年下で、シェイクスピアについての博士論文を書いている時にソランカとの付き合いが始まり、デートの度にその構想を語る。シェイクスピアの四大悲劇にはそれぞれに「愛についての説明しがたい問題」（F, 10）があるというテーマの論文を書こうとしているわけである。（実はこのテーマは作品全体のテーマでもあって、エレノアの博士論文構想をのちほど詳しく見ることにしたい。）ソランカが妻のエレノアに不満がなく、三歳の息子を愛しているにもかかわらず、「比喩的に自らの命を断って」唐突にアメリカへ去ってしまうのは、自分を「消したい」という願望があるとともに、よく考えてみれば「愛についての説明しがたい問題」を抱えているからでもある。

「消去」のテーマは繰り返し言及される。「最近、自分自身を失うことがソランカ教授の人生での唯一の目的になっている」（F, 7）とか、「アメリカ、彼はそこへ自分自身を消すためにやってきた」（F, 44）とか、「自分をもはや歴史家でなく、歴史のない人間であらしめよ」（F, 51）とか、「自我の放棄について、マリク・ソランカは浮かれ騒ぐ友人にどうやって語ればいいのか」（F, 69）といった具合である。

「自我の放棄」に関わって、ソランカは一〇歳の時のボンベイでの経験を語る。友人の父親が六〇歳を期して家族を捨て、「サンヤシ（遊行者）」となって家を出て行く姿を目撃したのである。母親が一〇歳の息子に説明してくれた話によると、「サンヤシの哲学は、死ぬ時期が来る前に聖なるものへと近づくために、すべての所有物と世俗的関係を断念し、自分自身を人生から切り離そうとする人間の決意」（F, 81）ということである。一種の「遊行」である。

彼は「サンヤシ」になるつもりでアメリカへやってくる。しかし彼は宗教的「信者」ではない（F, 49）。単にアメリカへの幻想からやってくるにすぎない。「アメリカは偉大な嚥下者で、だからぼくは嚥下されるためにアメリカへやってきた」（F, 69）と彼は言う。アメリカはまた「自我創造の国」であって、この国の「パラディグマティックな現代フィクションは愛のために自分自身を――過去、現在、シャツ、あるいは名前までも――作り変えた男の物語である」というわけで、ここでは「古いプログラムの完全消去、マスター・デリージョン」（F, 79）が可能だとソランカは考える。彼は「ニューヨークのサンヤシ」(F, 82) を気取るが、もとより「デュープレックス・アパートメント」(二層式アパートメント。) とクレジットカードを持つサンヤシは言語矛盾だ」(F, 82) と承知している。これは「彼のオキシモロン的性質」(F, 82) だと自ら割り切るが、それはまさに「複合自我」の自認である。彼は「複合自我」的存在であるにもかかわらず、「古い自我」(F, 82) のみを消去し、「自我を作り変えよう」と目論む。この目論見が失敗するのは目に見えている。彼が「消去」したい「古い自我」に関わるエレノアやアズマーンは毎日のようにロンドンから電話してくるし、「自我作り変え」の期待を託すミーラ・マイロやニーラ・マヘンドラは人形化した女にすぎない。彼が空想をたくましくして逃げ込む人形の国では「街の通りは彼の伝記」となっている。目論見の矛盾についてはソランカも早晩気づくことになる。

> エレノアが言ったように、罪と言えば彼を愛したことだけという人たちを彼は裏切ったのだ。放棄や断念というプロセスによって自分の過ちを克服しようと思い、自分のより暗い自我、危険な怒りの自我から退却しようとした時、彼はもっと厄介な新しい過ちに踏み込んだだけだった。創造の中に救済を求め、想像の世界を差し出した際、そこの住民たちが俗世間へとはみ出していき、怪物的になるのを彼は見た。その中の最大の怪物はほかならぬ彼自身の罪深い顔をしていた。そう、気が狂ったバブールは彼自身の鏡なのだ。(F, 246)

このように「古い自我」を「消去」することなどはとてもできない。そこで彼が直面するのは「古い自我」をも含む「複合自我」のままでニーラ・マヘンドラとの新たな愛は可能かという問題である。

「オセロー的愛」と「人形愛」

エレノアはソランカと付き合いはじめた頃、シェイクスピアの四大悲劇それぞれに「愛についての説明しがたい問題」(F, 10) があるというテーマの論文を書こうとしていた。すでに触れたように、このテーマは作品全体のテーマでもあるので、以下に詳しく考察してみたい。
エレノアは四大悲劇のそれぞれについて疑問を抱く。『ハムレット』については、「彼が死んだ父を愛していながら、復讐をほとんど無限に遅らせるのはなぜか、また、オフィーリアに愛されているのに、逆に彼女を殺してしまうのはなぜか」(F, 10) という疑問、『リア王』については「リアが娘たちの中でコーディリアを最も愛していながら、冒頭のシーンでの彼女の誠実さに愛を聞き取ろうとせず、上の娘たちの無慈悲さの餌食となるのはなぜか」(F, 10) という疑問、そして『マクベス』については「王と国を愛する男の中の男マクベスが、官能的ながら愛のないマクベス夫人に手もなく手なずけられ、悪しき血の王座へと向かうのはなぜか」(F, 10) という疑問である。これらの疑問は提出されているだけで、なんら意見は書かれていない。しかし、もうひとつの悲劇『オセロー』についての疑問に関しては解答の一例が示される。エレノアは「愛についてのオセロの信じがたい愚かさ」(F, 11) を指摘し、次のような解釈を思いつき、ソランカに語るのである。

私の考えでは、デズデモーナはオセローの飾り妻、地位をもたらす最も貴重な所有物、白人世界での上り詰めた地位を示す物理的証拠ってところね。わかる? 彼は彼女その人でなく、彼女のそういう属性を愛しているだけ。オセローその人は明らかに黒人でなく「ムーア人」だわよね。つまりアラブ人であり、ムスリムであるってこと。彼の名前はおそらくアラビア語のアタラーあるいはアトゥラーをラテン語読みしたものだと思うわ。だから彼は罪と救済からなるキリスト教世界の人ではなく、イスラム的モラル世界の人で、その世界では名誉と恥を二極性にしている。デズデモーナ殺しは「名誉殺人」ということになるわ。彼女に咎があるはずなどなかった。非難だけで十分だった。彼女の美徳への攻撃はオセローの名誉と相容れなかったから。だから彼はデズデモーナに耳を傾けなかったし、疑ってみるような思いやりも示さなかったし、赦しも与えなかったし、女を愛する男ならばしておかしくないことをなにひとつしなかった。オセローは自分だけを愛しているの。恋人にして指導者の自分だけを。もっと格調高い作家のラシーヌならば情熱《フラム》とか栄光《グロワール》とか呼ぶようなものだけを。彼女はオセローにとって人ですらなかっ

た。彼は彼女を具象化してしまったの。彼女は名誉のバービーちゃん、彼の人形だったのよ。(F, 11)

これはエレノアの博士論文要旨だが、『オセロー』論として見た場合、この議論が妥当かどうかは、ここでは重要でない[30]。重要なのはここにインド人のソランカが白人のエレノアを捨てる理由が隠されていることである。「名誉と恥辱」という「二極性」、および「人形」の観念がその理由に関わってくる。エレノアのオセロー論をソランカに適用すれば、彼がイギリス人女性を愛したのは「飾り妻」が欲しかったからであり、エレノアその人を愛したからではない。「オスカー像」のような名誉の徴であるとともに可愛さを具えたバービー人形としての妻が欲しかったからということになる。しかしエレノアにソランカの「名誉」を傷つけるような不倫の噂があったわけではなく、唯一考えられるのは、夫より一五歳も年下ながら今や四〇歳の母親ともなれば、エレノアも夫のソランカにとって「名誉のバービーちゃん」ではいられないということぐらいである。

ソランカの人形論は彼の「愛」が差し向けられる対象に関わっている。人形は元来「それ自体独立したものでなく、表象である」(F, 73) と彼は言う。「特定の子供や大人の肖像としての人形」(F, 73) が極端になると「ヴードゥー人形」となって、それが表象する人間の代理として釘を打たれたりする。しかし現代の人形は変化し、表象であることをやめ、「人格のみならず個性も」(F, 73) 具えている。それどころか、ソランカの観察では、「今や生きた女が人形のようになりたがっている」(F, 74) のである。「今や人形がオリジナルで、女たちが表象なのだ」(F, 74) と彼は言う。これは「人形文化史に見られる変容の最終段階」(F, 74) であると。つまり、人形が自立性を獲得したように、女たちもまた「だれの人形でもなく、自分たち自身の女であり、自分たち自身の容姿、自分たち自身のセクシュアリティ、自分たち自身の物語を弄ぶ」(F, 74) のである。ミーラはそのような女として登場する。彼女はまさに「オリジナル」としての現代的人形を「表象」する若い女であり、父親に犯された物語などを弄ぶとともに、中年のソランカを自分自身の楽しみのために弄ぶ女である。彼は彼で、白人のミーラを「名誉のバービーちゃん」として受け容れかかる。その時に現れる別の現代人形的女がニーラ・マヘンドラで、こちらはインド人である。ソランカは一時、民族が同じであれば現代人形を人間として愛せるという幻想を抱く。しかし、リリパット＝ブレフスクにおいてニーラ・マヘンドラを隷属させ、太陽が地球の周りを回っていると男が言えば、女がそれに同意するような、女に対するありったけの専制を揮っているバブール（F, 244）は、実はソランカの「鏡」なのである。

「愛されるのと、怖がられるのと、どちらがいいか」（F, 244）とバブールがソランカに尋ねる。ソランカはマキャヴェリを引用して次のように答える。

「人間は怖いと思う相手より、愛されていると思う相手をあまりためらわずに傷つける」。

「なぜなら愛は一連の義務で結びつけられるが、人間は哀れなもので、自分自身の利益がかかわるたびごとにその義務を破るのに対し、恐怖はけっして人間を見放すことのない罰の怖さによって結びつけられるからだ」[31]。（F, 245）

ソランカはバブールに対してよりも、同席しているニーラ・マヘンドラに熱心に語りかける。つまりこれは彼の口説きなのである。彼は捨てた妻子のことや誘惑に負けたミーラのことでニーラの赦しを請いたい。その理由を彼は「人間の哀れさ」に求めている。そのうえで、「古い自我」を含む「複合自我」としての自分を受け容れて欲しいと彼は思う。「古い自我」を「消去」できず、ニューヨークの「サンヤシ」にもなれなかった自分が「プリンス・チャーミング」（F, 249）でなく、「精神病的誇大妄想的ブタ」（F, 249）であり、「太った老いぼれのヒキガエル」（F, 249）であることを自覚しつつ、「ニーラ、きみはまだぼくを愛しているのか」と彼は訊く。彼女は答えることもなく姿を消す。ソランカは愛の対象をすべて失い、最終的には幼い息子の名前を空しく叫ぶことしかできない。

この結末は作家の現実経験とは異なっている。ルシュディがこの小説を捧げたのは、四度目の結婚相手パドマ・ラクシュミだからである（彼らの法的結婚は二〇〇四年二月）。この若いインド系アメリカ人と彼は現在ニューヨークに住んでいる。『悪魔の詩』の最終章で示されたインド回帰は、ソランカとニーラの愛という形でここに復活し、「オセロー的愛の歪み」を是正させた。しかし彼の「人形愛」が是正されたかどうかは、この小説の結末を見る限り明瞭でない。むしろ「複合自我」に潜む「ブタ」や「ヒキガエル」が前景化して終わっている。つまり「複合自我」に調和や統一をもたらすことの困難さを示唆しているのである。

「スパイラル・ダンス」への回帰

ルシュディは『怒り』において処女作『グリマス』と同じ不条理SF的「観念小説」へと戻っている。マリク・ソランカの経験に託してルシュディ自身のSF体験が詳細に語られる部分がこの作品にはあるが、それによると、一九六〇年代はSFの「黄金時代」で、彼は「絶えず変容する別世界」に「居心地のよさ」を感じたという(F, 169)。なぜなら「自分自身の醜い現実」(F, 169)を忘れることができたからである。同時に、彼の見方では、黄金期のSFは「観念小説や形而上小説のために工夫された最良のポピュラーな手段」であった。彼が処女作にSFを書いた理由がこれであり、彼の文学のルーツがSFにあることをわれわれは改めて確認できる。そしてまた、彼の小説の中心はストーリーでなく、「観念」であることも確認できる。その「観念」が「複合自我」に収束することもいまや明らかである。「複合自我」は「自分自身の醜い現実」と彼が呼ぶものの代用語でもあり、「ブタ」や「ヒキガエル」はその暗喩である。

「ヒキガエル＝Toad」は「Dota」というアナグラムとなって『グリマス』に登場する。ドータはゴルフ惑星(Gorf すなわち Frog のアナグラム)で流行しているアナグラムの「最高マスター」だが、ルシュディとしては「自分自身の醜い現実」の暗喩という意味も密かに込めていたのではないかと考えられる。フラッピング・イーグルがゴルフ惑星人にも惑わされることなく、最終的に達成する娼婦メディアとの「愛」は牧歌的なものである。彼らは「スパイラル・ダンス」(G, 75)を踊ることで「融合」するからである。この「スパイラル・ダンス」は、すでに第一章で触れたように、「スパイラル・ダンサーズ」惑星において「科学者＝詩人」が開発した「高度に象徴主義的宗教」とも言える一種の物理学による発見であり、「物質の根源そのもの」に見出される「美しい生命体のダンス」である。エネルギーが優雅に集結してできる融合点が「ピンチ」と呼ばれ、この「ピンチ」がさらに大きな「ピンチ」になる時に「ストロング・ダンス」が見られ、元の「ピンチ」へ戻る時に「ウィーク・ダンス」が見られる（G, 75）。この高度に抽象的な物理学は解釈自由なところがあるが、フラッピング・イーグルとメディアが最後の場面でこのダンスを踊るところからすると、性的エクスタシーの物理学と考えられる。「身体性」に依拠する愛はエクスタシーあるいは「ピンチ」を求める一種の「宗教」である。神なき人間の愛は「身体」もしくは「人形」に行き着く。

ルシュディが一九七五年の処女作で希求した牧歌的愛は、『悪魔の詩』の最後におけるサラディン・チャムチャとズィーニ・ヴァキルとの「愛」に束の間の復活を見せるが、それ以外には姿を見せない。老化を含む「自分自身の醜い現実」への「怒り」がルシュディを駆り立てているからである。そのような作者が表象する「複合自我」の「愛」の位相は、理想として掲げられる「自我なしの融合」、「スパイラル・ダンス」によってのみ可能であったあの「融合」を追い求めつつも、まさに「自我」の壁に阻まれて到達できないことを知り抜いているもののシニシズムで満ちている。その暗喩として提示されているのが『怒り』における「人形愛」なのである。これによってルシュディはゲーテの『ファウスト』やメアリー・シェリーの『フランケンシュタイン』、ウラジーミル・ナボコフの『キング、クィーン、そしてジャック』、ロレンス・ダレルの『ヌンクァム』や同時代作家イアン・マッキュアンの短編「情熱の果て」などの「人形愛」文学の系譜に独自な仕方で連なったことにもなる(33)。

ルシュディが四半世紀の末に回帰したSFは、「愛」の位相で見ると、「自我」の壁に加えて老化の問題を考えれば当然ながら、甘さから苦さへと反転している。メビウスの輪のような回帰の仕方であるが、そうではあってもSFへの回帰は、この四半世紀をもって彼の文学がある種の完結性を示して閉じたことを物語っている。生きた現代作家を扱う場合の難しさは、その作家をどの段階で区切るかにあるが、折りしも世紀の変わり目に位置する『怒り』はルシュディ文学の区切りを示す作品であり、われわれもここで彼の世界に別れを告げることができる。

注

(1) これら三篇についての詳細は補章参照。

(2) Orhan Pamuk による『ムーア人の最後の溜息』書評（*TLS*, September 8, 1995）参照。

(3) Peter Kemp による『ムーア人の最後の溜息』の書評（*The Sunday Times*, September 3, 1995）参照。

(4) Philip Weis, "The Martyr", *Esquire*, January 1993（「サルマン・ルュディの優雅にして傲慢な潜伏生活」（拙訳）、『エスクァイア日本版』一九九三年二月号所収）.

(5) 日本語母音「アイウエオ」のアナグラムでできた名前。

(6) 『ムーア人の最後の溜め息』と『真夜中の子供たち』の類似点についてはほとんどの書評子や研究者が指摘している。二、三の実例を挙げれば次の通り。Candy, 110-117; Hassumani, 124-125; Grant, 107-112.

(7) 第二章参照。

(8) 第二章参照。

(9) 「シオディ・コープ」は Siodi Corp=C. O. D. Corp=Cashondeliveri Corp（MLS, 240）つまり「納品即現金払い会社」という意味である。

(10) Orhan Pamuk による『ムーア人の最後の溜息』書評（*TLS*, September 8, 1995）参照。

(11) 序章参照。

(12) "India." *Encyclopædia Britannica.* 2003. Encyclopædia Britannica Premium Service. 23 Mar. 2003 〈http://www.britannica.com/eb/article?eu=136576〉.

(13) "Hinduism." *Encyclopædia Britannica.* 2003. Encyclopædia Britannica Premium Service. 23 Mar. 2003 〈http://www.britannica.com/eb/article?eu=122842〉.

(14) 第二章参照。

(15) モラエスは物語の現在において、スペインのベネンヘリで囚われの身となっている。

(16) プロットの面から注釈を加えると、この段階では、ラマン・フィールディングはまだヒンドゥー原理主義の立場を曖昧にしていて、モラエスは彼に共感を示し、ウマの自殺後に彼のために働くようになる。「そのアイロニーをラマン・フィールディングならば理解しそうな寓話」というのは、そのような事情による。

(17) 第五章第五節参照。

(18) Michael Gorra はウミードを作者その人だと見ている（*TLS*, April 9, 1999）。

(19) "Salman Rushdie on Hokking Up with U2," *The Sunday Times Culture*, June 3, 2001.

(20) Asjad Nazir, "Was Asha the Unsung Heroine of His Novel ?" *The Sunday Times*, September 16, 2001.

(21) "Rushdie Protests," *The Sunday Times*, September 23, 2001.

(22) トマス・ブルフィンチ『ギリシア・ローマ神話』大久保博訳、角川文庫、一九七〇、三三一。

(23) アポロドーロス『ギリシア神話』高津春繁訳、岩波文庫、一九五三、三一。

(24) プロセルピナとも呼ばれる。ハーデスの妃で冥界の女王。

(25) プラトンの『饗食』の中でパイドロスがオルペウスを臆病者と呼んでいることが、語り手ウミードによって紹介されている（GBF, 498）。

(26) ルシュディは東西神話の比較研究について、ロベルト・カラッソのギリシア神話とインド神話の比較研究を参考にしたのではないかとジェイムズ・ウッドは指摘している（James Wood "An Exile's Sigh for Home," *Guardian Weekly*, April 18, 1999）。この指摘は、具体的には Roberoto Calasso, *The Marriage of Cadmus and Harmony*（Translated from Italian by Tim Parks, New York：Vintage Books, 1994）への言及と考えられる、実際ルシュディはこの本を高く評価している（Step, 53, 256）。

(27) 「天球の調和」については補章参照。

(28) James Wood, "An exile's sigh for home," *Guardian Weekly*, April 18, 1999.

(29) 第四章参照。

(30) 短編「天球の調和」の語り手カーンはケンブリッジ大学最後の年に付き合っていた大学院生ローラについて語っている。彼女の論文のテーマは「ジェイムズ・ジョイスとフランスのヌーヴォ・ロマンについて」であった（EW, 128）。

(31) 「名誉殺人」に近い解釈の一例は次の論文に見られる。"Othello's Loss of Fame and Reputation Leads to his Self-Destruction," by David L. Jeffrey and Patrick Grant, in Nardo, 139-144.

(32) ここでのマキャヴェリからの引用は『君子論』第一七章「残酷と慈悲あるいは愛されることは恐れられることよりよいか、その反対かについて」より。君子は恐れられるようにしなければならないというのがマキャヴェリの結論である。*The Portable Machiavelli*, ed. by Peter Bondanella and Mark Musa, Penguin Books, 1979, 131.

(33) これについてはロレンス・ダレル『ヌンクァム』（富士川義之訳、筑摩書房、一九七六）に付けられた「訳者あとがき」（同書、三五〇）を参照した。イアン・マッキュアンの短編「情熱の果て」は『ベッドの中で』（富士川義之、加藤光也訳、集英社、一九八三）に収録されている。

結　章　「複合自我」表象の文学

1　「複合自我」表象の意味

「観念小説」とその形式

サルマン・ルシュディはストーリーでなく観念を書く作家である。彼は一九六〇年代のＳＦを濫読し、その形式が「観念小説」に向いていることを発見した。彼の愛読ＳＦ作家リストには一一人の名前が挙がっている（F, 169）[1]。「黄金期のサイエンス・フィクションとサイエンス・ファンタジーは、ソランカの考えでは、観念小説と形而上小説のために工夫された最良のポピュラーな道具だった」（F, 169）とルシュディは『怒り』の登場人物ソランカに言わせている。

ルシュディ的「観念小説」におけるストーリーは寓意的である。リアリズム小説が寓意の排除に腐心してきたとすれば、それを嘲笑うかのような形式がわれわれの前にある。しかしながら、その形式はルシュディの独創というわけではない。それはＳＦの影響下にあるばかりでなく、モダニズムからポストモダニズムへという二〇世紀西洋文学の流れの中から出てきた形式でもある。とりわけ「メタフィクション」や「魔術的リアリズム」との関係は色濃く見られる。一九六〇年代から七〇年代にかけての実験的文学を「メタフィクション」世代の文学と呼ぶとすれば、その世代が培った土壌の中から、ルシュディの文学が芽生えたのである。具体的にはナボコフ、ベケット、ボルヘス、カルヴィーノからドリス・レッシング、アントニー・バージェス、ジョン・ファウルズ、ジョン・バースなどに至る「メタフィクション」世代の文学的実験を受けてルシュディの独特な「観念小説」が出てきたということである。

「メタフィクション」と切り離せない現象として、パトリシア・ウォーは「先例のない文化的多元主義」(Waugh, 10) の出現を挙げる。「文化的多元主義」の状況を「ポストモダニズム」的状況と呼ぶとすれば、「メタフィクション」世代の作家はその状況への対応を迫られていた。彼らが求めた解決策は「フィクション形式と社会的現実の関係を調べるために自分たち自身の表現手段へと内向すること」(Waugh, 11) であった。「リアリズムの約束事」(Waugh, 11) ではもはや対処できない事態に直面して、彼らはそのパロディーへと向かう。「リアリズムの約束事」が一九世紀から今日に至るまで厳然と守られているのは推理小説、冒険小説、ロマンス小説、ファンタジー小説、SFなどのポピュラー小説であり、それらのパロディーに活路を見出そうとしたのである。ルシュディがSFのパロディとしての『グリマス』から作家としての出発を遂げた背景には、そうした「ポストモダニズム」的状況とそれへの対応があった。

しかし、ルシュディと「メタフィクション」世代との間には決定的な違いがある。それは政治と宗教をめぐる状況である。ルシュディの代表作となっている『真夜中の子供たち』(一九八一)と『悪魔の詩』(一九八八)が書かれる一九八〇年代は、冷戦構造の枠組みこそ変わらないものの、政治的には「サッチャー主義」、宗教的には「イスラム原理主義台頭」の一〇年で、それらの動きが合理化や一元主義へと向かう時に、ルシュディとしては多元主義、多文化主義、無信仰、非合理などをよしとする「複合自我」的立場を明確に擁護する必要性を感じたのである。その際に、非合理な文学形式の追究は急務であり、その結果として『真夜中の子供たち』の「魔術的リアリズム」が生まれる。ルシュディ自身は「魔術的リアリズム」という用語を使わず、自らの手法を「ノンナチュラリズム」と呼んでいる。この手法の淵源を辿れば、ヨーロッパにおいて、リアリズム的姿勢の背後にある合理主義や進歩主義に反発した「表現主義」やシュルレアリスムがあり、ラテンアメリカにおいて、「現実」の定義を神話、魔術、自然界および人間経験における途轍もない現象にまで広げたカルペンティエルの「驚異の文学」があり、そしてガルシア＝マルケスの

「魔術的リアリズム」がある。

新素材としての「複合自我」

ルシュディに「ノンナチュラリズム」の手法を探求させたのは、「ポストモダニズム」的状況に影響された「自我」という新たな素材である。彼はそれを「複合自我」と呼ぶ。ルシュディの言う「複合自我」の観念には普遍的位相と特殊ルシュディ的位相があり、普遍的位相は「自我」について一般的に観察される事象に関わっていて、厳密には哲学や心理学の研究分野であるが、作家であるルシュディは新たな小説形式によって「複合自我」の特殊な位相を表象したのである。われわれはここに「歴史」「政治」「移民」「愛」の四つの位相を抽出したが、根本の問題はそれぞれの位相に「私」がどう関わるのかということである。この場合の「私」とはサルマン・ルシュディという人間である。

常に中心は「私」であり、「私」のことしか考えない人間は、自己中心主義者として世間から嫌がられる。ルシュディについても、とりわけ『悪魔の詩』事件後の経過の中で、その種の非難の声が盛んに上げられた。しかし、厳密には自己中心主義者でない人間はいない。したがってだれもが中心に据えている「自己」あるいは「自我」の観察は、われわれが一度はしてみる価値のある知的行為である。その行為をルシュディは四半世紀にわたって続けてきたのである。

自分の身体がひとつであるように、自分の「自我」もひとつと考える向きもある。その種の見方からすると、「複合自我」は概念として矛盾しているということになる。いくつかの「自我」が合わさった概念となっているからである。しかし「自我」はすでにあるものでなく、作られつつあるものだとすれば、それが複合化する可能性も出てくる。あるいは「自我」は単なる容器であって、その中身は社会的に決まってくるという考え方もある。G・H・ミードの「社会的自我」論がそれにあたる。『グリマス』に展開された「自我」についての考察からすると、ルシュディはどちらかと言えば「社会的自我」論者である。『グリマス』の主人公フラッピング・イーグルはまさに容器のような存在で、外界からの影響を受け容れたり拒否したりしながら、しだいにグリマスへと近づき、最終的に合体する。それは字義通り二人の人間が一人になるのである。この現実離れした出来事の提示を通じて「自我」の複合性が強調される。「グリマス」とは「シムルグ」のアナグラムであり、一羽にして三〇羽というこの鳥は、かつてペルシア神話において「神」の象徴であったが、いまや「複合自我」の象徴となる。集団的神話は個人神話と変わり、神は存在せず、複合的な「自我」だけが存在する。ルシュディの「複合自我」論は無神論や多元主義やセキュラリズムと密接な関係をもっている。

一九世紀の「統合自我」

ルシュディはこのような「複合自我」概念を一九世紀の「統合自我」概念と対比する。彼は『彼女の足下の地面』の中でジェイン・オースティンに言及し、「入念に儀式化され（そして確かに結婚に偏執する）フォーマルな社会」（MLS, 101）がそこにあると言っている。この社会では、『エマ』が示すように、すべての教育が「統合自我」を作るために行われる。文学はその教育のための道具にすぎない。「統合自我」を持つことはは紳士や淑女と呼ばれるための必要条件であり、個人が社会と折り合いをつけ、摩擦を起こさないための潤滑油なのである。「統合自我」育成教育は文学よりもむしろコンダクト・ブックあるいはアドバイス・リテラチャーと呼ばれる一種の修身読本[2]によっても行われ、社会の秩序維持に貢献したと考えられる。

しかし社会が常に安定しているとは限らず、現にジェイン・オースティンの時代の社会ですら、フランスにおける革命的変化ほどではないにしても、緩やかに変化していた。その変化の兆しを暗示する人物として、『エマ』の中にも、オーガスタ・ホーキンズとジェイン・フェアファックスが登場している。一九世紀半ばにシャーロット・ブロンテによって書かれる『ジェイン・エア』は女性家庭教師《カヴァネス》が主人公であるだけに「統合自我」育成教育そのものが主題と言っても過言ではないが、宗教教育に基づく既製の教育理念を疑い、自前の理念を模索するところに『エマ』との大きな違いがある。社会に対峙する個人の自覚が鮮明になる兆候をそこに見て取ることができる。シャーロット・ブロンテの妹エミリーの『嵐が丘』は社会に調和しない人物を前景化することで、小説形式を「統合自我」育成教育という目的から逸脱させるとともに、社会に内在する矛盾を顕在化させる。その矛盾とは階級の問題であり、エリザベス・ギャスケルが『メアリー・バートン』や『北と南』で示唆するところによれば、産業都市化が進む「北」と牧歌的農村社会が残る「南」という、ふたつの価値観の衝突の問題である。一九世紀中葉に書かれるこれらの文学作品は、「統合自我」育成という社会的目標の困難さを予感させるのに十分なものとなっているのである。実際、ギャスケルは書籍の中での自己省察において「自我の多重性」を認識していたことが研究者によって指摘されている(Langland, 115)。そして世紀末近くに書かれるトマス・ハーディの『ジュード』になると、「統合自我」育成が破綻する好例をそこに見出すことができる。(なお、一九世紀の「統合自我」育成教育とパラレルな関係にあるのは、中産階級的価値観の普遍化や、マイノリティ、労働者階級、植民地に対する同化政策などであるが、この点についての考察は今後の課題としたい。)

「統合自我」は、構造的に見れば、一点の中心を持ち、自己管理、対人関係、社会生活、対権力関係などのルールが整然と配置される仕組みを持つ。あえて言えば同心円構造をしているのであって、これは政治経済社会すべてに適用されるとともに、宗主国と植民地の関係にも適用される。宗主国が中心で、植民地は周縁という関係である。この関係はポストコロニアルの時代になっても残っていて、その実例が「コモンウェルス」の組織である。ルシュディはこの組織に強く反発している。この組織の背後には旧植民地をいまだに周縁扱いする「統合自我」的思想が残っているからである。標準英語という発想についても同じことが言える。したがってルシュディは英語の「作り変え」による「個人言語《イディオレクト》」の使用を主張する。

「複合自我」の含意

一九世紀の「統合自我」に対比されるルシュディの「複合自我」概念は植民地支配的思想への反発と「ポストモダニズム」的状況における多元主義擁護の立場から生まれる。インドは多元主義の国家であり、数多くの言語と文化と宗教を呑み込んだまま、ひとつに統一されている。ルシュディにとっての「複合自我」の原型的イメージはインドという国にある。それは歴史的に生成されたのであって、彼の思いつきというわけではない。「複合自我」がいかに歴史的に生成されたかを物語で示しているのが『真夜中の子供たち』である。二〇世紀初期に青年期を過ごす祖父に芽生える宗教的懐疑、反オリエンタリズム、多元主義、セキュラリズム、「ビジネス主義」、ボンベイの伝統としての多文化主義、植民地在住イギリス人がもたらすイギリス文化などが、語り手にして主人公のサリーム・シナイの「自我」を複合的に形成する。逆に、すでに社会的に構築された「自我」が「歴史」を作るという局面もあり、その場合の個人と「歴史」の関係を、語り手サリームは四通りに分類する。「字義的 - 積極的」「字義的 - 受動的」「比喩的 - 積極的」「比喩的 - 受動的」の四通りである。これはルシュディ自身の「歴史」への関わり方にほかならない。

「政治」と「歴史」は不可分の関係にあり、「複合自我」の「政治」的位相が「歴史」と独立してあるわけではない。例えば『ムーア人の最後の溜息』においてモラエス・ゾゴイビーが多元主義の危機をおぼえると、「字義的 - 積極的」行動としてラマン・フィールディングと対峙する。これは、しかし、物語の中でのことであり、現実世界に置き換えれば、作家が「政治」に対して「比喩的 - 積極的」に動いているにすぎない。つまりルシュディが直接ヒンドゥー原理主義団体「シヴ・セナ（シヴァ軍団）」のバル・サッカレーと対峙するわけではない。一方、「シヴ・セナ」は現実世界で「政治」に「字義的 - 積極的」に関わり、一九九六年にはマハラシュトラ州の政権を掌握し、ボンベイをムンバイと改称しただけでなく、その年の九月に『ムーア人の最後の溜息』を発売禁止処分にする。この一連の動きが「歴史」を作り、その中で生身の作家が「字義的 - 受動的」にそれに巻き込まれる。

ルシュディの場合、「歴史」であれ「政治」であれ、それを見つめる中心は自己である。その自己が歴史的に作られていることを確認するために『真夜中の子供たち』を書き、その自己の政治的位置を確認するために『恥辱』を書いた。彼の政治的位置を「右」とか「左」で分けるのは単純すぎる。狂気と正気、快楽と禁欲、多元主義と一元主義、多文化主義と一国文化主義、無信仰と信仰、世俗と神聖、移住と定住、身体主義と精神主義、ロックンロールとクラシック、グロテスクとハーモニー、不安と安定、懐疑と信頼、民主主義と全体主義、政教分離と政教一致などのあらゆる二項対立の複雑な絡み合いの中で、すでに述べたように概してそれらの左側にいるということである。

ルシュディは『悪魔の詩』を書くことで「字義的 - 受動的」に「政治」に巻き込まれた。直接には「無信仰と信仰」の対立が原因であるが、事件の過程は現代人が抱えるさまざまな二項対立的矛盾を曝け出すこととなった。作家自身の意図は自らがその一員であるがゆえにイギリスにおける「移民社会」を取り上げ、「ふたつの痛々しくも引き裂かれた自我の物語」(IH, 397) を書くことにあった。つまり「自我」が「世俗的かつ社会的に」また「ボンベイとロンドン、東洋と西洋の間で」引き裂かれているサラディン・チャムチャと、「無信仰と信仰」の間で引き裂かれているジブリール・ファリシュタの二人の物語ということである。実際、この作品は二人の人物を通して数多くの二項対立的葛藤を摘出し、「移民」の問題は紛れもなく現代人の問題だということを示している。つまりは、ほかならぬ「複合自我」の丹念な表象が行われているということで、これを「冒瀆」か「表現の自由」かという対立項のみで論じても、人間研究としての深まりは期待できない。

「歴史」「政治」「移民」の三つの位相は「複合自我」の構成要素を照射する。この中で「移民」の位相はポストコロニアル特有の問題であるかに見えるが、ルシュディは地方から大都市への移住者も一種の「移民」と見なしている。二〇世紀は「移民」の世紀だとさえ言う。したがって「移民」の抱える「根なし草《デラシネ》」の問題は現代都市生活者の問題でもある。「移民」は最低でもふたつの言語、ふたつの文化を受け容れなければならないため、否応なしに「複合自我」的存在となるのである。

「愛」の位相へ目を転じると、「複合自我」の構成要素よりも、対他者関係の中に置かれる「複合自我」が見えてくる。『ムーア人の最後の溜め息』『彼女の足下の地面』『怒り』の三作は、「複合自我」的存在の社会的意味を問う作品群となっている。

「複合自我」的存在の社会的評価

「複合自我」には確かに積極的に評価できる側面がある。それは「人間くささの源泉」(MLS, 32) という面である。その面を『ムーア人の最後の溜め息』の語り手モラエス・ゾゴイビーはカモエンズ・ダ・ガマに見出す。しかし「人間くさい」ことと、それが社会的に受け容れられるかどうかは別問題である。社会的にはたいてい変人奇人の類に分類されてしまう。その好例がカモエンズ・ダ・ガマの娘オーロラ・ダ・ガマである。彼女はオキシモロン的「多元主義者」であり、「不純、文化的混合、メラーンジェ」(MLS, 303)なるものをよしとするけれども、世間の顰蹙を買わずにいない。このように、本来評価されるべき「複合自我」が評価されないのが現実である。それは「悪」と見なされる。これは世間のものの見方が一元的だからにすぎないが、もしそれが悪だと言うなら、悪でもかまわないという開き直りの論理がルシュディによって用意されている。その開き直りにおいてルシュディは必ずしも孤独ではない。彼自身、ボードレールの『悪の華』に言及している(MLS, 303)。反語的に自らを「悪」と呼んだ人間はボードレールだけではない。カサノヴァやサドは言うにおよばず、メルヴィルやブレイクもその種の文学者だった。二〇世紀にはブルガーコフを初めとして枚挙に暇がないほどその種の文学者がいる。現代人は「善」と「悪」の判断に関して「宙ぶらりん」の状態にあると考えたのはソール・ベローだが、ルシュディがマーティン・エイミスとともにこのアメリカ人作家の影響下にあったことは疑いない。

「複合自我」の愛は「人間くさい愛」だが、これも世間的には認められない愛だ。ルシュディが掲げる「複合自我」的愛の最大の特徴は「身体性」にある。「それ自体以外になにも意味せず、それでいてあらゆるものを意味しているもの」(MLS, 251)というその定義に、世間並みの愛で語られる「精神性」は皆無である。これは無神論と大いに関係がある。神なき人間の愛は身体もしくは「人形」に行き着く。そこにある「精神性」はせいぜい「自我境界の融解」にすぎない。平易に言えば、身体的快楽にわれを忘れるところに愛の極致がある。ルシュディはそれを「カーマ」(GBF, 15)と呼ぶ。快楽の神のみを信じるという姿勢である。愛における精神性の排除はプラトン時代のギリシアと東洋に起源があり、西洋はその誘惑を受けたとルージュモンは言ったことがある(ルージュモン、九二、四六二)。「東、西」が混在するルシュディの「自我」の中で、「愛」については東洋的なものが支配的になっているわけである。

過激な快楽主義にも味方はいるが、敵のほうが多く、「悪者」扱いに悩まされる。『ムーア人の最後の溜め息』においては、元来が快楽主義者のはずのオーロラ・ダ・ガマまでがモラエスとウマ・サラスヴァティの「愛」に反対する。前者はモダニズムの快楽主義で、後者はポストモダニズムのそれだと区別すれば、彼らの対立には二〇世紀的「愛」の変化が反映されていることになる。二〇世紀は快楽主義を増長させたと見るポール・ジョンソンはその仕掛け人たちとしてシリル・コノリー、ケネス・タイナン、ライナー・ヴェルナー・ファスビンダーなどの名前を挙げている(Johnson, 306-342)。ルシュディが掲げる「複合自我」的快楽主義も二〇世紀のそうした潮流から出てきたものである。

過激な快楽主義は「死」と隣り合わせになっていることはケネス・タイナンやファスビンダーに見られるが、ルシュディの登場人物ウマ・サラスヴァティもまたそのケースである。ただし彼女の場合、「善と悪の二極性」の中では死なない。彼女に死を決断させるのは「名誉と恥辱の二極性」である。キリスト教的「罪と救済の二極性」などは彼女とまったく関係がない。東洋的「恥辱」感覚は「暴力」と結びつくとするのがルシュディの持論である。ウマは屈辱感から自殺する。同様にヴァスコ・ミランダも、ジブリール・ファリシュタも、自殺の原動力を屈辱感に求めている。快楽主義は越境性を持っているが、その先に来る死は地域文化的束縛を受けるのである。

しかし「複合自我」的存在は基本的に束縛を嫌う。「愛」の領域においても自由にふるまいたいのである。ヴィーナ・アプサラをわれわれは「イザベラ女王型女」と呼んだが、それは満たされることを知らない征服欲を意味するとともに、制約のない自由をも意味する。女王にはそれが可能なのであり、ヴィーナもロックンロールの女王である。彼女はロックンロールが追い求めた自由の体現者と言うこともできる。自由の追究は当然社会と衝突する。社会が無制限の自由を許すわけがないからである。社会には自由を制限する境界線が張り巡らされている。ロックンロールは一九六〇年代から七〇年代にかけての若者たちにとってその種の境界線を次々と突破する「越境」の音楽と映っていた。越境は社会への反抗や体制への反逆にもつながる。「ロックンロールの荒っぽい、自信たっぷりな反逆精神」(Step, 270)は当時の「時代精神」を映していたとルシュディは見る。『彼女の足下の地面』にはロックンロールとともに青春を送ったルシュディの郷愁がたっぷり込められている。

そのロックンロールもいまや「中年化」してしまった。それは今や「自分たちの全盛期を思い出す年寄りたちの音楽」(Step, 270)にすぎない。こう悟った後に来るのは「複合自我」の老化した様態である。『怒り』の主人公マリク・ソランカはかつて「プリンス・チャーミング」であったが、今や「太った老いぼれのヒキガエル」にして「精神病的誇大妄想的ブタ」(F, 249)になっている。「自分自身の醜い現実」への「怒り」が彼を狂わせ、「人形愛」へと駆り立てる。カサノヴァが女遍歴の末に辿り着くのが人形である。この紛れもない「中年の危機[3]」を見届けることで「複合自我」小説群は終わる。

2 ルシュディの同伴者と後継者

話は旧聞に属するが、一九八七年七月一九日号の『ニューヨーク・タイムズ・ブックレビュー』において、マイケル・ゴラはイギリスにおけるポストコロニアル小説の活気を論じ、イギリス人作家の相対的な低調ぶりを指摘した。これはブッカー賞にちなんでのジャーナリズム的話題にすぎないが、その時に名前の挙がったV・S・ナイポールとナディン・ゴーディマーはその後ノーベル文学賞を受賞する。つまりポストコロニアル文学が社会的公認を受けるわけである。

しかしひとくちにポストコロニアル文学と言っても、内実は同じでないことをここで強調しておきたい。ノーベル文学受賞者二人は社会が容易に理解する「まともな」、「統合自我」志向の作家なのであって、ルシュディのように必ずしも社会が理解しない「自己中心的な」、「複合自我」志向の作家と区別されなければならない。

ナディン・ゴーディマーとV・S・ナイポールとの比較だけでもルシュディの位置の特異性が浮かんでくるはずだが、彼らを厳密に区別しない研究もある。例えば、英語で書かれたポストコロニアル文学の包括的研究書『継母語』の著者ジョン・スキナーの分類によれば、ナイポールとルシュディが同じ「無所属」の項目に入っている[4]。スキナーが取り上げるポストコロニアルの作家たちは膨大な数に達するが、もし彼らを分類するのであれば、「統合自我」派と「複合自我」派に分けるべきだろう。

確かにルシュディは数あるポストコロニアル作家の一人にすぎない。ルシュディの好みの比喩を使えば、浜の真砂の一粒である。しかし、この一粒にはポストコロニアル文学の問題のすべてが含まれていると考えられる。「複合自我」の発想はすべてを呑み込むからである。

それに、社会から孤立しがちな「複合自我」志向の作家だが、ルシュディは孤立無縁の作家というわけではない。彼と同じ多元主義者、セキュラリスト、快楽主義者は枚挙に暇がないということでなく、そうした立場の行く末に確たる自信があるわけでもないが、「統合自我」志向へ改宗するわけにもいかないという、言わばソール・ベロー的「宙ぶらりん」の状態を共有する作家たちがほかにもいるということである。ついでながら、ソール・ベローの『宙ぶらりんの男』において主人公のジョーゼフは友だちの母親から「メフィスト」と呼ばれ、衝撃を受けたことを回想する。それに続けて彼は自らの内なる「悪」に思いをいたす。悪人が別の悪人を見ても、咎めることはできない。自分を含めて人間は「悪」なのではないかと思っても、自分も「悪」であってみれば、容易に「悪」への批判者になれない。人間が「善」だとはどうしても思えないからである。こうした事情からジョーゼフは徴兵前に退職して宙ぶらりんの無職になっているばかりでなく、思想的に宙ぶらりんになる。こういう「宙ぶらりんの男」の論理を強く信奉する作家にマーティン・エイミス（一九四九－　）がいて、人種や育ちの違いゆえに内に抱える「歴史」意識はルシュディとまったく異なるが、「宙ぶらりん」性において彼がルシュディの同伴者であることは間違いない。イアン・マッキュアン（一九四八－　）もそこに加えることができる。しかしながら、「複合自我」表象という面に目を向けると、子どもの頃から大西洋を行き来してきたという意味で、イギリスの作家というよりも、トランスアトランティックな作家と言うべきエイミスのほうが、「複合自我」表象の作家ルシュディとのより強い親近性を持っている。

エイミスは一〇歳の時に初めてアメリカ生活を体験するが、それによって「完全にアメリカナイズされた」自分を見出している（Amis 2000, 139）。イギリス的なものとアメリカ的なものが混在する自我構築がその時から始まったと考えられる。

処女作『レイチェル・ペイパーズ』（一九七三）の主人公チャールズ・ハイウェイが作者その人だと言えないとしても、二〇歳で、オックスフォード大学への入学が決まっているという設定は作者の経験にきわめて近く、そのうえ女主人公レイチェルには現実のモデルがいたことをエイミス自身が明らかにしている（Amis 2000, 265）。そういうわけで自伝色濃厚なこの作品に、エイミス的「複合自我」構成要素が細かく織り込まれていても不思議はない。オックスブリッジ志向、ピカロ（悪漢）志願、ビートルズやヘンリー・ミラーやヒッピーたちへの共鳴、マンドラックス（睡眠薬）や麻薬への興味などである。セックスの「ディズニーランド化」を夢想するイギリス人の若者という要素もある。イギリス中産階級的モラルの縛割れとそれを覆い隠そうとする偽善や階級の問題など、つとにイギリス的な問題を抱えながらも、随所にアメリカ的なものが覗く内面世界がここにある。

第二作『デッド・ベイビーズ』（一九七五）は麻薬中毒者で自殺願望の青年たちを描いているが、エイミスは一九六九年にアメリカで起こったチャールズ・マンソン事件をヒントにしてこれを書いたものと思われる。彼の目から見ると、イギリスもアメリカも共時的に同質な社会になっているのである。つまり彼の中では両国の差異と同一性が混在し、ひとつの空間になっているのだ。

彼の作品を系列化すれば、『サクセス』（一九七八）、『他人たち』（一九八一）、『ロンドン・フィールズ』（一九八九）などは、どちらかと言えばイギリス的なテーマを追っているものと、『マネー』（一九八四）や『ナイト・トレイン』（一九九七）のように、まさにアメリカを舞台とし、アメリカ的テーマを扱った作品とに分かれる。これに加えてグローバルなテーマを追求する『時の矢』（一九九一）のような作品もある。これはアウシュヴィッツでナチスに協力する医師オディロ・ウンファードーベンについての、時間を逆さまにした伝記小説である。エイミスはナチス協力者であるこの人物を自分とまったく無縁な存在として書いているわけでなく、むしろ「普通の人間」が時代に流されてファシストになったという点で、他人事ではないと思いつつ書いたのである。ウンファードーベンは名前を次々と変え、都合四つの名前を使って生きたことになるが、それはそのまま彼の「自我」の複合性を象徴してもいる。エイミスがこの作品を執筆する動機となったのは、ナチスのような究極の「悪」への関心のほかに、「複合自我」的存在への興味もあったものと思われる。

「自我」の複合性を形式面で前景化した作品となれば『サクセス』と『インフォメーション』（一九九五）がある。エイミスは『インフォメーション』における二人の中心人物について、両方とも自分だと示唆したことがあるが（The Weekly Telegraph No. 194, 1995）、『サクセス』における没落貴族的デカダンでホモのグレゴリーと、「犯罪階級」出身の成り上がりでヤフーイズムの権化テリーの場合も、二人ともエイミスだと言える。「自我」の複合性を劇化したにすぎないのである。

このように、エイミスはトランスアトランティックに構築された「複合自我」を表象する作家であり、その意味でルシュディと同じ道を歩んでいると言えるが、その複合性の内実は白人世界の文化的多様性であり、人種や植民地の問題はそこに含まれていない。

さらには、ルシュディ文学の後継者と見なされる作家たちも登場している。最も注目されるのはハニフ・クレイシ（一九五四―　）である。個人的なことを言わせてもらうと、彼の『郊外《サバービア》のブッダ』が出版された一九九〇年に自作朗読会で作者を見たことがある。母親がイギリス人で父親がパキスタン人という混血だが、ハンサムなインド系そのものの顔立ちで、黒い髪を長く伸ばし、襟のないシャツ一枚にジーパンという姿格好は、フットボール場帰りのフーリガンという感じだった。からだ全体から暴力とセックスと反逆精神が発散していると感じたのは、彼が脚本を書いた『マイ・ビューティフル・ランドレット』（一九八六）と『サミー&ロージィ　それぞれの不倫』（一九八八）という二本の映画をオックスフォードの小さな映画館で見た後だったからである。過激なホモセクシュアル映画だった。朗読会の後、インド系の人が立ち上がり、なぜおまえは同じようなことを性懲りもなく繰り返し書くのかと、いかにも軽蔑的口調で質問した。それに対するクレイシの答えはこうだった――同じようなことを書いているわけではないが、サウス・ロンドンという場所にこだわっていることは確かだ。映画でも『郊外のブッダ』でも、自分が生まれ育ったサウス・ロンドンを舞台にしたが、フォークナーのようにひとつの土地にこれからもこだわっていきたい、と。ハニフ・クレイシにとってのサウス・ロンドンはルシュディにとってのボンベイなのである。それは『郊外のブッダ』のみならず、その後の彼の作家や映画監督としての活動に表れている。

『郊外のブッダ』の主人公で作者の分身カリム・アミールは下層中産階級意識を持っている。父親がボンベイの出身ながらケンブリッジを出て公務員をしているうえ、イギリス人の妻を持ち、サウスロンドン（ブロムリー）の一戸建に住んでいるからである。一七歳の素行不良者として登場するカリムの文化的環境を形成する人物たちとして、父母のほかに、母方の叔父で暖房機関係を扱うイギリス人労働者や、父親の昔からの友人で食料品店を経営するインド人商人アンワーがいる。つまり、労働者階級と移民の文化がカリムを取り巻いているということである。父親は仏教サークル主宰者すなわち「郊外のブッダ」でもある。表題にもかかわらず、父親が活躍する場面はあまりなく、どちらかと言えば影が薄い。中心はやはりカリムで、家庭や地域の環境に大きく影響されながら、男女両方とセックスし、キャプテン・ビーフハートやフランク・ザッパの音楽を聴き、行くべき学校へ行かずに成長していくさまが描かれている。主人公を通じて七〇年代のイギリス社会が描かれていると言い直すこともできるだろうが、その社会はあくまでサウス・ロンドンの社会だという点を忘れてはならないし、暴力と精液の匂いのする小さなエピソードを重ねていく方法は、殺伐とした精神を反映している。ヨガなどの精神修養がこの時期のサウス・ロンドンで流行した理由もそこにあったようで、そこにこの作品の表題の存在理由がある。それは「統合された自我」への郷愁を象徴するようでもあり、郷愁の滑稽さへの皮肉が込められているようでもある。実際には、ヨガであれなんであれ、自我の統合を助けてくれるものはなにもないのである。ハニフ・クレイシの「複合自我」表象はルシュディに比べていっそう破壊的、破滅的である。それは単にサウス・ロンドンの問題であるよりも、「カウンター・カルチャー」的若者文化の問題とも考えられる。

ハニフ・クレイシには『ブルーな時の愛』（一九九七）という短編集もあるが、そこに見られるスカトロジーは『真夜中の子供たち』にも見出されるし、麻薬と結びついての「愛」の極端な退廃は、『彼女の足下の地面』のロックンロール文化に無縁ではない。映画作りの裏側の麻薬汚染を描いた作品「ブルーな時」から強烈に漂ってくる世紀末的退廃臭は、インド的なものとイギリス的なものが混在するハニフ・クレイシの思考の中で、とりわけイギリス的なものに結びついている。文明＝退廃という図式が彼の思考の根底にあるからである。文明は退廃と金をもたらすかも知れないが、精神の充足は与えられない。ハニフ・クレイシはこのモチーフを反復している。彼は退廃を賛美しているわけではなく、それに対して批判的だし、問題意識も持っているのだが、どうしたら精神の空洞を埋められるかについては、解決策を持たない。新興宗教も原理主義も解決策ではなく、そうしたものへ走る一元主義志向者たちを懐疑的に見ているしかない。ソール・ベロー的「宙ぶらりん」の状態がハニフ・クレイシの中にもあるわけである。[5]

ハニフ・クレイシ以外のルシュディ後継者としては、アミタヴ・ゴーシュ、シャシ・タルーア、ロヒントン・ミストリー、ミーラ・シーアルなどがいる。これらの作家たちはルシュディが切り開いた「自我」表象もしくは自分史文学の領域を開拓しつづけている点に彼の後継者たる所以がある。

アミタヴ・ゴーシュ（一九五六―　）はベンガル人としてカルカッタに生まれるが、子供時代は東パキスタン（現バングラデシュ）、スリランカ、イラン、インドを転々とした。彼が生まれる以前に起こったインド分離独立の混乱期に、彼の血族は大部分がビルマへ移住し、残りはインド各地へ散らばったと、彼自身がインタビューで語っている。[6]「ディアスポラ（離散家族）」の一員としての自己を見つめなおすことが、小説を書く動機になっているのだが、ディアスポラであることを嘆くのでなく、むしろ国境などを意識しないで生きる人間の強み、越境者の利点を強調する。彼もまたルシュディ同様に多文化主義者なのである。

処女作『理性の円環』（一九八六）は作者自ら経験したパキスタン内戦時（一九七一）のバングラデシュにおける混乱を背景にして、放火の疑いをかけられて逃亡する若者の逃避行物語で、サスペンスタッチのピカレスクロマンという趣がある。アルー（ジャガイモ）と渾名されたこの若者の逃避行はアラビア海をまたにかけての壮大なもので、東ベンガルにある故郷の村を出て、オンボロ船でまず向かうのは東アフリカの港町アルガジラである。ここは石油が湧き出たために急速に豊かになった新旧文化混在の町で、原始的魔術と先端技術が共存している。石油資源の需要が莫大なものにならなければけっして生まれなかった、つとに二〇世紀的な町で、作者がアルーの逃避先にそこを選んだのは、そのような町の存在を世間に示し、アラビア海一帯の文化的多様性を示すためである。アルーが次に逃げのびる場所はアルジェリア領サハラ砂漠北東端にあるエルクエドという町だが、そこにはインド人共同体があり、思わぬ場所に思わぬものがあるという発見と驚きを伝えることが、この逃避行物語を書く作者の目的なのである。アルガジラやエルクエドのような町の存在をゴーシュが知ったのは、彼が社会人類学者としてアフリカを研究していたからだと思われる。

ゴーシュはデリー大学を卒業した後、オックスフォードの大学院で社会人類学を専攻し、博士論文のフィールドワークとして一九八〇年にエジプトの農村ラタイファで生活している。その時の体験をもとにした小説が『太古の土地にて』（一九九三）という一人称小説である。ただし、三人称で語られる章が交互に現れ、一二世紀のユダヤ系エジプト人貿易商ベン・ユイジュと彼が所有していたインド人奴隷の物語が語られる。そのきっかけは語り手の人類学研究者が奴隷の番号札を文献の中で見つけ、その謎を解きたくなったことである。滞在先の村で彼が世話になる金持ちのウスタズ・ムスタファは怪異なほどに太っているが、若い妻や子供を含むたくさんの係累に囲まれている。村人から見ればインド人の青年は不可解な存在であり、彼が村人の文化を知る前に、自分の文化的中身を剝き出しにされる。ヒンドゥー教徒は神を信じないのか。インド人はなぜ人を焼き殺すのか。なぜ牛などを神聖視するのか。そうした質問をあちこちで受け、彼は精神的に裸にされるのである。村人たちの熱心なイスラム教信仰の前では、多文化主義や多元主義はまったく理解されない。それに比べて一二世紀の人たちはアフリカからインドまでのアラビア海沿岸の広大な地域を自由に往来する多文化主義者たちであって、古い時代の物語が羨望の念とともに語られるのである。

ゴーシュは以上の二作のほかに最近作の『飢えた潮流』（二〇〇四）を含めて長編四作を書いているが、いずれも広い意味での自分史であり、自分に関わりのある家族や血族の歴史を題材としている。インド系の作家にそのような自分へのこだわりの道を切り開いたのは、何度も言うことになるが、やはりルシュディなのである。

ゴーシュはニューヨーク市立大学で比較文学を教える学者でもあるが、シャシ・タルーアは現役の国連幹部職員であり、外交官である。ゴーシュと同じ一九五六年にロンドンで生まれたタルーアはボンベイ、カルカッタ、デリーと移り住み、デリーのセント・スティーヴンズ・カレッジを卒業した後、アメリカのタフツ大学大学院フレッチャー・スクールへ進み、二二歳の若さで博士号を取得し、ただちに国連職員になるという経歴を持っている。この堅実な経歴からすると、タルーアの文学はルシュディのそれと相容れないのではないかと推測されるが、実際にはそうではない。『偉大なインドの小説』(一九八九)という人を食ったようなタイトルの作品は、八八歳の老人が記憶の中にあるインドの歴史を一人称で語るという趣向になっていて、これを読む読者はその独特な語り口に引き込まれるだけでなく、ピーター・ケアリーの『イリワッカー』(一九八五)を思い出さずにはいられない。一三九歳のハーバート・バジャリーが語るオーストラリアの小さな町ジーロングの物語が、実はオーストラリアの歴史に重なるという例の小説である。つまり『偉大なインドの小説』は冒頭から正真正銘の「魔術的リアリズム」の匂いが漂っているということである。そこでは語り手ヴェド・ヴィアスの自分史が二〇世紀のインドの歴史と重なり合うだけでなく、叙事詩『マハーバーラタ』の世界とも重なり合い、きわめて古い歴史を持つインドが意識される。「魔術的リアリズム」の語りと歴史と神話の組み合わせとなれば、これはまさに『真夜中の子供たち』の世界である。タルーアはルシュディからの文学的影響について公言したことはないが、『インド——真夜中からミレニアムまで』(一九九七)というインド論のタイトルや、文中でのルシュディへの頻繁な言及からして、彼が『真夜中の子供たち』の作家を強く意識していることは間違いない。

タルーアには『偉大なインドの小説』のほかにも、インド映画界ボリウッドを扱う『ショー・ビジネス』(一九九二)と、ヒンドゥーとムスリムの対立に起因する一九八九年の暴動を扱う『暴動』(二〇〇一)という、いずれも一人称の語りと実験的な手法による作品があり、それらはタルーアがルシュディの後継者の中で最もルシュディ的な作家であることを示している。

「すべてのフィクションは自伝的であり、記憶の碾臼《ひきうす》を潜り抜けた想像力である」とロヒントン・ミストリー(一九五二—)は言う。(7) そのように主張する限りにおいて、彼はほかの後継者たちと同様、ルシュディに近い立場にある。彼はボンベイの宗教的マイノリティであるパールシー教徒の家庭に生まれ育ち、二三歳でカナダへ移住してからずっとトロントに住んでいるが、小説の舞台は常にボンベイである。

処女作『かくも長き旅』（一九九一）は一九七一年のパキスタン内戦の際に資金洗浄という裏わざを使って東パキスタンに資金を流す銀行員グスタド・ノーブルの物語だが、妻と三人の子供がいるこのパールシー教徒の家庭生活の綿密な細部には、作者自身のボンベイでの家庭生活の記憶が惜しみなく注ぎ込まれているように見える。

ミストリーは細部にこだわる作家であり、ルシュディやタルーアのように構想に凝るタイプではない。ルシュディは『真夜中の子供たち』においで自分の記憶の中にあるインドの歴史としてインディラ・ガンディーによる「非常事態宣言」の時代を扱ったが、ミストリーも『ファイン・バランス』（一九九六）の中で、首相と都市の名を明示していないながら、同じ時代のボンベイを扱っている。ルシュディは歴史に対し「比喩的‐積極的」に立ち向かったと言えるが、ミストリーは「比喩的‐受動的」な関わり方で、四人の主要登場人物たちが否応なしに政治に巻き込まれることはあっても、積極的に政治に関わることはない。ルシュディがボンベイの中産階級を扱ったのに対し、ミストリーは貧しい人たちに焦点を当てる。一九七五年当時の作者と同じぐらいの年齢の人物としてマネック・コーラーという学生が登場する。作者と違って山間部の生まれのこの人物が下宿するアパートは、実はディナ・ディラルという四〇代初めの未亡人が借りていて、奇妙な共同生活が始まる。二人はパールシー教信者という共通点があるが、それ以外に通じるものはあまりない。ディナは中産階級の両親の死後、兄の強圧的支配に苦しんでいて、兄に反発する形で結婚するものの、夫が交通事故で死んでしまい、兄から逃れるために自立の道を選ぶのだが、収入の当てがない。そこでアパートをマネックに又貸ししたのである。彼女はさらに出来高払いで裁縫の仕事をさせるために二人の男、四七歳のイシュヴァル・ダールジとその甥で一七歳のオムプラカシュ（通称オム）を雇う。オムの父親は総選挙の不正に加担しなかったため、土地の有力者から犯罪人扱いされ、殺される。そればかりか妻と娘たちも焼き殺されるのだが、オムは偶然にも生き延びたのである。彼らはカーストの低いヒンドゥー教徒で、道路に寝泊りしながらディナのために裁縫の仕事を続ける。しかし時の政府の貧困一掃政策や産児制限政策のために、イシュヴァルは両脚を切断され、オムは断種手術を施されてしまう。非常事態宣言下の都市の現実に絶望して、マネックは自殺するが、残った三人はしだいに「家族」のような感情を持ちはじめる。そこにはカーストや宗教を乗り越える可能性が作者の願望として示されているわけだが、この結末は六〇〇頁に及ぶ丹念な細部の積み重ねを考えると「荒っぽい」という批判もある。(8)

『家族問題』(二〇〇二)は一九九〇年代初めのボンベイを舞台として、パールシー教徒一家の老人介護問題を扱いながら、当時台頭しつつあったヒンドゥー原理主義主導の政治的動きに庶民が巻き込まれるようすを描いている。物語が焦点化する宗教的マイノリティの一家は、七九歳の老人ナリマン・ヴァキールと、物語の初めに彼の世話をしている義理の息子と娘(いずれも独身中年のジャルとクーミー)、ナリマンの実の娘ながら父親と別居しているロクサーナとその夫ヤザド・チェノイ、および彼らの二人の息子ムラドとジェハンジルから構成されている。この一家に政治が土足で踏み込むきっかけとなるのは、パーキンソン病患者のナリマンが足首を挫き、介護がいっそうの重荷となったため、ジャルとクーミーが彼をロクサーナの許へ移すという出来事である。その結果として、ロクサーナとその夫ヤザドにとってただでさえ楽でない暮らしがさらに苦しくなり、スポーツ用品店の店員ヤザドは違法な賭け事に手を出す。これと相前後してヤザドの雇用主ヴィクラム・カプルがボンベイの市議会議員に立候補するという出来事もある。当時のボンベイでは、ヒンドゥー原理主義グループの「シヴ・セナ」(シヴァ軍団)が勢力を伸ばしていて、都市名をボンベイからムンバイへ変更しようとしている。その動きを止めようと決意してカプルは選挙に打って出るのである。これがシヴ・セナの嫌がらせを招くことになり、カプルは選挙に落選するばかりでなく、店の閉鎖を余儀なくされる。彼がパールシー教徒のヤザドを雇っていたこともシヴ・セナの攻撃を受ける原因であったことが後で判明する。この動きの中でヤザドは賭け事で大損をするばかりでなく、仕事まで失う羽目になるのである。一方で、ジャルとクーミーの生活も、クーミーの事故死によって激変する。ナリマンを家父長とする大家族は崩壊寸前に追い込まれるわけである。しかしながら、この物語にはハッピーエンドが用意されている。ヤザドが自宅を売って借金を返済し、妻子やナリマンともども、今や独り住まいのジャルの家に移り住み、文字通りの大家族となるからである。

一九九〇年代初めのボンベイとシヴ・セナの台頭を扱っている点で、この小説はルシュディの『ムーア人の最後の溜息』を思い出させずにはいない。前作の『ファイン・バランス』がテーマ的に『真夜中の子供たち』と重なっていたことを考え合わせると、ロヒントン・ミストリーに対するルシュディの影響は小さくないものがあると思われるが、ミストリーはリアリズムに徹していて、「ノンナチュラリズム」のような新奇な方法を使うことがない。そのためルシュディよりも読みやすい文体だという評価もあるが[9]、この作品の欠点のひとつとして「魔術的リアリズム」の欠如を指摘しているのは、われわれがすでに取り上げたシャシ・タルーアその人である[10]。

ミーラ・シーアル（一九六二―　）がルシュディの影響下にあることを最初に指摘したのはアンドルー・ブレイクだが（Blake, A. 16）、ルシュディの場合、自らが移民となったのに対し、シーアルは移民二世で、彼女が生まれる一年前に両親はインドのパンジャブ地方からイギリス中部の都市ウルヴァーハンプトン近郊の村エシントンへ移住してきた。彼女は貧困の中で育つが、パンジャブ文化を守ろうとする両親に逆らい、イギリス白人文化を積極的に摂取しつつ、マンチェスター大学を卒業後に人気女優となり、現在も活躍中である。作家としての処女作『アニタと私』（一九九六）は一〇歳前後のアニタがトリントンという（エシントンをモデルにした）架空の村で経験する親との対立、友人や地域社会との出会いなどを描き、アイデンティティを模索する自伝的物語である。のびやかでユーモラスな語りは天性のもので、この作家は巧まずして「魔術的リアリズム」を実現している。シーアルには三〇代前半のインド・パンジャブ系イギリス人女性三人それぞれのロンドン生活を扱う『人生はハッ、ハッ、ヒー、ヒーばかりでない』（一九九九）もある。

このようにルシュディには同時代を走る同伴者もいれば、後継者もいる。そのことを確認したうえで、われわれはもう一度「複合自我」概念に立ち戻りたい。「私たちのなかには無数のものが生きている」と、まさに「複合自我」の定義そのものを書き留めたのは、自らがいくつもの名前を持つフェルナンド・ペソアである（ペソア、一九）。彼はまた「文学は、他の芸術と同様、人生がそれだけでは十分でないことの告白である」とも言っている（ペソア、一三）。「複合自我」表象の文学は、結局、作家が「それだけでは十分でない」人生を補完するための「告白」なのである。

そこでわれわれはこれまでの作品分析を補うために、最後にサルマン・ルシュディの半生を知りうる限り辿るとともに、その人生の要所要所での彼自身の意見を聞くことにしたい。

注

（1）ちなみに一一人の作家名は次の通り。（　）内は生没年。Ray Bradbury (1920-), Zenna Henderson (1917-), A.E. van Vogt (1912-2000), Clifford D. Simak (1904-), Isaac Asimov (1920-1992), Frederik Pohl (1919-), C.M. Kornbluth (1923-1958), Stanislaw Lem (1921-), James Blish (1921-1975), Philip K. Dick (1928-1982), L. Sprague de Camp (1907-2000)

（2）ジョン・トッシュは一九世紀イギリスで出版された「アドバイス・リテラチャー」として六〇冊の文献リストを作っている（Tosh, 231-233）。その中にはセアラ・エリスの『イギリスの女たち』（一八三九）、『イギリスの娘たち』（一八四二）、『イギリスの妻たち』（一八四三）などのほかに、アメリカ人ハリエット・ビーチャー・ストウの『子狐たち――家庭の幸福を損ねるほんの些細な習慣』（一八六六）も入っている。逆にエリスの本はアメリカでも出版されており、「アドバイス・リテラチャー」はトランスアトランティックに幅広く読まれていた。一九世紀英米の白人社会で同質的な自我構築がなされていたことを窺わせる現象である。

（3）Adam Mars-Jones, "Torn apart in the USA," *The Observer Review*, 26 August, 2001.

（4）ジョン・スキナーは『継母語』（一九九八）において、ポストコロニアルの作家たちを四つのグループに分類している。(A)インドやナイジェリアにいて外国語としての英語で書く作家。例えばアニタ・ディーサイ、ロヒントン・ミストリー、アミタヴ・ゴーシュ、ヴィクラム・セス、アルンダーティ・ロイ、チヌア・アチュベ、ベン・オクリなど。(B)アメリカの黒人作家たち。例えばラルフ・エリソンやアリス・ウォーカーなど。(C)オーストラリア、ニュージーランド、南アフリカ、ジンバブエなどにいる白人英語作家たち。ピーター・ケアリー、トマス・ケニーリー、ケリー・ヒューム、ナディン・ゴーディマー、アンドレ・ブリンク、J・M・クッツェー、ドリス・レッシングなど。(D)アイルランドの作家ジョン・バンヴィル。このほかに「無所属」としてサルマン・ルシュディやV・S・ナイポール、バーラティ・ムハージーなどを挙げている。

(5) ハニフ・クレイシは二〇〇四年に来日し、明治大学において近作『ボディ』(二〇〇二)からの抜粋を読み、かつ講演した。私は一五年ぶりに彼の姿を見て、その変貌ぶりに驚いた。長かった髪は短くなり、白髪も生え、顔は穏やかで、かつてのギラギラした面影は少しも残っていなかった。最近の彼は老いをテーマにしているが、講演ではサルマン・ルシュディからの影響を率直に認めていた。

(6) *Asia Source Interview.* Conducted by Michelle Caswell. ⟨http://www.asiasource.org/arts/ghosh.cfm⟩

(7) "The Guardian Profile : Rohinton Mistry." *The Guardian,* April 27, 2002.

(8) Hilary Mantel "States of Emergency." *New York Review of Books,* June 20, 1996.

(9) Allan Massie "From Bombey with Humility." The Scotsman, April 20, 2002.

(10) Shashi Tharoor "Housebound." The Washington Post, October 27, 2002.

補　章　ルシュディの「複合自我」的半生と意見

1　ボンベイ

サルマン・ルシュディは、アニス・アフメッド・ルシュディ（一九一〇―八七、実業家）を父とし、ネギン（旧姓ブット）を母として、一九四七年七月一九日にインドのボンベイ（現ムンバイ）に生まれた。子供は彼のほかに妹三人。父方の祖父はカシミール人の血を引き、「革布（レザークロス）」製造で成功し、大金持ちになった。その「革布」はインド中のレストランで使用されたと、ルシュディ自身が一九九二年のジョン・モーティマーとのインタビューで言っているが、このインタビューで彼は生まれ育ちを詳しく語っている。[1] 母方の祖父は医者だった。父アニスはケンブリッジ大学を出て、「革布」事業を継いだ。ムスリムだったが、息子を年に一回しかモスクへ連れて行かない父親だった。「革布」工場は分離独立前の騒乱で破壊されたものの、裕福な暮らしは維持された。ただ、父はアルコール中毒気味だった。ボンベイの生家は一九八七年にルシュディがインドを訪れた際にはまだ残っていて、『真夜中の謎』（一九八八）というテレビ・ドキュメントにその映像が記録されている。しかしその後取り壊された。なお『真夜中の謎』はその製作の年に亡くなった父アニス・アフメッド・ルシュディに捧げられた。

一九五五年から一九六一年までボンベイのイギリス人学校セント・トマス・カテドラル・スクールで教育を受けた。校長はガナリーといい、生徒八〇〇人の男子校だが、キリスト教徒は一〇〇人しかいなかった。生徒は全員、毎日カテドラルへ行って賛美歌を歌った。一〇歳の時、最初の短編「虹を越えて」を書いたとされるが、原稿は紛失した。少年時代、ジュディ・ガーランド主演映画『オズの魔法使い』に多大な影響を受けたとルシュディ自身が告白している（WO, 9）。

2　イギリス留学

一三歳半ばでイギリスへ渡り、名門パブリックスクールのラグビー校へ入学し、弁論部や演劇部で積極的に活動した。在学中に神の存在を信じなくなった。

卒業後、一九六五年の夏にパキスタンのカラチへ両親を訪ねた。両親は前年にボンベイからカラチへ移住していた。イギリスへ戻ってケンブリッジ大学キングズ・コレッジへ入学、歴史を専攻した。特殊研究のテーマはイスラム教の歴史で、特にその黎明期を研究し、アッ＝タバリの正典的著作に含まれるいわゆる「悪魔の詩」について特別の関心を持った。一九六八年にオナーズ（優等生）としてマスター・オブ・アーツ（M. A）を取得している。

大学卒業後の夏にカラチを再訪し、アメリカの劇作家エドワード・オールビー原作の『動物園物語』上演を企てたが、台詞にイスラム教徒が忌み嫌う「豚」という言葉があったため検閲に引っかかり、上演禁止となった。

3　イギリス市民権取得

イギリスへ戻り、イギリス市民権を取得して、一九六八年から六九年にかけては、ケニントン・オーヴァル・ハウス・プロダクションというフリンジシアター（小劇団）に加わって役者として活動した。

一九七〇年にロンドンに住み、フリーランスの広告コピーライターになるとともに、最初の妻となるクラリッサ・ルアードと出会う。コピーライターとしては、最初シャープ・マクマナス社で働き、まもなくオジルヴィ・アンド・

メイハー社へ移って一九八〇年まで勤め、その間にクリームケーキ広告用コピー "naughty but nice"（ワルだけどすてき）やチョコレートバー「アエロ」のためのコピー "delectabubble"（おいしくてバブっちゃう）などを流行らせた。

4　『グリマス』

広告会社で働きながら、フィクションを書きはじめ、一九七一年には『ピールの本』という作品を書き上げたが、出版社に拒否され、原稿も残っていない。その後『グリマス』を書いて、ゴランツ・サイエンス・フクション賞へ応募したが、受賞を逸した。しかしこの作品は恋人クラリッサへの献辞をつけて一九七五年に出版され、「不条理ＳＦ」としての評価を受けた。

本文でも触れたが、表題「グリマス」Grimus はペルシア神話『鳥の議会』に出てくる一羽にして三〇羽という鳥シムルグ Simurg のアナグラムで、神話における「神」の象徴がここでは「不死の人」の象徴となっている。一羽にして三〇羽という点で、「複合自我」の象徴でもある。

この作品に見られる文学的影響は東西混合となっていて、『鳥の議会』や『ルバイヤート』などのペルシア神話のほかに、北欧神話の『エッダ』やダンテ、サミュエル・ジョンソン、Ｔ・Ｓ・エリオット、ジェイムズ・ジョイス、フランツ・カフカ、トマス・ピンチョンなどの名前が挙げられているが、このリストにはホルヘ・ルイス・ボルヘスの名前を加えることができる。作品のテーマとしての「不死の人」という観念にボルヘスの影響が見られるからである。実際、作品の登場人物はすべて「不死」の状態にあり、主人公のフラッピング・イーグルは七〇〇歳を越えている。この主人公がカーフ島と呼ばれる架空の島へグリマスの力でおびき寄せられ、最終的にグリマスと文字通り合体するというプロットである。

5　『真夜中の子供たち』

『グリマス』は注目を集めることがなかった。その後彼は自伝的作品を構想し、一九七六年四月にはクラリッサ・ルアードと結婚するとともに、インディラ・ガンディー政権による「非常事態宣言」下のインドを訪ねて取材している。一九七七年には「ノース・ロンドン・プロジェクト」というバングラデシュからの移民に仕事を斡旋する事業に参加した。一九七九年には最初の息子ザファーが誕生する。

その一方で、自伝的作品の膨大な草稿を一九世紀小説風の手法で書き溜めるが、それをすべて廃棄して、まったく新たな手法で書き直した作品が『真夜中の子供たち』である。これは一九八一年二月に息子ザファーへ捧げる形で出版され、一〇月にその年のブッカー賞を受賞するとともに、英語で書かれた「魔術的リアリズム」の傑作として、ガブリエル・ガルシア＝マルケスの『百年の孤独』と並び称されることになる。

『真夜中の子供たち』の語り手にして中心人物のサリーム・シナイはインド独立と同時刻の一九四七年八月一五日の真夜中（午前零時）に生まれ、一九七八年の現在に至るまでにインド・パキスタン戦争やバングラデシュ独立に伴う東西パキスタン内戦などを経験して、インディラ・ガンディーの「非常事態宣言」による政策の一環として実施された断種手術の犠牲者となり、もともと架空の存在ゆえに最後は消えていく。語りの形式はフラッシュバックになっているが、通常の自伝的物語と異なり、祖父の時代へと遡って語り起こされ、父母の時代を経て、ようやくサリームの誕生となる。祖父のアーダム・アジズがドイツ留学を終えて医師としてカシミールへ戻る一九一五年からサリームが消えてなくなる一九七八年までのインドおよび東西パキスタンの歴史がアマルガムとなって封じ込められている作品である。なお、ここに登場する「モダニスト詩人」ナディル・カーンのモデルは高名なウルドゥー語詩人ファイズ・アフメド・ファイズ（一九一一―八四）であることがルシュディ自身によって二〇〇二年九月に明らかにされた（Step, 371-372）。

6 『恥辱』

この作品は、実の妹サミーンがロンドンの地下鉄の中で人種差別主義者の若い白人グループに囲まれて殴られるという事件をきっかけに構想され、一九八三年にサミーンへの献辞を添えて刊行されて、フランスの文学賞(2)を獲得している。

インド的な「恥」の感覚をめぐるこの作品では、「恥」の権化にして「白痴《イディオット》」ゆえに無垢な人物スフィア・ズィノビアと、「恥知らず」の権化で、東西の文物を読み漁り、博学にして無頼な免疫学専門(つまりエイズ研究家)の医師オマル・カイヤーム・シャキールが三〇歳の年齢差を超えて結婚し、「恥」の感覚の両極から、独裁政治という「恥さらし」の権力の営みに周辺的に関与する。「イスラム社会主義」を標榜して大衆の支持を取りつけ、選挙によって政権を取るイスカンダー・ハラッパと、軍人としての地位と「イスラム原理主義」の旗印によってクーデターにより政権を取るラザ・ハイダーという二人の独裁者の内面が、『真夜中の子供たち』と同様に独特な雑種的英語によりコミカルに剝き出しにされる。

物語の背景はパキスタンと思われる架空の国で、人物たちも虚構されたものである。スフィア・ズィノビアやオマル・カイヤーム・シャキールについてはモデル問題は生じていないが、イスカンダー・ハラッパとラザ・ハイダーについては、ズルフィカル・アリ・ブットとズィア゠ウル゠ハクという現実の独裁者がモデルとして指摘されている。しかし彼ら独裁者でさえもが現実と虚構をないまぜにして作られた、ルシュディの言う「ノンナチュラル」な登場人物なのである。言い換えれば、『恥辱』もまたリアリズムからの読み方では対応できない「魔術的リアリズム」の作品にほかならない。「恥」は「暴力」を生むという点にそのメッセージがあり、「恥」の権化スフィア・ズィノビアが「暴力」の権化となって、自分の父親であるラザ・ハイダーの独裁と、自分の夫で「恥知らず」な政治的傍観者であるオマル・カイヤーム・シャキールに屈辱的な終焉をもたらすことで物語は終わる。

7 『悪魔の詩』

『恥辱』から一九八八年の『悪魔の詩』に至るまでにルシュディは一九八四年にオーストラリア、八六年七月にニカラグアを訪ね、八七年には『真夜中の謎』収録のためにインドを「再訪」もしくは「再帰国」する。オーストラリアではアデレードでの作家集会に参加した後、ブルース・チャトウィンとともにオーストラリア南部を旅行し、ロビン・デイヴィッドソンと出会う。翌年七月にはサンディニスタ文化労働者協会の招きでニカラグアを訪れた。コントラが仕掛けた地雷にいつ触れるか分からない状況の中で彼は三週間にわたり、サンディニスタ支配下の国土を見てまわった。折しもハーグ国際裁判所が合衆国によるコントラ支援を国際法違反と裁定したのだが、それを無視するかのように合衆国下院は当時のレーガン大統領の要請を受けてコントラへの新たな一億ドル援助を決め、ニカラグアの危機は高まっていた。

このニカラグア訪問記は『ジャガーの微笑』という旅行記にまとめられ、ロビン・デイヴィッドソンへの献辞つきで一九八七年に出版された。この本でルシュディは東洋的「自我」と西洋的「自我」の分裂を告白している。ニカラグアでのサンディニスタ革命を礼賛しているわけではなく、西洋的「自我」の部分ではそのドグマ主義を疑っている。しかし東洋的「自我」の部分では彼らの心情に理解を示す。ニカラグアはアメリカナイズされた西洋的な国で、ヤンキーへの服従隷属の歴史を持っている。彼はインド人としてその歴史に同情するのである。東洋と西洋いずれの「自我」も彼の一部であり、「自我」の「複合性」を確認している面もある。

一九八七年の再々訪で彼はテレビドキュメンタリー『真夜中の謎』のために一九四七年生まれのインド人にインタビューする計画を立て、インド各地を訪ねる。その多様性に触れると同時に、「インド」という単一の観念がその多様性を束ねていることを発見する。そのことを彼は一〇年後の一九九七年にエッセイ「豊富の国」で書く。処女作以来モティーフとして持ちつづけていた現代人の「自我」としての「複合自我」概念をいっそう明瞭に確認するのがこのインド再々訪であった。『真夜中の謎』のフィルムは八七年秋に完成し、翌年チャンネル4で放映された。

この一九八七年という年に、彼の私生活は大きく変化する。クラリッサ・ルアードと離婚し、アメリカ人作家メアリアン・ウィギンズとの付き合いが始まったからである。メアリアンとは翌八八年一月に結婚する。

8 『悪魔の詩』の波紋

『悪魔の詩』はメアリアン・ウィギンズに捧げる形で一九八八年九月二六日に刊行された。彼がこの作品に取りかかったのは一九八三年であり、完成までに五年かかった計算になる。

この作品はドイツの文学賞 German Author of the Year とイギリスのホイットブレッド賞最優秀小説に選ばれるが、一〇月五日にはインドで発禁となり、その後一〇月二八日に南アフリカで、一一月にはバングラデシュとスーダンで、翌八九年の二月八日にはパキスタンで、それぞれ発禁になった。そして二月一四日のセント・バレンタイン・デーにはイランの当時の宗教指導者アヤトラ・ホメイニが「ファトワ」を出した。「世界の誇り高いムスリムたちに告げる。イスラムと予言者と『コーラン』に背く悪魔の詩なる本の著者、およびその内容を知りつつ、その出版に関与したすべてのものは死を宣告された。すべてのムスリムに彼らの処刑を要請する」という内容の処刑命令である。[3]

イギリス治安当局はただちにルシュディの保護に乗り出し、彼を安全な場所へ匿うこととなる。彼がロンドンの自宅から妻メアリアン・ウィギンズとともに、慌しく姿を消したのは二月一五日である。その時のようすは、後年一九九三年に彼の家に移り住むロバート・マッカラムが詳細に伝えている。[4]それによると、彼らが慌ててあとにした部屋にはルシュディの本や衣類や空のワイングラスが置き去りにされており、メアリアンの衣類の入った衣裳ダンスはどれも半開きになっていたという。

二月二五日に、イランの民間団体「ホルダト月十五日財団」はルシュディ処刑者に、イラン人の場合は二億リヤル（当時の為替レートで約四億円）、外国人の場合一〇〇万ドル（一億三千万円）の賞金を出すと公表した。イギリス政府は

「表現の自由」擁護のためにイランに抗議して大使を召還し、当時の欧州共同体（EC）もイギリスに同調して大使召還に踏み切り、それに対抗してイランも各国駐在大使を召還した。イギリスはさらに「イランとの正常な関係を保つことは不可能だし無意味だ」としてロンドン駐在のイラン外交官を追放し、三月には国交を断絶する。

「表現の自由」を否定する「ファトワ」によって始まった『悪魔の詩』事件は、こうして大きな外交問題へと発展するとともに、不気味な暗殺者の手を恐れる出版自粛の動きも出た。『悪魔の詩』の翻訳を計画していたフランス、オランダの出版社と日本の早川書房が出版を見合わせる決定を出し、ドイツでもいったん出版が見合わせになったが、その後共同出版という形式での出版が決まった。しかしイタリアのアルノルド・モンタドーリ社はいち早く翻訳出版を決め、二月中に実行したし、四月初めまでにはフランスとオランダでも出版されたほか、ノルウェー、スウェーデン、デンマーク、フィンランドでも翻訳が出た。(5) 日本での新たな出版計画は一年後の一九九〇年二月初めに明らかになり、日本の新聞のみならず、イギリスの新聞『ザ・ガーディアン』（二月一〇日付）でも報道された。イタリア人実業家ジャンニ・パルマ氏が日本語版権を取得し、初版一万五〇〇〇部を刷ると発表したのである。実際には五十嵐一氏の訳で同年二月一〇日に上巻初版が、九月五日に下巻初版が二万五〇〇〇部刊行された。しかし翌年七月、きわめて残念なことに訳者は勤務先の筑波大学構内で暗殺される。これに関連してルシュディ自身が一九九三年一一月二四日におけるホワイトハウスでのクリントン大統領（当時）との会見後に行った記者会見で重要な発言をした。その発言内容は『朝日新聞』（一九九三年一一月二五日付）によって伝えられたが、日本の警察当局からの情報として、犯行は中東から中国経由で日本入りした「複数のテロリスト」で、そのうち少なくとも二名の名前が判明しているというものだった。一九九三年七月にはトルコで、トルコ語への翻訳者を囲む集会が襲撃を受け、三七人が死亡するという事件も起こる。

「ファトワ」を出したアヤトラ・ホメイニ本人は四カ月後の一九八九年六月に死去するが、イラン政府は「ファトワ」を撤回せず、宗教財団が暗殺者への報奨金を増額するなどして、『悪魔の詩』の著者と出版関係者の身の安全が保障されないという状況が一〇年以上続くこととなった。

『悪魔の詩』は自伝的要素（サラディン・チャムチャの経歴、彼の父親の死、バングラデシュ人経営の「シャーンダー・カフェ」とルシュディ自身のバングラデシュ支援体験など）こそ濃厚だが、ジブリールの悪夢を除けば宗教的要素は希薄なのである。それにもかかわらず、この作品は人権も国家主権も無視する「ファトワ」の原因となり、グローバルな規模で出版関係者や言論人の萎縮を招く素因にもなった。

9 幽閉生活

一九八九年二月一五日に幽閉生活を余儀なくされてからのルシュディは、だれとも会わず、執筆活動もやめたというわけではない。またルシュディを取り巻く状況も、暗殺者が出没しているというだけのものでなく、「言論・出版の自由」を守る支援運動もイギリスから世界へと広がっていった。この状況がわれわれの研究にとって特に重要なのは、「複合自我」をモティーフとする自己中心的作家がさまざまな角度からの「他者」の目に曝され、現代社会における「複合自我」表象の意味が明瞭になるとともに深められたことである。

ここで、幽閉後の比較的表面的な動向についてまとめておこう。一九八九年四月二六日にルシュディはオックスフォード大学の教授たちと会食したが、この時ムスリムの学生に気づかれ、警察の護送車で逃げ出すという事件があった[6]。これは新聞で報じられた幽閉後初めての動きである。五月一四日付『オブザーヴァー』には、「ファトワ」の直前にエイズで亡くなったブルース・チャトウィンの最後の本『どうして僕はこんなところに』についてのルシュディによる書評が掲載された。彼はこの書評の冒頭で一九八四年にチャトウィンとともにオーストラリアを旅行した時のことを回想し、チャトウィンの話術に魅了されたと記している。六月一八日付『ザ・メイル』にはルシュディの幽閉後初の単独インタビューというものが掲載されたが、実際にはこれはファトワ以前の一九八八年一二月二四日にロンドン北部にあるルシュディの自宅で、二五歳のアミーナ・ミーアというアメリカ人イスラム教徒によって行われたものであることが判明した[7]。内容はイギリス国内のムスリム指導者に対する批判で、『悪魔の詩』へのいわれのない非難をまくしたててムスリム大衆を扇動する「ムッラー」たちの横暴を攻撃し、ブラッドフォードなどのムスリム・コミュニティが想像力や学問的探求の自由な営みを締め出す一方で「狂ったリテラリズム」を振りかざしている事態を嘆いている。

七月二日にはロンドンのコンウェイ・ホールで支援者の集会が開かれ、批評家マイケル・フット、作家マーティン・エイミス、労働党芸術担当者マーク・フィッシャーが出席したほか、ルシュディ自身もビデオで参加した(8)。

七月三〇日には『サンデー・テレグラフ』がルシュディの妻メアリアン・ウィギンズとのインタビューを掲載した。この中でメアリアンは幽閉後四カ月間に五六もの場所をルシュディが転々としていたことを明らかにしている。「処刑脅迫は最後通牒であり、議論ではない」ため、彼ら夫婦が「ファトワ」について話すことはないとも語っている。ちなみにメアリアン・ウィギンズは一九四六年生まれのひとりっ子で、父親はピューリタン、母親はギリシャ人だという。(一九九九年刊の小説『彼女の足下の地面』にはギリシャ系アメリカ人とインド人の混血がヒロインとして登場する。)メアリアンは若くして結婚し、一九六七年に娘レイラを産むが、その後離婚し、娘が大学に入った一九八四年にロンドンへやってきた。それまで彼女は種々の職に就きながらものを書きつづけていて、「インド、アフリカ、アイルランドその他世界各地から来た人々の混合」であるロンドンで「植民地の経験について書きたい」と思いはじめた。そのような折にルシュディと出会い、意気投合したのだという。「二人ともかつてイギリスの植民地支配を受けた国〔インドとアメリカ〕からやってきた」からである。一九八七年前半にルシュディはクラリッサと離婚し、メアリアンと暮らしはじめる。当初の生活は二人とも小説書きに没頭する静かなものだったという。ルシュディは『悪魔の詩』を、そしてメアリアンは『ジョン・ダラー』を書いていた。『ジョン・ダラー』はロンドンに住む第一次世界大戦の戦争未亡人シャーロットが教師となってビルマへ行き、そこで船員ジョン・ダラーと出会い、クラウン島という架空の小さな島へ出かけて人間の残酷さを目撃する物語である。その出版は「ファトワ」の時期と重なり注目されなかったが、翌年一月のペーパーバック版によって高い評価を受けた(9)。

しかしながら、一九八九年八月二六日付の『ザ・タイムズ』はルシュディとメアリアンが別居していることを報じた。別居は七月に始まったとされる。理由は明らかにされなかったが、一九九一年三月三一日付『サンデー・タイムズ』のインタビューでメアリアンは次のように語った。

彼が犯した大きな間違いは自分が問題だと思っていることです。そんなことでは絶対になかったのです。問題は言論の自由やイギリスにおける人種差別社会だったのに、それを世間に向かって言おうとしなかった。過去二年間に彼が口にしたのはサルマン・ルシュディの今後のことだけです。[10]

彼女はルシュディがいかに「自分に執着する」男かということを語った。「複合自我」をモティーフとするような作家を間近で眺めればそういうことになるという証言である。最終的に彼らが離婚するのは一九九三年である。一九八九年が終わろうとする頃に問題化したのは『悪魔の詩』のペーパーバック版出版計画である。しかしこれについては版元のヴァイキング・ペンギン社が翌年一月に「著者の生命が危険に曝されている限りペーパーバックは出さない」と決定した。[11]

書評や支援集会へのメッセージを別にすると、ルシュディが幽閉後の沈黙を破るのは一九九〇年二月である。まず二月四日付『インデペンダント・オン・サンデー』紙に「誠意をこめて」と題するエッセイを発表し、続く六日にはロンドンの「現代芸術研究所」（ＩＣＡ）において、厳重な警戒の中、ハロルド・ピンターの代読による「ハーバート・リード記念講演」のための原稿「なにものも神聖でないのか?」を発表した。「誠意をこめて」においてルシュディは「表現の自由」について「他人の感情を害する自由なしには、それは存在しなくなる」と述べたうえで、自分はその「自由」を行使して「ストーリー」を書いただけであると弁明している。さらにその「ストーリー」について次のように解説する。

『悪魔の詩』はふたつの痛々しくも引き裂かれた自我の物語である。一方の自我、サラディン・チャムチャの場合、分裂は世俗的かつ社会的であり、簡単に言えばボンベイとロンドン、東洋と西洋の間で引き裂かれている。もう一方の自我、ジブリール・ファリシタの場合、分裂は精神的であり、魂の亀裂である。彼は信仰を失っていて、信じたいという強い欲求と信じることができないという新たな無力感の間で苦しんでいる。この小説は彼らの全体性探求に〝ついての〟ものなのである。（IH, 397）

この自作解説はわれわれの視点からするときわめて重要であり、『悪魔の詩』を「複合自我」表象の文学として論じる出発点となった。このほかルシュディはこの七千語ほどのこのエッセイで、おそらく作品を読まずに騒いでいる向きのために、みずから梗概まで作成している。彼は「普通の、公平公正な精神のムスリム」へ呼びかけたのだが、ブラッドフォードのムスリム組織を率いるリアカト・フセインは即座に和解を拒絶した[12]。

「なにものも神聖でないのか？」において彼は自ら講演できないかと警備当局に要請したことを告白している。もちろんその要請は拒否されたわけだが、「こういう機会のためにすら、昔の生活へ戻れないというのは、苦悶と挫折感をおぼえる」（IH, 418）と述べ、『悪魔の詩』という書名を慎重に避けながら、子供の頃からの「フィクションへの愛着」を告白し、「ポスト唯一神信仰」（IH, 417）と彼が呼ぶものは必然的に宗教的信念との葛藤をもたらすとして、次のように付け加える。

奇跡的なものが現世的なものと共存するフィクション形式を開発しようとするぼくの試みになにか理由があるとすれば、われわれの存在のありようを描くすべての誠実な文学的作品において、神聖と世俗というこのふたつの概念をできるだけ予断を排して探求する必要があるという立場を私が受け入れているからにほかならない。（IH, 417）

世界が注目していたがゆえに緊張感がみなぎるこの講演原稿の最後に彼は文学を「取るに足りないように見える小部屋」（IH, 429）と呼び、それはだれもが必要としているものだとして、「世界のどこにおいてであれ、文学の小部屋が閉ざされれば、遅かれ早かれ壁が崩れ落ちてしまう」（IH, 429）と結ぶ。

この講演代読を聞いたアイルランドの作家エドナ・オブライエンはギュスターヴ・フローベールが百年ほど前に「文学の王室」を要求したという話を紹介し、「文学は今や片隅に追いやられているが、政治やスキャンダルや災厄と重なると大問題になる」として、チェコの劇作家ヴァツラフ・ハヴェルや一九一六年のアイルランドでの反乱に加わったパトリック・ピアスなどの詩人たちの例を挙げている。(13)

一九九〇年七月に『インターナショナル・ゲリラ』というパキスタン映画がイギリスでの上映を禁止された。フィリピンの島に本拠地を置く犯罪組織があり、それを率いる「サルマン・ルシュディ」の指図で『悪魔の詩』という冒瀆的な本を出版し、イスラム世界の破壊を画策しているという三時間半の映画である。イギリス映画審査委員会は「犯罪的誹毀行為」としてこれを禁止したが、ルシュディは審査委員会へ声明を送り、「表現の自由」を守る立場から上映禁止に反対した。その結果八月一七日に禁止の決定は撤回された。(14)

10　『ハルーンと物語の海』

幽閉後初の出版物となったのは、一九九〇年九月刊行の『ハルーンと物語の海』で、一〇歳の息子ザファーに捧げられた。ハルーンは『千夜一夜物語』に出てくるハルーン・アル・ラシッドから取られている。ルシュディの『千夜一夜』への執心は今に始まったことでないが、この「おとぎ話」は千夜一夜プラス・ワンとして構想されたものである。確かに子供のための「おとぎ話」ではあるが、しかし、作者自身のための「おとぎ話」もしくは寓話でもあり、幽閉生活を寓意的に語っている面や自伝的な含意も認められる。まず、最初から最後まで「物語」という概念がつきまとっているところに作者のメッセージが窺われる。彼に名声をもたらしたのも「物語」なら、彼を「永久追放」の身にしたのも「物語」だということを考えるなら、潜伏生活二年に及ぶ彼の頭の中で「物語」というコトバが蝿のように飛び回っているとしても不思議はないからである。

『ハルーンと物語の海』の表紙には機械じかけの鳥フープーの背に乗ったハルーンが描かれている。（ちなみにフープーとはペルシア神話『鳥の会議』でシムルグの使者となる鳥である。）主人公の少年ハルーンはいまカハニという名の月、地球の第二の月ながら、回転速度が速すぎて目に見えない月へ飛んで行くところである。カハニとはヒンドゥスターニ語（ヒンディ語とウルドゥ語の総称）で、「物語」を意味する。カハニの海がほかならぬ「物語の海」である。ハルーンはなぜカハニへ飛んで行こうとしているのだろうか？

この「おとぎ話」では、すべての物語は「物語の海」から水道管のようなものを伝って四方八方に流れていて、ストーリーテラーが蛇口をひねると流れ出すことになっている。ストーリーテラーは蛇口の使用を予約しなければならない。予約を一括して取り仕切っているのは大検査官ウォルラス（ビートルズの歌に登場する名前）である。ウォルラスはカハニのガップ国に住んでいる。ガップとは、これもヒンドゥスターニ語で、「噂話」とか「たわごと」といった意味で、やはり「物語」に関係している。なぜならガップ国の住民（ガッピーと呼ばれる）は物語とおしゃべりが好きだからである。ハルーンはウォルラスに会うためにカハニへ飛んで行こうとしているのだが、なぜ大検査官に会いたいのだろうか？　これを知るためにはわれわれはこの「おとぎ話」の出だしの部分へ戻らなければならない。

ハルーンの父ラシッド・カリファはほかでもなくストーリーテラーのひとりなのである。かねてから「物語の海」に「物語」を予約し、目に見えない蛇口を通してその供給を受けている。ところが、物語ばかりしている彼にあきあきした妻ソラヤは「ほんとうのことですらない物語なんて、なんの役に立つの？」と言い残し、近所の面白みのない男と駆け落ちしてしまう。それ以来ラシッドは物語が語れなくなっているのである。（妻との別れは作者の現実の生活でも起こっているわけで、しかも二度目の妻メアリアン・ウィギンズともすでに事実上別れている。このことからルシュディは最初の妻とのことを息子に語る気になったのかも知れない。）

ラシッドが物語を語れなくなると、予約取り消しと見なされ、ウォルラスに派遣された水の精イフがラシッドの蛇口を取り外しに来る。ひょんなことから蛇口の取り外しを阻止するのはわれらがハルーンである。彼はウォルラスに直談判し、父親への物語の供給を続けてもらえれば、父親が立ち直るのではないかと考える。そこで彼はウォルラスに会いにフープーに乗ってカハニへと飛んで行くのである。子供向け冒険物語としてはカハニでのハルーンの活躍こそ見ものである。その面白さはサタジット・レイの映画『グーピーとバガーの冒険』(一九六九)に匹敵する。実際、ルシュディはこの本に脇役としてグーピーとバガーなる登場人物を配置し、「おとなのためのおとぎ話」と副題のついたレイの映画への記憶を喚起しようとしている。この映画では、魔法のスリッパを手にシュンディなる国へ辿り着いたグーピーとバガーは、ハッラなる国から宣戦布告がなされるのを見て、仲裁に乗り出す。ハルーンもまたカハニにおいて戦争に巻き込まれ、仲裁に乗り出すのである。

カハニにはガップなる国のほかにもうひとつチュップ(静かの意)という国があり、このふたつの国が戦争寸前の状態にある。それもそのはずで、ガッピーが大切にしている「物語の海」にチュップの国が毒を注いで汚染させているのである。のみならず、チュップの国の王カッタム・シュド(御用済みの意)は「物語の海」の海底から湧き出している「物語の泉」に栓をして、この世からすべての物語を抹殺しようとしている。これに加えてカッタム・シュドはガップの王女バートチート(むだ話の意)を誘拐し幽閉している。

チュップの国の王カッタム・シュドが、すでに死んで「御用済み」となっているアヤトラ・ホメイニへの当てこすりと考えられなくもない。物語を語れなくなった父ラシッド・カリファはもとより、幽閉されている王女バートチートも、女ではあるが、ルシュディの分身と考えられる。

物語としては、今、「物語の海」と王女バートチートを救うための戦争が始まろうとしていて、ハルーンは両国の仲裁に乗り出すわけだが、危険を承知でカッタム・シュドに会いに出かける彼の力になるのは、『オズの魔法使い』における魔法の靴でなく、フープーの魔法の力である。ハルーンとカッタム・シュドの問答はこの本全体の最も重要なメッセージとなっている。物語を敵視するカッタム・シュドに対し、「物語って面白いんだけど……」とハルーンは言う。「しかしながら、世界は面白さのためにあるわけじゃない」とカッタム・シュドは答える。「世界は管理するためにあるのだ」と。彼が物語を敵視するのは、ほかでもなく、物語の世界が管理できないからである。幸いこの本の中ではカッタム・シュドが滅び去り、物語の海は浄化され、ハルーンの父ラシッド・カリファに物語の才能が戻り、妻にして母のソラヤも戻ってくる。このおとぎ話は悲しい話で始まるが、ハッピーエンドとなる。これはルシュディが父親として息子のために願う結末であったのかも知れないが、実生活は結婚と離婚の繰り返しになる。

11 『想像のホームランド』

ルシュディは一九九〇年のクリスマスイヴにエジプトの宗教問題担当相を含む有力なムスリムたちと会い、「イスラム教抱擁」を宣言した。一二月二八日付『ザ・タイムズ』にルシュディは「私がイスラム教を抱擁した理由」という一文を寄稿し、「私は確かに善良なムスリムではない。しかし今や私はムスリムだと言うことができる。実際、常に私の心の近くにあった価値観を持つ共同体について、私は今やその内部にいて、その一部になっていると言えるのは、幸せの源泉だ」(IH, 430) と述べた。改悛の情を示したと受け取れるルシュディの発言に水をかけるように、一二月二七日にはイランの新たな宗教指導者アヤトラ・ハメネイが「ファトワは撤回不能」と発言し、ルシュディへの脅威がいっそう強まった。一九九一年二月一四日の「ファトワ」二周年にあたり「サルマン・ルシュディと出版社を守る国際委員会」(ICDSR) は声明を出し、ルシュディの生命の危険が以前より何倍も強まっている一方で、前年九月にイランとの国交回復を決断したイギリス政府はルシュディに対し冷淡になりつつあることを指摘した。

ルシュディ発言は必ずしも回心《かいしん》ではなく、一年余りのちにジョン・モーティマーとのインタビューで明らかにしたことによれば、「イスラムを文化と文明として称賛する」という意味であった。[15] しかし発言当時の彼の意図は十分に理解されず、それまで彼を支持してきたアーノルド・ウェスカーやアラン・シリトーやフェイ・ウェルドンに失望感を与えたことは否めない。イギリスのムスリム指導者たちからは有罪の容認と受け取られ、「ファトワ」に積極的に服従すべきだと言われるはめになった。

一九九一年三月にルシュディは母ネギンに捧げるかたちで『想像のホームランド』を出版した。『真夜中の子供たち』を出してからの一〇年間に書いた散文を集めた本で、題名の「ホームランド」には「故郷」のほかに南アフリカにおける「収容所」の意味が込められていることを冒頭のタイトルエッセイでルシュディ自身が説明している。「序文」を除いて七〇本のエッセイと批評が一二のセクションに分類されているが、最初の二つのセクションはインドとパキスタンについての歴史的・文化論的考察に当てられ、次の五つのセクションでは「コモンウェルス」とポストコロニアリズムについての先鋭な議論が行われる。これらの議論は、最初に発表された時点で、ホミ・K・バーバのような批評家のポストコロニアリズム論に深い影響を与えた。残り五つのうちの四つのセクションは世界の作家たちとの関わりを示す批評群で占められている。そこではハーマン・メルヴィル、ジェイムズ・ジョイス、ミハイル・ブルガーコフ、ギュンター・グラス、ガブリエル・ガルシア＝マルケスなどが彼の心の拠りどころであることが明かされるとともに、V・S・ナイポールとの立場の違いが明らかにされている。最後のセクションは「ファトワ」以降に書かれた三つの弁明が中心になっている。すなわち「誠意をこめて」「なにものも神聖でないのか？」および「私がイスラム教を抱擁した理由」である。

一九九一年七月一一日には『悪魔の詩』の日本語版翻訳者五十嵐一氏が暗殺されたが、日本パキスタン協会のスポークスマンは愚かにも同日次のように述べた。「暗殺は完全に一〇〇パーセントあの本と関係している……。本日われわれは互いにおめでとうと声をかけあった。だれもが心底喜んだ」(MacDonough, 163)

翌日一二日、ルシュディは声明を出し、哀悼の意を表するとともに、各国政府に同種事件の再発防止を訴えた。その内容は次のようなものである。

五十嵐一氏暗殺の報に接して失意落胆の念に堪えない。ご遺族に哀悼と深い同情の気持ちをお伝えしたい。ほんの二、三日前、『悪魔の詩』のイタリア語版翻訳者エットレ・カプリオロ氏が類似の恐るべき攻撃を危うく逃れたばかりである。ふたつの事件を結びつけることを避けるのは難しい。一九八九年二月にイランが出したファトワにより生み出された危機は最近のニュースから消えはじめていた。持続する脅威に対してイギリスのニュースメディアの興味を繋ぎとめておくことは、実際問題として不可能に近い。しかしながら、メディアのこの沈黙にもかかわらず、ファトワで名指しされたものへの危険度はどう見ても増大している。ファトワについてなすべき唯一のことは時間をかけて静かに終わらせることだと（とりわけイギリス政府によって）示唆されてきた。五十嵐氏の暗殺とカプリオロ氏の刺傷事件がわれわれに示しているのは、そのやり方では要するにうまくいかないということだ。それゆえ私はイギリス、イタリア、日本の各政府のみならず、ムスリム国、非ムスリム国を問わず、世界中の政治指導者にイラン政府への緊急声明を出すように訴えたい。これ以上無実の人々が死ぬ前にファトワを撤回することは、国際法、人道主義的原理、そしてなによりもイスラムそのものの本質的に慈悲深い特質からの要請にほかならない。

（MacDonough, 163）

彼の訴えに耳を貸す政府は現れなかったばかりか、イギリス政府は「ファトワ」撤回の要請がベイルートのアメリカ大使館人質事件の解決にならないと判断し、同じ七月一二日にその旨の手紙を政府担当相が国際ペンクラブ（PEN）アメリカセンターへ書き送った。イギリス人テリー・ウエイトその他の西洋人が人質になっていた。

一一月一一日は幽閉後一〇〇一日目にあたり、ルシュディの好きな『千夜一夜物語』にちなんで合衆国PENが抗議デモを行った。ノーマン・メイラーその他の作家たちもこのデモに参加した。ロンドンでは人質事件の関係でデモが許可されず、チャリング・クロス・ロードのウォーターストーン書店で支援書簡公開朗読会が開かれた。参加者にはマーティン・エイミス、ハロルド・ピンターなどの作家たちがいた。

一二月一二日にはアメリカのコロンビア大学で開かれた「権利章典」成立二百周年記念集会にルシュディはゲストとして出席し、一年前の「イスラム教抱擁」について「間違いだった」と認め、『悪魔の詩』を書いたことで「後悔したことはない」と言い切った。この時のスピーチで彼は「世界がふたつに分かれて争っているが、私の魂もふたつに分かれて争っている」という趣旨のことを言い、「複合自我」的存在ゆえの苦悩を覗かせた（MacDonough, 168）。

この問題についてルシュディは一九九二年二月一六日付『サンデー・タイムズ』でのジョン・モーティマーとのインタビューで次のようなやりとりをしている。

モーティマー「あなたは一種のオリーブの枝をムッラーたちに差し出し、イスラムの『物語』は『ほかのどの偉大な物語』よりもあなたにとって意味があったと言いましたね。しかしあなたは神を信じないままそういうことが言えると思ったのですか?」

ルシュディ「それこそぼくが言いたかったことですよ。しかし彼らに乗せられて以前より自由な説明をするうちに、ぼくの言葉は少し捻じ曲げられてしまった。ぼくはイスラムを文化と文明として称讃すると言うつもりだったんですが。今にして思えばああいうことを言ったのはおそらく間違いでしたね」(16)

ここにも多文化主義に通じる「複合自我」ゆえの苦悩が窺える。

一九九二年二月一四日には彼の友人たち主催による「なにをなすべきか?――『ファトワ』三周年」という集会がロンドンで催され、ギュンター・グラス、トム・ストッパード、マーティン・エイミスが講演したほか、エドワード・サイード、ナディン・ゴーディマー、シーマス・ヒーニー、デレク・ウォルコットの声明がビデオで紹介され、さらにルシュディ自身が予告なしに会場へ姿を見せて、「ぼくは無人間《アンパーソン》になることを拒否する」と語った(MacDonough, 172)。

三月二四日に彼はアメリカのワシントンに突然姿を見せ、アメリカン・ユニヴァーシティ主催の集会に出席して、匿名共同出版による『悪魔の詩』ペーパーバック版の発行を告げた。しかし予定されていた上院、下院の幹部との会見はイギリス政府の意向により取り消された。

12　『オズの魔法使い』

一九九二年三月には幽閉後三冊目の本として、六〇頁の小冊子『オズの魔法使い』が刊行された。これはイギリス映画研究所（ＢＦＩ）編纂の「ＢＦＩフィルム・クラシックス」シリーズの一冊で、彼はそこで一九三九年に作られたジュディ・ガーランド主演ＭＧＭ映画を「移民」のメタファーとして読み解くとともに、この映画批評の副産物としての「ルビーの靴のオークションにて」という新作短編を収録した。この短編は一九九四年刊短編集『東、西』に収められるが、「東と西」でなく、単に「東、西」としたこのタイトルの出典はこの小冊子に引用されている「東、西、家庭が最高」（WO, 23）という標語にある。この小冊子は彼が幽閉中の時間を使ってビデオを見ながら書き上げたもので、スウェーデンのトゥチョルスキー賞を受賞した。

「最初の文学的影響」（WO, 9）を受けたのは一〇歳の時に初めて見たこの映画（原作でなく、映像作品）だったという告白に始まるこの評論では、Ｌ・フランク・バウムの原作との相違はもとより、現代映画批評になじまない「オーサーレス・テクスト」としての性格や音楽、背景、テクニカラーについての分析を行っている。原作では「銀の靴」であったものが映画では「ルビーの靴」に変わった経緯から、その後その「ルビーの靴」がオークションにかけられる話まで紹介し、配役が二転三転したことも暴露して、「映画を作る経験は映画を見る経験とは多かれ少なかれ無関係である」ことを実感したと彼は書く。もちろん彼の主眼は映画テクストを「移民」のメタファーとして見るところにある。ヒット曲「虹の彼方に」は「根っこを抜かれた自我への賛歌」（WO, 23）であり、ドロシー・ゲイルも「オズの魔法使い」その人も、カンザスから「エメラルド・シティ」へやってきた「移民」なのである（WO, 54）。このように彼のコメントはしばしば彼自身のモティーフへと結びついている。注目されるのは、幽閉後に彼が抱いた「不可視性」のモティーフがここに初めて顕在化した点である。彼はスター俳優たちの代役をする「スタンドイン」に同情し、「画面に全身で映っている時でさえ、スタンドインたちは目に見えないものとされている」（WO, 46）と指摘したうえで、オークションにかけられた「ルビーの靴」は、実はサイズからしてジュディ・ガーランドが履いたものでなく、彼女のスタンドインを務めたボビー・コシェイのものだったのではないかと推測し、それを買った「映画ファン」への想像を逞しくした結果、短編「ルビーの靴のオークションにて」を書いたのだった。「不可視性」のモティーフは『彼女の足下の地面』（一九九九）に一人称で登場するウミード・マーチャントを通して表象される。

『オズの魔法使い』の「文学的影響」は『真夜中の子供たち』に現れていることをルシュディ自身が告白している。具体的にはサリーム・シナイがインディラ・ガンディーの悪夢を見る時、その手が「緑」、爪が「黒」になっているところである（M, 422）。「そこではインディラ・ガンディーの悪夢が負けず劣らず悪夢的なマーガレット・ハミルトンの姿と融合している。東の国の邪悪な魔女が西の国の邪悪な魔女といっしょになっている」（WO, 33）とルシュディは言う。マーガレット・ハミルトンは「西の国」の魔女を演じた。「東の国」の魔女は映画ではすでに死んでいるのだが、ここではインディラ・ガンディーを指している。また、『オズの魔法使い』に明らかに影響を受けた自分以外の作家として、ルシュディはアンジェラ・カーターとトマス・ピンチョンの名前を挙げている。

『ハルーンと物語の海』を書く際にも、ルシュディは「最もふさわしい声」を映画『オズの魔法使い』に見つけたと言う（WO, 18）。この映画の「文学的影響」としてはさらに、短編「ルビーの靴のオークションにて」が加えられることとなる。これはドロシー・ゲイルを思わせる「いとこゲイル」への片思いのために競売で是非とも「ルビーの靴」を競り落とそうとするが、結局あきらめる男の話である。同時にここには競売場へ集まる群衆の異様さも活写されているが、それは狂った「西」の一面でもある。もうひとつ、『彼女の足下の地面』には「ザ・ウィッチ」というロンドンのブティックが登場し、店の窓には「西の国の邪悪な魔女」が描かれている（GBF, 283）。こうした実例は『オズの魔法使い』へのルシュディの偏愛ぶりを示すものである。

一九九二年五月二六日には日本のＴＢＳテレビがルシュディとのインタビューを放映した。その中で彼は五十嵐一氏暗殺事件についてこう語った。

イスラムについての立派な学者であり、きわめて同情的な本を何冊も書いて日本の読者にイスラムを紹介した方で、そういう方が暗殺されるというのはなんともおぞましいことです。（MacDonough, 177）

事件から一年の七月一〇日に彼は声明を発表し、「神であれイデオロギーであれ、いかなる名においても人間を殺すことは、絶対に容認できない。そういう殺人において、殺人者の側にモラリティがあることは絶対にない」（Step, 216)）と述べた。

その後彼は七月二七日にスペインのマドリッドでマリオ・バルガス・リョサとともにセミナーに参加し、八月一九日から三日間ノルウェーに滞在した。さらに九月八日から三週間アメリカのコロラド州ボウルダーでシンポジウムに出席、一〇月一三日にはフィンランドのヘルシンキを訪れて、「北欧評議会主催国際文化会議」で講演した。彼はその講演でミラン・クンデラのエッセイ「ヨーロッパ——小説の文化」に言及しつつ「『悪魔の詩』が読まれずに断罪されているのはなんと悲しいことだろうか。おそらくこれは小説が断罪される時に常に起こることなのかも知れない。これは真実の瞬間だ。小説の文化は自己防衛できるだろうか」（MacDonough, 180）と述べた。

ヘルシンキから戻った直後に彼は警備責任者から警備の打ち切りを告げられるが、政府の政治判断で方針が変わり、警備は続けられることとなった（Step, 226)。

一〇月二六日に彼はドイツのボンを訪れ、ドイツＰＥＮ会長や政党党首、政府高官と会って、支援表明を受ける。これに対してイラン政府は一一月二日にドイツ駐在大使を通じて怒りを表明するが、ドイツ政府はルシュディ支援を改めてイランに通告する。同じ日にイランの「ホルダト月十五日財団」は懸賞金増額を発表した。一一月五日にルシュディは『ハルーンと物語の海』に対するクルト・トゥチョルスキー賞授与式出席のためスウェーデンへ行き、スウェーデン・アカデミーで講演して、「イラン政府を怒らせているのは、自分の考えでは、『悪魔の詩』が一人の人間の外部でなく内部に存在する善と悪をめぐるものだという事実だ」（MacDonough, 182）と述べた。これは「複合自我」のモティーフに関係する発言である。つまり悪が「悪魔」として外在することと「神」の存在は密接に関連しているわけで、それらの存在を信じなければ、悪は人間の内部にあり、しかもその内部には悪も善も共存しているということになるからである。一一月一一日には「ホルダト月十五日財団」が有志暗殺団派遣を発表した。ルシュディは一二月初めにカナダＰＥＮの招きでトロントへ行き、作家や政治家からの支援表明を受けた。カナダ政府は「ファトワ」を撤回するまでイランに対する一〇億ドル借款契約を凍結すると決定した。

13　ケンブリッジでの講演

「ファトワ」四周年の一九九三年二月一四日にルシュディは母校ケンブリッジ大学のキングズ・コレッジ・チャペルで講演した。一九六五年から一九六八年までの在学時代を回想し、歴史専攻の修士論文資料として読んだものに含まれていたのが「預言者マホメットのいわゆる悪魔の詩もしくは悪魔の誘惑と、誘惑拒絶の物語」だったと明かした。

『悪魔の詩』の物語はほかでもなく古典作家アッ＝タバリの正典的著作に見出される。彼によれば、預言者はある時、メッカで最も人気のある三人の異教の女神たちの神聖を容認しているように思える詩を与えられ、イスラムの厳格な一神論を危険に曝すこととなった。後に彼はこれらの詩を悪魔の策略として拒絶し、悪魔が大天使ガブリエルの姿を装って自分に現れ、『悪魔の詩』を口にしたと語った。

歴史家たちはこの出来事を長い間あれこれ考えてきた。生まれたての宗教がメッカの異教の当局者たちに一種の取引を持ちかけられ、それに気持ちが揺れたが、やがて拒絶したということもありうるのではないかと疑ってきた。私はこの物語が預言者を人間的にし、それゆえ現代の読者に対し彼をもっと近づきやすく、もっと理解しやすいものにしていると感じたのだ。現代の読者にとって人間の精神に宿る懐疑や偉大な人格の中の人間的不完全さはその精神と人格をいっそう魅力あるものにするだけだからだ。実際、預言者伝説によれば、大天使ガブリエルでさえこの話に理解を示し、その種のことはすべての預言者に起こることで、すでに生じたことを心配する必要はないと言って、彼を安心させたという。大天使ガブリエルと彼がその名において語る神のほうが、やがて神の名において語りたがろうとするものたちの一部よりも、はるかに寛大だったように思える。（Step, 230）

このように述べた後、ルシュディは「ファトワ」を「まさにテロリストそのものの脅迫」（Step, 230）だと非難し、西洋と東洋におけるその悪影響を指摘している。出版見直し、テクスト書き換え、自己検閲、書籍販売自粛などのほか、知識人の投獄、出版関係者への暴力、翻訳者暗殺などが起きている、と。

これに加えて「世俗的《セキュラー》」という言葉の意味を強調する。「『悪魔の詩』は部分的に宗教的信仰という素材を扱う明確に世俗的なテクストである」と彼は言う（Step, 231）。ネルーやガンディーの「セキュラリズム」がインドのムスリム・マイノリティを守ったという「歴史」に触れつつ、「インドのムスリムはつねにセキュラリズムの重要性を理解してきた。私自身のセキュラリズムの源泉となっているのはその経験である。過去四年間に、このセキュラリズムという理念とその副次的原理である多元主義、懐疑、寛容への関わりは二倍にも三倍にも深くなった」（Step, 232）として、自己の立場を明確化してもいる。同時に、かつて「移民」の代弁者になろうと意識的に努めたルシュディの思想が幽閉後にどの方向へ向かっていたのかも、ここに明らかになっている。「セキュラリズムという理念とその副次的原理である多元主義、懐疑、寛容」――これこそが『悪魔の詩』以降の彼の思想の核となっているのであり、「複合自我」概念はそれらを含んでいると考えられる。

一九九三年二月二二日に当時のメイジャー首相はルシュディとの面会の用意があることを発表したが、イランとの関係に配慮して、面会時期は延期になった。

六月にルシュディはパリで開催されたアカデミ・ユニヴェルセル・デ・クルチュール主催の集会に参加し、エリー・ヴィーゼル、ウォル・ショインカ、ウンベルト・エーコ、シンシア・オジックなどとともに、アルジェリア、エジプト、トルコにおけるセキュラリストに対する原理主義者の攻撃に抗議した。

七月二日にトルコのシヴァスでイスラム原理主義者がホテルを襲撃し、少なくとも四〇人が死亡し、一五〇人が負傷する事件が起きた（数字には異説がある）。原因は世俗主義ジャーナリストのアジズ・ネシンが自分の編集する新聞『アイディンリク』に数週間にわたって『悪魔の詩』の抜粋を無断で連載し、原理主義者を刺激したことにある。ホテルでは一六世紀の反逆的詩人にちなむ記念パーティが開かれていて、著名なセキュラリストの知識人が集まっていた。[17] この事件についてルシュディは『オブザーヴァー』に抗議声明を発表し、「ネシンとその協力者たちは私と私の作品をトルコにおいて増大する宗教的狂信への戦いに弾薬として利用している」[18]と激しく非難した。しかしこの声明はセキュラリストのルシュディが同じセキュラリストを非難したものとしてアレクサンダー・コックバーンに批判され[19]、ルシュディは弁明を余儀なくされた。その弁明で彼はコックバーンの誤解を指摘し、アジズ・ネシンの「子供っぽい行動」を改めて非難した(Step, 242)。

ルシュディはこの年の七月にポルトガルを訪れて、マリオ・ソアレス大統領と会い、九月にはチェコのプラハを訪れ、ヴァツラフ・ハヴェルと会って、支援表明を受けた。一〇月には『真夜中の子供たち』がブッカー賞創設以来の最もすぐれた作品を意味する「ブッカー・オブ・ブッカーズ」を受賞し、一一月二三日にはマサチューセッツ工科大学(MIT)から名誉教授の称号を贈られた。またこの年にはメアリアン・ウィギンズと正式に離婚した。

一九九三年一〇月にはオスロでノルウェー語訳『悪魔の詩』を出版したウィリアム・ナイガードが撃たれ、重傷を負った。

14　タスリマ・ナスリン支援

一九九四年にはフェミニスト作家タスリマ・ナスリンをめぐる「女ルシュディ」事件が起こる。彼女は一九六二年八月二五日に当時の東パキスタンに医者の娘として生まれ、自らも医者となって生地のミメンシングで産科の開業医をしていたが、一九九〇年からはバングラデシュ政府機関で働きはじめ、詩と小説の創作活動を活発化させる。一九九二年には彼女の作品を販売する書店への原理主義者による襲撃事件が起きて、迫害の事実が表面化し、一九九三年秋に出版された彼女の小説『ラッジャ(恥)』とそれに対する原理主義者の「ファトワ」要求によって、「女ルシュディ」事件が国際的に知られることとなる。一九九四年五月に彼女はカルカッタで発行されている『ステイツマン』誌に寄稿し、『コーラン』は全面的に改定されるべきだと述べたため、大規模なデモと暴動を誘発した。バングラデシュ政府は一九世紀に制定された冒瀆法によって彼女を逮捕、裁判にかけて有罪としたうえで保釈し、スウェーデンへの極秘出国を認めた。一九九八年に自伝『メイェベラ、ベンガルでの少女時代』を出版し、一九九九年九月にバングラデシュへ極秘に一時帰国したが、現在もスウェーデンに亡命中である。[20] 二〇〇二年八月には自伝続編『ワイルド・ウインド』を出した。

『ラッジャ』はベンガル語で書かれて一九九三年に出版され、作者の英語版（一九九七）への「序文」によれば、「五万部がすぐに売り切れた」（Shame, 10）とされるが、ほどなく発禁になる。この作品は一九九二年に激化したヒンドゥー原理主義者とイスラム原理主義者の対立を背景に、バングラデシュにあっては少数派のヒンドゥー教徒に対するイスラム原理主義者による迫害を描いたリアリズム小説である。迫害にもめげずにバングラデシュに踏みとどまったヒンドゥー教徒の家族（医師スダメイ・ドゥッタと妻キランメイー、および息子のスランジャンと娘のマヤ）が、一九九二年一二月六日から二週間の間にイスラム原理主義者から受ける酷い仕打ちによって瓦解する。マヤは惨殺死体となって川に浮かび、スランジャンはそれまで共鳴していた共産主義にも国家の未来にも絶望し、バングラデシュを捨てる。親たちはただ打ちひしがれ、しかしなすすべもなく荒廃した国に残る。スランジャンは男だが、作者ナスリンの思想や立場が彼に託されていると思われる。

ルシュディは一九九四年七月にタスリマ・ナスリン支援のため彼女への公開書簡を書いた。その中で彼は自分の体験から次のように忠告する。

気難しい女だとか、自由恋愛の擁護者（これが最も恐れられているわけですが）だとかと、あなたがあらゆる種類の悪者にされているのを見聞きしています。このような状況では人格攻撃は通常のことであり、割引いて考えなければならないことを、あなたを支援するわれわれはよく知っています。そのことを肝に銘じてください。（Step, 253）

ちなみにルシュディに対する「人格攻撃」を一貫して行ってきたのはイギリスの大衆新聞『デイリー・メール』で、

その中心となっているメアリー・ケニーに対し、彼は一九九三年九月にやんわりと反論し、彼に投げつけられた非難の形容詞をすべて集めて見せた。すなわち「行儀悪い、むっつりしている、優雅さに欠ける、愚か、意地悪、魅力がない、小心、傲慢、自己中心的」の九つである（Step, 245）。この種の「人格攻撃」は『デイリー・メール』に限らずもっと広範囲に行われていた。

15『東、西』

一九九四年一〇月に彼は初の短編集『東、西』を刊行する。タイトルは彼の自我の中身を物語っている。東洋と西洋が調和しないままに混在しているのである。しかも、否応なく、西洋的なものが常に東洋的なものを見下している。断罪されようと、どうされようと、この自我の中身は変えようがない。五年間の絶望の果てに彼が辿り着いた結論がこのタイトルである。中身は幽閉前に書かれた作品が五編、幽閉後が四編で、すでに触れたように合計九編の作品が「東」「西」「東、西」の各セクションに三編ずつ収められている。そのうち「ルビーの靴のオークションにて」は前述の小冊子『オズの魔法使い』からの再録である。

『東、西』の中の九編中、最も早期に書かれたと思われる作品は「天球の調和」であり、一九七一年頃の創作と推定される。カーンという名前で登場する作者の分身は一九七一年に「フリンジシアター」（EW, 136）で活動しているが、これはルシュディの伝記的事実に合致している。『天球の調和』と題する古今東西のオカルト研究書を書いた友人エリオット・クレインとの交友を通じて、カーンという名前の「私」が「悪魔」の存在に興味を示すが、結局それを信じることができないという物語である。この短編においてカーンはケンブリッジに住むインド人として「火星からの侵入者」（EW, 127）のように扱われながら、エリオットの多彩な「禁じられた知識」（EW, 141）に触れるうちに、「禁じられた自我」（EW, 141）の形成ができるのではないかと思いはじめる。それは彼の中の「二つの他者性、二重の不帰属の間に橋をかけること」（EW, 141）によって形成される「自我」である。これはルシュディが『グリマス』

以降の作品で表象化する「複合自我」のテーマにほかならない。その原型的イメージは「東、西」の混在なのである。

「天球の調和」に続くのは『真夜中の子供たち』の余勢を駆って書かれたと思われる三編である。「東」セクションの「無料ラジオ」（一九八三）と「預言者の髪の毛」（一九八一）、および「西」セクションの「ヨリック」（一九八二）である。

「無料ラジオ」はラジオが無料でもらえると騙されて断種手術に応じる若い人力車夫ラマニの話である。この作品は『真夜中の子供たち』で扱われたインディラ・ガンディーによる「非常事態宣言」下の「断種・不妊」政策がのちのちまで影響を及ぼしていることを暗示している。

「予言者の髪の毛」はカシミール地方におけるムスリムの一種の偶像崇拝を揶揄した作品である。ルシュディの無神論が鮮明になっている面もある。シュリナガルには「聖髪」を祀るモスクがあり、一九六三年にその紛失事件があった[21]。ルシュディがこの事件をヒントにした可能性はあるが、カシミールとイスラム信仰の組み合わせは『真夜中の子供たち』におけるアーダム・アジズの最初のエピソードを想起させる。

「ヨリック」はルシュディが『真夜中の子供たち』を書く際に影響を受けたと自ら認めるローレンス・スターンの『トリストラム・シャンディ』（一七五九—六七）に登場する作者の分身にして牧師のヨリックを主人公にしている。「西」セクションの作品にふさわしく「メタファーと古典へのアリュージョン」（EW, 67）から出来ている。

これまでに触れた「ルビーの靴のオークションにて」を除く四編から時間的にしばらく間をおいて、残りの四編が書かれる。

「役立つ忠告はルビーよりも希少」（一九八七）は『悪魔の詩』執筆と同時期に書かれ、テーマも同じで、「移民」の問題を扱っている。インド側で起きている「移民」の今日的事情の一端を垣間見せてくれる短編である。

「チェホフとズールー」は一九九一年五月二一日のラディブ・ガンディー元首相暗殺事件の後に書かれている。暗殺を他人事と思えないルシュディ自身の境遇が投影された作品である。

「クリストファー・コロンブスとイザベラ女王」（一九九一）は『ムーア人の最後の溜息』を構想する過程で書かれ

た作品と考えられる。女王がグラナダへ進攻すると、「ムーア人は最後の降伏を準備する」（EW, 113）という記述がそのことを暗示している。

「コーター」は乳母メアリについてのルシュディの自伝的回想である。書かれた時期は「愛する生誕国から亡命を無理強いされた状態」（EW, 178）とあることから、幽閉後と考えられる。

16 『ムーア人の最後の溜息』

スウェーデン語版『悪魔の詩』を出版したウィリアム・ナイガードは一九九五年『言論の自由の代償』を出版し、ルシュディが「序文」を寄せる。「『悪魔の詩』出版関係者への攻撃は腹立たしい」と彼は述べている。「もし狂信がイスラム文化の一部だという勝手な理屈で許されるのであれば、自由を求め、そのために戦い、自由の名に命さえ捧げるイスラム世界の数え切れないほど多くの声――知識人、芸術家、労働者、とりわけ女性たちの声はどうなってしまうのか。ウィリアム・ナイガードを撃った銃弾、イタリア人翻訳者エットレ・カプリオロを傷つけたナイフ、日本人翻訳者五十嵐一を殺害したナイフに、いったいどんな『理論』があるというのか」（Step, 255）と。

この年の九月に彼は未来の三番目の妻エリザベス・J・ウェスト（実際にはE・J・Wというイニシャルが使われている）へ捧げるかたちで『ムーア人の最後の溜息』を出版する。「ファトワ」以後初めての長編小説だが、これは一九九一年七月の五十嵐一氏殺害事件を契機に構想され、書きはじめられたと考えられる。というのも、一九九二年一月にはすでにルシュディが長編小説を執筆中であることが、ジャーナリストのフィリップ・ワイスによって明らかにされているからだ。[22] 作品の完成もかなり早い時期、おそらく一九九三年だったと考えられるが、[23] 原理主義者の危険な動きを考慮して、出版を見合わせていたのである。

サルマン・ルシュディは自らの幽閉生活に加えて翻訳者が暗殺されるという事態に改めて深く衝撃を受け、最早この先自由に生きられないという覚悟を決めたうえで、幽開者の手記という形式による『ムーア人の最後の溜息』を書きはじめたと推測される。語り手のモラエス・ゾゴイビーは冒頭で自らが幽閉者になっていることを告げる。死ぬ前に自分のことをすべて語ろうというわけで始めるのがこの三代にわたる家族年代記である。その舞台は四カ所にわたるが、中心はルシュディがかつて「わが失われた街」と呼び、作中でも語り手がパセティックな呼びかけをしている街ボンベイであり、そこに語られる物語は香辛料で財をなした金持ちの家の二〇世紀初頭から今日までの変転である。ナボコフの『アーダ』のように冒頭に家系図が掲げられるが、この家系はゴアに始まり、そこにインド航路の発見者でポルトガル人ヴァスコ・ダ・ガマの血が流れていることになっている。そればかりではなく、ユダヤ人その他の血まで混じった雑種性が強調されてもいる。ヴァスコ・ダ・ガマが辿り着いた街ゴアは四五一年間ポルトガルの植民地だったわけで、その間に人種間の複雑な混交があってもおかしくない。

『ムーア人の最後の溜息』は『真夜中の子供たち』と同様、インドの歴史に焦点が合わされている。作者の念頭にあるのは二〇世紀のインド百年の歴史である。語り手モラエス・ゾゴイビーの曾祖父母の時代から始まる物語はインド独立へ向けてのもろもろの動きを捉えながら進む。独立から戒厳令の時代にかけては語り手の母親の時代だ。実は作品の真の中心人物はこの母親オーローラ・ダ・ガマなのである。すでに触れたことだが、彼女は「母なるインド」の象徴にほかならない。天性の画家である彼女はインドを映す「鏡」であって、語り手（ナレイター）が作者の分身だとすれば、語り手が語る母親のイメージは、そのままルシュデイのインド観ということになるだろう。「最初、ぼくは母を崇拝し、やがて憎んだ。今すべての物語の最後にあたってふり返ると、いくばくかの同情を少なくとも発作的に感じることができる」（MLS, 223）とか、「ぼくの人生を変容させ、昂揚させ、滅ぼした女」（MLS, 237）などと語り手が母親を語る時、ルシュディは祖国インドについて語っているのである。表題はオーロラ・ダ・ガマの描く絵に由来する。夫エイブラハム・ゾゴイビーの祖先はアンダルーシアのムーア人の血を引いている。グラナダの最後のスルタンが被ったとされる王冠の話をオーロラは夫から聞き、連作形式の絵に描く。作品全体の主題はアルハンブラに代表されるムーア人の文化、東西文化の混合から生まれ滅び去った雑種文化に見られる多元性の価値である。その価値の体現者であるオーローラ・ダ・ガマはまた「複合自我」の象徴という役割を背負っている。彼女の価値観を継承する

すでに述べた。のが語り手のモラエス・ゾゴイビーであり、彼を通して「複合自我」の「愛」の位相が観察されていることは本文で

17 『真夜中の子供たち・テレビドラマシナリオ版』

ルシュディは一九九六年一一月から一二月にかけての五週間で五つの話からなる『真夜中の子供たち テレビドラマシナリオ版』を完成させる。この作業の前と後には長い込み入った物語が隠されていて、テレビドラマシナリオ版がテレビドラマとならずに、一九九九年に単に活字としてのみ出版された時、ルシュディはその顚末を「序文」で語った。それによると『真夜中の子供たち』が一九九三年に「ブッカー・オブ・ブッカーズ」（ブッカー賞創設二五周年記念特別賞）を受賞したのを機会に、BBCとチャンネル4からテレビドラマ化の話が出て、資金が豊富なことや知り合いのディレクターがいたことなどからBBCのほうを選んで計画を進めることになった。当時ルシュディにはシナリオを書く時間も気力もなく、テレビドラマ専門のシナリオライターによる脚色で話が始まったのだが、シナリオライターとディレクターの意見が合わなかったことや、その他の事情から、計画が頓挫しかかる。長引く計画遅延の間にルシュディの身辺事情も変わり、脚色のひらめきもあって、結局彼自身がシナリオを書くことになった。それを五週間で仕上げた後、スタッフやキャストも決まって撮影ができる状態になる。しかしインド政府が撮影を許可しないことになって、またしても計画が頓挫する。計画が練り直され、スリランカ政府に打診して撮影許可をもらい、話が好転するかに見えたが、スリランカの国内政治事情から今度もまた土壇場で計画が潰れ、それが最後になってしまう。このようなシジフォス的徒労の後、脚本が活字のみで世に出ることになったのである。

この脚本でルシュディはもともとの物語にいくつか改変を加えている。まずピープショー（見世物）屋のリファリファ・ダスがそれぞれの插話を紹介するという趣向が取り入れられ、ドラマ全体が一種のピープショーとして提示されている。そのため、サリーム自身がピープショーの観客となることもある。この趣向の中でオリジナルなエピソー

ドが取捨選択され、登場人物の運命も変更される。とりわけサリームとシヴァの対立関係が明確にされることで劇的効果が図られている。

『真夜中の子供たち』のテレビドラマ化に関わりながら、一九九七年のインド独立五〇周年にちなむエッセイ「豊富の国」を雑誌『タイム』八月一一日号に発表するが、これは「複合自我」表象を論じるわれわれにとってきわめて重要なエッセイとなった。要するにここで彼はわれわれ現代人の「自我」が「複合的」に出来ていることを指摘したのである。

同じ八月に彼はエリザベス・ウェストと結婚し、同時に彼にとって二番目の息子ミランが誕生した。

一九九八年九月二五日付英米新聞各紙はイラン政府が「ファトワ」を撤回したというニュースを報じた。国連総会出席のためにニューヨーク入りしたイランのハタミ大統領が前々日の記者会見で「ファトワは完全に終わった」と述べたのを受け、前日ハラジ外相がイギリスのクック外相に「『悪魔の詩』の著者およびその出版関係者の生命に対する脅迫に関し、イラン政府はそうする意図を持たず、そのためのいかなる行動も取らないし、またいかなるものに対してもそれを奨励したり扇動したりすることはない」と説明した。[24]この情報をイギリス政府に確認したルシュディは翌日記者会見し、「私が国家による保護を必要としたのは国家によって脅されていたからだ」とし、その必要がなくなったとはいえ「人によく知られている人間が心得なければならないちょっとした持続的な警戒が必要だと思う」と語った。[25]しかしながら、一九九七年八月に就任したハタミ大統領の自由化路線を反映する宥和の動きと反対に、イラン国内の「保守派」はルシュディ追求の手を緩めないことを表明し、新たな賞金を設けたりもしていることを付け加えておかなければならない。

劇場版『ハルーンとお話の海』の舞台公演が一九九八年九月二五日にティム・サップルの演出によりロンドン、サウスバンクのロイヤル・ナショナル劇場で始まった。[26]

一九九九年二月三日にはロンドンのインド大使館がルシュディへのインド入国ビザを発給し、彼にとって待ち焦がれていた祖国再訪が可能になる。彼はインド政府による発禁措置や入国拒否に最も心を痛めていると、『タイムズ・

オブ・インディア』(一九九三年九月一二日付)とのインタビューで語っていた。

18 『彼女の足下の地面』

一九九九年四月には二番目の息子ミランへの献辞をつけて、長編『彼女の足下の地面』を刊行する。この作品はウミード・マーチャント、オルムス・カーマ、ヴィーナ・アプサラという男女三人の物語である。物語が始まってまもなく、アメリカの人気ロック歌手ヴィーナがメキシコ西海岸で大地震に遭遇して死ぬ。その衝撃が冷《さ》めやらぬうちに、彼女の恋人の一人で写真家のウミードが回想を始める。

彼は全知全能の語り手で、自分のことはもとより、残り二人とその周辺の人物たちについてすべて知っている。主要人物三人には三様の物語があり、三本の支流が最後に一本になってアメリカへと流れ込む。ウミードの流れはインドのボンベイに始まり、アメリカへ向かう。オルムスの流れはボンベイからイギリスを経てアメリカへ向かう。最も複雑なのはヴィーナ・アプサラの流れで、アメリカからボンベイへ向かい、さらにそこからイギリスを経てアメリカへと戻る。彼らの生年はオルムスが一九三七年、ヴィーナが一九四四年、そしてウミードはルシュディと同じ一九四七年である。ヴィーナが自殺するのは一九八九年二月のヴァレンタインデー、つまりホメイニが「ファトワ」を宣告した日であるが、その時彼女は四五歳ということになる。その日まで彼ら三人がどのように生きてきたかが語られるわけだが、三人ともルシュディの分身と考えてもそれほどの齟齬はない。ヴィーナは女だが、その死によって、「ファトワ」を宣告されたルシュディ自身の絶望を具現したと考えられる。オルムスはルシュディよりも一〇歳年上だが、作家本人のイギリス体験がこの人物に投影されているし、「オルムス・カーマの中にはあまりにもたくさんの人がいる」(GBF, 299)とあるように、ルシュディのモティーフである「複合自我」を体現している。ウミードは彼と同年生まれであり、この人物には彼のボンベイとインドへの思い入れが託されている。実際、ウミードはルシュディその人であるとする書評もある。(27)

黄泉の国へ下る音楽の神オルペウスの神話をも組み込み、「陽気な大言壮語」[28]の語り口によるこの小説は、西部開拓時代以来、境界を越えることに特色を持つアメリカ的要素が「複合自我」の構成要素に全面的に参入してきた点で注目される。ルシュディとアメリカの関係を示すものとしてはメアリアン・ウィギンズとの夫婦関係があるが、メアリアンはギリシャ系アメリカ人である。ロックンロールのスーパースターとなるヴィーナ・アプサラがインド人とギリシャ系アメリカ人の混血だという設定は、ヴィーナのモデルの一部に彼女がいたことを窺わせる。

一九八九年のヴァレンタインデーという特別な日から始まることが端的に示すように、これは処刑命令後一〇年の作者自身の経験を虚構化した作品だとルシュディ自身が語っているが、その経験を手短に言えば「大地震」を経験したようなもの（Chauhan, 264）だという。そうであるがゆえに、実際には起こっていない大地震を一九八九年二月一四日にメキシコ西海岸に起こし、物語を始めたのである。この架空の地震は実はウミードすなわちルシュディの内面に起こった途轍もない衝撃のことなのだ。

「ファトワ」後の幽閉生活の中でルシュディは人間として、また作家として、人一倍「自由」を求めつづけていた。「自由」は彼になんらかの形で制限を加える境界線を突破しなければ得られない。自由を求める「越境」という、ルシュディが思い描くイメージの客観的相関物が、『彼女の足下の地面』の場合、ロックンロール音楽なのである。一九九九年四月に彼はロックンロールについて次のように書いている。

この頃はもう、ギターを叩きつけたり、あらゆることに抗議したりといったことはだれもしないし、ロックンロールは中年化し、法人化され、方向転換したメジャーな人気グループの数は方向転換した小国家の数を上回るという現状があり、ガキどもがギャングスタ・ラップ、トランス・ミュージック、ヒップ・ホップなどを聞いている時に、ロックンロールは自分たちの全盛期を思い出す年寄りたちの音楽となり、ボブ・ディランやアリーサ・フランクリンが大統領就任式に招かれて歌うという時代では、この種の歌の反抗的な起源やら反体制的全盛期を忘れ去ることは容易だ。しかし、ロックンロールの荒っぽい、自信たっぷりな反逆精神こそ、この奇妙で単純で圧倒的な騒音がほぼ半世紀前に世界を制覇し、言語と文化のすべての境界や障壁を越えていき、歴史上、ふたつの世界大戦に加えて三つめのグローバルな現象となった理由のひとつである。それは解放の音であり、そのためいたるところの若者たちに語りかけ、したがってまた、当然ながら、われわれの母親たちはそれを好きになれなかった。(Step, 270)

ロックンロールの「越境性」と「反逆精神」を体現した人物がヴィーナ・アプサラであり、作品の中での彼女の行動がそれを物語っている。ここで注目したいのは、今引用した一九九九年四月のエッセイの中で、ルシュディが次のように言っていることである。


自由の音楽は人々を驚かせ、あらゆる種類の防衛メカニズムを作動させる。オルペウスが歌声を張り上げている限り、マイナスたちは彼を殺せない。そこで彼女らは金切り声を上げ、その甲高い不協和音がオルペウスの歌声を呑み込む。そのようにして彼女らの武器が的を射ると、オルペウスは倒れ、そのからだは八つ裂きにされる。オルペウスに逆らって金切り声を上げれば、われわれもまた人殺しができる。共産主義の崩壊、鉄のカーテンと〔ベルリンの〕壁の解消は新しい自由の時代を招くと考えられた。ところが、突然不定形となって可能性に満ち満ちた冷戦後の世界はわれわれの多くを怯えさせ、縮こまらせている。われわれはよりちっぽけな鉄のカーテンの陰に引きこもり、よりちっぽけな柵囲いを作り、かつてないほど狭量で、そのくせファナティックな自分たちについての定義——宗教的、地域的、民族的定義——の中に自分たちを閉じ込め、戦争する気になって身構えている。

　今日、そうした戦争の轟きがわれわれの内なる、よりましな自我の、甘い歌声を掻き消す時、ぼくは、かつて伝染病のようにロックンロールに感染し、それでも(ヴェトナムでの)もうひとつの戦争を終わらせるのに役立ったあの昔の独立心や理想主義が懐かしくなる。しかし目下のところ、あたりに聞こえる唯一の音楽は死の行進曲だ。

(Step, 271)

彼はここで「かつてないほど狭量で、そのくせファナティックな自分たちについての定義――宗教的、地域的、民族的定義――の中に自分たちを閉じ込め、戦争する気になって身構えている」人間たちの存在を指摘し、冷戦後がテロリズムの時代になりつつあることを予感している。ルシュディの言う「複合自我」は狭量な自己定義と正反対のものであることをわれわれはここで思い出す必要がある。「複合自我」の思想からはテロリストは生まれない。それはより広い自由を求めて「越境」し、保守的立場を取る人間の神経を逆撫でするかも知れないが、「戦争する気になって身構え」るようなことはしない。それをするのは「宗教的、地域的、民族的」に狭く自分を追い込んでしまう者たちだけである。しかしながら、狭量でファナティックな自己定義に身を任せる人間たちが世界に増えていることをルシュディはここで予感しているわけで、不吉なその予感は二年半後の二〇〇一年九月一一日に的中する。

なお『彼女の足下の地面』のヒロイン、ヴィーナ・アプサラについては、インド出身のロックンローラーで一九七〇年代に活躍したアシャ・プトリをモデルにしたのではないかという見方がアスジャド・ナズィルによって提出されたが[29]、ルシュディはそれを真っ向から否定した[30]。その際、彼はこの作品の完成に「四年以上」かかったと告白している。

19 『怒り』『この境界を越えよ』

ルシュディは二〇〇〇年にニューヨークへ移住し、二〇〇一年八月に新しい恋人で女優のパドマ・ラクシュミへの献辞を付けた小説『怒り』を刊行する。これはイギリスへ妻子を残して、一人でニューヨークに住む中年男マリク・ソランカ教授の精神的彷徨と愛の物語である。ボンベイ生まれでケンブリッジ出身というルシュディ自身の伝記的枠組みがマリク・ソランカに付与され、アメリカにおける彼の新たな根無し草生活と、現実か妄想かの区別がつけにくい愛の経験が投影された作品となっている。

そして二〇〇二年九月に彼は第二評論集『この境界を越えよ』を刊行する[31]。ここには、一九八九年の『悪魔の詩』

事件以来、誤解や曲解の的にされているこの重要な現代作家が、二〇〇〇年の英国から米国への移住、および翌年の「九・一一」体験をも含む一〇年間に、いかなる思想を深めてきたかが如実に示されている。

「この境界を越えよ」という題名は彼が二〇〇二年二月にイエール大学で行った特別講義題目から取ったもので、本全体のキーワードにもなっている。彼はインドから英国への、さらには英国から米国への「移民」として国境を越えた人間だが、「境界」は国境に限らないというのが彼の見方である。故アヤトラ・ホメイニによって出されたファトワ後の幽閉生活の中で、ルシュディは人間として、また作家として、人一倍「自由」を求めつづけていたが、表現の自由をはじめとする自由は、彼になんらかの形で制限を加える境界線を突破しなければ得られなかったからである。

彼はここで、自由を求めての「越境」の先例として、ロックンロール音楽を挙げる。ロックが「言語と文化のすべての境界」を越えて若者たちに語りかけたからである。表現上の境界を越えた別の実例として映画『オズの魔法使い』も論じているが、これは一九九二年に刊行されたパンフレットからの再録である。すでに見たように、そこでは現実と空想の間に境界があり、そこを越えたところに映画の斬新さがあったと彼は見る。

彼はまたアメリカの「フロンティア」＝境界上の地域について論じる。それを押し広げることがアメリカの歴史であった。同時にアメリカは自由のための境界も押し広げてきた。しかし、「九・一一」を境にアメリカは自由を失いつつあると彼は指摘し、「セキュラリズム」の立場から強い警鐘を鳴らす。「セキュラリズム」は、神でなく人間中心の世俗主義、政治的には政教分離主義のことだが、彼が「セキュラリスト」としての自己の立場を明確化したのは、「ファトワ」四周年に際して行った母校ケンブリッジ大学での講演においてである。くり返しになるが、そこでルシュディは「過去四年間に、このセキュラリズムという理念とその副次的原理である多元主義、懐疑、寛容への関わりは二倍にも三倍にも深くなった」（Step, 232）と述べたのであった。また、彼の立場からすると「狂信がイスラム文化の一部だという勝手な理屈」（Step, 255）は許されないのである。

この評論集に集められたエッセイにはわれわれがすでに触れたものも少なくないが、それらを含めた過去一〇年間のルシュディの散文が一巻にまとめられたところに意義がある。「九・一一」以降、「多元主義」や「寛容」の普及はますます難しくなりつつあるが、そのような時期であればこそ、「セキュラリズム」の立場を説くこの評論集はますます重みを増してくると思われるし、「セキュラリズム」と「複合自我」概念は表裏一体の関係にあることにわれわれとしては留意したい。

二〇〇四年四月、五六歳のルシュディはパドマ・ラクシュミ（三二歳）と正式に結婚した。彼としては四度目の結婚だが、これによって彼の「カーマ」（GBF, 15）が満たされたのかどうかは、今のところ不明である。

注

（1）*The Sunday Times*, 16 February, 1992.
（2）Pris du Meilleur Livre Etranger（最優秀外国小説賞）.
（3）St Peter's Street, Islington, London.
（4）*The Observer*, 27 September, 1998.
（5）*The Sunday Times*, 9 April, 1989.
（6）*Daily Mail*, 27 April, 1989.
（7）*The Sunday Times*, 25 June, 1989.
（8）*The Observer*, 2 July.
（9）フランセス・ヒルの書評参照。Frances Hill, *The Times*, 17 February, 1990.
（10）*The Sunday Times*, 31 March, 1991.
（11）*The Observer*, 28 January, 1990.
（12）*The Times*, 5 February, 1990.
（13）*The Sunday Times*, 18 March, 1990.
（14）*The Guardian*, 18 August, 1990.
（15）*The Sunday Times*, 16 February, 1992.

（16）*The Sunday Times*, 16 February, 1992.
（17）*The Observer*, 4 July, 1993.
（18）*The Observer*, 4 July, 1993 ; Step, 235.
（19）*The Nation*, 26 July, 1993.
（20）Marvin Martin, "Nasrin, Taslima." *Encyclopædia Britannica*. 2003. Encyclopædia Britannica Premium Service. 2003 〈http://www.britannica.com/eb/article?eu=125644〉. および Taslima Nasrin, *Meyebela, My Bengali Girlhood* (1998) 参照。
（21）寺門泰彦「訳者あとがき」（『東と西』所収）平凡社、一九九七、二一四、および斉藤吉史『インドの現代政治』朝日新聞社、一九八八、二五二。
（22）Philip Weis, "The Martyr", *Esquire*, January 1993.（「サルマン・ルシュディの優雅にして傲慢な潜伏生活」拙訳、『エスクァイア日本版』一九九三年二月号所収）。
（23）See Rushdie, "Introduction" to *The Screenplay of Midnight's Children*, 4.
（24）*The New York Times*, 25 September, 1998 ; *The Times*, 25 September, 1998.
（25）*The Boston Globe*, 26 September, 1998 ; *The New York Times*, 26 September, 1998.
（26）*The Independent*, 25 September, 1998.
（27）See, Michael Gorra's review on the novel, *TLS*, 9 April, 1999.
（28）Michael Gorra, *TLS*, 9 April, 1999.
（29）*The Sunday Times*, 16 September, 2001.
（30）*The Sunday Times*, 23 September, 2001.
（31）以下の文章は『東京新聞』夕刊（二〇〇二年一二月二〇日付）発表の拙文「ルシュディ新評論集『この境界を越えよ』——セキュラリズムの立場と九・一一以降」と重複する。

あとがき

一九八〇年代前半にサルマン・ルシュディの名を初めて目にしたのは、「魔術的リアリズム」に関する文章を読んでいる時のことだった。それがどんな文章であったかは忘れたが、それ以後注目すべき「イギリス」の作家として彼の名前は私の頭にインプットされた。一九八八年に『悪魔の詩』が刊行された時も、いち早く丸善に注文した。その頃はインターネットはなく、イギリスの本屋へ直接注文する方法も知らなかった。その年の一〇月頃には本が手に入っていたので、年末にブラッドフォードで本が燃やされ、その写真が『オブザーヴァー』や『サンデー・タイムズ』で報道される頃には、作品をひととおり読んでいて、こういう本を翻訳出版する気はないかと、ある出版社の編集者に話したりしていた。まだそういう能天気な話ができる状況だった。しかし、翌年二月一四日に「ファトワ」が出るにおよび、事情は一変した。一冊の小説のために国家指導者から処刑命令を受けるはめになった作家の出現ということで、言論の自由を奉じる西側世界では大騒ぎになり、日本もその例外ではなかった。原作を読んでいたせいかどうか、私までがフジテレビのニュース番組で作品の解説をさせられたりした。ＮＨＫの記者の取材を受けたりもした。その後四月から一年間、『悪魔の詩』事件が最もホットな時期にイギリスに滞在したのは、おそらくなにかの因縁である。その間の最大の収穫は、厳重な警戒の中で一回だけ上演された『イランの夜』を見られたことである。もちろん、当時掻き集めた資料が今回の研究に大いに役立ったことは言うまでもない。

一九八九年以来、折に触れて新聞、雑誌にルシュディがらみの文章を書いてきたけれども、研究をまとめるという方向へは進んでいなかった。ところが、二〇〇〇年という節目の年に、ひょんなことから五十嵐一氏が勤めていた職場と同じところへ転任することになり、またしてもこれはなにかの因縁ではないかと思うようになった。周知のごとく五十嵐氏は『悪魔の詩』の翻訳者であるが、優れたアラブ文化研究者でもあった。彼が理不尽きわまりない凶刃に倒れた時、テレビ局や新聞社は私にもなにか起こるのではないかと思ったらしく、電話をかけてきたりした。もちろん私などになにも起こるわけがなかったが、なんとなく五十嵐氏への連帯感を感じはじめたのである。いずれルシュディについてなにかまとまったことを言わなければならないという思いはその頃に芽生えたのであった。ただきっかけがつかめないまま、ずるずると時間が過ぎ、ついに二〇〇〇年になってしまった。五十嵐氏が凶刃に倒れたまさにその場所に頻繁に立つ身となり、もはや猶予はならないと思い立った次第である。

サルマン・ルシュディについては、根強い偏見や反感に加え、途轍もない誤解が蔓延している。しかし彼が私たちに示す「真実」の訴えには聞くべきものがあり、現代世界の病根すら暗示しているということは、あまり知られていない。つい最近も私はルシュディ嫌いの日本人英文学者に出会った。その人は一九九二年にケンブリッジ大学で偶然にもルシュディ本人に会ったという。どうやらその時のルシュディの印象が悪かったらしい。その話とは別だが、フィリップ・ワイスというノンフィクション作家は一九九二年にルシュディへのインタビューを申し込み、断られた。それにもめげず彼は「殉教者」と題するドキュメンタリーを書き、一九九三年一月号の『エスクァイア』に掲載された。私はそれを同年二月号の『エスクァイア日本版』のために翻訳したのだが、このドキュメンタリーもルシュディへの強い反感に彩られていた。要するにルシュディは自己中心的な人間だという反感なのである。

ルシュディへの反感は「ファトワ」が出た直後からイギリスのマスコミに見え隠れしていて、特に大衆紙『ザ・デイリー・メール』は彼を執拗に揶揄しつづけた。税金を遣って自己中心的な人間を守るとはなにごとかというわけだ。ル・カレもかつて税金を遣ってルシュディを保護することに異を唱えたし、ロアルド・ダールもルシュディへの反感を剝き出しにした。愚かな私はそうした論調の影響を受け、ルシュディというのは、もしかすると変なやつなのかも知れないと一時思うようになった。とりわけラナ・カバッニとルシュディの感情的言い合いを新聞紙上で目撃した時は、ラナ・カバッニの言い分に理があるようにも思えた。
しかし、ルシュディは二〇世紀最後の幽閉者だったのである。目に見えない暗殺者の影を恐れて日々を送らなければならない、自由を奪われた人間だったのである。自由を満喫する人々はそのことを忘れがちなのだ。そもそも、彼はなにをしたがゆえに暗殺のターゲットにされなければならなかったのか。われわれがまず理解すべきなのはそのことであろう。

「複合自我」とは、フェルナンド・ペソアの言葉を借りれば、「私たちのなかには無数のものが生きている」と言うに等しい。それは「統合自我」の対概念であり、大雑把に言えば、一九世紀が「統合自我」であったのに対し、二〇世紀は「複合自我」だとルシュディは指摘する。早い話、「移民」の「自我」は少なくともふたつ以上の文化を受け容れざるをえないので「複合的」になっている。ルシュディによれば、地方から大都市への移住者も「移民」と同じなのである。大都市への大規模移住が見られた二〇世紀は「移民」の世紀だと彼は考えている。一方で彼は「ポスト一神教」ということを言う。これは、人間は一神教の神によって創造されたのでなく、むしろ「文化」によって出来ているということでもある。フェルナンド・ペソアは「自分とはたんに感覚や思念の場にすぎないのだ」とも言う。そうであるとすると、「文化」とは「場」を埋める中身なのである。その中身が「統合的」でなく「複合的」になっているのが「複合自我」で、これは民族主義や原理主義と相容れない。そのうえ、これは人間中心主義ということで、一神教の教義による神権政治はもとより、日常生活での一神教信仰とも相容れない。このようにして「複合自我」の議論は多元主義的セキュラリズムの主張へと広がるのである。

ルシュディという作家の核心部に理屈で迫ろうとすると、そういうことになるし、これはこれで現代を生きる人間に訴えるものがある。おそらく五十嵐氏にしても『悪魔の詩』が翻訳するに値すると判断したから翻訳したはずなのである。実際、『悪魔の詩』に限らず、ルシュディの作品はすべて翻訳されてしかるべきものばかりである。それにもかかわらず、『悪魔の詩』以降に書かれた三作の長編はまだ翻訳されていない。これはおそらく出版社がまだ不意の刺客を恐れているからなのである。しかし状況は大きく変わっている。イランは一九九八年に「ファトワ」から公式に手を引くことを宣言したし、「九・一一」以降は、ひとりの作家を象徴的に暗殺してもなんの意味もなさないような、大々的な文明の衝突状況になっている。まさにこうした新たな状況においてこそ、いったいルシュディはどんな作品を書き、なにを訴えたかったのかを検討すべきだと私は考えた。いまこそ彼についての大きな誤解を解くべき時だし、そうすることで彼の思想からなにかが学べるはずだと。
そのために微力を尽くした結果が本書である。浅学非才の身につき、とんでもない間違いや読み違いがあるかも知れない。寛容な読者のご叱正をいただきたいと思っている。

本書の出版に際し、人文書院編集部伊藤桃子さんに大変お世話になったことをここに記して、感謝の念に代えたい。拙い研究成果を世に問う際に、優れた編集者のお世話になれたことは研究者冥利に尽きる。また、索引作成にあたっては筑波大学人文社会科学研究院生の松田幸子さんのご協力を得たこともここに記し、感謝の念に代えたい。

二〇〇四年九月

大熊　榮

索　　引

(n は注を表す)

人　名

ア　行

アグリッパ，コーネリアス　11, 42
アチュベ，チヌア　297n
アッ＝タバリー　169, 194, 300, 321
アッター，ファリド・ウッディン　44, 52n
アポロドーロス　252, 253
アラゴン，ルイ　57, 58
アリ，アガー・シャヒド　151, 152
アリ，タリク　211
アリストテレス　29, 202
アルヴァクス，モーリス　128n, 167n
アントニオーニ，ミケランジェロ　227n
五十嵐一　306, 315, 316, 319, 327
イクバル，アフハマド　167n
イシグロ，カズオ　53n, 141
イズラエル，ニコ　19, 23, 59
ウィギンズ，メアリアン　201, 226n, 305, 308, 309, 312, 323, 332
ヴィーゼル，エリ　53n, 322
ウェスカー，アーノルド　207, 209, 314
ウェスト，エリザベス・J　327, 330
ウェルドン，フェイ　209, 314
ウォー，パトリシア　48, 49, 278
ウォーカー，アリス　297n
ウォーホール，アンディ　252
ウォルコット，デレク　317
ウッド，ジェイムズ　261, 275n
エイミス，マーティン　48, 53n, 262, 284, 287, 289, 308, 316, 317
エウリディケー　253, 254, 256, 259
エーコ，ウンベルト　322
エリアーデ，ミルチャ　186, 189, 190, 226n
エリオット，T・S　20, 21, 28, 301
エリス，セアラ　297n

エリソン，ラルフ　297n
エンゲルス　227n
オーウェル，ジョージ　171, 225n
オクリ，ベン　297n
オジック，シンシア　322
オスターライヒ，T・K　69
オースティン，ジェイン　77, 228, 280
オブライエン，エドナ　311
オールビー，エドワード　300

カ 行

カイヤーム，オマル　146, 154, 155, 158, 211, 213
カサノヴァ　284, 286
カーター，アンジェラ　319
カーディナル，ロジャー　57
カバッニ，ラナ　213, 215
カフカ，フランツ　20-22, 150, 177, 179, 205, 234, 301
カプリオロ，エットレ　315, 316, 327
カミュ，アルベール　49
カラッソ，ロベルト　275n
カラバッジョ　43
ガーランド，ジュディ　232
ガーリブ　140
カルヴィーノ，イタロ　277-278
ガルシア＝マルケス，ガブリエル　15, 48, 56, 58, 64, 65, 70, 72-77, 79, 106, 122, 133, 238, 278, 302, 315
ガルブレイス，ジョン・ケネス　13, 14
カルペンティエル，アレッホ　65-72, 75, 106, 278
河合隼雄　11
カーン，アユブ　151, 152
カンディ，キャサリン　20, 21, 33, 104
ガンディー，インディラ　12, 13, 87, 91, 92, 105, 106, 117, 120, 172, 199, 241, 242, 294, 302, 319, 326
ガンディー，サンジェイ　199
ガンディー，マハトマ　97, 107, 108-114, 121, 124, 322
ガンディー，ラディブ　241, 326
ガンディー夫人　121
ギアツ，クリフォード　11, 14
キプリング，ラドヤード　240
ギャスケル，エリザベス　281
グエンター，イレーネ　64, 65
クッチタ，トッド・M　115
クッツェー，J・M　297n

グーネティレケ，D・C・R・A　126, 140, 141
クマル，シヴ　151, 152
クラーク，ロジャー・Y　20, 21, 47, 226n
グラス，ギュンター　217, 218, 222, 226n, 227n, 315, 317
グラフ，ジェラルド　51, 52
クリ，カシン　161
グリフィン，クライヴ　63
クリントン大統領　264, 306
グリーンブラット，スティーヴン　11, 52, 69
クレイシ，ハニフ　289-291, 298n
黒澤明　227n
クンデラ，ミラン　172, 320
ケアリー，ピーター　76, 293, 297n
ゲーテ，ヨハン・ヴォルフガング・フォン　70, 273
ケニー，メアリー　325
ケニーリー，トマス　111, 297n
コーザー，ルイス・A　128n
ゴーシュ，アミタヴ　291, 292, 297n
ゴーディマー，ナディン　286, 297n, 317
ゴダール，ジャン＝リュック　227n
コックバーン，アレクサンダー　323
コーテナー，ニール・テン　17, 59
ゴドセ，ナトゥラム　109
コノリー，シリル　285
ゴラ，マイケル　286
ゴールズワージー，ジョン　56
ゴールディング，ウィリアム　53n
ゴンザレス，アニバル　76

サ　行

サイード，エドワード　93-95, 167n, 317
サッカレー，バル　243
サッチャー，マーガレット　170, 172, 205, 206, 221, 222, 266
サップル，ティム　330
サド，マルキ・ド　284
サフォード，フランク　73, 74
サムナー，ウィリアム・グレアム　12
サルトル，ジャン＝ポール　11, 38
サンガ，ジャイナ・C　59, 102, 104
シーアル，ミーラ　291, 196
シェイクスピア，ウィリアム　230, 231, 267, 268
ジェイムズ，ヘンリー　51

シェリー，メアリー　273
ジャリ，アルフレッド　179
ジャーン，ラシド　151
ジャンソン，H・W　64
ジョイス，ジェイムズ　21, 26, 56, 58, 59, 82, 83, 85, 86, 122, 129n, 213, 229, 231, 250, 301, 315
ショインカ，ウォル　322
ショー，バーナード　175
ジョージ，アリス　151
ショート，ロバート・S　57
ジョンソン，サミュエル　21, 30, 301
ジョンソン，ポール　43, 285
シリトー，アラン　314
ズィア＝ウル＝ハク，モハマド　145, 150, 152, 153, 156, 157, 161, 163, 166n, 167n, 199, 303
スウィフト，グレアム　76
スウィフト，ジョナサン　58, 59, 84
スキナー，ジョン　286, 297n
スターリン　106, 213
スターン，ローレンス　58, 59, 230, 326
ストウ，ハリエット・ビーチャー　297n
ストッパード，トム　317
ストリンドベリ，アウグスト　182
セス，ヴィクラム　297n
セルバンテス　50

タ　行

ダ・ガマ，ヴァスコ　328
タイナン，ケネス・ピーコック　53n, 285
ダール，ロアルド　209, 210
タルーア，シャシ　291-294, 296
ダレル，ロレンス　273, 276n
ダンテ，アリギエリ　20-22, 205, 213, 301
チャーチル，ウィストン　13
チャトウィン，ブルース　304, 307
ディーサイ，アニタ　297n
デイヴィッドソン，ロビン　304
ディケンズ，チャールズ　56, 58, 59, 87
トッシュ，ジョン　297n
ドノソ，ホセ　76
トマス，キース　68
ドライデン，ジョン　84
トルストイ，レフ・ニコラエヴィチ　56
トロツキー　106

ナ　行

ナイガード，ウィリアム　323, 327
ナイポール，V・S　121, 157, 286, 297n, 315
ナズィル，アスジャド　252, 334
ナスリン，タスリマ　172, 323, 324
ナボコフ，ウラジーミル　50, 51, 216, 218, 219, 238, 273, 277, 328
ナラシマ，P・V　243
ナラナヤン，コチェリル・ラーマン　9
ニアジ，タイガー　75
ニコリス，ピーター　19, 49
ネシン，アジズ　322, 323
ネルー　113, 116, 241, 322
ノヴァーリス　254
ノット，S・C　45, 52n
ノラ，ピエール　112, 122, 128n

ハ　行

ハヴェル，ヴァツラフ　171-172, 311, 328
バウム，L・フランク　318
バージェス，アントニー　278
バース，ジョン　49-51, 278
バーセルミ，ドナルド　51
パッテン，ジョン　206
ハッフェンデン，ジョン　126
ハーディ，トマス　281
バーバ，ホミ・K　95, 104, 315
バフチーン，ミハイール　89, 120
ハメネイ，アヤトラ　314
パラシオス，マルコ　73, 74
バルガス＝リョサ，マリオ　76, 320
パルミジャニーノ　49
バンヴィル，ジョン　297n
ピアス，パトリック　311
ピカビア，フランシス　216
ヒーニー，シーマス　317
ビューヒナー，ゲオルク　164
ヒューム，ケリー　297n
ビュルガー，ピーター　57, 58
ピンター，ハロルド　309, 316
ピンチョン，トマス　262, 301, 319
ファイズ，アフメド・ファイズ　16, 114, 123, 130n, 131, 146-155, 157, 159, 161, 163, 164, 167n, 171, 213, 302

ファウルズ，ジョン　49, 124, 125, 278
ファスビンダー，ライナー・ヴェルナー　53n, 285
フィッシャー，マーク　308
フィッツジェラルド，エドワード　52n, 155, 158
フィールディング，ヘンリー　58, 59
フォークナー，ウィリアム　250, 289
フォースター，E・M　86
ブット，ズルフィカル・アリ　143, 145, 150, 152, 155, 156, 166n, 303
ブット，ベナジル　131, 133, 143, 150, 166, 167n
フット，マイケル　308
プトリ，アシャ　252, 334
ブニュエル，ルイス　227n
ブラウン，サー・トマス　51, 52
ブラッティ，ウィリアム　69
ブラッドベリー，マルカム　50
プラトン　254, 275n, 284
ブリンク，アンドレ　297n
ブルガーコフ，ミハイル　171, 177, 179, 205, 234, 262, 284, 315
ブルフィンチ，トマス　252, 253
ブルーム，レオポルド　26
ブレイク，アンドルー　129n, 296
ブレイク，ウィリアム　174, 177, 182, 222, 284
ブレナン，ティモシー　19, 20, 23, 24, 33, 59, 156, 167n
ブレントン，ハワード　211
ブロンテ，エミリー　280
ブロンテ，シャーロット　280
フローベール，ギュスターヴ　311
ベケット，サミュエル　51, 277
ペソア，フェルナンド　11, 296
ベックマン，マックス　64, 65
ベルイマン，イングマール　227n
ペルトン，ロバート・W　69
ベロー，ソール　284, 287, 291
ボアブディル　236, 238
ホッケ，グスタフ，ルネ　35
ボードレール，シャルル　284
ボーノ（U2）　251, 252
ホメイニ，アヤトラ　17, 171, 189, 197, 208, 212, 228, 252, 305, 306, 313, 331, 335
ホメーロス　42
ボルヘス，ホルヘ・ルイス　20, 21, 38, 41, 43-51, 140, 277, 301

マ　行

マキャヴェリ　271, 275n
マーチン，マラカイ　69
マッキュアン，イアン　53n, 273, 276n, 287
マフフーズ，ナギブ　213
マホメット　184, 185, 187, 189-191, 212, 223n, 224n, 321
マームドゥザファ，サヒブザダ　151
マルクーゼ，ハーバート　227n
マルクス　125, 227n
マルケス　→ガルシア＝マルケス
ミストリー，ロヒントン　291, 293, 294, 296, 297n
ミード，ジョージ・ハーバート　11, 13, 52, 78, 279
ミラー，ヘンリー　225n, 288
ミンスキー，マーヴィン　11
ムハージー，バーラティ　297n
メイジャー，ジョン　322
メイラー，ノーマン　316
メナール，ピエール　50
メネクショー，サム　75
メルヴィル，ハーマン　235, 255, 284, 315
毛沢東　106, 139
モーティマー，ジョン　299, 314, 316, 317

ラ　行

ラクシュミ，パドマ　334, 336
ラブレー，フランソワ　119
ラーマン，サルヴァト　151, 163
リーダー，マイケル　17, 81, 88
ルアード，クラリッサ　300-302, 305, 308
ルージュモン，ドニ・ド　284
ルスヴェン，マリス　225n
レイ，サタジット　313
レーヴィ，プリーモ　53n
レッシング，ドリス　278, 297n
レーニン　94, 125
レンケマ，ヤン　12
ロー，フランツ　64, 65
ロイ，アルンダーティ　297n
ロートレアモン　67
ロベスピエール　165, 166
ロレンス，D・H　213

ワ　行
ワイス，フィリップ　234, 327
ワイダ，アンジェイ　227n
ワイルド，オスカー　213

事　項

ア　行
悪魔主義（悪について）　43, 174, 179, 181, 183, 184, 191, 192, 194, 195, 203, 212, 221, 225n, 284, 287, 320, 325
アナグラム　20, 22, 26, 27, 33, 34, 37, 82, 272, 274n, 280, 301
イスラム教抱擁　314, 316
一元主義　233, 248, 249, 282, 291
移民　14, 150, 155, 158-161, 168-169, 202　→複合自我
　高等移民　16, 174-176, 210, 218, 222
　大都市移住者　186, 187
　鳥　159, 160, 168
　翻訳された人間　150, 155, 161　→翻訳
インド　9-10, 12, 13, 328, 329
越境　154
オリエンタリズム　94-96, 102

カ　行
カーマ　254-256
快楽主義　285
ガネーシュ　81, 93, 94, 107, 120, 186
がらくた英語　215, 216, 218, 222, 227n
観念小説　15, 272, 277
記憶の中の歴史　76, 122, 128n
驚異の文学　67, 71, 278
原理主義（宗教的）　14, 125, 166, 291
　イスラム原理主義　14, 139, 140, 155, 157, 172, 225n, 278, 303, 322, 324
　ヒンドゥー原理主義　16, 234, 241, 243-245, 274n, 282, 291, 295, 323, 324
個人言語（イディオレクト）　27, 82, 86, 219, 227n, 281
個人神話　81, 88, 137-139, 141, 159, 161, 164, 280
コミュニティ　16, 135, 161, 169, 170, 173, 184, 202-215, 221, 222
コミュニティ・リレイションズ　202-208, 210, 221

サ 行

サッチャーリズム　227n, 278
サンヤシ（遊行者）　267, 268
自我　14, 24, 39, 51, 55, 57, 58, 79, 90, 93, 96, 109, 126, 129, 150, 159, 179, 220, 238, 251, 255, 260, 265, 268, 282, 283, 325, 330
　イギリス的　174-177, 184, 220, 222
　移民の　161
　インタースティシャルな　95
　——の欺瞞性　180, 220
　——境界　246-250, 284
　——の宗教的位相　91
　——の放棄　16, 266, 267
　ソーシャル・セルフ　79
　実存主義的　11, 38
　社会的　11, 13, 52, 279
　純粋な　180
　独我論的　49
　東洋的　304
　ダブル・セルフ（二重自我）　261
　ハイブリッドな　48, 95
　フル・セルフ（全自我）　79
　分裂　290, 309-310
　容器としての　279
自己成型　11, 52
シムルグ　15, 20, 21, 27, 33, 35, 37, 42-46, 80, 81, 140, 141, 161, 164, 167, 280, 301, 312
周縁性　141
シュルレアリスム　57-59, 66-68, 278
衝撃の共有　83, 111
身体性　16, 247, 249, 250, 273, 284
スターリニズム　171, 213
スーパーリアリズム　65
スーフィ　33, 44, 164
セキュラリズム（世俗主義）　11, 14, 17, 30, 150, 154, 172, 192, 202, 208, 248-250, 280, 282, 287, 322, 335, 336

タ 行

大都市移住者　186, 187
多元主義　12, 16, 17, 241, 243-246, 248-250, 259, 280-282, 284, 287, 322, 335
多文化主義（多文化社会）　205, 211, 249, 250, 278, 282, 291, 292, 317
ディアスポラ　291
デラシネ（根なし草）　176, 220, 283, 334
統合自我　10, 11, 13, 14, 37, 39, 52, 58, 99, 102, 129n, 214, 228, 229, 233, 262, 280, 281, 286, 287, 290,

340
一九世紀的　11, 13, 52, 280
——的愛　228, 262

ナ　行
ナチズム　171, 227n, 288
ナチュラリズム　127, 140, 154
人形愛　16, 268, 271, 273, 284, 286
人間くさい愛　284
根なし草　→デラシネ
ノンナチュラリズム　15, 126-128, 153, 154, 166, 170, 223n, 278, 279

ハ　行
ハイブリディティ　14, 48, 93, 95, 126, 141, 172, 237
ハイブリッド文化　20, 21, 328
パーソナリティ　77-78, 129n, 214
パリンプセスト　235, 237
バロック　49-51, 231
ヒエロファニー　186-190, 201, 202, 220, 226n
ビジネス主義　96, 102, 190, 282
表現主義　65, 66, 68, 278
病的偏執的情念　241
ファンタジー　22, 23, 56, 59, 81, 126, 127, 154, 156
複合自我
——の「愛」の位相　16, 176, 236, ,237, 252, 259, 265-268, 279, 283, 284, 328
——の「移民」の位相　14, 16, 79, 135, 169, 170, 171, 173, 176, 181, 184, 188, 187, 202, 206, 228, ,230, 233, 236, 238, 242, 279, 283, 318, 322, 225
——の「政治」の位相　15, 71-75, 79, 118, 123, 131, 132, 133, 138, 144, 150, 154, 164, 228, 233, 236, 279, 282, 283, 295
——の定義　10-11, 14, 41, 58, 77-78, 89-91, 100-102, 296, 304, 310, 330, 334
——の「歴史」の位相　15, 55, 56, 60, 66, 70-72, 76, 78, 82, 83, 87, 88, 89, 92, 102, 103-122, 123, 124, 125, 128n, 131, 228, 236, 245, 249, 279, 282, 287, 293, 322
不条理 SF　15, 19-21, 80, 272
鳳凰　45
冒瀆法　208, 226n, 323
ポスト一神教　141, 174, 310
ポストコロニアリズム　14, 48, 49, 104, 154, 155, 315
ポストモダニズム　43, 277-279, 281, 285
翻訳（トランスレイション）　76, 150, 154, 155, 158, 161, 180, 202, 216, 218, 222　→移民

マ　行
魔術的リアリズム　15, 48, 51, 55-59, 64-76, 77, 79, 86, 104, 111, 112, 128, 277, 293, 296, 302, 303

マニエリスム　35, 43, 49, 54n, 231
ミニマリスト・ライン　206, 207, 221
無所属（ノンビロンギング）　16, 210, 219, 240, 259-262, 286, 297n
無神論　16, 114, 150, 169, 209, 215
メタフィクション　15, 19-21, 25, 31, 46, 48-52, 77, 81, 124, 125, 277, 278
モダニズム　16, 43, 113, 101, 114, 154, 214, 215, 229, 231, 277, 285, 302

ヤ　行
ユグドラシル　35, 43, 160-162, 165, 183

ラ　行
リテラリズム（直解主義）　135, 192, 308
ルーツ　16, 135, 160, 161, 168-170, 173-175, 183-185, 190, 214, 219, 220, 233, 265
　宗教的ルーツ　184, 189, 190, 194, 202, 220
　世俗的ルーツ　174, 176, 183, 184, 220
ロベストン／ダンピエール　166

作品・テクスト名

（ルシュディの著作については「ルシュディ作品・登場人物索引」を参照のこと）

ア　行
『アヴァンギャルド理論』（ビュルガー）　57
『アウトランディッシュ（奇々怪々）』（イズラエル）　19
『青白い炎』（ナボコフ）　219
『悪の華』（ボードレール）　243, 284
『アーダ』（ナボコフ）　238, 328
『アニタと私』（シーアル）　296
『アビシニアの王子ラセラス物語』（ジョンソン）　21, 30
『嵐が丘』（E・ブロンテ）　23, 280
「アレフ」（ボルヘス）　39, 46, 47
『偉大なインドの小説』（タルーア）　293
『イノセント』（マッキュアン）　53n
『イランの夜』（脚本：アリとブレントン）　211, 215
『イリワッカー』（ケアリー）　76, 293
『インターナショナル・ゲリラ』（プロデューサー：サジャド・グル）　172, 225n, 311
『インド――傷ついた文明』（ナイポール）　121, 157
『インド――真夜中からミレニアムまで』（タルーア）　293
『インフォメーション』（エイミス）　289
『飢えた潮流』（ゴーシュ）　292

『ウォーターランド』(G・スウィフト)　76
『失われた足跡』(カルペンティエル)　71
『エクソシスト』(ブラッティ)　69
『エッダ『　43, 53n, 183, 225n, 301
『エマ』(オースティン)　280
『オズの魔法使い』(バウム)　313
『オズの魔法使い』(MGM 製作)　232, 300, 317, 318, 319, 335
『オセロー』(シェイクスピア)　182, 183, 188, 220, 250, 268-270
『オリエンタリズム』(サイード)　95

カ　行

『かくも長き旅』(ミストリー)　294
『家族問題』(ミストリー)　295
「監獄の夕べ」(ファイズ)　147, 153
『カンダハール』(アフマルバフ監督)　129n
『記憶の場』(ノラ)　128n
『北と南』(ギャスケル)　281
『驚異と占有』(グリーンブラット)　69
『巨匠とマルガリータ』(ブルガーコフ)　177, 205, 262
『キリスト教世界への手紙』(カバッニ)　213, 214
『キング，クイーン，そしてジャック』(ナボコフ)　273
『金曜の本』(バース)　50
「鯨の中で」(オーウェル)　225n
『グピとバガの冒険』(サタジット・レイ監督)　313
『幻獣辞典』　→『想像上の存在の書』
『荒涼館』(ディケンズ)　59
「枯渇の文学」(バース)　50, 51
『この世の王国』(カルペンティエル)　67, 70, 71
『コーラン』　27, 191, 194, 209, 226n, 305, 323
『コレクター』(ファウルズ)　124

サ　行

『詐欺師』(メルヴィル)　235
『サクセス』(エイミス)　262, 288, 289
『郊外《サバービア》のブッダ』(クレイシ)　289, 290
『サミー&ロージィ　それぞれの不倫』(クレイシ原作)　289
『ジェイン・エア』(S・ブロンテ)　280
『宗教と魔術の衰退』(トマス)　68
『ジュード』(ハーディ)　281
『ショー・ビジネス』(タルーア)　293
『小説の諸相』(フォースター)　86
「情熱の果て」(マッキュアン)　273, 276n

『ジョン・ダラー』（ウィギンズ）　308
『城』（カフカ）　20, 21
『人生はハッ，ハッ，ヒッ，ヒー，ばかりでない』（シーアル）　296
『審判』（カフカ）　150, 177, 205
『神曲』（ダンテ）　21, 22, 26, 184
『シンドラーの方舟』（ケニーリー）　111
「すべての忍耐は再び燃え尽きた」（ファイズ）　162
『戦争と平和』（トルストイ）　56
『千夜一夜物語』　122, 211, 311, 316
『想像上の存在の書』（ボルヘス）　43, 44, 53n
『族長の秋』（マルケス）　73

タ　行

『太古の土地にて』（ゴーシュ）　292
「多心論」（河合）　11, 18n
『宙ぶらりんの男』（ベロー）　287
『デイヴィッド・コパーフィールド』（ディケンズ）　59, 87, 88
『デッド・ベイビーズ』（エイミス）　262, 288
『天国と地獄の結婚』（ブレイク）　174
『どうして僕はここにいるの』（チャトウィン）　307
『時の矢』（エイミス）　53n, 288
『凸面鏡の自画像』（パルミジャニーノ）　49
『トム・ジョーンズ』（フィールディング）　59
『トリストラム・シャンディ』（スターン）　59, 88, 230, 326
『鳥の議会 』（アッター）　34, 44, 45, 52n, 158, 301, 312
『ドン・キホーテ』（セルバンテス）　50
「ドン・キホーテの作者ピエール・メナール」（ボルヘス）　50

ナ　行

『ナイト・トレイン』（エイミス）　288
『ヌンクァム』（ダレル）　273, 276n

ハ　行

『蠅の王』（ゴールディング）　53n
「バベルの図書館」（ボルヘス）　47
『ハムレット』（シェイクスピア）　104, 230, 231, 269
『パリの農夫』（アラゴン）　57
「バロックと驚異の現実」（カルペンティエル）　67, 70
『反逆者のシルエット』（ファイズ）　167n
「バーント・ノートン」（エリオット）　21
『日の名残り』（イシグロ）　53n, 141
『百年の孤独』（マルケス）　15, 55, 59-65, 72, 74-79, 122, 133, 158, 238, 302

『ファイン・バランス』（ミストリー）　294, 296
『ファウスト』（ゲーテ）　273
『フォーサイト物語《サーガ》』（ゴールズワージー）　56
「不死の人」（ボルヘス）　41, 43, 46, 47
『フランケンシュタイン』（シェリー）　273
『フランソワ・ラブレーの作品と中世・ルネッサンスの民衆文化』（バフチーン）　89
『ブリキの太鼓』（グラス）　227n
『ブルーな時の愛』（クレイシ）　290
『ベッドの中で』（マッキュアン）　276n
『変身』（カフカ）　177
『暴動』（タルーア）　293
『ボディ』（クレイシ）　298n

マ 行
『マイ・ビューティフル・ランドレット』（クレイシ原作）　289
『マクベス』（シェイクスピア）　269
「魔術的リアリズム――ポスト表現主義」（ロー）　65
『マネー』（エイミス）　288
『継母語』（スキナー）　286, 297n
『迷宮としての世界』（ホッケ）　35
『メアリー・バートン』（ギャスケル）　281
『メタフィクション――自己意識的フィクションの理論と実際』（ウォー）　48

ヤ 行
『ユビュ王』（ジャリ）　179
《夢》（ベックマン）　65, 66
『ユリシーズ』（ジョイス）　55, 56, 83-86, 129n
『四つの四重奏』（エリオット）　20, 21
『夜のみだらな鳥』（ドノソ）　76

ラ 行
『ラ・カテドラルでの対話』（リョサ）　76
『ラッジャ（恥）』（ナスリン）　323, 324
『リア王』（シェイクスピア）　269
リアリズム　22-25, 56, 65, 67, 85, 140, 153, 154, 156, 245, 278, 296, 324
『ルバイヤート』　21, 52n, 155, 218, 301
『レイチェル・ペイパーズ』（エイミス）　262, 288
『ロンドン・フィールズ』（エイミス）　288

ワ 行
「ワイマール共和国時代の魔術的リアリズム，新客観主義，および芸術」（グエンター）　65
「われは書く，ゆえにわれ在り」（ファウルズ）　124

ルシュディ作品・登場人物

ア 行

『悪魔の詩』 14, 16, 17, 20, 27, 30, 42, 48, 79, 140, 155, 159, 168-219, 221, 222, 228, 234, 237-240, 264, 265, 271, 273, 278, 279, 283, 296, 304-311, 315-317, 320-323, 326, 327, 330, 334, 338-340
S・S・シソーディア 188, 201
アーイーシャ（女預言者） 189, 190, 220, 224n, 264
アーイーシャ（マハウンドの妻） 198, 200
アリー（アレルーヤ）・コーン 181, 182, 186-189, 201, 216, 220, 224
ウフル・シンバ 204, 217, 221
オットー・コーン 181
カリム・アブ・シンベル 192-194, 198, 200, 224
サラディン・チャムチャ 30, 159, 173-184, 187, 188, 191, 201-205, 210, 216-222, 223n, 224n, 229, 238, 239, 272, 283, 307, 309
サルマン 27, 43, 183, 192, 195-197, 200, 201, 224
ジブリール・ファリシタ 30, 159, 169, 173, 174, 178-184, 186-190, 200, 201, 215-221, 223n, 224n, 229, 230, 283, 285, 307, 310
ジャンピー・ジョシ 179, 188, 204, 205, 216-218, 222
シルヴェスター・ロバーツ 170, 171, 204
ズィーニ・ヴァキル 175, 176, 201, 220, 273
チャンゲス・チャムチャ 176
ナスリーン・チャムチャ 176
ハイアシンス・フィリップス 178
ハインド・アブ・シンベル 192-194, 198, 224
ハインド・スフィアン 202, 203, 216-218, 221, 222
ハジ・スフィアン 203
ハニフ・ジョンソン 203, 216, 222
バーバーサーヒブ・マハトレ 186, 216, 220
パメラ 175, 177-179, 188, 204, 205, 216-218, 224
バール 192-195, 197-201
ハル・ヴァランス 205
ファリド将軍 200
マハウンド 191-200, 223n, 224n
ミシャル・サイード 189
ミシャル・スフィアン 203, 204, 216
ミルザ・サイード 189
ムーサ 198
レハー・マーチャント 187, 189, 200
ローザ・ダイヤモンド 187
『怒り』 16, 17, 228, 237, 250, 262-273, 277, 283, 286, 334
アズマーン・ソランカ 263, 268

エディ　264
エレノア・マスターズ（ソランカ）　263, 264, 267-270
クリスツトフ・ウォーターフォード・ワイダ（ダブダブ）　266
ジャック・ラインハート　263
セアラ・ジェイン・リア　266
ニーラ・マヘンドラ　263-265, 268, 270, 271
バブール　264, 265, 268, 271
ビジュ・マヘンドラ　264
ボロニスラワ・ラインハート　263
マリク・ソランカ　262-272, 277, 286, 334
ミーラ・マイロ　263-265, 268, 270, 271
モージェン・フランツ　264
『オズの魔法使い』　228, 317, 325

カ　行

『彼女の足下の地面』　16, 228, 232, 237, 250-262, 280, 283, 285, 290, 318, 319, 331, 332, 334
アンリ・ユーロ　259
ヴィーナ・アプサラ（ダイアナ・イジプタス，ニッサ・シェッティ，ニッシー・ポー）　232, 251-262, 285, 331-334
ウィリアム・メスウォルド　254, 256
ウミード・マーチャント　250-256, 258-262, 274n, 318, 331, 332
エイモス・ヴォイド　252
オルムス・カーマ　251-257, 259-261, 331
ガヨマート・カーマ　253, 254, 260
カラマンジャ夫妻　258
シェッティ　258
ジョン・ポー　257
スペンタ・カーマ　256
ダイアナ・イジプタス　258　→ヴィーナ・アプサラ
タラ　251
ダリウス・クセルクセス・カーマ　254, 256
ドードワラ　258
ニッサ・シェッティ　252, 257, 258　→ヴィーナ・アプサラ
ニッシー・ポー　257, 258　→ヴィーナ・アプサラ
ヘレン　257, 258
マイラ・セレイノ　252
ユル・シングス　256
「ギュンター・グラスについて」　227n
「鯨の外で―政治と文学について」　224n
『グリマス』　15, 17, 19-52, 52n, 53n, 55, 56, 79-82, 126, 158, 159, 201, 228, 247, 272, 278, 279, 301, 302, 325
アレクサンダー・チャーカソフ　31, 32

イグネイシアス・カシモド・グリップ　28, 29, 31, 32, 38
イリーナ・チャーカソフ　31, 32
ヴァージル・ジョーンズ　22, 25, 26, 29-35, 39, 40, 44, 82
エルフリーダ・グリップ　31, 32, 38, 40, 48
オスカー・クラム　25
グリマス　19, 20, 23-28, 31-39, 43-45, 47, 53n, 279, 301
グリマス＝イーグル　39-41　→フラッピング・イーグル
シスピー　24-26
ジョー＝スー　23, 24　→フラッピング・イーグル
ドータ　26-28, 35, 272
ドロールズ・オトゥール　22, 24, 25, 32, 39, 40
ニコラス・デグル（ロキ）　25, 33, 35, 53n
バード・ドッグ　23-26, 28, 39, 40
フラッピング・イーグル（グリマス＝イーグル，ジョー＝スー）　19, 20, 22-26, 28-33, 35-41, 44, 247, 272, 273, 279, 280, 301
フラン・オトゥール　39
マダム・ジョカスタ　32
メディア　30, 39, 40, 247, 272, 273
リヴ・ジョーンズ　24, 39, 40
リヴィア・クラム　25, 37
『この境界を越えよ』　14, 146, 147, 334, 337n

サ　行

『想像のホームランド』　111, 125, 227n, 228, 314
『ジャガーの微笑』　304
「誠意を込めて」　213, 309, 315
「正誤表，『真夜中の子供たち』における危なっかしい語り」　111

タ　行

『恥辱』　15, 16, 20, 48, 79, 126-128, 131-166, 168, 172, 183-185, 188, 190, 199, 203, 228, 238, 242, 250, 283, 303, 304
アウラングゼーブ元帥　136
アルジュマンド　131, 133, 143
イスカンダー・ハラッパ　133, 136-139, 141-144, 155-157, 164, 165, 303
オマル・カイヤーム・シャキール　16, 127, 132, 134, 136, 138-146, 148, 151, 153-155, 157-159, 164, 167n, 185, 190, 303
サルマン・テュグラック将軍　139
シャギー・ドッグ　138, 139
シュジャ大佐　139
スフィア・ズィノビア　127, 132, 133, 135-140, 142-144, 161, 163, 164, 188, 190, 303
タルヴァール・ウルハク　133, 138, 139
チュンニ　140

ドゥニャザード夫人　135
ナヴィード・ハイダー　133, 135, 137, 138, 144
バーバル・シャキール　185
バリアンマ　136
ハルーン・ハラッパ　133, 137, 139
ビルキース　127, 133, 135-138, 143, 144, 155, 159, 168
ピンキー・アウラングゼーブ　136
ファラー・ゾロアスター　142
フンニー　140
マウナラ・ダウード師　143
マフムード・ケマル　127, 135
ムンニー　140
モハマド・A 大統領　143
ラザ・ハイダー　127, 133, 135-139, 141-144, 155-157, 164, 165, 303
ラーニ・フマユーン（ハラッパ）　133, 136-139, 142, 143, 164, 242
リトル・ミール・ハラッパ　137

ナ　行
「なにものも神聖でないのか？」　309, 310, 315

ハ　行
「豊富の国」　9, 13, 14, 78, 90, 244, 304, 330

マ　行
『真夜中の子供たち』　12, 15-17, 48, 51, 53n, 55-128, 131, 146, 149, 151, 153, 154, 172, 184, 190, 199, 201, 214, 228, 236, 237, 241, 245, 247, 254, 274n, 278, 282, 290, 293-295, 302, 303, 314, 318, 323, 326, 328-330
アーダム・アジズ　63, 80, 83, 84, 93-100, 102, 109, 110, 112, 113, 116, 117, 120, 238, 302, 326
アーダム・シナイ　117, 120-122, 125, 237
アフマド・シナイ　92, 93, 96, 99, 100, 102, 107, 108, 113, 115, 116
アリア　99, 100, 113
イルゼ　93
イングリッド　93
ヴァニタ　93
ウィー・ウィリー・ウィンキー　93
ウィリアム・メスウォルド　93, 102
エメラルド　100, 113
オスカー　93
カシム・カーン　→ナディル・カーン
ガーニ　96
クッチ・ナヒーン女王《ラニ》　98
サヴァルマティ海軍中佐　116

ザカロ　119
サリーム・シナイ（ブッダ）　60-63, 75, 77, 78, 80, 81, 84-93, 95, 96, 98, 99, 101-107, 110, 111, 113-120, 122, 123, 130n, 140, 141, 184, 185, 190, 237-240, 247, 266, 282, 302, 319, 330
サンジェイ　117
シヴァ　89, 117, 120, 122, 237, 241, 330
ジェンナー　98
ジャミル・シンガー（ブラス・モンキー）　61, 107, 110, 185
シュリ・ラムラム・セス　63
ズルフィカル少佐　100, 113
タイ　61, 81, 83, 96-99, 102
タイ・ビビ　62
ドクター・シャープステカー　115
ドクター・スレシュ・ナルリカル　87, 105
ドッドソン准将　100
ナシーム・ガーニ　63, 80, 83, 92, 96-99, 107, 112, 113
ナディル・カーン（カシム・カーン）　100-102, 106, 107, 113, 114, 116, 123, 146, 302
パドマ　81, 84-86, 122
ハニフ・アジズ　60, 107, 108, 113, 115, 116
ハミング・バード　→ミアン・アブドゥラー
パルヴァティ　89, 117, 120, 237
ピア　60, 107, 108, 115, 116
ピクチャー・シン　60, 105, 106, 122
ブッダ　60, 62　→サリーム・シナイ
ホミ・キャトラック　115, 116, 237
ミアン・アブドゥラー（ハミング・バード）　98, 100, 113, 114
ムスタファ・アジズ　113
ムムターズ＝アミナ　63, 92, 93, 99-102, 106-110, 113, 115
メアリー・ペレイラ　93, 102, 116, 117, 119, 122, 237, 244
リファファ・ダース　101, 329
リラ　116, 237
『真夜中の子供たち　テレビシナリオ版』　*329*
『真夜中の謎』　10, 299, 304, 305
『ムーア人最後の溜息』　10, 228, 233-249, 258, 274n, 283-284, 295, 326-328
Ｃ・Ｊ・バーバー　242
アオイ・ウエ　234-236, 242
アダム・ブラガンザ　237, 245
イナ　241
ヴァスコ・ミランダ　234-238, 242-244, 285
ウマ・サラスヴァティ　236, 243, 247-250, 274n, 285
エイブラハム・ゾゴイビー　236, 237, 242-245, 328
オーロラ・ダ・ガマ　236-238, 241-244, 247-249, 259, 284, 285, 328
カモエンズ・ダ・ガマ　238, 283, 284

サヴァルマティ海軍中佐　237
ズィーニ・ヴァキル　237
ディリー・ホルムズ　246
フェリチタス・ラリオス　235
ミス・ジャヤ　246
ミナー　247, 249
モラエス・ゾゴイビー　234-243, 245-250, 274n, 282, 283, 285, 327, 329
ラマン・フィールディング　234, 243-245, 248, 250, 274n, 282
レネガータ・ラリオス　235

ラ 行

「ルビーの靴のオーディションにて」　229, 232, 318, 319, 325, 326

ワ 行

「私がイスラム教を抱擁した理由」　314, 315

参照文献一覧

A　英語文献

Ali, Agha Shahid. Preface. In Faiz 1991. i-iii.

Ali, Tariq, and Howard Brenton. *Iranian Nights*. London : Nick Hern Books, 1989.

Amis, Martin. *The Rachel Papers*. 1973. Penguin Books, 1984（『二十歳への時間割』藤井かよ訳, 早川書房, 1982）.

——. *Dead Babies*. London : Jonathan Cape, 1975.

——. *Success*. 1978. Penguin Books, 1985（『サクセス』拙訳, 白水社, 1993）.

——. *Other People*. London : Jonathan Cape, 1981.

——. *Money*. London : Jonathan Cape, 1984.

——. *Moronic Inferno*. London : Jonathan Cape, 1986（『モロニック・インフェルノ』古屋美登里訳, 筑摩書房, 1993）.

——. *London Fields*. London : Jonathan Cape, 1989.

——. *Time's Arrow*. London : Jonathan Cape, 1991（『時の矢』拙訳, 角川書店, 1993）.

——. *Visiting Mrs Nabokov*. London : Jonathan Cape, 1993（『ナボコフ夫人を訪ねて』大熊榮・西垣学訳, 河出書房新社, 2000）.

——. *The Information*. London : Flamingo, 1995.

——. *Night Trains*. London : Jonathan Cape, 1997.

——. *Experience*. New York : Hyperion, 2000.

——. *Koba the Dread*. London : Jonathan Cape, 2002.

——. *Yellow Dog*. London : Jonathan Cape, 2003.

Appingnanesi, Lisa and Sara Maitland, eds. *The Rushdie File*. London : Fourth Estate, 1989.

Aragon, Louis. *Paris Peasant*. 1956. Trans. Simon Watson Taylor. Boston : Exact Change, 1994（『パリの農夫』佐藤朔訳, 思潮社, 1988）.

Attar, Farid Ud-Din. *The Conference of the Birds*. Trans. S. C. Nott from French Translation of Garcin de Tassy. London : Continuum, 2000.

Bayly, Christopher. *Atlas of the British Empire*. New York : Facts On File, 1989（『イギリス帝国歴史地図』中村英勝・石井摩耶子・藤井信行訳, 東京書籍, 1994）.

Barth, Jhon. *The Friday Book*. New York : Putnam, 1984.

Bell-Villada, Gene H., ed. *Gabriel García Márquez's One Hundred Years of Solitude*. Oxford : Oxford University Press, 2002.

Bellow, Saul. *Dangling Man*. 1944. New York : Penguin Books, 1971（『宙ぶらりんの男』野崎孝訳, 講談社, 1977）.

Bhabha, Homi K. *The Location of Culture*. London : Routledge, 1994.

Blake, Andrew. *Salman Rushdie, A Beginner's Guide*. Abingdon : Hodder and Stoughton, 2001.

Blake, William. *The Marriage of Heaven and Hell*. 1789. Oxford : Oxford University Press, 1975（「天国と地獄の結婚」土井光知訳,『世界名詩集 1　ダン　ブレイク』平凡社, 1969, p.

169-198).
Booker, M. Keith, ed. *Critical Essays on Salman Rushdie.* New York : G. K. Hall and Co, 1999.
Borges, Jorge Luis, and Margarita Guerrero. *The Book of Imaginary Beings.* 1967. Trans. Norman Thomas di Giovanni in collaboration with the author. New York : E. P. Dutton, 1969 (『幻獣辞典』柳瀬尚紀訳，晶文社，新装版，1998).
Borges, Jorge Luis. *The Aleph and Other Stories 1933-1969.* Ed. and trans. Norman Thomas di Giovanni in collaboration with the author. New York : E. P. Dutton, 1970.
——. *Labyrinths.* Ed. Donald A. Yates and James E. Irby. Trans. James E. Irby et al. Harmondsworth, Middlesex : Penguin Books, 1970.
Boyd, Brian. *Nabokov's Pale Fire : The Magic of Artistic Discovery.* Princeton : Peinceton University Press, 1999.
Bradbury, Malcolm, ed. *The Novel Today : Contemporary Writers on Modern Fiction.* 1977. London : Fontana Press, 1990.
——. *The Modern British Novel.* London : Secker & Warburg, 1993.
Bradbury, Malcolm, and James McFarlane, ed. *Modernism.* Harmondsworth, Middlesex : Penguin Books, 1976 (『モダニズム』 I・II，橋本雄一訳，鳳書房，1992).
Brennan, Timothy. *Salman Rushdie and the Third World.* London : Macmillan. 1989.
Bürger, Peter. *Theory of the Avant-Garde.* 1974. Trans. Michael Shaw. Minneapolis : University of Minnesota Press, 1992.
Calasso, Roberoto. *The Marriage of Cadmus and Harmony.* Trans. Tim Parks. New York : Vintage Books, 1994.
Cardinal, Roger, and Robert Stuart Short. *Surrealism.* London : Studio Vista, 1970 (『シュルレアリスム』江原順訳，パルコ出版，1977).
Carpentier, Alejo. *The Kingdom of This World.* 1949a. Trans. Marriet De Onís. New York : Farrar, Straus and Giroux, 1989 (『この世の王国』木村榮一・杉田渡訳，水声社，1992).
——. On the Marvelous Real in America. 1949b. In Zamora and Faris. 75-88.
——. The Baroque and the Marvelous Real. 1975. In Zamora and Faris. 89-108.
Carey, Peter. *Illywhacker.* London : Faber and Faber, 1985 (『イリワッカー』上・下，小川高義訳，白水社，1995).
Chauhan, Pradyumna S., ed. *Salman Rushdie Interviews, A Sourcebook of His Ideas.* Westport, CT : Greenwood Press, 2001.
Clark, Roger Y. *Stranger Gods : Salman Rudhdie's Other Worlds.* Montreal : McGill-Queen's University Press, 2001.
Cundy, Catherine. *Salman Rushdie.* Manchester : Manchester University Press, 1996.
Dickens, Charles. *The Personal History of David Copperfield.* 1850. Oxford : Oxford University Press, 1987.
——. *Bleak House.* 1853. Oxford : Oxford University Press, 1987.
Eliade, Mircea. *Myth, Rites, Symbols : A Mircea Eliade Reader*, 2vols. Ed. Beane, Wendell. C. and William G. Doty. New York : Harper Torchbooks, 1975.
Eliot, T. S. *The Complete Poems and Plays of T. S. Eliot.* London : Faber and Faber, 1969.
Faiz, Ahmed Faiz. *Faiz Ahmed Faiz, The Rebel's Silhouette.* Trans. Agha Shahid Ali. Salt

Lake City : Peregrine Smith Books, 1991.
——. *The Best of Faiz*. Trans. Shiv Kumar. New Delhi : UBSPD, 2001
——. *100 Pems by Faiz Ahmed Faiz*. Trans. Sarvat Rahman. New Delhi : Abhinav Publications, 2002.
FitzGerald, Edward, ed and trans. *The Rubaiyat of Omar Khayyam*. First and Fifth Editions. 1859 and 1889. Unabridged. New York : Dover Publication, 1990（『ルバイヤート』小川亮作訳，岩波書店，1979／『ルバイヤート——オウマ・カイヤム四行詩集』井田俊隆訳，南雲堂，1989）.
Forster, E. M. *Aspects of the Novel*. 1927. London : Penguin Books, 1990（『小説の諸相』中野康司訳，みすず書房，1994）.
Fowles, John. *The Collector*. 1963. London : Vintage, 1998（『コレクター』上・下，小笠原豊樹訳，白水社，1984）.
——. *Wormholes: Essays and Occasional Writings*. Ed. Jan Relf. New York : Henry Holt and Company, 1998.
García-Márquez, Gabriel. *One Hundred Years of Solitude*. 1967. Trans. Gregory Rabassa. New York : Perennial Classics, 1998（『百年の孤独』鼓直訳，新潮社，新装版，1999）.
Geertz, Clifford. *The Interpretation of Cultures*. New York : Basic Books, 1973（『文化の解釈学』上・下，吉田禎吾ほか訳，岩波書店，1987）.
Ghosh, Amitav. *The Circle of Reason*. New York : Viking, 1986.
——. *In an Antique Land*. 1992. London : Granta Books, 1992.
——. The Culcutta Chromosome. New York : Avon Books, 1995.
——. *The Shadow Lines*. 1998. New Delhi : Ravidayal Publisher, 2003.
——. *The Glass Palace*. London : HarperCollins Publishers, 2000.
——. *The Hungry Tide*. London : HarperCollins Publishers, 2004.
Golding, William. *Lord of the Flies*. 1954. London : Faber and Faber, 1958（『蝿の王』平井正穂訳，新潮社，1975）.
González, Aníbal. “Translation and genealogy : *One Hundred Years of Solitude*.” McGuirk and Cardwell, 65-79.
Goodwin, William. *Pakistan*. San Diego : Lucent Books, 2003.
Goonetelleke, D. C. R. A. *Salman Rushdie*. London : Macmillan, 1998.
Gordimer, Nadine. *The House Gun*. London : Bloomsbury, 1998.
Graff, Gerald. *Literature Against Itself*. Chicago : University of Chicago Press, 1979.
Grant, Damian. *Salman Rushdie*. Plymouth : Northcote House, 1999.
Greenblatt, Stephen. *Renaissance Self-Fashioning*. 1980. Chicago : University of Chicago Press, 1984（『ルネサンスの自己成型——モアからシェイクスピアまで』高田茂樹訳，みすず書房，1992）.
Guenther, Irene. Magic Realism, New Objectivity and the Arts during the Weimar Republic. 1995. In Zamora and Faris. 33-73.
Halbwachs, Maurice. *On Collective Memory*. 1941. Ed. and trans. Lewis A. Coser. Chicago : The University of Chicago Press, 1992.
Hassumani, Sabrina. *Salman Rushdie : A Postmodern Reading of his Major Works*. Madison : Fairleigh Dickinson University Press, 2002.

Ishiguro, Kazuo. *The Remains of the Day.* London : Faber and Faber, 1989（『日の名残り』土屋政雄訳，中央公論社，1990）．
Israel, Nico. *Outlandish.* Stanford : Stanford University Press, 2000.
Ivory, James Maurice. *Identity and Narrative Metamorphoses in Twentieth-Century British Literature.* Lewiston : The Edwin Mellen Press, 2000.
Jameson, Fredric. *Postmodernism or, the Cultural Logic of Late Capitalism.* Durham : Duke University Press, 1999.
Janson, Horst Woldemar, with Dora Jane Janson. *A History of Art : A Survey of the Visual Arts from the Dawn of History to the Present Day.* London : Thames and Hudson, 1977.
Johnson, Paul. *Intellectuals.* 1988. New York : Harper, 1990.
Joyce, James. *Ulysses.* 1922. Ed. Hans Gabler. Walter. New York : Vintage Books, 1986（『ユリシーズ』全4巻，丸谷才一，永川玲二，高松雄二訳，集英社文庫，2003）．
Kabbani, Rana. *Letter to Christendom.* London : Virago, 1989.
Kortenaar, Neil Ten. *Self, Nation, Text in Sulman Rushdie's Midnight's Children.* Montreal : McGill-Queen's University Press, 2004.
Kuchta, Todd M. "Allegorizing the Emergency." Booker 205-224.
Kumar, Shiv. Preface. In Faiz 1991. vii-xiv.
Kuortti, Joel. *Fictions to Live In : Narration as an Argument for Fiction in Salman Rushdie's Novels.* Frankfurt : Peter Lang, 1998.
Kureishi, Hnif. *My Beautiful Laundrette and The Rainbow Sign.* London : Faber and Faber, 1986.
——. *Sammy and Rosie Get Laid.* London : Faber and Faber, 1988.
——. *The Buddha of Suburbia.* London : Faber and Faber, 1990.
——. *London Kills Me.* London : Faber and Faber, 1991.
——. *The Black Album.* London : Faber and Faber, 1995.
——. *Love in a Blue Time.* London : Faber and Faber, 1997.
——. *The Body.* London : Faber and Faber, 2002.
Linguanti, Elsa, Francesco Casotti, and Carmen Concilio, eds. *Coterminous Worlds: Magical Realism and Contemporary Post-Colonial Literature in English.* Amsterdam : Editions Rodopi, 1999.
Langland, Elizabeth. *Nobody's Angels.* Ithaca, NY : Cornell University Press, 1995.
Levy, Leonard. W. *Blasphemy : Verbal Offense against the Saced, from Moses to Salman Rushdie.* Chapel Hill, NC : The University of North Carolina Press, 1993.
Machiavelli, Niccoló. *The Portable Machiavelli.* Ed. and trans. Peter Bondanella, and Mark Musa. New York : Penguin Books, 1979.
McEwan, Ian. *In Between the Sheets and Other Stories.* 1978. London : Picador, 1979（『ベッドの中で』富士川義之，加藤光也訳，集英社，1983）．
——. *The Innocent.* London : Jonathan Cape, 1990（『イノセント』宮脇孝雄訳，早川書房，1992）．
MacDonough, Steve, ed. *The Rushdie Letters.* University of Nebraska Press, 1993.
Martin, Malachi. *Hostage to the Devil.* New York : Reader's Digest, 1976（『悪魔の人質』拙訳，集英社，1980）．

McGuirk, Bernard, and Richard Cardwell, eds. *Gabriel Garcia Marquez.* Cambridge : Cambridge University Press, 1987.

Mead, George Herbert. *Selected Writings.* 1964. Ed. Andrew J. Reck. Chicago : The University of Chicago Press, 1981（部分訳『社会的自我』船津衛・徳川直人訳，恒星社厚生閣，1991）.

Mehta, Gita. *Snakes and Ladders.* New York : Doubleday, 1997.

Minsky, Marvin. *The Society of Mind.* New York : Simon & Schuster, 1986（『心の社会学』安西祐一郎訳，産業図書，1990）.

Mistry, Rohinton. *Such a Long Journey.* 1991. London : Faber and Faber, 1992.

——. *A Fine Balance.* London : Faber and Faber, 1995.

——. *Family Matters.* 2002. London : Faber and Faber, 2003.

Nabokov, Vladimir. *Pale Fire.* 1962. New York : Everyman's Library, 1992（『青白い炎』富士川義之訳，筑摩書房，2003）.

Naipaul, V. S. *India : A Wounded Civilization.* New York : Alfred A. Knopf, 1977（『インド——傷ついた文明』工藤昭雄訳，岩波書店，2002）.

——. *The Enigma of Arrival.* Middlesex : Viking, 1987.

Nardo, Don, ed. *Reading on Othello.* Sandiego, Ca : Greenhaven Press, 2000.

Nasrin, Taslima. *Shame.* Trans. Kankabati Datta. New York : Prometheus Books, 1997.

——. *Meyebela, My Bengali Girlhood.* Trans. Gopa Majumdar. South Royalton, VT : Steerforth Press, 1998.

Nicholis, Peter, ed. *The Encyclopedia of Science Fiction.* London : Granada, 1981.

Nora, Pierre. "General Introduction: Between Memory and History." *Realms of Memory, Volume 1 : Conflicts and Divisions.* 1992. Trans. Arthur Goldhammer. New York : Columbia University Press, 1996（『記憶の場 1　対立——フランス国民意識の文化＝社会史』谷川稔監訳，岩波書店，2002）.

Poel, Marc Van Der. *Cornelius Agrippa The Humanist Theologian and his Declamations.* Leiden : Brill, 1997.

Rahman, Sarvat. Preface. Faiz 2002. 9-15

Reder, Michael R. "Rewriting History and Idntity : The Reinvention of Myth, Epic, and Allegory in Salman Rushdie's *Midnight's Children.*" *Booker* 225-249.

——, ed. *Conversations with Salman Rushdie.* Jackson : University Press of Mississippi, 2000.

Renkema, Jan. *Discourse Studies.* Amsterdam : John Benjamins Publiscation Company, 1993（『伝わることば』中村則之訳，関西大学出版部，1997）.

Richardson, Samuel. *Clarissa or the History of a Young Lady.* 1747-8. London : Penguin Books, 1985.

Rochére, Martine Hennard Dutheil de la. *Origin and Originality in Rushdie's Fiction.* Frankfurt : Peter Lang, 1999.

Roh, Franz. Magic Realism : Post-Expressionism. 1925. In Zamora and Faris. 15-31.

Rushdie, Salman. *Grimus.* 1975. London: Panther, 1977.

——. *Midnight's Children.* 1981. London : Picador, 1982（『真夜中の子供たち』上・下，寺門泰彦訳，早川書房，1989）.

——. *Shame.* London : Jonathan Cape, 1983（『恥』栗原行雄訳，早川書房，1989）.

——. "On Günter Grass." *Granta 15*, 180-185, 1985（「ギュンター・グラス論」川口喬一訳，『ユ

リイカ』第21巻第14号，110-115，1989)．
——. *The Jaguar Smile: A Nicaraguan Journey.* New York: Viking, 1987（『ジャガーの微笑——ニカラグアの旅』飯島みどり訳，現代企画室，1995)．
——. *The Satanic Verses.* London: Viking, 1988（『悪魔の詩』上・下，五十嵐一訳，プロモーションズ・ジャンニ，1990)．
——. *Haroun and the Sea of Stories.* London: Granta Books, 1990（『ハルーンとお話の海』青山南訳，国書刊行会，2002)．
——. *Imaginary Homelands.* London: Granta Books, 1991.
——. *The Wizard of OZ.* London: British Film Institute, 1992.
——. *East, West.* London: Jonathan Cape, 1994（『東と西』寺門泰彦訳，平凡社，1997)．
——. *The Moor's Last Sigh.* London: Jonathan Cape, 1995.
——. "Land of Plenty." *Time,* August 11, 1997.
——. *The Screenplay of Midnight's Children.* London: Vintage, 1999.
——. *The Ground Beneath Her Feet.* London: Jonathan Cape, 1999.
——. *Fury.* London: Jonathan Cape, 2001.
——. *Step Across This Line.* New York: Random House, 2002.
Rushdie, Salman, and Elizabeth West, eds. *The Vintage Book of Indian Writing 1947-1997.* London: Vintage, 1997.
Ruthven, Malise. *A Satanic Affair: Salman Rushdie and the Rage of Islam.* London: Chatto & Windus, 1990.
Safford, Frank, and Marco Palacios. *Colombia.* New York: Oxford University Press, 2002.
Said, Edward W. *Orientalism.* 1978. London: Penguin Books, 1995（『オリエンタリズム』上下，今沢紀子訳，平凡社ライブラリー，1993)．
Sanga, Jaina C. *Salman Rushdie's Postcolonial Metaphors.* London: Greenwood Press, 2001.
Sauvain, Philip. *British Economic and Social History.* Avon: The Bath Press, 1987.
Sen, Mala. *Death by Fire.* New Brunswick: Rutgers University Press, 2001.
Shakespeare, William. *The Arden Shakespeare, Othello.* Ed. M. R. Ridley. London: Methuen, 1958.
Skinner, John. *The Stepmother Tongue.* London: Macmillan, 1998.
Smyth, Edmund J., ed. *Postmodernism and Contemporary Fiction.* London: B. T. Batsford, 1991.
Spence, Lewis. *Cornelius Agrippa.* Edmonds: Sure Fire Press, date unknown.
Stern, Laurence. *The Life & Opinions of Tristram Shandy.* Hammondsworth, Middlesex: Penguin Books, 1967.
Sumner, William Graham. *Folkways.* 1940. Salem: Ayer, 1992（『フォークウェイズ』青柳清孝，園田恭一，山本英治訳，青木書店，1975)．
Swift, Graham. *Waterland.* 1983. London: Picador, 1984（『ウォーターランド』真野泰訳，新潮社，2002)．
Syal, M. *Anita and Me.* New York: The New Press, 1996.
——. *Life Isn't Ha Ha Hee Hee.* New York: Picador USA, 1999.
Tharoor, Shashi. *The Great Indian Novel.* New York: Viking, 1989.
——. *Show Business.* New York: Arcade Publishing, 1991.

——. *India from Midnight to the Millennium.* New York : HarperPrennial, 1997.
——. *Riot.* New York : Arcade Publishing, 2001.
Thomas, Keith. *Religion and the Decline of Magic.* 1971. London : Penguin Books, 1973（『宗教と魔術の衰退』荒木正純訳，法政大学出版局，1993）.
Tosh, John. *A Man's Place : Masculinity and the Middle-Class Home in Victorian England.* New Haven, CT : Yale University Press, 1999.
Waugh, Patricia. *Metafiction.* London : Routledge, 1984.
Weis, Philip. "The Martyr." *Esquire*, January 1993（「サルマン・ルュディの優雅にして傲慢な潜伏生活」拙訳，『エスクァイア日本版』1993年２月号）.
Wiggins, Marianne. *John Dollar.* Penguin Books, 1989.
Williamson, Edwin. "Magical realism and the theme of incest in *One Hundred Years of Solitude*," McGuirk and Cardwell, 45-63.
Zamora, Louis Parkinson, and Wendy B. Faris, eds. *Magical Realism : Theory, History, Community.* Durham : Duke University Press, 1995.

B　邦訳文献

アフマド，イクバール『帝国との対決――イクバール・アフマド発言集』インタビュー：D・バーサミアン，大橋洋一訳，太田出版，2003.
アポロドーロス　『ギリシア神話』高津春繁訳，岩波文庫，1953.
『エッダ』松谷健二訳，『中世文学集』筑摩書房，1966所収.
『エッダ――古代北欧歌謡集』松谷健二訳，新潮社，1973.
カフカ　『審判』辻瑆訳，岩波文庫，1966.
ガルシア＝マルケス，ガブリエル　『百年の孤独』鼓直訳，新潮社，1972.
カルペンティエール，アレホ　『失われた足跡』牛島信明訳，集英社，1978.
キース，トマス　『宗教と魔術の衰退』荒木正純訳，法政大学出版局，1993.
『コーラン』上中下，井筒俊彦訳，岩波書店，1988.
サルトル，J＝P　『自我の超越　情動論粗描』竹内芳郎訳・解説，人文書院，2000.
ストーン，ピーター　「ガルシア・マルケス＝想像力のダイナミズム」拙訳，『すばる』1981年４月号，207-224.
ダレル，ロレンス　『ヌンクァム』富士川義之訳，筑摩書房，1976.
チョプラ，P・N　『インド史』三浦愛明訳，法蔵館，1994.
ドノソ，ホセ　『夜のみだらな鳥』鼓直訳，集英社，1976.
バフチーン，ミハイール　『フランソワ・ラブレーの作品と中世・ルネサンスの民衆文化』川端香男里訳，せりか書房，1980.
バルガス＝ジョサ，マリオ　『ラ・カテドラルでの対話』桑名一博訳，集英社，1978.
ブルフィンチ，トマス　『ギリシア・ローマ神話』大久保博訳，角川文庫，1970.
ペソア，フェルナンド　『不穏の書，断章』澤田直訳，思潮社，2000.
ホッケ，グスタフ・ルネ　『迷宮としての世界』種村季弘・矢川澄子訳，美術出版社，1969.
マッキュアン，イアン　『ベッドの中で』富士川義之，加藤光也訳，集英社，1983.
ルージュモン　『愛について』鈴木健郎，川村克己訳，岩波書店，1959.

C　日本語文献

大熊榮　『ダン・エンブレム・マニエリスム――機知の観察』白凰社，1984.
河合隼雄　「多心論」，『読売新聞』2001年1月5日付夕刊.
川口喬一　『「ユリシーズ」演義』研究社，1994.
斉藤吉史　『インドの現代政治』朝日新聞社，1988.
篠田浩一郎　『閉ざされた時空――ナチ強制収容所の文学』白水社，1992.
張　競　『幻想動物の文化誌　天翔るシンボルたち』図説中国文化百華002，農文協，2002.
長野泰彦，井狩弥介編　『インド＝複合文化の構造』法蔵館，1993.
狭間直樹，長崎暢子　『世界の歴史27　自立へ向かうアジア』中央公論社，1999.
平出隆　「私の中の複数の書き手」，『朝日新聞』2001年2月6日付夕刊

関連論文初出誌一覧

大熊榮 「ルシュディの禁書」『文学界』第43巻2号，1989.

大熊榮 「『悪魔の詩』の政治と文学」『文学界』第43巻5号，1989.

大熊榮 「ルシュディ問題のその後」『文学界』第43巻8号，1989.

大熊榮 「ルシュディ VS 市民」『文学界』第44巻5号，1990.

大熊榮 「ポストモダン悪口文学の軽さ」『翻訳の世界』第15巻6号，バベル・プレス，1990.

大熊榮 「おとなのためのおとぎ話」『文学界』第45巻4号，1991.

大熊榮 「ルシュディの絶望の深さ」『文学界』第49巻2号，1995.

大熊榮 「イギリス・ポストモダニズム小説序論」『明治大学教養論集』通巻279号，1995.

大熊榮・西垣学 「モダニズム／ポストモダニズム文学研究」『明治大学人文科学研究所紀要』第42冊，1997.

大熊榮 「文学作品の社会問題化過程――『悪魔の詩』事件の文学社会学的考察」山形和美編『差異と同一化』研究社，1997.

大熊榮 「サルマン・ルシュディの『複合自我』論について」『筑波英学展望』第20号，筑波大学現代語・現代文化学系筑波英学展望の会，2001.

大熊榮 「サルマン・ルシュディと英語」，横山幸三監修『英語圏文学』人文書院，2002.

大熊榮 「『グリマス』における『複合自我』表象」『言語文化論集』第60号，1-38，筑波大学現代語・現代文化学系，2002.

大熊榮 「ルシュディ新評論集『この境界を越えよ』――『セキュラリズム』の立場と『9・11』以降」，『東京新聞』2002年12月20日付夕刊.

大熊榮 「『複合自我』の『歴史』的位相――『真夜中の子供たち』について」『言語文化論集』第61号，筑波大学現代語・現代文化学系，2003.

大熊榮 「サルマン・ルシュディの半生―― 1947から2002まで」『筑波英学展望』第22号，筑波大学現代語・現代文化学系筑波英学展望の会，2003.

大熊榮 「『複合自我』の『政治』的位相――『恥辱』について」『筑波英学展望』第23号，筑波大学現代語・現代文化学系筑波英学展望の会，2004.

大熊榮 「サルマン・ルシュディの『移民』論と『悪魔の詩』」『筑波イギリス文学』第9号，筑波イギリス文学会，2004.

著者略歴

大熊　榮（おおくま・さかえ）
1944年埼玉県生まれ。東京教育大学文学部卒業。東京都立大学大学院人文科学研究科博士課程単位取得退学。文学博士。國學院大學文学部助教授，明治大学法学部教授を経て，現在筑波大学大学院人文社会科学研究科教授。

著書：『ダン、エンブレム、マニエリスム――機知の観察』（1986，白凰社）
論文：「文学作品の社会問題化過程――『悪魔の詩』事件の文学社会学的考察」，山形和美編『差異と同一化―ポストコロニアル文学論』（1997，研究社），「サルマン・ルシュディと英語」，横山幸三監修『英語圏文学――国家・文化・記憶をめぐるフォーラム』（2002，人文書院）ほか多数。
訳書：C・M・バウラ『現代詩の実験』（1981，みすず書房），マーティン・エイミス『サクセス』（1993，白水社），『時の矢』（1993，角川書店），『ナボコフ夫人を訪ねて――現代英米文化の旅』（共訳，2000，河出書房新社）。A・J・クィネル『燃える男』ほか全11作品（集英社文庫，集英社単行本，新潮文庫）。ジェイムズ・ヘリオット『生きものたちよ』（1993，集英社），『ドクター・ヘリオットの毎日が奇跡』上下（2004，集英社文庫）ほか3作品。アルトゥーロ・ペレス・レベルテ『呪のデュマ倶楽部』（1996，集英社）。ほかにアンドレ・ブリンク，マイケル・ギルバート，マラカイ・マーチン，アリステア・マクリーン，ブライアン・フリーマントル，アン・ポーターなどの作品多数。

サルマン・ルシュディの文学
「複合自我」表象をめぐって

二〇〇四年　九 月三〇日　初版第一刷印刷
二〇〇四年一〇月一〇日　初版第一刷発行

著　者　大熊　榮

発行者　渡辺睦久
発行所　人文書院
（612-8447）京都市伏見区竹田西内畑町九
Tel 〇七五（六〇三）一三四四　Fax 〇七五（六〇三）一八一四　振替〇一〇〇〇・八・一一〇三

印刷　内外印刷株式会社
製本　坂井製本所

©Sakae ÔKUMA 2004, Printed in Japan.
ISBN4-409-14057-4 C3098

http://www.jimbunshoin.co.jp/

〈日本複写権センター委託出版物〉

本書の全部または一部を無断で複写複製（コピー）することは、著作権法上での例外を除き禁じられています。本書からの複写を希望される場合は、日本複写権センター（03-3401-2382）にご連絡ください。

横山幸三監修

英語圏文学 国家・文化・記憶をめぐるフォーラム 3400円

「〈国家〉文学」という枠組みを解体し再編する文学作品の力を描く。シェイクスピアほか英文学キャノンの読み直しに始まり，「新大陸」・植民地言説からオーストラリア最新 SF まで。海外からの寄稿も収め，幅広い陣容で応じたポストコロニアル文学批評。

高林則明

魔術的リアリズムの淵源 アストゥリアス文学とグアテマラ 3800円

グアテマラのノーベル賞作家 M・A・アストゥリアスの代表作「トウモロコシの人間たち」の作品，作家論。「魔術的リアリズム」とは本当は何を指すのか。作家が作品を生み出す背景，表現法，その魅力を，過去のさまざまな批評を丁寧に押さえつつ分析，紹介する。

複数文化研究会編

〈複数文化のために〉 ポストコロニアリズムとクレオール性の現在 2600円

覇権国家のイデオロギーとしての文化多元主義や文化相対主義を踏みこえ，単一文化神話を解体し，カリブの海から，アジアの植民地の廃墟から，複数の声，複数の記憶を解き放つ果敢な試み。鵜飼哲，陳光興，マリーズ・コンデ，本橋哲也ほか気鋭の論者たちが拓く新たな思想の地平。

J・シェニウー＝ジャンドロン　星埜守之／鈴木雅雄訳

シュルレアリスム 4800円

シュルレアリスム研究の新たな幕開けを記す画期的書物。運動の全歴史を初めて通時的に鳥瞰する一方，その理論的テーマを，共時的・総合的観点から構造主義以降の「知」の地平の中に書き込み直す意欲的な試み。運動の全体理解に最良の見取図を与える必携の書である。

モダニズム研究会編　大平具彦／西成彦／三宅昭良／和田忠彦責任編集

モダニズムの越境 Ⅰ〜Ⅲ 各2600円

Ⅰ『越境する想像力』，Ⅱ『権力／記憶』，Ⅲ『表象からの越境』
グローバルな帝国がもたらした文化の世界化のなかでモダニズムはどこに向かうのか。ディアスポラの時代，モダニズムが内包するベクトルをあらゆる角度から可視化する新方位学。モダニズム研究の決定版。

表示価格（税抜）は2004年9月現在